Der Teufel von Garmisch

Der Autor

Martin Schüller, geboren 1960, kam über die Musik zum Schreiben. Nach 25 Jahren als Schlagzeuger, Komponist und Texter in diversen Rock- und Jazz-Bands wechselte er die Kunstform und wurde Schriftsteller. Seit dem Bestseller *Tod in Garmisch* gilt er als Oberbayernspezialist.
Weitere Informationen über den Autor erhalten sie unter: www.schuellerschreibt.de.

Martin Schüller

Der Teufel von Garmisch

Oberbayern Krimi

Weltbild

Dieses Buch ist ein Roman. Handlungen und Personen sind frei erfunden.
Ähnlichkeiten mit lebenden oder toten Personen sind rein zufällig.

Besuchen Sie uns im Internet
www.weltbild.de

Genehmigte Lizenzausgabe für Verlagsgruppe Weltbild GmbH,
Steinerne Furt, 86167 Augsburg

Umschlaggestaltung: *zeichenpool, München
Umschlagmotiv: www.shutterstock.com
(© by Paul; © Amy Rene; © Creative Travel Projects)
Gesamtherstellung: CPI Moravia Books s.r.o., Pohorelice
Printed in the EU
ISBN 978-3-95569-434-0

2017 2016 2015 2014
Die letzte Jahreszahl gibt die aktuelle Lizenzausgabe an.

Ich hab' im Traum geweinet,
mir träumte, du lägest im Grab.
Heinrich Heine

Nichts ist wahrer als die Unvernunft der Liebe.
Alfred de Musset

EINS

Man kann sich die Welt vorstellen. Man kann sie erleben. Man kann sie fühlen. Man kann sie fürchten. Und man kann sie formen. Erst dann kann man herrschen. Aber das fällt niemandem in den Schoß. Man muss es sich erkämpfen. Es empfiehlt sich eine gute Bewaffnung.

***

Sebastian zog seine Daunenjacke an und nahm den Autoschlüssel vom Haken. Der Fernseher dröhnte vom Wohnzimmer her durch die Diele. Sein Vater saß regungslos im Sessel, aber Sebastian gab sich nicht der Illusion hin, unbemerkt die Wohnung verlassen zu können.

»Möcht amol wissn, wo du scho wieder hinwuillst, mitten in der Nacht«, sagte sein Vater, ohne den Kopf zu bewegen.

»Fahr halt noch ein bisschen rum«, antwortete Sebastian.

»Wos?«, rief sein Vater.

»Nur noch kurz an die Luft«, sagte Sebastian und öffnete die Wohnungstür.

»Schmarrn!«, war das Einzige, was sein Vater dazu sagte.

Sebastian zog die Tür hinter sich zu und lief die Treppen hinunter. Im Kellergeschoss öffnete er die schwere Stahltür zur Tiefgarage.

Die Garage war der wenige Luxus, den das Haus an der Ludwigstraße bot, abgesehen davon, dass es zentral lag. So zentral, dass sein Vater bequem zu Fuß ins Wirtshaus gehen konnte. Wahrscheinlich hatte er die Wohnung nur deshalb gekauft, nach Mutters Tod.

Hinter ihm fiel die Garagentür ins Schloss, und er stieg in den R5, dessen dunkles Rot irgendwann einmal fast elegant gewirkt hatte, aber mit den Jahren recht schmuddelig geworden war. Er fuhr noch, das reichte Sebastian. Er machte sich nichts aus Autos. Er machte sich ohnehin aus wenig etwas.

Nur aus Sanne, aus Sanne machte er sich etwas.

Er polierte die Gläser seiner Brille mit einem Papiertaschentuch, bevor er den Motor anließ. Im Hals spürte er den Kloß, den er immer spürte, wenn er unterwegs zu Sanne war. Er räusperte sich, während er den Wagen aus der Garage steuerte.

Du bist dreißig, dachte er, und du benimmst dich wie ein bescheuerter Teenager. Wobei er sich eigentlich nicht mal als Teenager so bescheuert benommen hatte.

Aber er konnte es nicht ändern. Sanne war in sein Büro gekommen und hatte sich als neue Kollegin vorgestellt. Und da war etwas in ihren Augen gewesen, das er noch nie gesehen hatte. Ein Funkeln. Ein Funkeln, das er niemandem sonst gönnte. Das er nur für sich haben wollte.

Sebastian räusperte sich erneut, aber der Kloß verschwand nicht. Das Rolltor öffnete sich, er fuhr die Rampe hoch und bog auf die Ludwigstraße. Die Ampel an der Hauptstraße zeigte Rot. Der Parkplatz vor dem Irish Pub war gefüllt. Fast ein Dutzend Raucher stand vor der Tür unter den Heizpilzen. Ein nicht mehr ganz junges Paar ging Arm in Arm vor ihm über den Zebrastreifen. Der Mann drückte der Frau zärtlich einen Kuss aufs Haar. Sebastian versuchte, es zu ignorieren. Als die Ampel grün wurde, legte er den etwas widerspenstigen ersten Gang ein und fuhr geradeaus in Richtung Garmisch.

Trotz seiner dicken Jacke fror er. Sein Gehirn schien aus zwei Teilen zu bestehen, die nichts miteinander zu tun hatten. Die eine Hälfte ließ ihn funktionieren, seine Arbeit machen, auf seinen Vater aufpassen, wie er es seiner Mutter versprochen hatte.

»Du lässt ihn nicht allein, versprichst mir das, Bastl?«, hatte sie ihn jedes Mal angefleht, wenn er sie in der Klinik besucht hatte. Dabei kannte sie doch die Wahrheit: dass er und sein Vater noch nie irgendeinen Draht zueinander gehabt hatten, nicht mal in seiner Kindheit. Und seit er sein Studium abgebrochen hatte, schon überhaupt nicht mehr.

Dann war Mutter gestorben, zerfressen vom Krebs.

Und jetzt war es, wie es war. Er hatte sein Versprechen nicht gebrochen, auch wenn es ihm jeden einzelnen Tag schwerfiel. Er trauerte dem schäbigen Hof in Gerold nicht nach, aber es war arg anstrengend, eine so enge Wohnung mit dem alten Mann zu teilen.

In dieser Hälfte seines Gehirns war auch abgespeichert, was geschehen war, als er Sanne zum Essen eingeladen hatte.

Sie hatten im »La Vie« gesessen, und er hatte den ganzen Abend über in das Funkeln gestarrt. Gut unterhalten hatten sie sich. Er hatte ihr von sich erzählt, was es zu erzählen gab, sogar warum ihn im Büro alle »Milli« nannten.

Sie hatte nicht gelacht.

Und am Ende, vor ihrer Haustür, in seinem Wagen, hatte er sie geküsst.

Das heißt, er hatte es versucht. Denn sie hatte ihm eine gescheuert, dass ihm die Brille von der Nase geflogen war.

Er hatte sie angerufen, noch in derselben Nacht, hatte versucht, sich zu entschuldigen, um eine zweite Chance gebeten, nein, nicht gebeten – gefleht. Bei den ersten Malen hatte sie ihm höflich erklärt, dass er ein netter Kollege sei, sie aber außer freundschaftlichen Gefühlen rein gar nichts für ihn empfinde. Aber schon bei seinem dritten Anruf war ihr Ton entschlossener gewesen und schließlich scharf geworden. Am Ende hatte sie sich verbeten, weiter von ihm belästigt zu werden.

Sie hatte den Abend nie wieder erwähnt. Im Büro ging sie ihm aus dem Weg. Sie grüßte kühl. Wenn sie – was selten vorkam – zusammen an einem Projekt arbeiten mussten, blieb sie professionell distanziert. Wie er auch.

All das war in der einen Hälfte seines Hirns gespeichert.

Die andere Hälfte war ausgefüllt von dem Funkeln ihrer Augen.

Und diese Hälfte war es auch, die ihn seit Wochen immer wieder dazu brachte, durch die Nacht zu ihrem Haus zu fahren.

Wenn dort Licht brannte, parkte er in der Nähe, nicht direkt davor, aber in Sichtweite. Dann verbrachte er die Zeit mit nichts anderem, als zu ihren Fenstern hochzustarren, bis das Licht dahinter erlosch.

Manchmal sah er ihre Silhouette hinter den Gardinen. Dann durchfuhr ihn ein Strahl, der gleichzeitig heiß und kalt war. Das waren die Momente, deretwegen er hier war. Die Sekunden, in denen sie ihm gehörte.

Er unterquerte die Gleise am Bahnhof und fuhr weiter in

Richtung Grainau, um die großen Gebäude des US-Resorts herum und aus dem Ort hinaus. Er passierte das Einkaufszentrum gegenüber dem Campingplatz, wo auch GAP-Data lag, die Firma, in der Sanne und er arbeiteten. Dahinter bog er links ab nach Untergrainau. Dort, am Zigeunerweg, wohnte sie. Wie die meisten Häuser hier lag auch ihres ein wenig von der Straße und den Nachbarn entfernt.

Auf der Straße parkte kein Wagen. Wer hier jemanden besuchte, stellte sein Auto auf dem Grundstück ab. Ihr Citroën stand immer hinter dem Haus.

Er hoffte, dass er auch heute dort stand, denn er wusste, dass sie die nächsten drei Tage Urlaub genommen hatte vor der Messe in Köln.

Mit einem Blick in den Rückspiegel versicherte er sich, dass er allein auf der Straße war, bevor er den R5 ausrollen ließ und rückwärts in den Waldweg gegenüber ihrem Haus rangierte. Er schaltete den Motor aus. Zwischen den Büschen war er vor den Blicken von der Straße her einigermaßen verborgen. Ein- oder zweimal war ein später Jogger vorbeigekommen, der ihn bemerkt hatte. Und einmal hatte eine alte Nachbarin aus ihrem Dachfenster auf ihn heruntergeschaut.

Von hier aus war nur der erste Stock von Sannes Haus zu sehen, und dort, hinter den Gardinen des großen Fensters, brannte Licht.

Sie war zu Hause.

Sebastian schlug den Kragen seiner wattierten Jacke hoch und schloss den obersten Knopf. So gut es ging, ignorierte er die Kälte, die in ihm hochkroch.

Nach ein paar Minuten meinte er, eine Bewegung an den Gardinen zu sehen, aber er war sich nicht sicher.

Sein Atem hinterließ milchige Streifen auf der Seitenscheibe, die im Licht des zunehmenden Mondes weiß leuchteten. Er kurbelte die Scheibe einen Spalt weit auf. Kalte Luft strömte herein.

Es war still. Lange geschah nichts. Ein Auto näherte sich von der Bundesstraße her. Es fuhr vorbei, und bald umfing ihn wieder die Stille der Nacht. Erneut eine Bewegung an den Gardinen, dieses Mal bewegten sie sich ganz zweifellos.

Er stellte sich vor, wie sie durch ihr Wohnzimmer ging. Was mochte sie anhaben? Am liebsten sah er sie in einem Kimono vor sich, einem nachtblauen, obwohl er natürlich nicht die geringste Ahnung hatte, ob sie einen solchen besaß. Aber ein nachtblauer Kimono schien ihm das Passendste, um ihren schlanken Körper zu umhüllen. Ihre Haare würden sanft über die Schultern fallen, und das goldene Blond würde einen herrlichen Kontrast zu der knisternden dunklen Seide bilden.

Er quälte sich ein verzerrtes Lächeln ab, während er versuchte, die Tränen zu unterdrücken. Er fühlte sich krank und lächerlich. Lächerlich krank und krank vor Lächerlichkeit. Es war ein schwacher Trost, dass niemand wusste, was er hier tat. Er öffnete die Tür und stieg aus. Keine Bewegung hinter den Gardinen, kein Geräusch.

Leise schloss er die Fahrertür und überquerte langsam die Straße, hin zu dem kleinen Tor im Gartenzaun.

Das hatte er noch nie gewagt. So nahe war er dem Haus noch nie gewesen seit der Abfuhr, die sie ihm erteilt hatte.

Er stand da und starrte in den mondbeschienenen Vorgarten. Plötzlich war da ein Geräusch. Ein leiser, aber scharfer Schlag. Dann wieder Stille. Es war aus dem Haus gekommen.

Er machte einen weiteren Schritt auf das Haus zu und kniff die Augen zusammen. Konnte es sein, dass die Haustür offen stand?

Wieder näherte sich ein Auto, diesmal aus Richtung Grainau. Bevor die Scheinwerfer ihn erreichen konnten, trat er durch das Törchen in den Schatten einer Tanne im Vorgarten.

Der Wagen fuhr vorbei, ohne seine Geschwindigkeit zu verringern. Sebastian ging weiter auf das Haus zu. Nach ein paar Metern gab es keinen Zweifel mehr: Die Tür stand einen Spaltbreit offen.

Er sah zum Fenster hoch. Die Gardinen hingen reglos. Er hatte keine Ahnung, was er tun sollte. Die beiden Hälften seines Gehirns rangen miteinander. Die eine wollte ihn von hier fortlotsen, zurück in den Wagen, zurück nach Hause, ins Warme, ins Bett oder auch nur neben seinen Vater vor den Fernseher.

Die andere Hälfte hielt ihn fest.

Dort war die Tür. Ihre Tür. Sie stand offen. Musste er sich nicht kümmern? Was war das für ein Geräusch gewesen? War es nicht seine Aufgabe, sicherzustellen, dass Sanne nichts zustieß? Jedermann konnte hinein in ihr Haus, solange die Tür offen stand.

Genau, sagte die andere Hirnhälfte. Geh hin, zieh die Tür zu, fahr heim.

Er näherte sich der Tür. Seine Rechte umfasste den Griff.

Ein paar Sekunden zögerte er, dann drückte er die Tür auf und betrat das Haus.

***

Balthasar Schwemmer zog die Flasche mit dem badischen Weißburgunder aus dem Kühler und kontrollierte die Füllhöhe. Sie erschien ihm unbefriedigend. Er teilte den Rest sorgfältig zwischen Burgls und seinem Glas auf, dann warf er einen Blick auf seine Armbanduhr.

»Ist elf durch«, sagte er bedauernd.

»Noch eine bestellen wir jedenfalls nicht«, sagte Burgl lächelnd.

Er sah sich um. Sie waren die letzten Gäste im »Husar«. Der Abend war, wie eigentlich immer hier, sehr erfreulich verlaufen. Sie hatten sich vorweg einen Prosecco mit Holundersirup gegönnt und zur Eröffnung ein Hirschcarpaccio mit Preiselbeeren. Sie hatten es geschafft, nur wenig über seine Arbeit zu reden. Im Moment gab es ohnehin nicht viel zu erzählen. Die Tatsache, dass er nicht mehr Leiter der Garmischer Dienststelle war, weil man sie aufgewertet und ihm einen Polizeidirektor vor die Nase gesetzt hatte, war als Thema zwischen ihnen durch. Burgl hatte aufmerksam auf jede Andeutung von Ärger geachtet, und es hatte einige Zeit gedauert, bis er sie davon überzeugt hatte, dass es ihn überhaupt nicht ärgerte, den Organisationskram nach oben abzugeben, solange er ungestört weiter seine Kriminalabteilung leiten konnte. Schließlich hatte man ihn nicht degradiert. Ärgern tat ihn nur, dass er sich Frau Fuchs' Dienste nun mit dem neuen Chef teilen musste, was mitunter zu Wartezeiten bei der Kaffeeversorgung führte.

Er hatte sich für das Böfflamott mit Karotten und Spätzle als Hauptgang entschieden, Burgl für in Butter gebratene Atlantik-Seezunge mit Blattspinat. Den Rest des Abends hatten sie mit Urlaubsplanungen und -erinnerungen verbracht.

Auf die Crème brûlée hatte er schweren Herzens verzichtet, als er Burgls Blick auf seine leicht spannenden Hemdsknöpfe in Tischkantenhöhe bemerkt hatte – was sie aber keineswegs davon abgehalten hatte, sich eine Calvados-Crêpe mit Bourbonvanilleeis zu bestellen.

Es war ein Abend gewesen, wie man ihn sich für einen dreiunddreißigsten Hochzeitstag wünschen konnte.

»Noch was hinterher?«, fragte er lächelnd, und Burgl lächelte zurück.

Er bat noch einmal um die Getränkekarte, und sie studierten die aufgelisteten Spirituosen.

»Deutscher Maltwhisky?«, fragte Burgl. »So was gibt's?«

Schwemmer wiegte den Kopf. »Ich hab mal einen probiert, der war so lala.«

»Oh, dieser ist aber ganz was Besonderes«, sagte die Bedienung freundlich. »Von einem alteingesessenen fränkischen Obstbrenner. In Zwetschgenbrandfässern gelagert. Davon sind überhaupt nur tausend Flaschen gebrannt worden.«

Schwemmer fuhr leicht zusammen, als er den Preis las, aber Burgls begeisterter Blick ließ ihn zwei bestellen.

»Übrigens hab ich neulich Ferdi Schurig im Ort getroffen«, sagte Burgl, als die Bedienung den Malt servierte.

Schwemmer runzelte leicht ärgerlich die Stirn und griff nach seinem Glas. Er hatte kein Interesse daran, sich von der Erinnerung an Ferdinand Schurig – den flotten Ferdi, wie man ihn damals nannte – den wunderschönen Abend verderben zu lassen. Ohne zu antworten, schwenkte er das Glas unter der Nase und atmete den phantastisch fruchtigen Duft des Whiskys ein.

»Er ist wieder da«, sagte Burgl leichthin. »Er wohnt jetzt in Partenkirchen und hat eine Praxis in Hechendorf aufgemacht.«

»Hechendorf.« Schwemmers Blick wurde misstrauisch. Er starrte Burgl an, die genussvoll den ersten Schluck Whisky im Mund hin- und herrollte.

»Ferdi ...«

»Ja. Der, mit dem ich studiert hab.«

Schwemmer merkte, wie seine Hände kalt wurden.

Der flotte Ferdi. Der Mann – ach was, das Arschloch, an dem fast ihre Verlobung gescheitert war. Den es leider nur nach Würzburg und nicht, wie Schwemmer gehofft hatte, nach Timbuktu verschlagen hatte. Der mit seinem sportlichen Körper, der blond-blöden Lockenmähne und dem amerikanisch breiten Unterkiefer jede Kommilitonin ins Bett bekommen hatte, die er wollte.

Und Burgl hatte er gewollt.

Und nun war dieser Ferdi »wieder da«.

»Hast du vor ...«, fing er an, dann wusste er nicht weiter.

»Was denn?« Eine kleine, besorgte Falte stand auf Burgls Stirn und machte sie noch schöner. »Wir haben einen Kaffee getrunken und geredet. Er ist geschieden ... Probier den Whisky, er ist toll.«

Schwemmer nickte und nahm einen eiligen Schluck. Er versuchte, sich auf den Geschmack zu konzentrieren, aber es gelang ihm nicht.

»Du, der hat übrigens einen Drohbrief gekriegt.«

»Drohbrief? Von *mir* nicht.«

Burgl lachte kopfschüttelnd. »Hausl, also wirklich ... Wahrscheinlich von diesem Spinner, diesem einsamen Rächer, der in Partenkirchen umgeht.«

»Aha ...« Der Rächer. Das war eines der wenigen ungelösten Probleme der Kripo Garmisch. Ein Wutbürger, der seine Mitmenschen mit perfiden kleinen Racheakten terrorisierte, wenn sie falsch parkten oder sich sonst wie nicht an die Regeln hielten, die der Rächer für wichtig erachtete.

»Ja, sein Hund ist ihm aus dem Garten ausgebüxt, und es hat den halben Tag gebraucht, bis er ihn wiedergefunden hat. Und vor ein paar Tagen lag ein anonymer Brief im Kastl. Wenn der Hund noch einmal allein unterwegs sei, dann wär er fällig.«

»Soll den Brief auf die Wache bringen«, sagte Schwemmer und ärgerte sich sofort. Jetzt forderte er sie auch noch selbst auf, mit Ferdi zu reden.

Ferdi Schurig, dachte er. Ausgerechnet.

***

»Hallo?«, rief Sebastian in die dunkle Diele hinein. Er erhielt keine Antwort. Mit zitternden Fingern tastete er nach dem Lichtschalter. Als er ihn fand, wurde er geblendet vom Licht einer vielstrahligen Halogenschiene an der Decke.

Seine Brille beschlug leicht in der warmen Luft der Diele. Hastig nahm er sie ab und wischte die Gläser trocken.

Es war nichts Besonderes zu sehen. Ein Schuhschrank mit sehr vielen Klappen; eine Garderobe, daran drei oder vier sportliche Blazer und die elegante Steppjacke mit Pelzkragen, in der er Sanne schon einmal im Büro gesehen hatte. Hinter der Garderobe eine offene Tür zur dunklen Küche.

Er warf noch einen Blick auf die mondbeschienene Straße hinaus. Kein Mensch war zu sehen. Zögernd betrat er die Diele.

»Hallo?«, rief er noch einmal, aber er bekam wieder keine Antwort.

Was machst du hier?, fragte die eine Hälfte seines Gehirns. Was wirst du sagen, wenn sie dich fragt, was du hier willst?

Er wusste keine Antwort, aber der anderen Gehirnhälfte wäre sie ohnehin egal gewesen. Langsam schloss er die Haustür hinter sich.

Er war drin. In *ihrem* Haus.

Die Terrakottafliesen des Bodens glänzten wie frisch gewischt. Langsam ging er auf die Garderobe zu. Sein Mund war trocken, die Beine fühlten sich an, als würden sie ihn nicht mehr lange tragen können, aber das kannte er schon. Er wusste, sie würden durchhalten.

Er streckte die Hand nach der Steppjacke aus und strich zärtlich über den Pelzkragen, hielt die Hand an die Nase und genoss den Duft, der daran haftete. Er trat näher heran und presste sein Gesicht in den Pelz. Der Duft umfing ihn, und er meinte, in ihrem Parfüm auch ihren eigenen, salzigen Geruch zu spüren.

Er merkte, dass er mit den Tränen kämpfte, und riss sich von der Jacke los.

Idiot, dachte er. Du bist ein Idiot. Du benimmst dich wie ein Idiot. Sie hält dich für einen Idioten. Weil du ein Idiot *bist.*

GEH WEG!

Aber er schaffte es nicht. Er konnte jetzt nicht weggehen. Konnte es einfach nicht.

Er warf einen Blick in die Küche. Auch hier nichts Ungewöhnliches. Reste einer Brotzeit standen auf dem Tisch, ein leeres Weinglas.

Er drehte sich um, ging zurück in die Diele und griff nach dem Stiegengeländer.

»Scheiß drauf«, murmelte er, dann ging er in den ersten Stock hinauf.

Oben waren zwei Türen, beide geschlossen. Noch einmal rief er »Hallo?«, dann klopfte er an die rechte Tür.

Keine Antwort. Er versuchte die Klinke. Die Tür war unverschlossen. Es war das Bad, es war leer.

Als er an die linke Tür klopfte, bemerkte er, dass sie nur angelehnt war. Das Wohnzimmer. Das Licht brannte. Aber auch hier war niemand. Er trat ein.

Die Stereoanlage war an, aber es lief keine Musik. Es war still. Ein großer Flachbildschirm hing an der Wand. Daneben stand ein alter Sekretär, darauf ein Mac. Er zeigte als Bildschirmschoner das Logo ihrer Firma, GAP-Data. Daneben lagen ein iPad und ihr Handy.

Auf dem niedrigen Glastisch vor der Ledercouch standen eine Flasche Pernod und ein Wasserkännchen. Daneben ein Glas. Es war umgefallen.

Eine kleine Lache stand auf dem Glastisch. Er tupfte den Finger hinein und roch daran. Anis.

Pernod hatte sie auch vor dem Ende ihres einen gemeinsamen Abends getrunken. Als die Stimmung noch gut gewesen war zwischen ihnen.

Als sie noch nicht ahnte, was er für sie fühlte.

Aber das ahnte sie ja immer noch nicht. Er lächelte traurig und stellte das Glas auf. Neben dem Fernseher war eine weitere Tür. Er nahm an, dass sie ins Schlafzimmer führte.

Sollte er sie tatsächlich öffnen?

Zögernd ging er im Raum umher. In dem großen Bücherregal standen ein paar gerahmte Fotografien. Er griff nach der erstbesten. Sanne am Strand unter Palmen. Mit einem durchtrainierten dunkelhäutigen Mann, der seinen Arm besitzergreifend um sie gelegt hatte. Ihr Bikini war so winzig, dass Sebastian ihn erst auf den zweiten Blick entdeckte.

Er nahm das nächste Bild. Sanne auf einem Pferd. Daneben, auch auf einem Pferd, ein blonder Mann. Sportlich. Gut aussehend. Elegant gekleidet, soweit Sebastian das beurteilen konnte. Er wusste nicht wirklich, was beim Reiten so zu tragen war. Der Mann auf dem Foto hatte auf jeden Fall eine andere Kragenweite als er. Er hatte Stil. Er hatte Geld. Er hatte Sanne.

Sebastian stellte das Bild ins Regal zurück. Unschlüssig sah er zur Schlafzimmertür. Wahrscheinlich war sie einfach ins Bett gegangen und hatte vergessen, das Licht auszumachen. Wenn er jetzt dort hineinging, würde er sie nur wecken.

Aber da war dieser scharfe Schlag gewesen, den er gehört hatte. Der ihn überhaupt erst veranlasst hatte, das Haus zu betreten. Wenn nun wirklich etwas passiert war? Er räusperte sich.

»Hallo …? Sanne?«, rief er und hoffte, die richtige Lautstärke getroffen zu haben. »Ich bin's. Der Sebastian. Sebastian Polz. Der Milli … aus dem Büro …«

Hinter der Tür rührte sich nichts. Noch einmal rief er. Wieder ohne Reaktion.

Es half nichts. Er trat an die Tür und klopfte leise.

***

In Burgls Blick stand eine Mischung aus Mitleid und Ärger.

»Hausl, es ist bald fünfunddreißig Jahre her. Ich hatte wirklich gedacht …« Mit einem Kopfschütteln brach sie den Satz ab und trank von ihrem Whisky.

»Es ist mir nie egal gewesen«, murmelte Schwemmer.

Die Bedienung hatte sich diskret zurückgezogen. Wahrscheinlich war der Wechsel der Schwingungen zwischen ihnen im ganzen Raum spürbar.

»Ich dachte, wir sind nicht eifersüchtig?« Sie lächelte, aber es klang ernst.

»War ich auch nie. Außer auf diese Sportskanone.«

»Ich bitt dich! Fünfunddreißig Jahre! Ferdi ist auch nicht mehr der Jüngste.«

»Soll das heißen, bei einem Jüngeren müsst ich mir Sorgen machen?«

»Vielleicht …« Sie lachte. »Aber das darf doch heute alles keine Rolle mehr spielen, Hausl.«

»Nein, darf es nicht«, brummte Schwemmer in sein Glas.

»Ich trau mich gar nicht, weiterzuerzählen«, sagte Burgl.

Schwemmers Augenbrauen schossen in die Höhe. Wie, weiter? Was würde da denn *noch* kommen?

»Vielleicht sollte ich es dir gar nicht sagen ...«

»Kommt nicht in Frage«, sagte Schwemmer. »Raus damit.«

»Tja ... er hat mich gefragt, ob ich nicht Partnerin in seiner Praxis werden will.«

Schwemmer sah sie verwirrt an. »Heißt das, du willst wieder arbeiten?«

»Ich hab's noch nicht entschieden. Wär halt eine schöne Gelegenheit.«

»Brauchen wir denn Geld?«

»Nein ...«

»Eben«, sagte Schwemmer.

»Eben was? Ich hab die Gelegenheit, mit minimalem Aufwand selbstständig zu arbeiten. Ohne Risiko, ohne Investitionen. Wenn ich keine Lust mehr hab, lass ich es wieder.«

»Wieso willst du wieder arbeiten? Du hast doch immer gesagt –«

»Ja, ja. Stimmte ja auch. Es hat mich belastet –«

»Zu sehr«, unterbrach Schwemmer sie. »Und ich kann das nachvollziehen.«

»Ja. Dein Job ist nämlich auch belastend.«

»Aber ich komm damit klar. Du hast –«

»Ich hatte damals einfach genug. Und jetzt eben nicht mehr.«

»Du hast nicht mehr genug? Genug was? Sorgen?«

»Quatsch. Genug zu tun. Die Auszeit war toll. Aber jetzt hab ich das Gefühl ...« In einer vagen Geste breitete sie die Arme aus.

»Als ich noch in Ingolstadt war –«, sagte Schwemmer.

»Herr Erster Kriminalhauptkommissar Schwemmer! Jetzt kommen Sie *mir* nicht mit Ihren Ingolstadt-Geschichten! Ich war dabei, wie Sie wissen sollten!« Burgl versuchte, ihren Zwischenruf mit einem Lachen zu entschärfen, aber es gelang nicht recht. »Entschuldige«, sagte sie leise.

»Als ich noch in Ingolstadt war, haben wir bei den komplizierten Fällen immer mit dem Dr. Kögl als forensischem Psychiater zusammengearbeitet. Er war zuständig, wenn's um die richtig Abgedrehten ging.«

»Ja, ich erinner mich an ihn. Er war gut.«

»Sehr gut sogar. Genau wie du.«

»Ich hab ihn mal kennengelernt.«

»Ich weiß.«

»Und?«

»Er ist tot. Leberzirrhose.«

Burgl kniff die Lippen zusammen und hielt ihr Glas hoch. »Wohlsein«, sagte sie und kippte den restlichen Whisky hinunter.

»Ich meine nicht, dass du zu viel trinkst.«

»Sondern?«

»Dass man manchmal weniger aushält, als man meint.«

»Das *weiß* ich! Ich bin Psychologin!«

Schwemmer hob die Achseln und griff nach seinem Glas. Es war fast leer. Die Bedienung sah in den Raum und warf ihm einen fragenden Blick zu.

»Zahlen bitte«, sagte Schwemmer und rang sich ein Lächeln ab.

»Ich wollt uns wirklich nicht den Abend verderben«, sagte

Burgl und schob ihre Hand über den Tisch an seine heran. Er legte seine Finger auf ihre.

»Aber ausgerechnet Ferdi Schurig«, murmelte er.

***

Auch auf sein zweites, etwas lauteres Klopfen erhielt Sebastian keine Antwort. Er drückte die Klinke und öffnete die Tür. Der Raum dahinter war finster. Das Licht aus der Wohnstube erhellte nur die ersten Meter hinter der Tür. Er erkannte das Fußende eines Bettes, das auf einem dicken, unruhig gemusterten Teppich stand. Er wagte nicht, das Licht anzuschalten.

»Sanne?«

Keine Antwort. Regungslos blieb er stehen und lauschte. Er meinte, leise Atemzüge zu hören. Langsam gewöhnten sich seine Augen an das Dunkel, und er erkannte immer mehr Details. Den Nachttisch neben dem Kopfende, eine Kommode. Schließlich war er sicher, sie im Bett liegen zu sehen. Oder vielmehr: auf dem Bett. Sie war nicht zugedeckt. Sie war bekleidet. Ihr Kopf lehnte am Kopfende des Bettes.

Und ihre Augen waren offen.

»Sanne?«

Sie regte sich nicht. Irgendwas stimmte nicht mit ihren Augen. Sie wirkten wie schwarze Löcher. Und ihr Kopf schien von einer dunklen Aura umgeben.

Er tastete nach dem Lichtschalter und drückte darauf.

Was er sah, ließ ihn um Atem ringen. Er konnte es nicht glauben, nicht verstehen. Wankend suchte er Halt am Türrahmen, musste gegen Brechreiz ankämpfen.

»Sanne …«, sagte er noch einmal, leise und sinnlos.

Sie war tot. Ihre Augenhöhlen waren leer. Dort, wo das Funkeln gewesen war, klafften zwei blutschwarze Löcher. An der Wand hinter ihrem Kopf waren Gewebe, Knochensplitter und Blut verteilt.

Noch nie in seinem Leben hatte Sebastian sich so hilflos und ausgeliefert gefühlt. Er starrte auf die Katastrophe, auf den Tod, auf das Ende von allem.

Als er aus den Augenwinkeln eine Bewegung wahrnahm, gelangte das nicht bis zu seinem Reaktionszentrum. Und den Schlag auf den Hinterkopf, der ihn in die Ohnmacht schleuderte, nahm er fast dankbar entgegen.

***

Es ist nur auf den ersten Blick ein Fehler gewesen, die Haustür offen zu lassen. Ich mache keine Fehler. Wenn ich etwas tue, dann ist es richtig. Es ist richtig, weil ich es getan habe. Und wenn das dann dazu führt, dass ein Mensch zu einer Figur im großen Spiel wird, das ich spiele, dann ist das kein Fehler. Jedenfalls nicht meiner.

***

Sebastian wehrte sich gegen das Wachwerden, denn es bereitete Schmerzen. Die heftigsten tobten in seinem Schädel, aber auch in den Rücken fuhr ihm ein heftiger Stich, als er versuchte, seine Position zu ändern. Er lag kopfunter. An der Wange spürte er einen groben, staubigen Teppich. Er wollte sich aufstützen, aber sein rechter Arm ließ sich nicht bewegen.

Es war fast völlig dunkel. Seine Brille war weg. Der linke Arm gehorchte ihm. Immerhin. Fahrig tastete er herum, aber die Brille fand er nicht. Irgendwo über ihm war ein wackliger Halt. Er griff danach und versuchte, sich hochzuziehen. Sein Kopf stieß irgendwo gegen, und er schrie auf vor Schmerz.

Nur ganz langsam wurde ihm klar, wo er sich befand. Er lag in seinem R5, kopfüber im Fußraum vor dem Beifahrersitz. Was seine Linke umklammert hielt, war das Lenkrad. Mit Mühe gelang es ihm, sich aufzurichten. Er lag nun quer auf den Vordersitzen.

Sein rechter Arm war eingeschlafen und völlig taub. Er hob ihn mit der Linken an, und er fiel einfach wie gelähmt wieder an ihm herunter.

Schwerfällig rutschte er hoch in Sitzposition und tastete wieder nach der Brille. Er hatte sechs Dioptrien und sah ohne sie ungefähr so viel wie ein Mensch unter Wasser. Aber die Brille war nicht zu finden. Mit zusammengekniffenen Augen sah er zum Himmel. Der Mond war verschwunden, aber er glaubte zu erkennen, dass der R5 noch zwischen den Büschen stand, wo er ihn verlassen hatte.

Stück für Stück setzte seine Erinnerung wieder ein, und das trug nicht dazu bei, dass es ihm besser ging. Er sah zum Haus hinüber. Das Licht im ersten Stock war aus.

Für einen Moment keimte die Hoffnung in ihm, alles sei nur ein böser Traum gewesen, aber dann tastete er über seinen Hinterkopf und fühlte eine riesige Beule.

Sanne war tot. Ermordet. Und er war niedergeschlagen worden – von ihrem Mörder. Er hatte sich mit dem Mörder im selben Zimmer befunden. Er konnte glücklich sein, noch zu leben.

Konnte er?

Nein. Er konnte nicht. Sanne war tot. Das Funkeln war fort. Die Augen, in denen es geleuchtet hatte, waren geraubt worden.

Übelkeit übermannte ihn. Er stieß die Fahrertür auf und erbrach sich auf den lehmigen Boden. Krämpfe schüttelten ihn, und wieder verlor er das Bewusstsein.

Das Nächste, was er hörte, war der Klingelton seines Handys. Es läutete ausdauernd, aber er schaffte es nicht, hochzukommen. Das Handy verstummte, aber schon Sekunden später läutete es erneut.

Sebastian zwang sich auf. Es würde sein Vater sein, der ihn suchte. Er hatte keine Ahnung, was er ihm sagen sollte. Das Handy lag im Handschuhfach. Er nahm es heraus und hielt sich das Display dicht vor die Augen. »Unbekannter Teilnehmer«, meinte er entziffern zu können. Vaters Nummer wurde immer angezeigt. Er starrte das Gerät an, bis es zu klingeln aufhörte. Aber wieder dauerte die Pause nur ein paar Sekunden.

Er nahm das Gespräch an, ohne sich zu melden.

»Bist du endlich wach, Sebastian?«, sagte eine Stimme.

»Wer ist da?«, wollte er fragen, aber er brachte nur ein unartikuliertes Krächzen hervor.

»Überanstreng dich nicht. Entspann dich.« Die Stimme war kühl, fast gelangweilt. Sie klang seltsam, irgendwie elektronisch verändert.

Sebastian hustete. »Polizei«, stieß er hervor. »Hilfe!«

»Nein, Sebastian«, sagte die Stimme. »Nicht die Polizei.«

»Warum nicht? Doch! Wer ist da eigentlich? Ich brauch Hilfe!«

»Das weiß ich, Sebastian. Aber du brauchst eine andere Art von Hilfe, als du denkst. Und du brauchst viel mehr Hilfe, als du dir vorstellen kannst.«

»Sanne! Sanne ist tot! Um Gottes willen ...« Er begann zu schluchzen.

»Auch das weiß ich, Sebastian. Schließlich habe ich sie getötet.«

Dieses Mal schaffte er es nicht, die Fahrertür aufzustoßen. Er kotzte gegen die Seitenscheibe.

»Bist du noch da, Sebastian?«, fragte die Stimme.

»Polizei ...«, war alles, was er hervorbrachte.

»Aber Sebastian, hör mir doch zu! Was willst du denn bei der Polizei?«

»Sie haben Sanne umgebracht. Mörder ...!« Er rang um Atem.

»Geh nicht zur Polizei. Denn die wird wissen wollen, wie deine Fingerabdrücke in das Haus gekommen sind. Vielleicht finden sie ja auch deine Haare und deinen Speichel auf der toten Susanne Berghofer. Oh ... du nennst sie ja Sanne.«

»Aber ich hab nichts getan!«, stieß Sebastian hervor. Sein Kopf dröhnte von dem Schlag und dem Schock, und er versuchte verzweifelt, die Situation zu erfassen.

Die Stimme erklärte sie ihm geduldig.

»Was wird die Polizei wohl glauben, wenn ausgerechnet *du* sie zu der Frau führst? Wo doch deine Spuren überall sind? Auf der Tatwaffe sind deine Fingerabdrücke. Du hast sogar Schmauchspuren an der Hand.«

Sebastian sah ungläubig auf seinen rechten Arm, der immer noch bewegungsunfähig an ihm herabhing. Hastig legte er das Handy in den Schoß und hob mit der linken seine rechte Hand an die Nase. Und tatsächlich nahm er den metallischen Geruch von Schwarzpulver wahr. Er griff wieder nach dem Handy.

»Aber ich hab die Waffe gar nicht!«, sagte er atemlos.

»Natürlich nicht. *Ich* hab sie. Und ich kann dafür sorgen, dass man sie findet. Wo immer ich will. Und wann immer ich will.«

Sebastian ließ das Handy sinken. Er zwang sich, ruhig zu atmen. Sechs, sieben, acht Atemzüge gönnte die Stimme ihm, bis er sie leise aus dem Handy hörte.

»Bist du noch da, Sebastian?«

Er nahm das Gerät wieder auf. »Ja«, sagte er.

»Du hast sie sehr geliebt, da besteht kein Zweifel. Aber es ist ein Fehler, sehr zu lieben, Sebastian. Es verursacht Schmerzen.«

»Ja«, war alles, was er sagen konnte.

»Schön, dass wir uns einig sind. Ich bin gern einig mit anderen. Leider ist es mir nur selten vergönnt.«

Sebastian musste sich zwingen, nicht zu schreien.

»Du wirst deine Brille vermissen«, sagte die Stimme. »Sie liegt im Schlafzimmer auf dem Nachttisch. Der Schlüssel steckt in der Haustür.«

»Haustür? Sie wollen, dass ich da noch mal reingehe?«

»Ich will gar nichts, Sebastian. Tu, was du willst. Dies ist ein freies Land.«

***

Schwemmer stöhnte auf, als das Telefon auf dem Nachttisch zu läuten begann. Die Leuchtziffern des Weckers zeigten zehn vor vier. Gute Nachrichten waren um diese Zeit nicht zu erwarten.

»Schwemmer.«

»Ja ... hallo ...«, stammelte eine männliche Stimme. »Ich ... ähm ... Hallo, Balthasar ...«

»Wer ist denn da?«, fragte Schwemmer irritiert. Er hatte mit der Wache gerechnet.

»Ja, hier ist der Ferdi. Ferdi Schurig. Eigentlich wollt ich ja die Burgl sprechen ...«

»Jetzt?«, kreischte Schwemmer. »Kommt nicht in Frage!«

Neben ihm richtete Burgl sich im Bett auf und schaltete ihre Nachttischlampe an. »Was ist denn?«, fragte sie verschlafen und rieb sich die Augen.

»Ja, ich wollt ja eigentlich nicht *wirklich* die Burgl ... eigentlich wollt ich, dass *sie* mit *dir* spricht ... und da kann ich natürlich jetzt auch direkt ...«

»Sag mal, tickst du noch ganz richtig?«, entfuhr es Schwemmer.

»Nein, äh, ja, mein ich. Es ist nur ... Gisa ist tot. Ich hab sie eben gefunden. Ich glaub, er hat sie vergiftet.«

»Tot? Vergiftet? Dann ruf verdammt noch mal sofort die 110 an. Du willst einen Mord melden und rufst bei *Burgl* an? Bist du noch ganz dicht?«

»Da hab ich ja schon angerufen ... aber die haben gesagt ...«

»Was?«, zischte Schwemmer.

»Die haben gesagt, sie kümmern sich im Lauf des Tages drum.«

Schwemmer traute seinen Ohren nicht. »Die kümmern sich *im Lauf des Tages* um einen Mord? Das glaubst du doch selber nicht!«

»Doch! Sie haben gesagt, wegen einem Hund ...«

Schwemmer stöhnte auf und schlug sich mit der Hand vor die Stirn.

»Was ist los?«, fragte Burgl.

Schwemmer hielt ihr das Telefon hin. »Für dich«, sagte er.

***

»Hallo?«

Die Stimme schwieg. Die Verbindung war beendet.

Er befand sich in einem Alptraum. In einem fürchterlich realen Alptraum.

Sanne war tot. Sie lag verstümmelt auf ihrem Bett. Neben ihr lag seine Brille.

Und er hatte eben mit ihrem Mörder gesprochen.

Woher hat er meine Handynummer?, dachte er panisch und tastete nach seiner Brieftasche. Sie war nicht in der Innentasche der Jacke, wo er sie immer aufbewahrte. Er durchsuchte alle Jacken- und Hosentaschen, öffnete das Handschuhfach und durchwühlte die Ablagen in den Türen und der Mittelkonsole. Vergeblich. Der Mörder hatte seine Papiere, seine Scheckkarten, seine Visitenkarten.

Und mehr noch: seine Notizzettel; ein paar Dutzend, vollgekritzelt in winziger Schrift. Eine Art Tagebuch, das er führte, wenn er ein wenig Zeit hatte – wenn er allein an seinem Tisch in der Cafeteria saß zum Beispiel. In den letzten Monaten hatte er sich angewöhnt, seine Gedanken zu notieren. Aber seine Gedanken hatten sich in den letzten Monaten ausschließlich um Sanne gedreht.

Er hatte keine Ahnung, was er tun sollte. Also blieb er einfach sitzen und versuchte, die Optionen durchzudenken.

Er konnte die Polizei rufen. Aber der Mörder hatte ja recht: Man würde ihn sofort verhaften. Und nicht nur das – er hätte keine Chance, seine Unschuld zu beweisen. Es waren Spuren von ihm in der Wohnung. Er konnte versuchen, die Fingerabdrücke an den Bildern und dem Pernod-Glas zu beseitigen, aber wahrscheinlich würde er dabei nur neue Spuren hinterlassen. Die fanden heute doch alles. Außerdem würde der Mörder schon dafür gesorgt haben, dass es genug zu finden gab. Hatte er nicht von Speichel gesprochen und von Haaren?

Und von der Tatwaffe.

Aber bisher kannte niemand seine Fingerabdrücke. Und auch eine DNS-Probe hatte er noch nie abgeben müssen. Vielleicht gab es also eine Chance für ihn, davonzukommen.

Doch wenn er nicht die Polizei rief, dann musste er hier weg, bevor er auffiel. Er hielt sich das Handydisplay vor die Augen. Fast vier Uhr. Bald würde der erste Verkehr einsetzen.

Er starrte hinaus in die Dunkelheit. Ohne seine Brille konnte er nicht fahren. Unmöglich in dieser Finsternis. Das bedeutete: Er musste noch einmal ins Haus. Noch einmal in das Zimmer. Noch einmal zu der toten Sanne. Zu ihren toten Augen.

Ich schaff das nicht, dachte er. Das ist zu viel.

Aber dann öffnete er die Fahrertür und stieg aus.

ZWEI

»Grüß Gott«, sagte Schafmann fröhlich, als er Schwemmers Büro betrat.

Schwemmer brummte irgendwas zur Antwort.

Schafmann warf einen Blick auf seine Armbanduhr. »Es ist Viertel vor zehn«, sagte er. »Die Morgenmuffelzeit ist vorbei.«

»Dann betrachte mich heute eben als Ganztagsmuffel«, antwortete Schwemmer.

»Na servus. Soll ich fragen, oder möchtest du nicht drüber reden?«

»Ich möchte nicht drüber reden.«

»Und wie lang wird das dauern?«

»Keine Ahnung.«

»Oha. Darf ich denn dienstlich werden?«

»Ich bitte darum.«

Schafmann setzte sich. »Krieg ich trotzdem einen Kaffee?«

»Wenn Frau Fuchs Zeit hat.« Schwemmer rief bei Frau Fuchs an und orderte Kaffee für sie beide. Sie hatten Glück, sie würden umgehend versorgt werden. »Haben wir denn mal was Aufregendes?«, fragte er, nachdem er aufgelegt hatte.

»Na, den toten Hund halt.«

»Ja, ja«, sagte Schwemmer.

»Langsam übertreibt er's.«

»Wieso er? Wissen wir doch noch gar nicht. Kann doch auch eine Sie sein.«

Schafmann verzog das Gesicht. »Bist du jetzt auch noch Ganztagsfrauenbeauftragter?«

»Ah geh. Was war das eigentlich für ein Hund?«

»Irish Setter.« Schafmann lachte leicht. »Ich kannte den übrigens.«

»Den Hund?«

»Ja. Der Besitzer wohnt nur drei Straßen von uns weg. Der ist dem jeden zweiten Tag aus dem Garten getürmt und dann durch die Gegend geflitzt, der Besitzer immer hinterher. Ich hab ihm mal geholfen, das Vieh einzufangen. Einen derart schlecht erzogenen Hund hab ich noch nie erlebt.«

»Irish Setter? Die sind nicht gerade klein, oder?«

»Nicht wirklich. Dreißig Kilo hatte das Tier mindestens. Der Besitzer hat wohl kürzlich erst den Zaun verstärkt, aber der Hund hat sich drunter durchgegraben. Und gestern ist er nicht wiedergekommen. Erst in der Nacht hat er ihn gefunden.«

»Ich weiß«, sagte Schwemmer.

»Woher?«

»Tut nichts zur Sache.«

Schafmann zuckte ergeben die Achseln. »Na jedenfalls: Er lag im Gebüsch am Hang oberhalb von Sankt Anton. Tot, mit verfärbter Zunge.«

»Wie viele Verdächtige haben wir denn mittlerweile?«, fragte Schwemmer.

Schafmann seufzte resigniert. »Alles in allem ein Dutzend. Aber ich wüsste mindestens ein weiteres Dutzend Leute, die das Vieh gehasst haben.«

Frau Fuchs brachte ein Tablett mit Kaffee herein, stellte es mit einem vorsichtigen Blick auf Schwemmer vor ihnen ab und eilte unter Vermeidung jedes unnötigen Geräusches wieder hinaus.

»Jesusmaria, was hast du denn mit dem Füchschen angestellt?«, fragte Schafmann, als sie die Tür lautlos hinter sich geschlossen hatte.

»Ihre Arbeit gab Anlass zur Kritik. Die habe ich geäußert«, sagte Schwemmer.

Schafmann sah ihn mit schräg gelegtem Kopf an. »Und du bist sicher, dass du nicht drüber reden willst?«

Schwemmer winkte ab. »Es tut mir leid. Ich werd mich noch bei ihr entschuldigen. Und ich werd mich zusammenreißen.«

»Schön zu hören.«

»Also ein Dutzend Verdächtige.«

»Ein Dutzend Anschuldigungen. Aber was anderes haben wir nicht. Nie ein Augenzeuge. Ob er Türschlösser verklebt, Autos zerkratzt, Öl auf Scheibenwischer schmiert ...«

»Das war für meine Begriffe das Mieseste bis jetzt. Da kommst du in den Regen, machst den Wischer an und siehst überhaupt nichts mehr. Für mich ist das versuchter Mord. Dagegen kannst du den Hund eigentlich vergessen.«

»Ja. Aber der Hund kriegt mit Sicherheit die bessere Presse«, sagte Schafmann.

Schwemmer verzog das Gesicht. »Da hast du natürlich recht. Irgendwas müssen wir unternehmen.«

»Ja. Jetzt haben wir zwar den Drohbrief, aber das ist nur ein Computerausdruck. Dräger hat nichts Brauchbares darauf gefunden. Keine Abdrücke. Winzige DNS-Spuren, aber das ginge wohl wirklich zu weit, die abzugleichen.«

»Lässt du den Hund obduzieren?«

»Ja. Gift dauert aber.«

»Weiß ich. Sprichst du mit den ›Verdächtigen‹?«

»Was bleibt mir übrig? Aber ich kann ja nicht mal nach einem Alibi fragen, weil ich nicht weiß, wann es passiert ist.«

»Lästiger Mist«, murmelte Schwemmer. »Als ich noch in Ingolstadt war ...«

Schafmann griff nach seinem Kaffeebecher und trank geräuschvoll.

»... da gab es eine Frau, die stach ihren Nachbarn immer die Reifen vom Radl auf, wenn sie es nachts vorm Haus stehen ließen. Damit die merkten, wie gefährlich das ist. Als sie geschnappt wurde, war sie ganz verwundert. Sie sagte, sie sei doch auf unserer Seite.«

Schafmann schüttelte traurig den Kopf und stellte seinen Becher wieder ab.

»Die Stimmung in der Nachbarschaft da ist natürlich extrem mies. Jeder verdächtigt jeden. Und vielleicht gibt es ja auch mehr als einen Täter. Einen Drohbrief hatten wir bisher jedenfalls noch nicht.«

»Denkbar ... Hör zu ...« Schwemmer spitzte die Lippen auf der Suche nach dem richtigen Tonfall. »Ich bin sozusagen auch ... persönlich an dem Fall interessiert.«

»Persönlich? Kanntest du den Hund?«

»Nein. Aber meine Frau kennt den Besitzer. Mir wär es lieb, wenn er sich nicht ... genötigt sähe, sie weiterhin um Unterstützung anzugehen.«

»Um Unterstützung anzugehen?« Schafmann sah ihn misstrauisch an. »Woher hast du denn *die* Formulierung? Alles in Ordnung bei euch?«

Schwemmer verzog den Mund. Er hatte gehofft, ein bisschen weniger leicht durchschaubar zu sein.

Schafmanns Miene war nun derart neutral, dass es schon wieder boshaft war. »Du möchtest also von diesem Herrn nicht weiter belästigt werden, hab ich das richtig verstanden?«

»Im Prinzip ja. Und ein schneller Ermittlungserfolg wäre da hilfreich.«

»Sehr wohl, Herr EKHK. Meine Männer und ich werden ausschwärmen und tun, was immer in unserer Macht steht.«

Schwemmer schloss die Augen und grunzte. »Verarschen kann ich mich selber«, sagte er.

»Aber lange nicht so gut wie ich«, sagte Schafmann. »Ich weiß ja nicht, welche Probleme du mit dem Dr. Schurig hast ...«

»Doktor? Seit wann ist der Doktor?«

»Keine Ahnung, seit wann. Doktor der Psychiatrie. Und du wirst ihm auf die Dauer nicht aus dem Weg gehen können.«

Schwemmer sah alarmiert auf. »Wieso nicht?«

»Polizeidirektor Hessmann will in Zukunft eng mit ihm zusammenarbeiten«, sagte Schafmann. »Er wird unser Experte. Für die richtig Abgedrehten.«

Schwemmer massierte seine Nasenwurzel.

Ferdi Schurig, dachte er. Ausgerechnet.

***

Es war fast zehn, als sein Vater, ohne anzuklopfen, die Zimmertür aufriss.

»Wieso bist ned im Büro?«, rief er herein.

»Ich hab mich krankgemeldet«, sagte Sebastian. Er hatte die Bettdecke über den Kopf gezogen und hoffte inständig, sein Vater würde ihn in Ruhe lassen, aber diesen Gefallen tat er ihm nicht.

»Wos host denn? Auf d' Nacht zvui gsuffa? Wer saufn ko, der ko a arbeitn! Wann warst denn dahoam? War scho fast Tag!«

»Ich hab nicht gesoffen«, entgegnete Sebastian schwach.

»Wos dann? Wos hast angstellt?«

Sebastian antwortete nicht. Er hatte nicht die Kraft für eine Auseinandersetzung.

Ein paar Sekunden war Stille, dann sagte sein Vater: »Mach nur so weida« und knallte die Tür zu.

Aber es blieb kein langer Moment der Ruhe. Kaum dass sein Vater aus der Tür war, begann das Handy zu läuten. Er hatte es auf dem Schreibtisch liegen lassen, er musste aufstehen, um es zu erreichen. Er zögerte.

Niemand rief ihn an um diese Zeit. Niemand, über dessen Anruf er sich gefreut hätte. Er blieb liegen, aber er wusste, dass es nichts nützen würde. Das Läuten erstarb, aber Sekunden später begann es erneut.

Mühsam befreite er sich von seinem Federbett, in das er sich hineingedreht hatte, und setzte seine Brille auf. Er musste all seinen Mut zusammennehmen, um auf das Display zu schauen, aber es war kein anonymer Teilnehmer. »Carina Öckler« stand auf dem Display.

Er starrte verständnislos darauf. Carina war eine Kollegin. Sie hatte ihn noch nie angerufen. Ihre Nummer war nur in seinem Speicher, weil sie sie ihm einmal aufgedrängt hatte, gemeinsam mit dem »Du«, bei irgendeiner Betriebsfeier, einem Geburtstag wahrscheinlich. Er nahm das Gespräch an.

»Hallo, ich bin's. Carina.«

»Ja ...« Er rieb sich den schmerzenden Nacken.

»Ich hab gehört, du bist krank, und da wollt ich nur fragen, ob man dir was Gutes tun kann ...« Es klang, als hätte sie den Satz eingeübt. Sie war eine kräftig gebaute Person von Anfang dreißig, die immer irgendwie grau wirkte, obwohl sie rötliche Haare hatte.

»Vielen Dank, aber ich komm klar.« Er hatte selten mit ihr zu tun, sie war in der Buchhaltung, er in der Entwicklung. Immerhin war sie freundlich zu ihm. Etwas, das er bei anderen Kollegen eher selten erlebte. »Wirklich nett, dass du an mich denkst«, sagte er.

»Du bist ja sonst eigentlich nie krank«, sagte Carina.

»Ja ... Woher weißt du das?«

»Ich mach doch die Gehaltsabrechnung.« Es klang, als fühle sie sich ertappt.

»Danke jedenfalls ... Morgen bin ich wieder da«, sagte er.

»Schön. Vielleicht sehen wir uns ja in der Cafeteria.«

»Äh ... ja«, sagte Sebastian nur.

»Warst du schon beim Arzt?«

»Ach, das wird schon wieder.«

»Ja. Aber du musst ein Attest einreichen.«

»Was? Ich dachte, drei Tage kann man so ...«

»Nein, nicht bei uns. Das hat der Dr. Lerchl doch schon vor zwei Jahren in die Verträge schreiben lassen.«

Sebastian stöhnte auf. Jetzt musste er sich auch noch irgendeine Lüge für den Arzt ausdenken.

»Ich glaub, da nehm ich lieber Urlaub«, murmelte er.

»Ähm …« Sie machte eine kleine Pause, so als stelle sie sicher, allein zu sein. »Das können wir irgendwie regeln«, flüsterte sie dann. »Ich mach das schon.«

»Danke.« Er war tatsächlich erleichtert. Nicht wegen des Urlaubstages, den er so sparte, sondern einfach, weil es eine Sache weniger war, um die er sich Gedanken machen musste.

»Ich freu mich ja, wenn ich dir helfen kann«, sagte Carina, und es klang, als ob sie es ehrlich meinte.

»Bis morgen«, sagte er und unterbrach die Verbindung.

Carina, dachte er. Wie war noch mal der Nachname? Ockels? Er sah unter »Angenommene Anrufe« nach. Öckler, las er. Carina Öckler. Er versuchte, sich den Nachnamen zu merken.

Bisher war ihm an ihr nur aufgefallen, dass sie immer mit dem Roller kam. Aus Murnau, wenn er sich nicht irrte.

Er legte das Handy auf den Nachttisch und setzte sich auf den Bettrand. Es war ihm klar, dass es nur eine Frage der Zeit war, bis der Mörder sich wieder melden würde.

Er hatte kein Auge zugetan, seit er in seinem Auto vor Sannes Haus aus der Ohnmacht erwacht war. Der Weg zurück in ihr Haus und ihr Schlafzimmer war das Härteste gewesen, das er je durchgemacht hatte.

Aber er hatte sich dazu gezwungen. Vielleicht wäre er tatsächlich auch ohne Brille irgendwie wieder nach Hause gekommen. Aber er hatte sie dort nicht liegen lassen können. So viele Menschen mit sechs Dioptrien auf beiden Augen gab es nicht. Sie würden den Besitzer der Brille aufspüren, über kurz oder lang. Er hatte sie dort wegholen müssen, und der Mörder wusste das.

Er spielte mit ihm.

Auch mit Sanne hatte er gespielt. Er hatte ihr Blut in die Haare geschmiert und sie zu zwei kleinen Teufelshörnern geformt. Sebastian hatte das erst erkennen können, als er endlich seine Brille gesäubert hatte, die ebenfalls voll getrocknetem Blut gewesen war. Er war damit ins Bad gewankt und hatte die schwärzlichen Flecken von den Gläsern und dem Metall gewaschen. Dabei hatten sein Rotz und seine Tränen sich mit dem Wasser aus dem Hahn vermischt und waren auf das Gestell getropft. Schließlich war er vor dem Waschbecken auf die Knie gesunken. Er hatte eine Ewigkeit dort gekauert, bis er endlich genug Kraft gesammelt hatte, um das Schlafzimmer noch einmal zu betreten und einen letzten Blick auf Sanne zu werfen.

Tatsächlich entdeckte er einen dritten Einschuss, der dort vorher nicht gewesen war, mitten in ihrer Stirn.

Der Mörder hatte gesagt, seine Fingerabdrücke seien auf der Waffe. Er musste ihm die Pistole in die Hand gedrückt und dann gefeuert haben.

Der Mörder konnte mit ihm machen, was er wollte, und Sebastian fürchtete, dass er noch viel mehr wollen würde. Er schluckte bittere Magensäure hinunter, die ihm in die Kehle geschossen war.

Das Handy auf seinem Nachttisch läutete.

»Unbekannter Teilnehmer« stand auf dem Display.

Das Spiel ging weiter.

***

»Jo mei, Herr Kommissar –«

»Hauptkommissar«, sagte Schafmann.

»Hauptkommissar«, korrigierte sich der Mann, »dann hat er so gschaut, hinter dem armen Zamperl her.«

»Wie gschaut? Was meinen Sie?«

»Na, *so* eben ...« Der Mann in dem Janker zog eine Grimasse, als sei ihm etwas ins Auge geflogen. »So als wollt er eam derschlogn.«

»*So* schauen Sie, wenn Sie jemanden erschlagen wollen?«, fragte Schafmann.

»Naaa! I doch ned. Verstehst mi ned? Der Oide von da drüben halt. Der hat gschaut, als wenn er wos saumäßig Gmeines vorhätt.«

»Saumäßig gemein. Aha. Und wann war das?«

»Wann? Jo mei, Herr Kommissar, der schaut oiweil so ... Nur wie er dann mein Karrn zerkratzt hat, da hat er mi angrinst, der Sauhund.«

»Da sind Sie sicher, dass er den Wagen zerkratzt hat?«

»Mei, so wie der grinst hat!«

»Vielen Dank.« Schafmann klappte seinen Notizblock zu. »Wir werden das verfolgen.«

»Aber sagn S' eam ned, dass i ...«

»Nein, nein, keine Sorge. Wir werden die Informationen streng vertraulich behandeln.«

»I moan, man woaß ja nie ...«

»In der Tat. Man weiß nie.«

Im Treppenhaus gönnte Schafmann sich einen Seufzer. Dann machte er sich auf den Weg zum nächsten Zeugen.

Carmen Misera war eine junge Frau, die einen ziemlich anderen Eindruck machte als der Herr zuvor. Sie trug einen eleganten roten Morgenrock, als sie Schafmann die Tür öffnete.

»Verzeihen Sie«, sagte sie mit einem Lächeln. »Aber ich hatte Nachtschicht.«

»Ich kann später noch einmal wiederkommen, wenn es Ihnen lieber ist.«

»Ah geh. Kommen Sie rein. Es sei denn, mein Aufzug stört Sie.«

»Aber nein ...« Schafmann registrierte, dass die Wohnung nach Kaffee und frischen Semmeln duftete, und bemerkte, dass er Hunger hatte.

»Mögen Sie einen Kaffee?«, fragte Carmen Misera und bot ihm mit einer Geste einen Stuhl am Frühstückstisch an.

»Gern.« Schafmann nahm Platz und sah zu, wie sie einen Becher aus dem Schrank nahm und einschenkte.

Sie musste seinen Blick auf den Korb mit den Semmeln bemerkt haben, denn ohne zu fragen, holte sie Besteck und Teller und legte beides vor Schafmann hin.

»Bedienen Sie sich.«

Schafmann nickte dankbar. »Danke. Es duftet aber auch zu verlockend.« Es war etwas an ihr, das ihn irritierte. Aber es fühlte sich keinesfalls schlecht an, in ihrer Nähe zu sein. Sie trug das schwarze Haar zu einem nachlässigen Knoten geschlungen. Ihre Augen waren dunkel, fast schwarz.

»Was arbeiten Sie denn?«, fragte er, während er eine Semmel aufschnitt.

»Ich bin Assistenzärztin im Klinikum.«

»Verstehe«, sagte er. »Da muss man schlafen, wann immer Gelegenheit ist.«

»Ja.« Sie lächelte in ihren Kaffee. »Schlaf wird in dem Job zum Luxus.«

Schafmann legte sich eine Scheibe Emmentaler auf die

gebutterte Semmel. »Deswegen waren Sie auch so spät unterwegs?«

»Ja. Ich hatte Spätschicht, aber dann gab es Komplikationen bei einer OP, und die hat dann fast bis drei gedauert. Gegen halb vier bin ich schließlich mit dem Radl hier angekommen. Als ich in die Ludwigstraße einbog, hörte ich so ein komisches Geräusch. Ein Kreischen, wie Metall auf Metall. Ich hab mich umgesehen, aber da war nichts. Wichtig hab ich es auch nicht genommen. Dann hab ich das Radl abgeschlossen und bin in die Wohnung hoch. Und von hier hab ich den Mann gesehen, wie er wegging.«

Schafmann aß den Mund leer, bevor er die nächste Frage stellte.

»Sie haben sofort aus dem Fenster geschaut?«

»Ja. Das ist eine Angewohnheit von mir. Wenn ich reinkomm, werf ich meinen Mantel aufs Sofa und mach als Erstes das Fenster auf.«

»Warum?«

Sie lächelte verlegen. »Um eine zu rauchen.«

Schafmann nickte verständnisvoll. »Ich hab's mir abgewöhnt. Ist aber schwierig.«

»Ja, ja ... dabei sollte ich es als Ärztin wirklich besser wissen.«

Sie lachten beide.

»Sie standen also am Fenster.«

»Genau. Ich stand da ein paar Sekunden, da sah ich einen Mann, der hinter einem Auto gehockt hatte. Er stand auf, und ich sah, dass er eine dunkle Brille aufhatte. Das fand ich natürlich komisch, so mitten in der Nacht. Er ging dann ganz ruhig die Straße hinunter und verschwand im Eingang von dem Apartmenthaus.«

Schafmann nahm noch einen Schluck Kaffee und erhob sich. Er wies auf das Fenster. »Darf ich?«

»Bitte.«

Er öffnete das Fenster, und kühle Oktoberluft strömte herein. Die Bäume vor dem Haus warfen ein paar ihrer bunten Blätter auf das Fensterbrett. Carmen Misera trat neben ihn.

»Erkälten Sie sich nicht«, sagte Schafmann.

Sie hielt sich den Kragen des Morgenmantels zu und zeigte mit der anderen Hand auf die Straße hinunter. »Dort stand der Wagen, hinter dem der Mann hockte. Und dort in der Paul-List-Straße der Wagen, der in der Nacht zerkratzt wurde. Und da unten ist der Hauseingang.«

Schafmann nickte. »Es ist aber nur der Eingang zur Tür hin zu sehen, nicht die Tür selber.«

»Ja. Aber solange ich hier stand, ist der Mann nicht wieder rausgekommen.«

»Wie lange war das?«

»Na, eine Zigarettenlänge.«

Sie stand dicht neben ihm, und sein Handrücken berührte den glatten Stoff des Morgenmantels. Er nahm ihren Duft wahr, und er erinnerte ihn an eine frisch gemähte Wiese. Irritiert stellte er fest, dass sich Gänsehaut auf seinen Unterarmen ausbreitete.

»Lassen Sie uns wieder zumachen, Sie holen sich noch den Tod«, sagte er.

Sie setzten sich wieder an den Tisch mit dem späten Frühstück.

Sie lächelte – etwas verwirrt, wie ihm schien. Oder lag es daran, dass er selber verwirrt war? Sie saß ihm gegenüber, aber immer noch glaubte er, ihren Duft wahrzunehmen.

»Vielleicht hat er mich ja bemerkt und hat im Eingang gewartet, bis ich wieder drin war«, sagte sie, und es kam Schafmann vor, als müsse sie sich zum Thema zurückzwingen.

Er hustete verlegen. »Können Sie den Mann beschreiben?«, fragte er.

Sie zuckte die Achseln, wobei sich der Ausschnitt des Morgenmantels ein wenig verschob und etwas mehr Einblick erlaubte, als man vielleicht schicklich genannt hätte. Schafmann holte Luft und zwang seinen Blick auf den Kaffeebecher.

»Er war dunkel gekleidet, trug einen Trachtenhut und schien ein bisschen zu hinken, aber ganz sicher kann ich das nicht sagen. Es war halt dunkel.«

»Wie alt schätzen Sie ihn?« Fast war er dankbar, wieder auf dienstlichem Terrain zu sein, aber er konnte seinen Blick kaum von ihr wenden.

»Eher etwas älter«, sagte sie. »Ein bisschen füllig, aber nicht dick.«

»Würden Sie ihn wiedererkennen?«

»Nein. Keine Chance.«

Schafmann griff nach seinem Kaffeebecher. Er war leer. Immer noch hatte er Gänsehaut an den Unterarmen.

Sein Atem ging flach. Er sah auf seinen Notizblock. Es wollte ihm partout keine vernünftige Frage mehr einfallen, aber etwas hielt ihn hier fest. Er sah sie an. Sie wich seinem Blick aus und schenkte ihm Kaffee nach. Wieder musste er sich zwingen, nicht in den Ausschnitt des roten Morgenrocks zu starren. Ihr Duft nahm ihm fast den Atem.

Schafmann schenkte sich Milch ein, viel zu viel eigentlich, irgendwas schien seine Feinmotorik zu beeinträchtigen.

Er stellte Fragen nach ihrem Job. Sie antwortete mit ein paar Anekdoten, und er lachte lauter, als nötig gewesen wäre. Auch dass sie während des Studiums in München eine Dauerkarte für die Löwen hatte, erzählte sie, obwohl sie aus Königsbrunn stamme und eigentlich seit ihrer Kindheit Fan des FC Augsburg sei.

Und dass sie die Wohnung bis vor Kurzem mit einem gewissen Schorsch geteilt habe, der aber mit ihren Arbeitszeiten nicht klargekommen sei. Deshalb sei er zurück nach Freising gezogen, zurück zu seiner Ex.

Sie ist Single, dachte Schafmann. Sie ist allein. Sie braucht jemanden.

»Irgendwie kann ich Schorsch sogar verstehen«, sagte sie und nippte an ihrer Tasse. »Aber so ein Polizistenjob ist für den Partner bestimmt auch nicht leicht.«

Schafmann räusperte sich. Eigentlich waren von Bärbel bisher nicht viele Klagen gekommen. Solange er Fabian zum Eishockey und Felix zur Probe beim Tölzer Knabenchor brachte, schien sie zufrieden zu sein.

»Manchmal ist es schon ein bisschen viel«, sagte er und überlegte, wie oft er Bärbel mit dem Fahrdienst alleingelassen hatte. Ein halbes Dutzend Mal in den letzten zwei Jahren, schätzte er. Immerhin. Wie es allerdings weitergehen würde, wenn die Kleine auch noch alt genug für ein Hobby war, stellte er sich nur ungern vor.

Das Gespräch floss dahin, bis Schafmanns Blick auf seine Armbanduhr fiel. Er schrak zusammen und stand eilig vom Tisch auf.

»Ich hoffe, Sie kriegen den Kerl«, sagte Carmen Misera mit einem warmen Lächeln, als sie ihn zu Tür begleitete.

»Über kurz oder lang«, antwortete er.

Sie reichte ihm die Hand. Er ergriff sie. Sie war warm und trocken und fühlte sich feingliedrig und kräftig zugleich an.

»Pfüat Eane«, wollte er sagen, aber es kam nur ein halb artikuliertes Krächzen dabei heraus.

Sie lächelte ihn an. »Wenn Sie mal Kaffeedurst haben und in der Nähe sind ...«

»Ja«, sagte er. »Wenn ich in der Nähe bin.«

Er trat ins Treppenhaus. Als sie die Tür hinter ihm geschlossen hatte, warf er einen langen, verwirrten Blick zurück.

Was, zum Teufel, war *das*?, dachte er. Ganz langsam ging er die Treppe hinunter. Er dachte an eine frisch gemähte Wiese.

***

»Du bist nicht im Büro«, stellte die Stimme fest.

»Woher wollen Sie das wissen?«, fragte Sebastian.

»Ich hab versucht, dich dort anzurufen. Man sagte mir, du bist krank.«

Die Stimme war wieder elektronisch verändert. Sie klang unnatürlich hoch.

»Woher wissen Sie, wo ich arbeite?«

»Aber Sebastian! Du hast Visitenkarten in deiner Brieftasche. GAP-Data, ›Member of Development Department‹. Klingt beeindruckender, als es ist, nehme ich an.«

Sebastian antwortete nicht. Die Stimme hatte recht. Fachlich würden sie nie auf ihn verzichten können. Aber vorzeigen würden sie ihn auch nie. Er war der *Nerd*, der die Fleißarbeit machte. Und eigentlich war es ihm auch egal, ob »Member« oder »Teamleader« oder gar »Operation Manager« auf seiner Karte stand. Für eine echte Karriere war er einfach nicht geboren.

»Was entwickelt ihr denn?«, fragte die Stimme.

»Software.«

»Software wofür?«

»Für Bewehrungstechnik.«

»Was soll denn das sein?«

»Baustahl. Für Betonbau. Software für Planung, Einkauf, Herstellung, also Zurechtbiegen, Lagerhaltung.« Sebastian atmete heftig aus. Er telefonierte mit einem Mörder, mit Sannes Mörder, und plauderte mit ihm über seinen Job.

»Und für so was gibt es einen Markt?«, fragte die Stimme.

»Wir haben ein paar hundert Kunden, weltweit. Was wollen Sie von mir? Über meine Arbeit reden?«

»Oh, ich weiß noch nicht genau, was ich von dir will. Wir werden sehen. Zunächst habe ich noch eine Frage an dich: Wieso nennen sie dich im Büro ›Milli‹?«

»Woher wissen Sie das?«

»Sebastian, gewöhn dich bitte daran, dass ich eine Menge über dich weiß. Aber bitte: Du hast dich selber so bezeichnet, als du so unfassbar dämlich warst und Susanne Berghofers Haus betreten hast. Und eben am Telefon hat dein Kollege in den Raum gefragt, ob jemand weiß, wo der ›Milli‹ steckt. Was bedeutet das also?«

»Es bedeutet Millionär«, antwortete Sebastian leise. »Ich war mal bei Günther Jauch.«

»Oh. Und? Du hast die Million geholt.«
»Nein.«
»Wie viel denn?«
»Fünfhundert Euro«, murmelte Sebastian.
»Was? Wie kann man so doof sein?« Die Stimme lachte.
»Ich ... hatte Lampenfieber«, sagte Sebastian.
»Aber es gibt doch Joker!« Die Stimme war hörbar amüsiert.
»Die hatte ich bei viertausend schon verbraucht.«
»Und was war die letzte Frage?«
»Ist das wirklich wichtig?«, fragte Sebastian.
»Sebastian, alles, was ich dich frage, ist wichtig. Weil *ich* dich frage. Mach dir das klar. Denn du solltest mich nicht verärgern. Auch nicht ein bisschen.«
Sebastian schwieg.
»Also? Was war die Frage?«
»Wie viel Chromosomenpaare der Mensch hat. Drei, dreizehn, dreiundzwanzig oder dreiunddreißig.«
»Und was hast du geantwortet?«
»Dreizehn.«
»Das darf ja wohl nicht wahr sein! In Biologie nicht aufgepasst?«
Sebastian antwortete nicht. Der Auftritt war die größte Demütigung in seinem an Demütigungen nicht eben armen Leben gewesen. Er hatte eine gute Allgemeinbildung, und natürlich hätte er im wahren Leben die Frage beantworten können. Ebenso wie die nach dem südamerikanischen Land mit der längsten Küste, für die er allein zwei Joker gebraucht hatte. Und sogar die nach dem einzigen Ehrenspielführer der Nationalmannschaft, der kein Welt-

meister war – obwohl Fußball nicht zu seinen Fachgebieten zählte. Im Publikum hatten zweiundachtzig Prozent die Lösung gewusst.

»Das war wohl die eine Chance in deinem Leben«, sagte die Stimme.

»Scheint so«, sagte Sebastian.

»Und du hast sie vertan.«

»Ja.« Er hatte sie vertan. Er hatte auf dem Stuhl gesessen, und sein Gehirn hatte einfach nicht mehr gearbeitet. Das Einzige, zu dem er noch in der Lage gewesen war, war Schwitzen – selbst zum Atmen hatte er sich zwingen müssen. Als alles vorbei war, hatte er keinen trockenen Faden mehr am Leib gehabt, und sogar Günther Jauch schien Mühe gehabt zu haben, Mitleid mit ihm zu empfinden.

»Eines darf man eben nicht vergessen«, sagte die Stimme. »Das Glück ist mit den Tüchtigen.«

Die Verbindung wurde unterbrochen.

Es war die eine Chance in seinem Leben gewesen. Und so, wie es jetzt aussah, würde es nie wieder eine für ihn geben.

***

Das Wort Schicksal klingt für die meisten Menschen bedrohlich, und das zu Recht. Sie kennen es nicht, es ist fremd, es ist nicht zu steuern – für die meisten Menschen. Aber für die anderen, die, die eben nicht die meisten sind, die nur wenige, sehr wenige sind – für diese Menschen steht das Wort Schicksal gerade für das Gegenteil. Es steht für Macht.

***

»Und?«, fragte Schwemmer. »Irgendwelche Resultate?«

Schafmann ließ sich in den Besucherstuhl fallen und zog seinen Notizblock aus der Jackentasche. Fahrig blätterte er darin herum.

»Wirklich Konkretes nicht ... Jemand hat jemanden in einen Hauseingang gehen sehen.«

»Klingt ja aufregend.«

»Ja. Einen eher älteren Mann, möglicherweise leicht gehbehindert.«

»Und?«

Schafmann winkte ab. »In dem Haus wohnen zwölf Parteien. Soll ich die etwa alle überprüfen?«

Schwemmer sah ihn verblüfft an. »Etwa? Was ist denn mit dir los? Natürlich sollst du! Das ist unser verdammter Job, oder?«

Mit einem Seufzer klappte Schafmann seinen Block wieder zu und sah auf seine Armbanduhr.

»Gleich morgen«, sagte er.

Auch Schwemmer sah auf die Uhr. »Morgen? So spät ist es ja noch nicht. Grad eben haben die vom Tagblatt angerufen, und ich hab denen gesagt, dass wir intensiv an der Sache arbeiten. Von daher wäre ein bisschen *pronto* gar nicht schlecht.«

Schafmann sah zum Fenster hinaus. Er reagierte nicht auf die sanfte Ermahnung. Schwemmer kam es vor, als habe er ihn gar nicht gehört.

»Hallo?«, fragte er. »Alles klar?«

Schafmann fuhr herum. »Bitte?«

Schwemmer legte ungläubig den Kopf schief. »›Presse‹, sagte ich. Und: ›*Pronto.*‹ Ist alles in Ordnung bei dir?«

»Ähm ... ja, ja. Alles in Ordnung.«

»Oder bist du krank?«

»Nein, nein, mir geht's bestens.«

»Bestens?« Schwemmers Verwunderung steigerte sich zur Besorgnis. Er hatte sich gewappnet für eine ausführliche Schilderung unklarer Symptome, die unzweifelhaft auf ernsthafte Beschädigungen lebenswichtiger innerer Organe oder des Bewegungsapparates hinwiesen. Schafmanns Hypochondrie war in der ganzen Dienststelle gefürchtet – und die einzige ernsthafte Krankheit, an der der Kollege je gelitten hatte. Ein »Bestens« hatte Schwemmer seiner Erinnerung nach von ihm noch nie zu hören bekommen.

Schafmann erhob sich mit einem leichten Ächzen aus dem Stuhl und ging mit hängenden Schultern zur Tür.

»*Pronto.* Na schön«, sagte er und ging hinaus.

***

»Wuillst was essn?«, fragte sein Vater durch die geschlossene Tür. Es klang nicht sehr freundlich.

Sebastian wusste nicht, was er antworten sollte. Einerseits war der Gedanke an Essen im Moment nur mit Ekel verbunden. Andererseits spürte er, dass er essen musste, wenn er nicht zusammenbrechen wollte. Allerdings hatte der Gedanke, einfach zusammenzubrechen, auch etwas Verlockendes. Einfach kollabieren, dachte er. Und dann fortgetragen werden. Wohin auch immer.

»Wos is?«, knurrte sein Vater.

Wohin auch immer? Er würde fortgetragen werden, um den Rest seines Lebens hinter Gittern zu verbringen. Er riss sich zusammen.

»Ja«, sagte er in Richtung Tür. »Ich komm gleich.«

»Zehn Minutn«, sagte sein Vater. »Leberkas mit Spiegelei.«

»Passt schon«, antwortete Sebastian. Die Chance, dass es Leberkäs gab, lag über fünfzig Prozent, wenn sein Vater sich entschloss, den Herd anzumachen. Heute war es ihm gerade so recht wie irgendwas anderes.

Sebastian ging ins Bad. Zögernd sah er in den Spiegel. Selbst die dicken Gläser seiner Brille konnten nicht verbergen, wie verschwollen seine Augen waren. Er warf sich kaltes Wasser ins Gesicht und ließ es sich über den Kopf laufen. Dann rubbelte er seine Haare trocken, vorsichtig, denn sein Hinterkopf schmerzte noch immer.

Zurück in seinem Zimmer zog er sich frische Sachen an und ging dann in die Stube, wo sein Vater gerade vier Scheiben Leberkäse aus der Pfanne hob und auf zwei Teller verteilte.

»Bier hob i vergessn«, brummte er. »Holst mir a Hells ausm Kühlschrank.«

Sebastian tat, wie ihm geheißen. Nach kurzem Zögern nahm er eine zweite Flasche aus dem Kühlschrank. Eigentlich trank er kein Bier um diese Tageszeit, aber er hatte das Gefühl, heute würde es ihm guttun.

Sein Vater sah ihn forschend an, als er die Flasche vor ihn hinstellte, aber er sagte nichts. Sie schenkten sich ein, tranken und vertilgten stumm ihr Mahl. Als sein Vater aufgegessen hatte, griff er nach seinem Glas, nahm einen großen Schluck und stieß dann einen Rülpser aus.

»Scheiße schaugst aus«, sagte er dann.

Sebastian nickte nur. Er wagte nicht, aufzusehen.

»Wos host angstellt in der Nacht?«, fragte sein Vater.

»Mir hat jemand eins übergebraten«, sagte Sebastian.

»Wer?«

Sebastian zuckte die Schultern. »Weiß nicht. Von hinten.«

»Wo?«

Sebastian zögerte. »Im Ort halt«, sagte er.

»Warum?«

»Keine Ahnung ...«

Sein Vater trank sein Glas leer.

»Schmarrn«, sagte er.

Sebastian antwortete nicht. Stumm stand er auf und ging zurück in sein Zimmer.

»Gehst morgn wieder arbeitn?«, rief sein Vater ihm hinterher.

»Ja.«

Er schloss die Tür hinter sich und setzte sich an seinen Schreibtisch, der mit Computerzubehör, Kabeln und CD-Hüllen bedeckt war. Er stützte die Ellbogen auf, legte das Gesicht in die Hände.

Er musste nachdenken. Es musste irgendetwas geben, das er tun konnte. Irgendwie musste er in die Offensive kommen. Denn so, wie es jetzt war, würde der Mörder ihm das Leben zur Hölle machen.

Sanne hatte drei Tage Urlaub genommen. Er hatte Kollegen aus dem Vertrieb darüber reden hören, in der Cafeteria. Dass sie ausgerechnet jetzt freimachen musste, vor der Messe in Köln, und dann auch noch rumposaunen, sie würde die

Tage nutzen, um *nichts* zu tun. Dass sie eine arrogante Ziege sei, die es nicht nötig hätte, im Team zu arbeiten.

Die Kollegen hatten leise gesprochen, das Gespräch war nicht für den Nachbartisch bestimmt gewesen, aber Sebastian hatte sehr aufmerksam gelauscht.

Als sie gegangen waren, hatte er ihnen ungläubig hinterhergestarrt. Die beiden waren ihm noch nie besonders sympathisch gewesen, aber nach dem, was er da gehört hatte, waren sie für ihn endgültig gestorben.

Sanne eine arrogante Ziege zu nennen empfand er als Schlag ins Gesicht. In seines wie in ihres. Es war schlicht ein Ding der Unmöglichkeit, sie sich als arrogant vorzustellen.

Er schreckte aus den Gedanken hoch.

Sanne lag tot in ihrem Bett. In ihrem Schlafzimmer. Einem Zimmer, das übersät war mit seinen Spuren.

Drei Tage Urlaub. Drei Tage, in denen sie nicht vermisst werden würde. Vielleicht konnte er diese Tage nutzen.

Aber wie?

Vielleicht konnte er Spuren beseitigen. Er war doch schon dort gewesen, hatte sie tot dort liegen sehen. Es war hart gewesen, natürlich, aber er hatte es geschafft. Er würde es noch einmal schaffen. Müssen.

Er sah auf die Uhr. Ein paar Stunden war es noch hell. Da ging es natürlich nicht. Überhaupt kam nur die Nacht in Frage, wenn er wirklich noch einmal in das Haus gehen wollte. Den Schlüssel, den der Mörder so höhnisch für ihn in der Eingangstür hatte stecken lassen, hatte er mitgenommen, als er das Haus wieder verlassen hatte – er hatte in der Situation einfach nicht gewusst, was die beste Lösung dafür war, und nun hing er an seinem Schlüsselbund.

Vielleicht konnte er sogar die Leiche verstecken.

Erschrocken schüttelte er den Kopf. Die Vorstellung, ihren toten Körper durch die Gegend zu tragen, war zu viel. Das ging nicht.

Oder doch?

***

Wenn Schwemmer seiner Nase trauen konnte, war es nicht wirklich ein Friedensangebot, das Burgl da auf dem Herd hatte.

Er betrat die Küche und nahm den Deckel vom Topf.

»Beuscherl?«, fragte er enttäuscht.

»Hatten wir lange nicht mehr«, sagte Burgl. Sie nahm eine Flasche Weißwein aus dem Kühlschrank, schenkte zwei Gläser ein und reichte ihm eines. Er lächelte sie gequält an.

Wenn sie ein Gericht im Repertoire hatte, das er wirklich nicht mochte, war es Beuscherl. Das hatte, wenn er ehrlich war, weniger mit Burgls Rezept zu tun als mit dem seiner Mutter, mit dem sie ihn und die Familie immer wieder traktiert hatte – und mit einer generellen Abneigung gegen Innereien. Die Vorstellung, Lunge zu essen, wollte ihm einfach nicht behagen, auch wenn Burgl ihn deswegen schon einen Unbayern geschimpft hatte.

»Ich hatte einfach Appetit drauf«, sagte sie und prostete ihm zu. »Wie war dein Tag?«

»Ja mei …« Er seufzte und nahm einen Schluck Wein. Immerhin der war eine Wohltat. Er nahm die Flasche und sah auf das Etikett. Ein 2009er Rivaner aus der Pfalz. Er nickte wohlwollend.

»Nichts Aufregendes heute?«, fragte Burgl.

»Nein.« Schwemmer nahm zufrieden zur Kenntnis, dass sie ihm explizite Fragen nach Ferdis Hund ersparte. »Sogar Schafmann geht's bestens.«

Burgl hob skeptisch die Brauen. »Bestens? Schafmann?«

Er lachte. »Ja, ich bin auch besorgt.«

Sie setzten sich an den Küchentisch, und Burgl servierte das Kalbslüngerl. Schwemmer vermied jeden Kommentar und ermahnte sich, objektiv dranzugehen und seine Vorurteile einer erneuten Überprüfung zu unterziehen. So aß er konzentriert, und fast wäre sein Vorhaben auch gelungen, wenn Burgl nicht nach dem vierten Bissen gesagt hätte: »Ich war heute in Hechendorf.«

Schwemmer schluckte den Bissen hinunter und legte den Löffel weg. Er nahm ein Stück Baguette aus dem Korb und begann, es zu zerbröseln.

»Ich hab mir Ferdis Praxis angeschaut«, sagte Burgl.

»Aha«, sagte Schwemmer. »Und?«

»Wirklich sehr schön. Großzügig eingerichtet. Eine Menge Platz, direkt an der Partenkirchener Straße. Und eine Menge Klienten. Jedenfalls dafür, dass er erst ein paar Monate da ist.«

Er sah sie abwartend an, aber er ahnte, was kommen würde.

»Ich denke, ich mach das«, sagte sie.

Schwemmer stopfte sich zwei große Stücke Baguette in den Mund und kaute schweigend.

»Ferdi ist auch Sachverständiger«, sagte Burgl. »Du wirst also ohnehin mit ihm zu tun bekommen.« Sie nahm einen Schluck Wein und sah ihn mit einem Lächeln an, von dem er nicht genau sagen konnte, wie spöttisch es war.

Schwemmer spülte das Baguette mit Weißwein hinunter.

»Kommt heut was im Fernsehen?«, fragte er dann.

»›Desperate Housewives‹«, antwortete Burgl.

***

Sebastian rangierte den R5 zwischen die Büsche und schaltete den Motor aus.

Seine Hände waren feucht, und er hatte Schwierigkeiten, die dünnen Lederhandschuhe überzustreifen. Sie stammten aus dem Nachlass seiner Mutter und waren ihm zu eng. Er hatte sie aus einer der Schubladen seines Kleiderkastens ausgegraben, tief unten. Er zwängte die Finger hinein, und es fühlte sich gar nicht schlecht an, wie eine zweite Haut fast. Er zog die Duschhaube aus der Tasche, die er einmal aus einem Hotel mitgenommen hatte, in Regensburg. Da war er für ein Vorstellungsgespräch gewesen, für eine Stelle als CAD / CAM-Projektassistent, für die er überqualifiziert war, wie man ihm hinterher brieflich mitgeteilt hatte.

Damals war es irgendwie lustig gewesen, die Haube mitzunehmen, weil er sich nie hatte vorstellen können, etwas wie eine Duschhaube jemals zu benötigen. Und nun brauchte er sie, sogar dringend, um die Spuren eines Verbrechens zu beseitigen, das er nicht begangen hatte.

Er sah sich um. Die Straße hinter den Scheiben seines R5 war schwach beleuchtet, niemand war zu sehen. Sein Herzschlag pulste im Hals, als er ausstieg und auf das Haus zuging. Vor der Haustür zog er die Duschhaube über den Kopf. Das Gummiband musste im Nacken verknotet werden. Als er es nach unten zog, streiften seine Finger die Beule am Hinterkopf. Er sog zischend Luft ein. Der Schmerz war immer noch scharf und grell. Seine zitternden Finger machten es ihm schwer, das Gummi zu verknoten. Es dauerte endlose Sekunden, bis er es geschafft hatte. Hastig steckte er den Schlüssel ins Schloss und öffnete.

Als die Tür hinter ihm wieder zugefallen war, atmete er durch. Er wollte wenigstens ein bisschen zur Ruhe kommen, bevor er das Licht einschaltete.

Dann, im Schein der Halogenstrahler, sah er sich um. Alles war so, wie er es hinterlassen hatte. In seiner Jackentasche steckte ein Plastikbeutel mit einem feuchten Putzlumpen aus dem Eimer unter der Spüle. Er zog ihn heraus und wischte damit über den Lichtschalter. Dann stieg er die Treppe hoch und fuhr dabei mit dem Tuch sorgfältig über das Geländer.

Oben blieb er einen Moment stehen und versuchte, sich zu erinnern. Er hatte die Tür zum Bad geöffnet. Beim zweiten Mal war er ins Bad hineingegangen. Oder vielmehr: hineingewankt. Er hatte sich überall abgestützt, an der Wand, an der Duschkabine, am Waschbecken.

Hastig begann er, über jede nur denkbare Stelle zu wischen, an der ein Fingerabdruck von ihm sein konnte. Er hatte geweint. Konnte man in getrockneten Tränen DNS-Spuren sichern? Er hatte keine Ahnung, aber er wischte auch den Boden vor dem Becken, wo er in die Knie gegangen war.

Als er wieder aufstand, fiel sein Blick in den Spiegel. Fast erschrak er vor der Gestalt, auch wenn sie auf den zweiten Blick so lächerlich aussah, wie man es sich nur denken konnte, mit den dicken Brillengläsern unter der weißen Duschhaube. Er schaltete mit den behandschuhten Fingern das Licht aus und ging hinüber ins Wohnzimmer.

Er sah sich um. Auf dem Glastisch standen die Flasche Pernod und das umgefallene Glas, das er aufgerichtet hatte. Er nahm es und wischte es sauber. Außerdem hatte er mit dem Finger in die kleine, nun klebrig angetrocknete Lache Anisschnaps gefasst.

Er wischte den Fleck weg und ging zum Bücherregal hinüber. Dort nahm er das Strandfoto von Sanne und dem dunkelhäutigen Mann, wischte es ab und suchte dann unter den vielen gerahmten Bildern nach dem anderen Bild, das Sanne und einen anderen Mann auf Pferden zeigte.

Es war nicht da.

Sebastian erstarrte. Hastig ging er noch einmal die Bilder durch, insgesamt fast zwanzig Stück, alle gerahmt. Sanne hier, Sanne dort, Männer, Frauen, Katzen, Hunde, Berge, Meer und Seen. Aber keine Pferde.

Sein Handy läutete.

Sebastian schloss die Augen. Mit zitternden Fingern tastete er nach dem Gerät in seiner Jackentasche.

»Unbekannter Teilnehmer«, informierte ihn das Display. Wortlos nahm er das Gespräch an.

»Sebastian, was machst du da?«, fragte die Stimme.

Er war zu keiner Antwort fähig.

»Hatte ich dir nicht gesagt, du sollst mich nicht verärgern? Auch nicht ein bisschen?«

Sebastian schwieg, aber er zitterte am ganzen Körper.

»Du weißt nicht, was du tust, Milli. Du hast keine Ahnung.«

»Ich ... ich werd sofort wieder gehen«, sagte Sebastian.

»Dazu ist es zu spät. Ich war ja drauf und dran, die Polizei zu rufen. Aber dann hatte ich eine bessere Idee. Lustiger, denke ich. Also: für *mich* lustiger. Apropos: Die Duschhaube steht dir ganz ausgezeichnet. Viel Spaß noch.«

Die Verbindung wurde unterbrochen.

Eine lustigere Idee? Was konnte das bedeuten? Er hatte keine Ahnung. Nur eines war sicher: Es war nichts Gutes.

Als er das Gerät wieder einsteckte, schrillte die Türklingel durch das Haus. Er fuhr herum. Das Licht über der Stiege brannte noch, man konnte es von draußen sehen. Erneut läutete die Klingel. Sebastian blieb starr stehen. Einen Moment später schloss jemand die Haustür auf.

»Frau Berghofer?«, rief eine Frauenstimme. »Frau Berghofer? San S' dahoam?«

Sebastian tastete sich langsam rückwärts von der Tür weg.

»Frau Berghofer? I bin's, d' Wagmüllerin. San S' dahoam?«

Harte Sohlen schritten durchs Erdgeschoss, schließlich hörte er sie die Stiege heraufkommen.

Sebastians Blick hetzte durch den Raum auf der Suche nach einem Versteck, aber da war keines. Der einzige, der letzte Ausweg, der ihm blieb, war das Schlafzimmer. Das Zimmer, in dem die tote Sanne lag.

Mit drei Schritten war er an der Tür. Er öffnete sie schnell, schlüpfte in das dunkle Zimmer und schloss sie lautlos wieder.

Mit weit aufgerissenen Augen stand er in der Dunkelheit und wagte kaum zu atmen. Er hatte keine Ahnung, was er tun sollte.

Wer war die Frau? Eine Nachbarin? Wahrscheinlich. Warum war sie hier?

»Frau Berghofer?«, hörte er sie rufen, gedämpft durch die geschlossene Tür.

Natürlich. Sie war hier, weil die Stimme sie hergeschickt hatte. Irgendeine Geschichte. Frau Berghofer ist nicht erreichbar. Haben Sie vielleicht einen Schlüssel? Könnten Sie nicht einmal nach ihr schauen?

Es klopfte.

»Frau Berghofer? San S' dahoam? I bin's, d' Wagmüllerin.« Die Stimme klang atemlos, von der Anstrengung des Treppensteigens wahrscheinlich. Noch einmal klopfte es an der Tür. »I kimm eini, wann's recht is.«

Sebastian drängte sich an der Wand entlang von der Tür weg. Sie öffnete sich, und ein Lichtstreifen fiel in den Raum. Sebastian fluchte innerlich. Er war in die falsche Richtung ausgewichen. Er hätte hinter der Tür sein sollen. Nun stand er direkt im Blickfeld der Frau, wenn sie hereintrat. Er wollte weiter zurückweichen, aber eine Kommode versperrte ihm den Weg.

Die Frau öffnete die Tür und schaltete das Licht an. Die Wagmüllerin war eine große Frau von mächtigen Ausmaßen. Ihr erster Blick fiel auf das blutverschmierte Gesicht der toten Susanne Berghofer in ihrem Bett. Ihr Kinn klappte nach unten, und sie rang um Atem.

Sebastian versuchte, um die Kommode herum auszuweichen, dabei stieß er gegen etwas, das auf dem Möbel stand. Eine große Ziervase, die nun polternd zur Seite kippte.

Die Wagmüllerin fuhr herum und starrte ihn an.

Sebastian griff zu, um die Vase aufzufangen. Sie war erstaunlich schwer, sodass es ihm nicht gelang, sie richtig zu fassen. Reflexhaft schleuderte er sie wieder ein wenig hoch, in dem Versuch, sie doch noch in den Griff zu bekommen.

Was die Wagmüllerin zu sehen bekam, war eine bebrillte, Handschuhe und eine Duschhaube tragende Gestalt, die mit einer großen Vase rang – und das, während ihr gesamtes vegetatives Nervensystem damit beschäftigt war, die Information zu verarbeiten, dass jemand ihrer Nachbarin beide Augen ausgeschossen und ihr Gehirn über die Wand ihres Schlafzimmers verteilt hatte.

Das alles entlockte ihr einen schrillen Schrei schieren Entsetzens, während die Vase den Händen des Bebrillten entglitt und zu Boden stürzte, wo sie mit einem markerschütternden Klirren in Tausende Splitter zerbrach.

Die Wagmüllerin war weit in ihren Achtzigern und hatte schon einiges erlebt, aber dies war zu viel. Ihr Herz machte einen letzten, ebenso kraftlosen wie vergeblichen Versuch, sie auf den Beinen zu halten, ihre Knie knickten ein, und ihr schwerer Körper sank mit einem langen, zagenden Röcheln zu Boden.

***

»Kommst du nicht ins Bett, Werner?« Bärbel stand in der Tür und sah Schafmann verschlafen an. »Es ist schon nach zwölf.«

»Ja, ich komm gleich, Schatz.« Schafmann wandte den Blick vom Fernseher und warf ihr ein schiefes Lächeln zu. »Ich guck nur noch den Film zu Ende.«

Sie verschwand wortlos in Richtung Schlafzimmer, und er starrte wieder auf den Flachbildschirm, auf dem eine Dokumentation über Street Art lief, von der er überhaupt nichts verstanden hatte. Er spürte ein Drücken oder eher ein Ziehen in der Magengegend, wie er es so lange nicht gespürt hatte, dass er es fast vergessen hatte. Immer wieder kehrten seine Gedanken zu Carmen Misera zurück, zu ihren feingliedrigen Händen, dem Ausschnitt ihres Morgenmantels und dem Duft, der von ihr ausging. Der Duft einer frisch gemähten Wiese.

Schafmann versuchte, all diese Gedanken zu verdrängen, aber es wollte nicht gelingen. Wenn er die Augen schloss, sah er sofort das leuchtende Rot ihres Morgenmantels vor sich. Und das Dunkel ihrer Augen.

Müde griff er nach dem Bierglas, aber es war leer. Mit einem heftigen Kopfschütteln und einer Mischung aus Ärger, Resignation und Adrenalin erhob er sich aus seinem Sessel. Er schaltete den Fernseher aus, brachte das Bierglas und die leere Chipsschale in die Küche und deponierte beides sorgfältig in der Spülmaschine. Dann ging er ins Bad, um sich die Zähne zu putzen.

Er hätte noch endlos in der Stube vor dem Fernseher sitzen können, aber ihm war klar, dass das keine Lösung war. Bärbel wäre bloß misstrauisch geworden. Er steckte den rotierenden Kopf der elektrischen Zahnbürste in den Mund und schob ihn gedankenverloren hin und her.

Ein solches Gefühl hatte er das letzte Mal kurz nach dem Schulabschluss gehabt. Damals, in den wenigen Sommerwochen zwischen Abgangszeugnis und Ausbildungsbeginn, hatte ein gewaltiger Sommer geherrscht und die kurze Zeit der Freiheit vergoldet.

Damals hatte er seine erste große Liebe kennengelernt, und es war nicht Bärbel gewesen.

Beim Stadlfest in Unterammergau, wo sie sich das erste Mal gesehen hatten, hatte die Spannung zwischen ihnen fast einen Lichtbogen erzeugt. Sie hatten Blues getanzt. So was machte man damals noch. Wahrscheinlich macht man das auch heute noch, dachte Schafmann, man nennt es bloß anders. In einer solchen Situation pressen sich zwei Menschen aneinander, weil ihnen nichts anderes übrig bleibt. Der Timer der Zahnbürste meldete sich, aber er putzte einfach weiter.

Sie hatten beide gewusst, dass es nicht lange dauern würde, aber sie hatten nie darüber gesprochen. Sie hieß Veronika und kam eigentlich aus Hannover. Ihr Vater arbeitete als Bauingenieur für die Amis. Er war für ein Projekt hier gewesen, irgendeine Baustelle, irgendeine Halle, Schafmann erinnerte sich nicht. Und wenn diese Halle fertiggestellt war, dann würde Veronika wieder fortgehen. Gemeinsam mit ihrem Vater, zu einer anderen Baustelle.

Dass die dann tatsächlich in Marokko sein würde, hatte er sich nicht ausgemalt. Und so war Veronika einfach wieder verschwunden und hatte ihm nichts hinterlassen als ein anhaltendes Drücken in der Magengegend, eigentlich eher ein Ziehen.

Die Zeit hatte das alles geheilt, aber vergessen hatte er es nie. Manchmal stellte er sich vor, dass sie sich wiedertreffen würden. Sie wären beide frei, hätten keine Verpflichtungen und würden das nachholen, was ihnen damals verwehrt geblieben war.

Niemand musste ihm sagen, dass es Tagträume waren. Alberne zudem. Er hatte ihren Namen mal gegoogelt. Natürlich erfolglos, sie würde heute gewiss einen anderen Nachnamen tragen. Sie wäre nicht frei, so wenig, wie er frei war. Er war verheiratet, er hatte drei Kinder. Er war sogar glücklich verheiratet, wie er sich sagte. Sie führten eine gute Ehe, sie vertrauten einander. Nie hatte Bärbel ihm unnötige Fragen gestellt, und es hatte auch keinen Anlass dazu gegeben.

Aber nie wieder hatte er dieses Gefühl gehabt.

Der Timer meldete sich ein zweites Mal. Schafmann schaltete die Zahnbürste ab, gurgelte ausgiebig und ging dann leise ins Schlafzimmer. Bärbel ließ ein leises, zufriedenes Schnurren hören, als er sich neben sie legte, und schlief sofort wieder ein.

Er lag da und starrte in die Dunkelheit. Lange.

DREI

Sebastian zuckte zusammen, als sich die Tür seines Büros nach einem einmaligen kurzen Klopfen öffnete und Dr. Lerchl hereingestürmt kam.

Sein Chef hatte die unangenehme Eigenschaft, gelegentlich unangekündigt nach dem Rechten zu sehen. Sicher, es war seine Firma, man konnte es ihm kaum verwehren, aber das Gefühl, dass er jederzeit auftauchen konnte, war kein angenehmes, obwohl Sebastian normalerweise nichts zu verbergen hatte. Er leistete gute Arbeit, und Dr. Lerchl wusste das auch zu schätzen. Er brauchte Leute wie ihn. Fähig, mit wenig Profilierungsdrang. Vielleicht hatte er ihm deshalb nie Hoffnungen auf eine Beförderung gemacht.

Heute hatte Sebastian allerdings einiges zu verbergen. Er war sich sicher, dass in seinem Gesicht für jedermann zu lesen war, was er gestern Nacht getan hatte. Deswegen war er hier, in seinem Büro. Hier fühlte er sich sicherer als zu Hause, wo ihn sein Vater misstrauisch beäugte und seine Ausflüchte mit »Schmarrn« kommentierte. Sicherer als irgendwo sonst.

Aber nun stand Dr. Lerchl vor ihm.

Sebastian versuchte, so entspannt und normal wie möglich zu schauen, aber er spürte, dass es ihm nicht gelang.

»Herr Polz ...« Dr. Lerchl hatte fröhlich begonnen, aber als er Sebastian ansah, stockte er. »Mein lieber Herr Polz, sind Sie sicher, dass Sie schon wieder fit sind?«

»Passt schon«, sagte Sebastian.

Hinter Dr. Lerchl hatte ein groß gewachsener, schlanker Mann von Ende dreißig sein Büro betreten. Er trug ein Sakko zur Jeans, einen kurzen schwarzen Vollbart und sah Sebastian freundlich aus dunkelbraunen Augen an.

»Ich wollte nur kurz einen neuen Kollegen vorstellen: Diplom-Ingenieur Volker Selbach. Er fängt heute bei uns im Marketing an. Ich führ ihn grad durch unser Team.« Er wandte sich dem neuen Kollegen zu. »Herr Polz ist eine der Stützen im Development. Bei allem, was mit Stangenoptimierung und Datenrückerfassung zu tun hat, wenden Sie sich vertrauensvoll an ihn. Und bei Problemen mit der Modularstruktur auch ... eigentlich können Sie ihn alles fragen, nicht wahr, Herr Polz?«

»Äh ... ja«, sagte Sebastian und nickte Selbach zu.

Der hielt ihm die Hand hin. Sebastian ergriff sie und hatte das Gefühl, in eine Stahlbiegemaschine zu fassen.

»Nett, Sie kennenzulernen«, sagte Selbach mit einem Lächeln. »Ich werde zu Anfang gewiss eine Menge Fragen haben, zu allem und jedem, nehm ich an. Da werden wir viel miteinander zu tun haben. Ich bin für jede Unterstützung dankbar.«

»Das ist schön.« Sebastian war froh, als Selbach seine Hand losließ.

Dr. Lerchl sah ihn noch einmal forschend an. »Waren Sie beim Arzt?«, fragte er. »Sie sehen wirklich nicht gut aus.«

»Ich, äh ... es geht schon. Gestern war schlimmer.« Sebastian stieß ein gepresstes Lachen aus.

»Ach wissen S', Herr Dr. Lerchl«, sagte Selbach fröhlich, »es gibt Zeiten und Gelegenheiten, da muss ein junger Mann sich seine Falten verdienen.« Er zwinkerte Sebastian zu. »Nichts für ungut, Herr Kollege.«

»Herr Polz hat eine Menge Humor«, sagte Dr. Lerchl.

Sebastian hatte nicht die geringste Ahnung, wie Lerchl darauf kam.

»Dann gehen wir mal rüber zum Support«, sagte Dr. Lerchl.

Mit einem freundlichen Winken verabschiedete sich Selbach. Lerchl wandte sich an der Tür noch einmal zu Sebastian um.

»Wie lange ist die Frau Berghofer eigentlich noch in Urlaub?«, fragte er. »Mit ihr wird Herr Selbach ja hauptsächlich zusammenarbeiten.«

»Ich ... wusste gar nicht, dass sie Urlaub hat.« Das stimmte offiziell sogar.

»Na, sei's drum.« Dr. Lerchl folgte dem neuen Kollegen hinaus.

Nachdem sich die Tür geschlossen hatte, atmete Sebastian tief durch. Nervös sah er das Telefon auf seinem Schreibtisch an und sein Handy, das daneben lag. Während des gesamten Besuchs war er in Angst gewesen, eines der Geräte würde klingeln und er müsste den Anruf des »Unbekannten Teilnehmers« ablehnen. Er hatte keine Ahnung, wie die Stimme darauf reagieren würde. Keineswegs freundlich, war anzunehmen.

Er zerbiss einen Fluch zwischen den Zähnen. Seit dem Anruf in Sannes Wohnung gestern Nacht hatte das Gerät beharrlich geschwiegen. Er hatte eigentlich mit einem Anruf gerechnet, nachdem er das Haus wieder verlassen hatte, aber es war keiner gekommen.

Es war ein entsetzliches Gefühl gewesen, die alte Frau tot auf dem Boden liegen zu sehen, mit Schaum vor dem

Mund, am Fuß des Bettes, in dem die blutbesudelte Sanne lag.

Alle Kraft hatte er zusammengenommen, obwohl ihm eigentlich klar gewesen war, dass das Leben der Frau nicht mehr zu retten war. Er hatte eine Herzmassage versucht, so wie er es im Zivildienst gelernt hatte. Ein paar Dutzend Stöße hatte er geschafft, dann hatte er aufgeben müssen.

Fast wäre er die Stiege hinuntergestürzt, so schwach war er gewesen. Die Haustür, die die alte Frau hatte offen stehen lassen, hatte er hinter sich zugezogen und sich zu seinem Wagen geschleppt. Er war sofort losgefahren, nur weg von diesem Ort. Bis zur Bundesstraße hatte er es geschafft und war auf den leeren Parkplatz des Einkaufszentrums gebogen. Dort, keine hundert Meter von seinem Bürofenster entfernt, hatte er fast eine halbe Stunde zitternd im Wagen gesessen, bis er gemerkt hatte, dass er immer noch die Duschhaube auf dem Kopf hatte. Das hatte ihn halbwegs ernüchtert.

Er war nach Hause gefahren, hatte einen kurzen Gruß durch die Wohnzimmertür gerufen, hinter der sein Vater immer noch vor dem Fernseher saß, und sich dann ins Bett verkrochen. Und wieder hatte er kein Auge zugetan.

Kein Wunder, dass Dr. Lerchl ihn für krank hielt. Aber Pillen würden ihm kaum helfen.

Obwohl, ein Schlafmittel … Er hatte noch nie Schlaftabletten genommen. Weil er sie nicht nötig hatte, aber auch, weil er der Meinung war, so etwas Natürliches wie Schlaf brauche man chemisch nicht zu unterstützen. Aber jetzt war es für ihn natürlich, nicht zu schlafen.

Er überlegte, tatsächlich zum Arzt zu gehen, aber er wusste nicht, zu welchem. Dr. Hübenreuther, zu dem die Familie schon seit seiner Geburt ging, kam nicht in Frage. Er würde wissen wollen, was los war, und er würde merken, dass Sebastian ihn anlog.

Das Telefon begann zu läuten. Sebastian schreckte zusammen. Aber es war kein »Unbekannter Teilnehmer«. Es war Carina Öckler.

Sie erkundigte sich nach seinem Zustand. Er log, und sie schien es zu merken.

»Was fehlt dir denn eigentlich?«, fragte sie, und es klang, als hätte sie viel Mut zusammennehmen müssen für diese Frage.

»Schlaf«, brach es spontan aus ihm heraus. »Was mir fehlt, ist Schlaf.«

»Oh ... ich ... ich komm mal kurz rüber, wenn's recht ist«, sagte sie und legte auf, bevor er widersprechen konnte.

Eine Minute später stand sie in der Tür und lächelte verlegen, aber ihr Blick wurde ernst, als sie ihn ansah.

Zögernd trat sie heran und legte etwas auf den Schreibtisch, das sie in der Hand verborgen gehalten hatte. Es war ein Blister mit blauen Tabletten. Sie waren in Viertel unterteilbar.

»Eigentlich sind die rezeptpflichtig«, sagte sie. »Nimm erst mal nicht mehr als eine halbe.«

»Ja ... danke.« Er griff nach der Packung. »Wieso ... wieso hast du so was?«

»Ich schlaf auch schlecht«, sagte sie, und es war klar, dass sie genau dies nicht gefragt werden wollte. Sie sah zur Seite.

»Eine halbe, sagst du?«, fragte er.

»Ja. Direkt bevor du ins Bett gehst. Und gewöhn dich besser nicht dran.«

Ohne ihn noch einmal anzusehen, drehte sie sich um und ging hinaus. Sebastian sah ihr hinterher. Hatte sie sich daran gewöhnt? Vielleicht zu sehr?

Er sah sich die Tabletten an. Der Name sagte ihm nichts, und ein Beipackzettel war nicht dabei.

Nicht mehr als eine halbe. Vielleicht würde er ja wirklich schlafen können heute Nacht.

Dann begann sein Handy zu läuten. »Unbekannter Teilnehmer«, stand auf dem Display.

***

Schwemmer hüstelte leise und legte mit einem entschuldigenden Lächeln eine Schachtel Konfekt auf den Schreibtisch von Frau Fuchs.

Sie nahm die Schachtel prüfend in die Hand und nickte zufrieden.

»Das war aber auch fällig«, sagte sie.

»Tut mir leid. Ich war gestern ein bisschen …«

»Schon gut. Solang es nicht öfter vorkommt.« Sie warf einen Blick über die Schulter auf die Tür zum Chefbüro, hinter der seit fünf Monaten Polizeidirektor Hessmann residierte. »Wenn's von dem jedes Mal, wenn's angebracht war, Konfekt gab, könnt ich mein Gewicht nicht halten«, flüsterte sie dann mit einem verschwörerischen Augenzwinkern.

Sie lachten beide ein bisschen.

»Der wird auch noch ruhiger«, sagte Schwemmer.

»Hoffen wir's.«

»Schafmann im Haus?«

»Ich weiß grad nicht, wo er steckt.«

»Na, er wird eh gleich bei mir reinschneien.«

Damit verabschiedete er sich in sein Büro.

Als er hinter seinem Schreibtisch saß, schloss er kurz die Augen.

»Meine Aufgabe für heute«, murmelte er, »ich darf meine schlechte Laune nicht an meinen Mitarbeitern auslassen. Ich darf meine schlechte Laune nicht an meinen Mitarbeitern auslassen. Ich darf meine schlechte Laune nicht an meinen Mitarbeitern auslassen ... Vor allem sollte ich gar keine schlechte Laune haben«, setzte er dann laut hinzu. »Schon gar nicht wegen Ferdi Schurig. Ausgerechnet.«

Als er die Augen wieder öffnete, stand Schafmann in der Tür und sah ihn verständnislos an.

»Was ist mit Ferdi Schurig?«

»Kannst du nicht anklopfen?«

»Hab ich nicht?«

»Ich hab's jedenfalls nicht gehört.«

Schafmann hob entschuldigend die Hände. »Sorry ... dann war ich wohl in Gedanken.«

Schwemmer verzog das Gesicht und sah zur Decke.

»Du solltest deine schlechte Laune nicht an deinen Mitarbeitern auslassen«, sagte Schafmann und setzte sich.

»Ja!«, bellte Schwemmer.

Eine Weile saßen sie sich schweigend gegenüber.

»'tschuldigung«, sagte Schwemmer endlich.

»Tut mir leid, dass ich nicht geklopft habe«, sagte Schafmann.

»Schon gut. Vergessen wir's.«

»Ja. Auch den Dr. Schurig.«

»Schön wär's«, murmelte Schwemmer.

»Ich hab eine Liste der Bewohner des Apartmenthauses gemacht«, sagte Schafmann. »Ich meine das an der Ludwigstraße, wo die Zeugin einen älteren Mann hat verschwinden sehen. Ältere Männer sind da drei gemeldet. Die werd ich mal abklappern.«

Schwemmer seufzte. »Wird unangenehm, so ganz ohne Konkretes. Soll ich mitkommen?«

»Ach nein. Nicht nötig«, sagte Schafmann. »Ich wollte auch noch mal zu der Zeugin, und ...«

Schafmann brach ab, und Schwemmer entdeckte ein paar rote Flecken auf seinen Wangen.

»Was ist das denn für eine Zeugin, dass ich da nicht mit hindarf?«

»Nicht mit hin ... Natürlich darfst du da mit hin. Ich dacht nur, ich hab schon mal mit ihr gesprochen, und bis ich dich dann à jour hab ...«

Sag mal, spinnst du?, hätte Schwemmer beinah gesagt, aber es gelang ihm, es zu unterdrücken. Die Frau hatte eine Gestalt in einen Hauseingang gehen sehen, ja und? Was gab es da à jour zu sein? Er hatte keine Ahnung, was mit Schafmann los war, aber wenn der unbedingt allein den geballten Ärger von drei älteren Herren abbekommen wollte, die wegen einer sehr vagen Personenbeschreibung verdächtigt wurden, Autos zerkratzt und möglicherweise sogar einen Hund vergiftet zu haben, dann bitte.

»Dann mach's halt allein«, sagte er betont locker.

»Ja«, sagte Schafmann. »Mach ich.«

***

»Du hättest das nicht tun dürfen, Sebastian«, sagte die Stimme. »Du hast mich verärgert. Mehr als ein bisschen. So sehr, dass ich bei der Nachbarin angerufen habe. Ich hab ihr erzählt, dass ich mit Susanne bekannt sei ... nun, das stimmt ja sogar. Wir kannten uns. Wir sind uns sehr nahegekommen ...«

»Reden Sie nicht so!«, entfuhr es Sebastian.

»Du hast mich nicht zu unterbrechen, wenn ich mit dir rede!«

Sebastian schwieg. Mit geschlossenen Augen saß er da und rang um Fassung.

»Ich habe der Nachbarin gesagt, ich würde mich sorgen, weil Susanne eine Verabredung nicht eingehalten habe. Auch das stimmt übrigens – nun, zumindest der zweite Teil. Sie hatte natürlich einen Schlüssel, genau wie ich angenommen hatte. Und sie war eine gute Nachbarin. Sie kümmerte sich. Das hast du ja gemerkt. Du kannst dir gratulieren, so elegant aus der Sache herausgekommen zu sein.«

Die Stimme lachte.

Elegant.

Vor Sebastians Augen tauchten die Bilder wieder auf: das Gesicht der toten Frau; der Schaum vor ihrem Mund; wie er sie auf den Rücken gedreht hatte, sich neben sie gekniet, die Handflächen immer wieder auf ihr Herz gepresst hatte.

Elegant.

»Ich werde es für dieses Mal dabei belassen, Sebastian«, sagte die Stimme. »Aber mach nicht noch einen Fehler.«

»Was soll ich denn tun?«, fragte er flehentlich.

»Das, was ich dir sage, Sebastian. Und nur das.«

Das Telefon auf seinem Schreibtisch schrillte. Das Display zeigte die Nummer von Hansi Fellerer, der zwei Türen weiter saß und an einem ähnlichen Projekt arbeitete wie er. Wenn er nicht dranging, würde Hansi gleich in der Tür stehen.

»Darf ich drangehen?«, fragte Sebastian die Stimme.

»Nein. Lehne das Gespräch ab.«

Eine Taste, um das zu tun, besaß sein Telefon nicht. Sebastian griff nach dem Hörer, hob ihn kurz an und ließ ihn wieder fallen.

»Gut«, sagte die Stimme. »Was genau hattest du vor, gestern in Susannes Haus?«

Sebastian schwieg. Er wagte nicht, die Wahrheit zu sagen, auch wenn sie auf der Hand lag.

»Sag es mir.«

»Ich wollte meine Spuren beseitigen.«

»Siehst du, das dachte ich mir. Und wo?«

Es klopfte einmal an der Tür, dann wurde sie aufgestoßen. Hansi Fellerer stand im Rahmen.

»Was sollte das denn grade?«, bellte er.

Sebastian zeigte auf das Handy an seinem Ohr, aber Hansi trat ungerührt ins Büro und schloss die Tür hinter sich.

»Ich telefoniere«, sagte Sebastian.

»Dann mach's kurz. Ich hab 'ne Frage.«

»Kannst du mich bitte allein lassen? Ich meld mich, wenn ich fertig bin.«

Hansi sah ihn gelinde erstaunt an. Er war es nicht gewohnt, dass einer seiner Wünsche von Sebastian nicht sofort erfüllt wurde. Und schon gar nicht aus offensichtlich privaten Gründen.

»Na gut«, sagte er und tippte dabei auf sein Handgelenk. »Es eilt aber.«

Damit ging er hinaus. Die Tür ließ er offen – wie meistens, wenn er aus Sebastians Büro ging.

»Ich habe dir eine Frage gestellt«, sagte die Stimme, ohne auf die Unterbrechung einzugehen.

»Was soll ich sagen? Ich wollte die Spuren beseitigen, die ich hinterlassen habe«, sagte Sebastian, stand auf und schloss die Tür.

»Das ist albern«, sagte die Stimme. »Du hast doch keine Ahnung, wo du überall Spuren hinterlassen hast. Ich weiß das. Du nicht.«

Die Verbindung wurde unterbrochen, aber Sebastian merkte auf: Da war ein Geräusch gewesen, unmittelbar bevor der Unbekannte aufgelegt hatte. Ein Laut. »He-se«, so etwa. Ein überraschender Klang, den er nicht zuordnen konnte. Ein hohes Geräusch, piepsig, aber irgendwie gedämpft. Eine Kinderstimme?

Langsam legte er das Handy wieder auf den Tisch. Der Mörder war nicht allein. Jemand war in seiner Nähe.

Er hatte ihn sich bisher immer als kalten, einsamen Jäger vorgestellt. Allein und geschützt durch seine Boshaftigkeit. Ein Monster, das im Dunkel auf Beute lauerte.

Das war er gewiss auch – denn das, was er Sanne angetan hatte, ließ daran keinen Zweifel.

Aber plötzlich gab es da noch eine ganz andere Vorstellung: ein Mann, der allein in einem Raum hockte und hoffte, nicht erwischt zu werden. Ein Monster, das aber eben nicht geschützt war durch Boshaftigkeit, sondern durch etwas anderes. Durch Mimikry. Durch Normalität.

Durch Feigheit.

Der Mörder hatte etwas zu verlieren. Sebastian merkte, dass sein Atem schneller ging. Wenn überhaupt irgendwo, dann lag hier eine Chance für ihn.

Wieder öffnete sich die Tür, dieses Mal ohne ein Klopfen, und wieder war es Hansi Fellerer.

»Bist du fertig, Milli? Ich hab 'ne dringende Frage.«

Sebastian hatte eine Ahnung, auf welchem Niveau sich die Frage bewegen würde, und er irrte sich nicht.

»Ich brauch mal eben die maximale Biegeleistung einer Hambi do 40-10 für Zehn-Millimeter-Stäbe. Bei 'nem dreißiger Dorn.«

Eigentlich durfte er Hansi gar nicht böse sein. Sebastian war stolz gewesen anfangs, wenn die Kollegen davon ausgingen, dass er solche Sachen wusste. Und er wusste sie ja auch – vierzig lautete die Antwort. Aber einige, allen voran Hansi, hatten bald angefangen, es für selbstverständlich zu nehmen, dass er die Informationen für sie beschaffte, für die sie sonst hätten nachschauen müssen. Hansi hätte auf Anhieb wahrscheinlich nicht mal gewusst, wo.

»Hast du das im Kopf, oder musst du das nachgucken?«, fragte er ungeduldig, als Sebastian nicht reagierte.

»Ich glaub, ich hab es im Kopf«, sagte Sebastian. »Die Antwort lautet: R-F-M.«

»RFM? Was soll das denn? Ich hab nach –«

»READ THE FUCKING MANUAL!«, blaffte Sebastian ihn an. »Servus.«

Hansi stand noch einen Moment lang unentschlossen in der Tür, dann sagte er »Vielen Dank, Herr *Kollege*« und verschwand, nicht ohne die Tür sorgsam hinter sich zu schließen.

Sebastian nahm seine Brille ab und begann, die Gläser zu putzen. Zu einer anderen Zeit hätte er sich sehr über sich selbst gewundert.

***

Intelligenz allein ist zu wenig. Intelligenz ist nur ein Werkzeug. Man muss es zu nutzen verstehen. Ein intelligenter Mensch ohne Ehrgeiz wird kaum irgendwohin gelangen, ebenso wenig einer mit Skrupeln. Überhaupt nirgendwohin gelangt ein Mensch ohne Ziel. Das mag trivial klingen, aber es wird oft vergessen. Ein Ziel ist nicht nur wichtig. Ein Ziel ist Schönheit. Aus sich selbst, seiner schieren Existenz heraus, ist es schön. Es ist eine transzendente Schönheit, die jedem Ziel innewohnt. Auch wenn dieses Ziel eine abgefeuerte Kugel ist, die in einen Schädel eindringt.

***

»Verheirat'? I?« Der kleine Mann lachte auf.

Er stand mit verschränkten Armen in der offenen Wohnungstür. Schafmann einzulassen hatte er abgelehnt, was der nach einem Blick in die von Schmutzwäsche, Plastiktüten und alten Kartons vermüllte Diele ohne Weiteres akzeptiert hatte.

»I muss ehrlich sagn, i bin ned schwul. Aber i bin a andrer Typ. Weiber ... de *redn* z' vui. Oiweil braaa, braaa, braaa ... I moan, manche san scho in Ordnung. Aber I bin ned schwul!«

Schafmann räusperte sich. »Das hat ja nun auch niemand behauptet, Herr Worgall ... Uns geht es im Moment darum, festzustellen, wer in der Nacht zum Dienstag unten auf der Straße einen Mercedes beschädigt hat.«

»Mercedes! I steh ned auf Mercedes. I steh auf MAN!«

»Das war nicht die Frage, Herr Worgall ...«

»Privat fahr i Audi. I hob mei eigne Philosophie.«

»Das möchte ich nicht bezweifeln.« Schafmann blätterte in seinem Notizblock. »Können Sie mir sagen, wo Sie sich aufgehalten haben in der Nacht zum Dienstag?«

»Im Bett, wo sonst?«

»Allein, nehm ich mal an.«

»I hab doch gsagt: I bin ned schwul!«

»Das hab ich damit auch nicht sagen wollen ...« Schafmann rang sich ein Lächeln ab.

»I bin des ned gwesn mit dem Mercedes. Mir doch egal, wie die parkn. I hab an Stellplatz in der Tiefgaragn.«

»Das möchte ich Ihnen gerne glauben, aber –«

»Des könnts eh glaubn. I lüg ned. I lüg nie. Wenn i lüg, werd i müd. Des ist ganz seltsam bei mir.«

»Sie werden müde ...«

»Ja. Sag i doch. Zweng dem lüg i nie.«

»Das ist natürlich *sehr* schön.« Schafmann klappte seinen Block zu. »Dann erst mal vielen Dank«, sagte er mit einem gequälten Lächeln. »Wenn wir noch Fragen haben, werden wir uns bei Ihnen melden.«

»Die Frauen denkn immer, mir Männer warn Weiber. Aber mir Männer ham's a ned einfach, verstehst?«

»Ah ... ja ...«, sagte Schafmann.

»War's des?«, fragte Worgall.

Schafmann nickte resigniert. Diesen Mann nach dem Hund zu befragen war mit Sicherheit zwecklos.

»Pfüat Eane.« Worgall schloss die Tür.

Schafmann schüttelte ungläubig den Kopf, dann stieg er in den zweiten Stock hoch und klingelte an der Tür mit dem Namensschild »Polz«.

***

Wenn Schwemmer sich Rechenschaft darüber abgelegt hätte, was ihn dazu veranlasste, an diesem Tag ausnahmsweise mal früher nach Hause zu gehen, wäre ihm tatsächlich kaum eine Antwort eingefallen.

Am ehesten die, dass er heute lieber selber kochen wollte. Das Kalbslüngerl vom Vortag war ja Grund genug. Und da war natürlich auch noch das Gefühl, etwas unternehmen zu müssen, um die Stimmung zwischen ihm und Burgl wieder aufzuhellen.

Aber ein kleines bisschen, vielleicht sogar ein bisschen mehr als ein kleines bisschen, war es wohl auch das Bedürfnis, festzustellen, was Burgl nun wirklich vorhatte. Und konfrontativ, so viel war ihm völlig klar, würde ihm das nicht gelingen.

Als er die Tür aufschloss, beladen mit Einkaufstüten vom Tengelmann, vom Hof-, vom Naturkostladen und vom Krois Ferdl, der ihm mal wieder einen Bordeaux aufgeschwatzt hatte, der seiner Besoldungsstufe eigentlich nicht angemessen war, stellte er mit einiger Enttäuschung fest, dass Burgl nicht daheim war.

Er trug die Erträge seines Einkaufs in die Küche und beschloss nach einem Blick auf die Wanduhr, dass ein erstes

Helles erlaubt sein sollte, auch wenn die Sonne noch nicht untergegangen war.

Immerhin schien sie heute Nachmittag, und prompt war es wieder zu warm für seine gesteppte Jacke geworden, nachdem die letzten Tage immer grauer und immer unangenehmer geworden waren.

Als er den Kühlschrank öffnete, stellte er fest, dass kein Bier darin war. Er unterdrückte ein ärgerliches Brummen und stapfte mit dem Korb in den Keller. Dort lud er erst vier, nach kurzem Überlegen sechs Flaschen in seinen Korb und trug sie zum Kühlschrank. Eine der Flaschen legte er ins Tiefkühlfach, dann begann er mit den Vorbereitungen. Er setzte Gemüsebrühe für die getrockneten Schwammerln auf und schnitt drei Stängel Rosmarin von dem Busch in dem Terrakottakübel auf der Veranda. Er schälte Knoblauch, und als die Brühe kochte, nahm er sie vom Herd und gab die Schwammerln hinein. Er suchte den Handmixer aus dem Küchenschrank, was eine Weile dauerte, weil Burgl ihm einen neuen Platz gegeben hatte – etwas, das sie gern tat, sobald er sich gemerkt hatte, wo der alte war –, und stellte Mehl und Eier zurecht.

Nachdem die Schwammerl lang genug gezogen hatten, ließ er sie in einem Sieb abtropfen und abkühlen, bis er sie klein hacken konnte, ohne sich die Finger zu verbrühen. Es gab schließlich keinen Grund zur Eile. Er sah zur Uhr und versuchte konzentriert, sich *nicht* zu fragen, wann Burgl wohl heimkäme, weil das unweigerlich zu der Frage führte, wo sie wohl sein könne.

Er putzte den Rosmarin, überlegte, ob er ihn hacken oder im Mörser zerstoßen sollte, und entschied sich für den Mörser, der ebenfalls einen neuen Platz im Schrank erhalten hatte. Als die Schwammerl kühl waren, hackte er sie klein. Er goss die Pilzbrühe in eine Mixschüssel, verrührte die Eier darin, gab Mehl, die Pilze, Salz und Öl dazu, steckte den Knethaken in den Handmixer und begann, das Ganze zu verrühren.

Er mochte diese Arbeit nicht. Manchmal hasste er sie. Ihm fehlten Geduld und auch ein bisschen Erfahrung bei der Teigherstellung. Eigentlich war er noch nie zufrieden mit einem Teig gewesen, den er zubereitet hatte. Innerlich, was er nie zugeben würde, gab es eine große Affinität zu dem weltberühmten Doktor aus Bielefeld, aber manchmal musste ein Mann tun, was ein Mann eben tun musste.

Zum Beispiel Schwammerlspätzle selber machen.

In Frau Fuchsens Rezept, das er sich an seinem Schreibtisch genauestens eingeprägt hatte (damit es nicht verräterisch in der Küche herumlag), hieß es, der Teig wäre mit dem Löffel zu schlagen, bis er Blasen warf, aber Frau Fuchs hatte ihm gestattet, den Mixer zu benutzen. Er hatte keine Ahnung, wie lange das mit den Blasen dauern durfte, aber er hatte das Gefühl, dass es sich hinzog. Irgendwann schaltete er den Mixer aus und fasste prüfend ans Gehäuse. Es war mittlerweile ziemlich heiß geworden. Er hielt die Nase an die Lüftungsschlitze, aber noch roch es nicht verdächtig.

Und tatsächlich, nach einer Zeit, die ihm endlos vorkam, aber, wie ihm ein Blick auf die Uhr bewies, im einstelligen Minutenbereich gelegen hatte, tauchte eine Blase im Teig auf. Kurz darauf eine zweite, und bei Nummer drei war er sicher, es geschafft zu haben.

Ein gewisser Stolz erfüllte ihn, als er den Mixer abschaltete, und als er mit dem Finger die Reste vom Knethaken strich und probierte, hatte er das Gefühl, auf dem richtigen Weg zu sein.

Er überlegte gerade, was noch vorzubereiten war, da hörte er Burgl hereinkommen. Er trat in die Küchentür und sah zu, wie sie nicht weniger als vier Einkaufsbeutel in der Diele abstellte.

»Was machst du denn schon hier?«, sagte sie mit einem fragenden Lächeln.

»Überstunden abfeiern.«

Sie schnupperte neugierig. »Und nach was duftet das hier? Kochst du?«

»Ich bin dabei.«

»Oh.« Sie wandte den Kopf und sah auf ihre Einkaufstaschen hinunter. »Was gibt's denn?«

»Hasenrücken mit Schwammerlspätzle.«

Sie sah ihn erstaunt an. »*Du* machst Spätzle? Selber?«

»Ja. Ohne den Doktor.«

»Ich glaub nicht, dass dein Herr Doktor Spätzleteig im Angebot hat ...« Wieder sah sie zu den Taschen. »Tja ... eigentlich wollte *ich* ja kochen.« Sie lächelte. »Aber gegen selbst gemachte Spätzle komm ich nicht an.«

»Hält sich das denn, was du da gekauft hast?«

Sie wiegte den Kopf. »Passt bei dir noch ein Salat dazu?«

»Freilich.« Er lachte. »Aber den machst du.«

Sie drückte ihm einen Kuss auf die Wange. Er umfasste sie und küsste sie auf den Mund. Sie lächelte ihn an.

»Ich hab noch was – außer dem Salat.« Sie bückte sich nach einer Leinentasche und zog eine Flasche Prosecco hervor. »Der ist sogar kalt«, sagte sie.

»Ja mei«, sagte Schwemmer. »Warum nicht.«

Er öffnete die Flasche, während Burgl ins Wohnzimmer ging, um Gläser zu holen. Eigentlich war er kein Proseccotrinker – welcher Mann ist das schon? –, aber er würde deshalb nicht den Spielverderber geben, schon gar nicht heute.

Er schenkte ein, und sie stießen an. Für einen Prosecco ganz anständig, befand Schwemmer.

»Den hat Gigi mir mitgegeben.«

Wer ist Gigi?, dachte er.

»Das ist der Besitzer von dem neuen Weinladen in der Krottenkopfstraße. Schwerpunkt Italien. Sehr nett.«

»Nett? Der Laden? Oder Gigi?«

Sie grinste und nahm einen Schluck Prosecco. »Beide, würd ich sagen.«

»Und wer ist netter?«

»Der Laden. Aber Gigi sieht besser aus.«

Schwemmer sah sie drohend an. »Ab welchem Umsatz bekommt man von ihm denn einen Prosecco *mitgegeben*?«

Sie musterte ihn mit schräg gelegtem Kopf. »Ich fürchte, du würdest ein bisschen mehr ausgeben müssen als ich.«

Schwemmer nickte verstehend. »Du meinst, es ist besser, wenn ich nicht erfahre, wie viel du bei Gigi investiert hast.«

»Genau.«

Sie sahen sich in die Augen.

»Lass uns kochen«, sagte er.

»Ja. Lass uns kochen.«

***

Sein Vater stand in der Diele, als Sebastian von der Arbeit heimkam. Er schien auf ihn zu warten, was ungewöhnlich war. Normalerweise saß er um diese Zeit entweder im Wirtshaus oder vor dem Fernseher.

»Ist was?«, fragte Sebastian.

»Polizei war da.«

Sebastians Kehle krampfte sich zusammen. Er starrte seinen Vater wortlos an. Der starrte zurück.

»Wuillst ned wissn, was die gwollt ham?«

»Schon«, krächzte Sebastian.

»Die verdächtign mi!«

Sebastian verstand nicht. »Hä?«, presste er hervor.

»Die glaubn, i würd Karrn zerkratzn. *Und* i hätt den Hund vergift'!«

»Hund?« Sebastians Kopf schwirrte.

»An Hund von dem Doktor, dem depperten. Des Trum, was dem halbn Ort d' Nervn raubt. Kennst den ned?«

»Nein«, sagte Sebastian. Er verstand zwar immer noch kein Wort, aber offenbar kümmerte sich die Polizei auch um Dinge, die nichts mit zwei toten Frauen in Grainau zu tun hatten.

Ein Hund also. Vergiftet.

»Und?«, fragte Sebastian. »Warst du's?«

Die Frage bereute er in derselben Sekunde. Unter normalen Umständen wäre er nie auf die Idee gekommen, sie zu stellen. Erstaunlicherweise explodierte sein Vater nicht, wie er es eigentlich erwartet hatte, sondern sah zur Seite.

»Naaa«, sagte er nur.

Sebastians Brauen hoben sich. »Wie kommen die denn überhaupt auf dich?«

Sein Vater steckte die Hände in die Hosentaschen und zog die Schultern hoch wie ein trotziger Junge. »Irgend so a

Schlampn aus der Nachbarschaft wird dene irgendwos verzählt ham.«

»Welche Schlampn?«

»Woaß i ned. Wahrscheinlich die von drübn, was immer raucht, am offnen Fenster. Im Bademantl. Schämt sich fei gar ned, des Fraunzimmer.«

»Und was hat sie erzählt?«

»Dass oaner Autos zerkratzt, und jetzt glauben s', der hätt auch den Hund vergift'.«

»Autos zerkratzt? Welche Autos?« Sebastian verstand gar nichts mehr.

»Jo mei, da zerkratzt doch oaner Autos, de ned richtig parkt ham, da um d' Ludwigstraßn rum.«

»Und das sollst du gewesen sein?«

»De wissen's halt ned.« Sein Vater zuckte die Achseln.

»Und jetzt?«, fragte Sebastian.

»Koa Ahnung. Wenn die des hier rumratscht, dann kann i mi ned amoi mehr ins Wirtshaus neitraun.«

»Wieso das denn?«

Sein Vater stieß ein Grunzen aus. Die Hände immer noch in den Taschen, ging er ins Wohnzimmer und starrte durch die Gardinen auf die Straße hinunter.

Für Sebastian war es keine besonders angenehme Vorstellung, dass sein Vater die Zeit, die er bisher im Wirtshaus saß, in Zukunft daheim verbringen würde.

»Wieso kannst du nicht mehr ins Wirtshaus?«, fragte er noch einmal.

»Den 5er vom Poschinger Toni ham s' ja a zerkratzt. Und den A3 vom Laubinger Sepp. Wenn i da jetzt auftauch, und die glaubn ...« Er starrte weiter durch die Gardinen.

»Wieso macht einer denn so was?«, fragte Sebastian.

Jetzt zog sein Vater die Rechte aus der Tasche und wies auf die Straße hinunter. »Schau's dir doch o, wie's da stehn. Wie Kraut und Ruam. Als ob's ned unordentlich genug wär, da drunten. Und kriegn die an Zettel? Wann's jeder Fünfte is von dene, war's vui. Da kunnt oam ja scho mal der Kragn platzn.«

»Also *hast* du die Wagen zerkratzt?«

Sein Vater steckte die Hand wieder in die Tasche.

»Naa. Aber verstehn kann i's scho.«

Sebastian wusste nicht, was er sagen sollte. Dass sein Vater ein Mensch mit grundsätzlich schlechter Laune war, hatte er zu akzeptieren gelernt – hatte es lernen müssen. Aber dass er als Bewahrer der öffentlichen Ordnung die Nachbarschaft terrorisierte, konnte er sich nicht vorstellen.

Einerseits.

Andererseits war sein Verhalten im Moment so untypisch, dass er ihm das Leugnen nicht so recht abnahm.

»I vergift doch koan Hund ned«, hörte er ihn in die Gardinen hineingrummeln.

Sebastian stieß einen Seufzer aus, dann ging er in sein Zimmer. Die Polizei im Haus. Er wusste nicht, was er gerade weniger gebrauchen konnte. Der Wecker auf seinem Nachttisch zeigte halb sieben. Es fiel ihm schwer, die Augenlider oben zu halten. Er ließ die Jalousie herunter, streifte die Schuhe ab und zog Hemd und Hose aus. Doch in dem Moment, da er sich aufs Bett fallen ließ, begannen seine Gedanken zu schwirren, und seine Augen, die er eben noch kaum hatte offen halten können, starrten weit aufgerissen an die Decke des im Zwielicht liegenden Zimmers. Sein Herz pochte gegen die Rippen.

Er wälzte sich hin und her. Stundenlang, so kam es ihm vor, aber als er das nächste Mal auf den Wecker sah, war es noch nicht sieben.

Stöhnend richtete er sich auf. Sein Blick streifte das Hemd, das er achtlos auf den Schreibtischstuhl geworfen hatte, und plötzlich fiel ihm ein, was in dessen Brusttasche steckte.

»Nicht mehr als eine halbe«, sagte er und fingerte die Tabletten hervor. Er drückte eine aus der Packung und versuchte sie zu zerbrechen. Es wollte erst nicht gelingen, so hart war sie. Schließlich biss er sie in der Mitte durch und spülte sie mit dem schalen Rest aus der Sprudelflasche hinunter, die seit Tagen neben seinem Bett stand.

Dann legte er sich hin und schloss die Augen.

***

Schwemmer hatte die Hasenrückenfilets angebraten und in den Backofen gelegt, wo sie nun sanft vor sich hin garten. Nun schnitt er die Knoblauchzehen in hauchdünne Scheiben. Sie würden zusammen mit dem Rosmarin die Butter würzen, mit der die Filets hinterher bestrichen werden sollten.

Er war froh, dass Burgl in der Küche war und ein Auge auf das große Ganze behielt. Ihr war eingefallen, dass zu den Spätzle natürlich frisch gehackte Petersilie gehörte, die er vergessen hatte. Burgl hatte auch gewusst, wo der Spätzlehobel war, nach dem er sonst lange hätte suchen müssen, bevor er ihn hinten oben im Hängeschrank gefunden hätte. Ein wenig skeptisch sah er dem Vorgang des Hobelns entgegen, der seiner Erinnerung nach immer mit einem gerüttelten Maß Sauerei auf der Herdplatte einherging. Und er war sehr erleichtert, als Burgl anbot, das zu übernehmen.

Wie immer kam ihm die Zeit beim Kochen sehr relativ vor. Bei Knet-, Schäl- und Wegräumvorgängen dehnte sie sich, aber sobald zwei Gerichte gleichzeitig der Hitze ausgesetzt wurden, schien sie sich zusammenzuziehen, sodass es zwangsläufig zu einem stressbedingten Anstieg der Fehlerquote kam.

Und immer – immer – klingelte dann das Telefon.

Sie sahen sich an.

»Erwartest du einen Anruf?«, fragte Schwemmer.

»Ja«, sagte Burgl und ging ins Wohnzimmer.

Schwemmer fühlte einen Stich unterhalb des Solarplexus. Er hatte eine Ahnung oder vielmehr einen Verdacht, wessen Anruf das war, den seine Gattin erwartete.

Er hob den Deckel vom Topf. Das Wasser stand kurz vor dem Sieden. Ein Blick auf die Uhr zeigte ihm, dass der Hasenrücken bald fertig sein würde – zartrosa, wie es sich gehörte, und dass er dann aus dem Ofen genommen werden musste. Zweifelnd ging sein Blick zwischen der Pfanne mit der aromatisierten Butter und dem Spätzlehobel hin und her, und er versuchte, die anzunehmende Länge von Burgls Gespräch in das weitere Vorgehen hineinzukalkulieren, was ihm nicht gelang.

Zu seiner Erleichterung kam sie jedoch fast sofort wieder. Aber ihre Miene verhieß nichts Gutes.

»Für dich«, sagte sie und hielt ihm das Telefon hin. »Die Wache.«

***

»Dräger schon drin?«, fragte Schwemmer die Kriminaloberinspektorin Zettel, die vor dem Haus am Zigeunerweg auf ihn wartete.

»Ja«, antwortete die junge Kollegin.

»Habt ihr Schafmann Bescheid gesagt?«

»Sein Handy ist aus oder hat keinen Empfang. Ich hab ihm auf die Mailbox gesprochen.«

Vier Streifenwagen standen vor dem Haus. Ihre rotierenden Blaulichter durchzuckten die Dämmerung. Die Ambulanzen waren schon wieder abgezogen, nachdem klar war, dass es für sie nichts zu tun gab. Schwemmer wunderte sich, dass die Presse noch nicht da war. Bei zwei Toten konnte man sogar mit dem Fernsehen rechnen.

»Wer hat sie gefunden?«

»Die Kollegen Wiesheu und Jäger. Da drüben.«

Zettel winkte die beiden Polizisten heran, die in reichlich undienstlicher Haltung am Gartenzaun lehnten.

Sie kamen zu ihnen herüber. Das Gesicht des jungen Wiesheu wirkte grau.

»Erzählen Sie mal«, sagte Schwemmer.

Polizeiobermeister Jäger holte tief Luft. »Heut Nachmittag kam ein Anruf von einer Frau Mitteregger, sie teilte mit, dass Frau Wagmüller, die in dem Haus dort drüben wohnt, nicht erreichbar sei. Sie mache sich Sorgen um die alte Dame. Wir sind hergefahren. Das Haus war verschlossen. Frau Mitteregger, die auch vor Ort war, sagte dann, dass Frau Berghofer, die hier in diesem Haus wohnt, einen Schlüssel hätte. Die beiden hatten jeweils den Schlüssel zum Nachbarhaus. Hier öffnete aber auch niemand. Wir haben dann beim Arbeitgeber der Berghofer angerufen. Dort erfuhren wir, sie sei in Urlaub. Mir war da aber schon aufgefallen, dass das Licht in der Diele brannte. Wir haben die Tür von dem Haus drüben dann vom Schlüsseldienst aufmachen lassen. Das Haus war leer. Frau Mitteregger hat dann bemerkt, dass am Schlüsselbrett die Schlüssel zum Haus der Berghofer fehlten und –«

»Der fällt ziemlich viel auf, dieser Frau Mitteregger«, sagte Schwemmer.

»Das ist so eine, die das Gras wachsen hört«, sagte Polizeimeisteranwärter Wiesheu.

»Nana, Herr Kollege«, brummte Schwemmer. »Zeugen gegenüber bitte immer schön objektiv bleiben.« In Gedanken machte er sich allerdings eine Notiz, um bei der Einvernahme der Dame gewappnet zu sein.

»Sie ist wohl regelmäßig zum Schafkopfen bei der Wagmüllerin«, sagte Jäger. »Wir haben jedenfalls das Haus der Berghofer auch öffnen lassen. Und da hatten wir den Salat ...«

»Na, dann will ich mir das mal anschauen«, sagte Schwemmer. »Wo bleibt denn der Schafmann?« Er zog sein Handy aus der Hemdtasche. Auf seinen Anruf hin meldete sich Schafmanns Mailbox. Er suchte im Verzeichnis und wählte Schafmanns Privatnummer. Nach ein paar Sekunden meldete sich eine Kinderstimme.

»Hallo, hier ist der Felix!«

»Hallo, Felix, hier ist der Herr Schwemmer, der Kollege von deinem Papa. Ist dein Vater da?«

»Nein!«, krähte Felix fröhlich.

»Die Mama denn?«

»Ja!«

»Gibst du mir die mal?«

»Nein!«

»Oh. Warum denn nicht?«

»Die ist aufm Häusl!«

Schwemmer unterdrückte ein Lachen. »Dann probier ich es gleich noch mal«, sagte er. »Pfüat di.«

»Pfüat di«, rief Felix und legte auf.

Schwemmer ließ sich von Zettel einen weißen Plastikoverall geben und kletterte umständlich hinein. Wenn der kriminaltechnische Fortschritt einen Nachteil hatte, dann waren es diese Dinger. Jeder sah damit bescheuert aus, aber Schwemmer war sich sicher, den Vogel abzuschießen. Außerdem schwitzte er darin immer aufs Unangenehmste.

Sein Handy klingelte, es war Schafmanns Privatnummer.

»Hallo, Balthasar, hier ist die Bärbel«, meldete sich Schafmanns Frau. »Was gibt's denn?«

»Ich wollt nur fragen, wo dein Mann steckt.«

»Wieso willst *du* das von *mir* wissen?« Sie klang nicht besonders gut gelaunt. »Wegen *mir* macht Werner keine Überstunden.«

Schwemmer stutzte. Überstunden, um ein paar Leute in der Ludwigstraße zu befragen? Nie im Leben. Wenn er die Situation richtig verstand, hatte Schafmann seine Frau angeflunkert.

»Ach, macht er das tatsächlich heute noch?«, sagte er nach einem kräftigen Räuspern. »*So* dringend war das nun auch wieder nicht. Morgen hätte auch gereicht.«

»Das klang bei ihm aber anders«, sagte Bärbel. »Und das

nur wegen dem toten Hund. Als ob der morgen nicht auch noch tot war. Ans Handy geht er auch nicht.«

»Ja. Deswegen ruf ich ja bei euch an. Jetzt muss er nämlich *wirklich* Überstunden machen. Er soll sofort mich oder die Wache anrufen. Aber wenn er wieder Netz hat, wird er das auch auf der Mailbox haben.« Schwemmer sagte eilig »Pfüat di« und unterbrach die Verbindung, bevor sie fragen konnte, was los war.

»Ja sakra«, murmelte er. »Der Schafmann. Ein Hund ist er scho.«

Er zog die Kapuze über die Haare, schloss den Overall und ging ins Haus.

***

Ich weiß, dass es nicht besonders originell ist, was ich mache. Doch es geht nicht um Originalität. Es geht um die Regeln. Die Regeln sind einfach. Das heißt nicht, dass sie leicht zu ertragen wären. Zumal für diejenigen, die sie nicht einhalten. Ich bringe diese Menschen um. Einfach.

***

Schwemmer stand bereits wieder vor dem Haus. Er wollte gerade Burgl anrufen, um ihr zu sagen, dass es wohl wirklich spät würde, da rollte endlich Schafmann in seinem Vectra heran. Er stieg aus und kam mit betont entspannter Miene auf ihn zu.

»Was war mit deinem Handy?«, fragte Schwemmer.

»Ich hatte es im Auto vergessen, in der Tiefgarage. Da ist kein Netz.«

»Wo warst du denn eigentlich?«

»Ich hab mich mit 'ner ... mit 'nem Bekannten getroffen. Was genau ist hier passiert?«

»'nem oder 'ner?«, fragte Schwemmer.

»Spielt das eine Rolle?«

»Nein. Aber generell wäre es keine schlechte Idee, mir Bescheid zu sagen, wenn du Überstunden machst. Das hilft, Missverständnisse zu vermeiden. Zum Beispiel zwischen deiner Frau und mir.«

Schafmann spitzte die Lippen und zog die Brauen hoch.

»Keine Angst, ich hab dich nicht hingehängt«, sagte Schwemmer. »Aber wenn du das noch mal machst, bereite es besser vor.«

Schafmann nickte betreten, und Schwemmer nickte zurück.

»Sagst du mir jetzt, was hier los ist?«, fragte Schafmann.

»Zwei tote Frauen. Eine mit drei Einschüssen im Kopf, eine ohne äußere Verletzungen. Dräger und der Aufschneider von der Rechtsmedizin sind noch drin. Die Lage ist ziemlich unübersichtlich.«

»Gibt es irgendwas Offensichtliches?«

»Außer dass der Frau in den Kopf geschossen wurde, ist ganz und gar nichts offensichtlich. Zwei der drei Kugeln fehlen. Laut Dräger war die Tatwaffe eine 44er.«

»Eine 44er? So was benutzt man doch eigentlich nur im Kino«, sagte Schafmann.

»Ja. Drei glatte Durchschläge. Magnummunition. Aber da ist nur noch eine Kugel und zwei leere Einschusslöcher. Die Kugeln wurden herausgehebelt. Ein Sexualverbrechen ist in beiden Fällen dem ersten Augenschein nach unwahrscheinlich.«

Ein grauer Mercedes-Transporter mit schwarz getönten Scheiben rollte heran und hielt vor dem Haus. Fahrer und Beifahrer stiegen aus und öffneten die Heckklappe, hinter der zwei Kunststoffsärge standen.

»Können wir schon?«, rief der Beifahrer Schwemmer zu.

»Nein. Dauert noch.«

»Wo geht's hin? Rechtsmedizin?«

»Nee. Müllverbrennung ... Natürlich Rechtsmedizin! Wohin denn sonst?«

»Ich frag ja nur ...« Der Beifahrer setzte sich auf die Ladekante zwischen die Särge und zündete sich eine Zigarette an.

»Ich liebe Profis«, brummte Schwemmer.

Mittlerweile war es fast dunkel. Dräger hatte ein paar Leuchten aufstellen lassen, die einen Kreis aus Licht in die zunehmende Finsternis warfen.

»Können wir im Moment irgendwas machen?«, fragte Schafmann.

»Hier nicht. Dräger macht seinen Job. Du könntest zur Wache fahren und rausfinden, ob wir was über die Opfer haben. Ich bleib hier und warte auf die Presse und die Staatsanwaltschaft.«

»Viel Spaß«, sagte Schafmann.

Schwemmer murmelte etwas, das sich wie »Blödmann« anhörte.

***

Staatsanwältin Dr. Isenwald sah sogar in dem weißen Plastikoverall gut aus, nachdem sie ihre widerspenstigen schwarzen Locken unter die Haube gezwungen hatte. Im Schlafzimmer kniete Rechtsmediziner Dr. von Pollscheidt neben der toten Frau Wagmüller.

»Frau Dr. Isenwald«, rief er erfreut. »Mir kommt es vor, als wär es gestern gewesen, dass wir uns gesehen haben!«

»Es *war* gestern«, antwortete Isenwald, aber die leeren Augenhöhlen der toten Susanne Berghofer ließen schnell den Humor aus ihrer Stimme verschwinden. »Jesus«, sagte sie leise.

Sie ging im Raum umher, soweit Drägers Markierungen es erlaubten.

»Es gab da einen Fall in Aschaffenburg«, sagte sie.

»Parallelen?«, fragte Schwemmer.

»Ich weiß nicht ... nicht wirklich ... nein ...«

»Was war das für ein Fall?«

Sie schüttelte den Kopf, und ihre Haare raschelten unter der dünnen Plastikhaube. »Wenn ich mich recht erinnere, wurde dem Opfer ins Ohr geschossen. Nicht dasselbe also.«

»Nicht so ganz.«

»Ich werde trotzdem die Akte besorgen. Können Sie uns schon was sagen?«, fragte sie von Pollscheidt.

»Nur Vorläufiges, aber das wissen Sie beide ja.« Von Pollscheidt unterbrach seine Arbeit nicht, während er antwortete. »Die Dame im Bett ist deutlich früher verstorben als die hier unten. Meine momentane Schätzung: achtundvierzig Stunden gegenüber vierundzwanzig. Das kriegen wir aber noch ein bisschen genauer hin. Bei der Dame oben konnte ich bisher nichts finden, das auf eine andere Todesart als die offensichtliche hinweist. Bei Frau Wagmüller hier, wenn ich mir den Namen richtig gemerkt habe ...« Er griff nach seiner Kladde und warf einen Blick hinein. »Bei Namen werde ich nachlässig, da muss ich dran arbeiten«, sagte er. »... also bei Frau Wagmüller hier spricht wenig für ein Gewaltverbrechen. Etwas spricht sogar explizit dagegen.«

Eine kleine Kunstpause konnte von Pollscheidt sich an dieser Stelle nicht verkneifen.

Isenwald hatte ihren Humor offenbar noch nicht wiedergefunden. »Wir hören«, sagte sie, eine Spur schärfer als notwendig.

Von Pollscheidt wies auf die Stirn der auf dem Rücken liegenden Frau. »Sehen Sie die leichte Verfärbung? Ein Hämatom, das auf eine stumpfe Verletzung unmittelbar vor Eintritt des Todes zurückzuführen sein dürfte. Die Verletzung ist aber bei Weitem nicht erheblich genug, um zum Tod geführt zu haben. Meine Theorie, die im Labor belegen zu können ich allerbester Hoffnung bin, lautet: Die Frau stürzte, wahrscheinlich infolge eines Myokardinfarktes, ausgelöst möglicherweise durch Stress beim Anblick der toten Frau ...«, er warf einen raschen Blick in die Kladde, »... Berghofer, an dem sie wenige Sekunden später verstarb. Sie fiel dabei auf die Stirn. Und nun ...«, von Pollscheidt sah sie triumphierend an, »... nun kommt – woher auch immer – ein barmherziger Samariter, dreht sie auf den Rücken und versucht, ihr Leben zu retten. Leider komplett erfolglos.«

»Wie bitte?« Schwemmer versuchte zu verstehen, was von Pollscheidt da gesagt hatte. »Ein Samariter? Woher auch immer?«

»Das ›Woher‹ müssen Sie und der Kollege Dräger klären. Ich kann nur hieraus meine Schlüsse ziehen.« Seine behandschuhten Finger hoben die aufgeschnittene Bluse an und klappten den ebenfalls aufgeschnittenen Büstenhalter beiseite.

»Sehen Sie hier die Hämatome in der Herzgegend? Wenn ich mich nicht sehr irre, sind das die Spuren einer erfolglosen Herzmassage.«

»Moment«, sagte Schwemmer. »Der Täter schießt der Berghofer drei Kugeln in den Kopf, einen Tag später ist er immer noch hier, wird von der Wagmüller überrascht, sie kriegt 'nen Herzinfarkt, und er versucht, ihr das Leben zu retten?«

»Klingt gut«, sagte Isenwald. Ihr Humor lief wohl langsam wieder an.

Von Pollscheidt grinste fröhlich. »Manchmal bin ich froh, dass ich meinen Job habe und Sie den Ihren. Abtransport!«, brüllte er dann ins Stiegenhaus.

Schwemmer und Isenwald verzogen sich wieder nach draußen. Überflüssiges Publikum beim Einsargen war für niemanden hilfreich. Auch nicht für das Publikum.

Dräger kam auf sie zu. »Die Spuren zu interpretieren wird spannend«, sagte er.

»Sieht so aus«, sagte Schwemmer. »Was haben Sie gefunden?«

»Im Schlafzimmer gibt es Abdrücke und Fremdmaterial ohne Ende. Im Bettzeug zum Beispiel Haare, die offensichtlich nicht vom Opfer stammen. Die Fingerabdrücke müssen natürlich abgeglichen werden, aber ich denke, sie stammen von mehr als einer Person. Interessanterweise sind aber im Treppenhaus und an manchen Stellen im Wohnzimmer Spuren entfernt worden.«

»Im Treppenhaus? Wieso nicht im Schlafzimmer? Warum

hat er nicht zuerst am Tatort angefangen, die Spuren zu beseitigen?«, fragte Schwemmer.

Einen Moment herrschte nachdenkliches Schweigen.

»Vielleicht hat ja die Frau Wagmüller geputzt«, sagte Isenwald. »Kann das sein? Dass Sie als Zugehfrau für die Berghofer arbeitete und dabei auf das Opfer stieß?«

»Dann war sie nicht sehr ordentlich«, sagte Dräger. »Im Wohnzimmer wurden nur ganz bestimmte Stellen gewischt. Der Tisch, das Schnapsglas, aber nicht die Flasche. Ein paar Fotos im Regal, aber nicht alle. Im Treppenhaus war es nur der Handlauf an der Stiege und der Lichtschalter. Das Bad oben fast komplett. Unten in der Küche gar nicht.«

»Aber wir werden das trotzdem überprüfen ... Frau Zettel!«, rief Schwemmer über die Schulter. »Haben wir die Zeugin noch hier? Die Bekannte von der Frau Wagmüller?«

»Ja«, erhielt er zur Antwort.

»Bringen Sie die bitte mal her.«

Die alte Dame in Zettels Begleitung schien sehr wach. Offenbar tat ihr die Aufregung gut.

»Ob die Lina bei der Berghoferin geputzt hat? Aber nein. So was würd die Lina nicht machen – für andere putzen.« Sie verzog abfällig den Mund. »Schon gar nicht für diese ...« Sie ließ den Satz in der Schwebe.

Diese was?, wollte Schwemmer fragen, aber Isenwald kam ihm zuvor.

»Der Ruf der Frau Berghofer war nicht der beste, gell?«, sagte sie mit wissendem Unterton.

Schwemmer sah sie von der Seite an. Isenwald warf Frau Mitteregger einen verschwörerischen Blick zu, man sprach von Frau zu Frau sozusagen, da sollte es doch keine Geheimnisse geben.

Sie ist gut, dachte Schwemmer. Sie geht mir auf die Nerven, aber sie ist gut.

Frau Mitteregger sprang dankbar auf Isenwalds Trick an. »›Nicht der beste‹ ist gut. Die hatte doch ständig Herrenbesuch. Und jede Woch ein anderer, hat die Lina gesagt. Ich mein, es ist ja heutz'tag was anderes, aber *wir* hätten uns das nicht getraut, so in aller Öffentlichkeit. Und jetzt sieht man ja, was dabei rauskommt. Hinterhergelaufen sind ihr die Mannsbilder, als wär's eine läufige Hündin. Gehn S' mir weg! Einer hat stundenlang nächtens vor dem Haus gestanden. Die Lina wollt schon die Polizei rufen, aber ich hab ihr gesagt, Lina, lass es sein. Was werden die schon machen?« Erschrocken sah sie auf.

»Sprechen Sie weiter«, sagte Schwemmer so freundlich wie möglich, aber der Redefluss der Frau war fürs Erste versiegt.

»Wer stand denn da vor der Tür? Hat Frau Wagmüller das erkennen können?«, fragte Isenwald.

Frau Mitteregger hob unbehaglich die Schulter. »Ein Auto halt«, sagte sie schmallippig.

»Wie oft?«, fragte Schwemmer.

»Weiß nicht«, war alles, was er zur Antwort bekam. »Darf ich jetzt heim?«, fragte Frau Mitteregger dann.

»Natürlich«, sagte Isenwald. »Wir werden aber in den nächsten Tagen gewiss noch eine Menge Fragen an Sie haben.«

»Männerbekanntschaften«, sagte Schwemmer, nachdem er Zettel angewiesen hatte, Frau Mitteregger nach Hause zu bringen. »Macht man ... also Frau, mein ich jetzt, so was heutzutage nicht mit dem Computer?«

»Was, Männerbekanntschaften?«

»Genau.«

»Zunehmend«, sagte Isenwald.

»Ich hab gar keinen Computer im Haus gesehen«, sagte Schwemmer.

»Keiner im Haus, auch kein Handy«, sagte Dräger. »Es gibt einen WLAN-Router, aber einen Rechner haben wir nicht gefunden.«

»Ungewöhnlich«, sagte Isenwald. »Arbeitet sie nicht bei einer Datenfirma? So ein Mensch hat doch einen Rechner daheim.«

»Sehr wahrscheinlich.«

»Also vom Täter mitgenommen«, stellte Isenwald fest.

»Auto?«, fragte Schwemmer.

»Fehlt ebenfalls«, sagte Dräger. »Schafmann hat gerade angerufen. Ein Citroën C5 ist auf sie zugelassen. Baujahr 09, dunkelblaumetallic. Fahndung ist raus.«

»Gut«, sagte Schwemmer. »Noch was?«

»Die kaputte Vase passt auch nicht so richtig«, sagte Isenwald. »Die Wagmüller lag zu weit weg, um damit etwas zu tun zu haben. Und von einem Kampf kann man ja eigentlich auch nicht ausgehen.«

»Warten wir die Laborergebnisse ab. Vorher hat das Spekulieren keinen Sinn«, sagte Dräger.

»Macht aber Spaß«, antwortete Isenwald und reichte Schwemmer die Hand. »Ich denke, für mich gibt es hier im Moment nichts mehr zu tun, und ich weiß mindestens zwei Polizisten, die froh sind, wenn ich weg bin.«

Schwemmer schüttelte ihr die Hand. »Wir sehen uns«, sagte er.

Dräger hauchte ihr einen Kuss auf die Wange. Er war vor zwei Jahren bei Frau Dr. Isenwald eingezogen, was Schwemmer aus dienstlicher Sicht eher unangenehm war. Seitdem hatte er das Gefühl, die Staatsanwaltschaft habe mehr Informationen über die Kriminalpolizeistation Garmisch-Partenkirchen, als eigentlich notwendig war. Er fand, die Herrschaften in München mussten nicht alles wissen.

Jedenfalls nicht immer.

Isenwald erwiderte den Kuss und grinste Schwemmer fröhlich an. »Wussten Sie eigentlich, dass wir seit zwei Wochen verlobt sind?«, fragte sie.

»Oh. Da gratulier ich natürlich«, sagte Schwemmer.

Isenwald lachte. »Ihnen war lieber gewesen, ich hätt ihn rausgeschmissen! Geben Sie es zu.«

»Den Teufel werd ich tun. Das geb ich erst zu, wenn Sie es getan haben.«

Isenwald schlug ihm lachend die Hand auf die Schulter. »Ach, Herr Schwemmer. Wie schade, dass es in Garmisch so wenig Verbrechen gibt. Wir arbeiten viel zu selten zusammen.«

»Das kann man so oder so sehen«, sagte Schwemmer.

»Bist du noch wach, wenn ich heimkomm?«, fragte Dräger.

»Nie im Leben«, antwortete sie. »Aber ich stell dir ein Bier kalt.«

Sie sahen ihr nach, wie sie in ihr metallic-oranges Mini-Cabrio John Cooper Works stieg und davonröhrte.

»Scharfes Teil«, sagte Schwemmer.

»Sie meinen das Auto, oder?«, fragte Dräger mit einem Zwinkern. Dann ließ er ihn stehen und ging ins Haus.

Schwemmer zog sein Handy. Isenwalds Ankündigung, ein Bier kalt zu stellen, hatte ihn an etwas erinnert. Er rief zu Hause an.

Es war besetzt.

***

Es war dreiundzwanzig Uhr vierzig, als Schwemmer Schafmanns Büro betrat. Schafmann saß vor seinem Computer und massierte sich die Nasenwurzel.

»Migräne?«, fragte Schwemmer.

Schafmann sah verwundert auf. »Wie kommst du denn da drauf?«

»Ich dacht nur.«

»Wir haben bald Mitternacht, da werd ich ja wohl müde sein dürfen. Ich bin seit halb acht im Dienst.«

Schwemmer sagte nichts. Treffen mit einer oder einem Bekannten zählte er eigentlich nicht zum Dienst, aber ihm war auch klar, dass seine eigene Gereiztheit wenig mit Schafmann und sehr viel mit dem besetzten Telefon bei ihm zu Hause zu tun hatte. Wahrscheinlich telefonierte Burgl ja nur mit ihrer Tante Kati, der die Abende in ihrem Seniorenruhesitz am Staffelsee manchmal lang wurden. Und wenn dann kein ungeduldiger Hausl danebensaß, der unbedingt fernsehen oder selber mit der Burgl reden wollte, konnten sich diese Gespräche auch mal hinziehen.

Aber eigentlich ging Tante Kati um zehn ins Bett.

»Haben wir was über die Opfer?«, fragte er.

»Über die Wagmüller gar nichts. Über die Berghofer haben wir ihr Auto, ihre Mutter, ihre Handynummer –«

»Was ist mit der Mutter?«

»Lebt in Lohr am Main. Verwitwet. Die Kollegen dort sind informiert.«

»Handy?«

»Hab ich natürlich sofort checken lassen, ist ausgeschaltet. Der Provider rückt nur die abgehenden Gesprächsdaten seit der letzten Rechnung raus.«

»Kruzifix«, sagte Schwemmer. »Wenn die das mit der Vorratsdatenspeicherung nicht bald wieder in die Gänge kriegen, können wir unsern Laden genauso gut zumachen.«

Schafmann antwortete mit einer resignierten Geste. Es gab nichts, was sie dazu nicht schon gesagt hatten. Schwemmers letzten Satz hörte er auch nicht das erste Mal. Mittlerweile kam er fast öfter als die berüchtigten Ingolstadt-Geschichten.

»Das letzte Gespräch von dem Anschluss wurde vor drei Tagen um achtzehn Uhr dreißig geführt«, sagte Schafmann.

»Mit wem?«

»Wissen wir noch nicht. Anonyme Prepaidkarte. Teilnehmer ist zurzeit nicht erreichbar.«

Nicht erreichbar, dachte Schwemmer. Das brachte ihn auf eine Idee. »Bin gleich wieder da«, sagte er.

Er überquerte den Flur zu seinem Büro, schaltete den Bildschirm an und suchte im System nach Telefonanschlüssen unter dem Namen Schurig, Ferdinand. Es gab zwei Nummern für die Praxis in Murnau-Hechendorf und eine in Partenkirchen. Die wählte er an.

Besetzt.

Er legte auf, straffte sich und ging wieder hinüber zu Schafmann.

»Was war?«, fragte Schafmann.

»Vergiss es«, sagte er. »Was hast du noch?«

»Frau Berghofer kam auf respektable zwölf Strafzettel wegen falschen Parkens innerhalb von vier Monaten. Eine Geschwindigkeitsübertretung auf der A 95, gut für drei Punkte, und eine in Farchant auf der B 2, die noch nicht abschließend behandelt wurde, aber wahrscheinlich ein Fahrverbot nach sich ziehen wird ... gezogen hätte«, korrigierte er sich. »Die Dame schien einen heißen Reifen zu fahren ... Das war es bis jetzt. Was hast du?«

Schwemmer berichtete knapp und sah auf die Uhr. »Siehst du eine Spur, die ich nicht sehe?«, fragte er dann.

»No, Sir«, sagte Schafmann.

»Dann lass uns Feierabend machen.« Gewohnheitsmäßig zog Schwemmer sein Handy aus der Tasche und wählte. Aber bevor die Verbindung hergestellt war, klappte er das Gerät wieder zusammen und steckte es ein.

»Schlaf gut«, sagte Schafmann.

»Vielen Dank«, antwortete Schwemmer und ging hinaus.

***

Als das Handy läutete, war Sebastian sicher, nicht länger als ein oder zwei Stunden geschlafen zu haben. Zumindest war er sicher, noch immer in exakt derselben Körperhaltung zu liegen, in der er eingeschlafen war. Draußen war es dunkel. Mühsam richtete er sich auf. Sein Rücken war verkrampft, und die Beule an seinem Hinterkopf schmerzte. Er tastete nach dem Handy auf dem Nachttisch und nahm das Gespräch an.

»Vermisst du immer noch deine Brieftasche?«, fragte die Stimme.

»Ja«, krächzte Sebastian. Sein Hals war pulvertrocken.

»Schau aus dem Fenster«, sagte die Stimme.

Das war alles. Die Verbindung war unterbrochen.

Sebastian schaltete das Licht an. Er griff nach seiner Brille und setzte sie auf. Als sein Blick auf den Wecker fiel, traute er seinen Augen nicht. Es war vier Uhr. Er hatte fast neun Stunden geschlafen.

Er stand auf und trat ans Fenster. Die Straße war menschenleer, aber gegenüber stand ein Wagen auf der Fahrbahn. Das Abblendlicht brannte, auch die Innenbeleuchtung war an. Durch das auf Kipp stehende Fenster hörte er den Motor laufen. Auch das Radio war an, dumpfe Bassschläge wummerten zu ihm hinauf.

Er versuchte zu verstehen, was die Stimme gemeint hatte. Sein Hirn lief noch nicht wieder auf vollen Touren. Nur langsam wurde ihm klar, was für ein Auto dort stand.

Ein Citroën C5.

Sannes Auto.

Er fuhr sich mit der Hand durch die Haare. Sannes Auto. Mit laufendem Motor und donnerndem Radio, vor seiner Tür. Ein paar Sekunden brauchte er, um zu verstehen. Dann griff er hektisch nach seinem Sweatshirt, sprang fast in die alte graue Jogginghose, die neben dem Stuhl auf dem Boden lag, und schlüpfte ohne Socken in die Schuhe. Er lief aus dem Zimmer, an der Wohnungstür griff er sich seine Schlüssel vom Haken. Ohne Rücksicht auf die Lautstärke zog er die Tür hinter sich ins Schloss und polterte die Treppe ins Erdgeschoss hinunter.

Draußen im Eingang blieb er kurz stehen und versuchte, sich zur Ruhe zu zwingen. Aber er hatte keine Zeit. Der Wagen musste weg, so schnell wie möglich. Es konnte nicht mehr lange dauern, bis ein empörter Nachbar das Fenster aufriss und auf die Straße hinunterbrüllte, und dann war es zu spät, dann konnte er nicht mehr einsteigen, ohne gesehen zu werden.

Er musste sofort handeln. Seine Chance, unerkannt davonzukommen, war nicht groß, aber sie schwand mit jeder Sekunde weiter. Ohne länger zu zögern, spurtete er über die Straße. Er riss die Fahrertür auf, sprang hinein und schaltete die Zündung aus.

Die plötzliche Ruhe fühlte sich ohrenbetäubend an. Er schloss so leise wie möglich die Tür, schaltete die Innenbeleuchtung ab und spähte nach draußen.

Es war niemand zu entdecken. Aber etwas weiter die Straße hinauf, in dem Haus gegenüber der Apotheke, meinte er eine Bewegung hinter einem offenen Fenster wahrzunehmen. Plötzlich glomm eine Zigarette auf. Stand die Person schon länger dort? Dann würde sie ihn gesehen haben.

Wie auch immer: Seine Situation hatte sich nicht geändert. Egal, was er machte, es war besser, als nichts zu tun. Und am besten war, es sofort zu tun.

Er startete den Motor wieder. So gelassen wie möglich fuhr er an und die Ludwigstraße hoch. Dann bog er links ab in die Münchner. Er war der einzige Mensch unterwegs. Nach einem halben Kilometer fuhr er zur Wankbahn hoch. Er rollte an der Einfahrt zum Wohnmobilstellplatz vorbei und rumpelte über das Viehgitter. Dort, im Schatten der Bäume, hielt er an.

Er fuhr das Seitenfenster hinunter. Mit geschlossenen Augen atmete er tief ein und aus. In ihm tobte das Adrenalin, er spürte sein Herz im Hals schlagen. Die Stimme würde die Sache mit dem Auto für eine »lustige Idee« halten. Ihn hatte sie an den Rand eines Herzinfarkts gebracht.

Andererseits fühlte er sich immer noch halb sediert. Carinas Tabletten schienen ein ziemliches Teufelszeug zu sein, zumindest waren sie wirkungsvoll.

Er atmete weiter tief und konzentriert. Die Polster der Sitze hatten den Duft von Sannes Parfüm eingefangen. Ihr Bild tauchte vor ihm auf, ihre goldenen Haare und das Funkeln ihrer Augen. Aber dann, als hätte ein Hieb ihn getroffen, zuckte er zusammen, und mit einem Schlag waren dort, wo eben noch das Funkeln gewesen war, zwei schwärzlich rote, leere Höhlen.

Keuchend riss er die Augen auf. Er starrte in die Dunkelheit, kämpfte gegen das Zittern an, das Besitz von ihm ergreifen wollte. Es war das Gefühl der Hilflosigkeit, das sich näherte, es kroch an ihm hoch, altbekannt und doch immer wieder furchtbar – ein Vakuum, das ihn umgab und alle Kraft aus ihm herauszusaugen versuchte.

Mit einem Ruck stieß er die Wagentür auf und taumelte ins Freie. Stille. Plötzlich spürte er die Kälte der Herbstnacht, die sein Körper bisher gar nicht wahrgenommen hatte. Er fror. Seine Füße, ohne Strümpfe in den Lederschuhen, waren Eisklumpen. Er schlug die Arme um den Oberkörper, aber es half nicht. Die Kälte ließ ihn zittern.

Seine Brieftasche. Er musste sie finden. Wenn es nicht ein

weiterer makabrer Scherz der Stimme war, war sie im Auto. Er setzte sich wieder auf den Fahrersitz und durchsuchte die Mittelkonsole. Sie enthielt Kram, wie man ihn in den meisten Mittelkonsolen und Handschuhfächern findet: Eiskratzer, Parkscheibe, Papiertaschentücher. Er durchsuchte die Türablagen, öffnete die hinteren Türen, suchte im Fond, tastete unter den Sitzen. Nichts.

Dann der Kofferraum. Eine Sporttasche. Der unangenehme Geruch durchgeschwitzter Kleidung ging von ihr aus. Er öffnete sie und kippte den Inhalt aus.

Ein Tanktop, Leggins, Socken, leichte Sportschuhe, ein Haarband, zwei Handtücher, Duschgel.

Keine Brieftasche. Er stopfte die Sachen wieder in die Tasche und stellte sie neben dem Wagen ab. Dann hob er den schweren Teppich auf dem Kofferraumboden an und öffnete die Klappe zum Fach mit dem Ersatzrad.

Da war sie, unter dem Rad. Durch die Löcher in der Felge konnte er sie sehen. Er löste die Flügelschraube, die das Rad hielt, und hob es heraus. Dann griff er nach der Brieftasche und klappte sie auf.

Seine Papiere waren da. Seine Scheckkarten. Sogar der Fünfzigeuroschein.

Was fehlte, waren seine Visitenkarten. Und seine Notizzettel. Sein kleines, ungeordnetes Tagebuch. Seine Gedanken. Seine Gedanken zu dem einen Thema.

Sanne.

Er fluchte leise vor sich hin. Als Erstes musste er eine Entscheidung darüber treffen, was er mit dem Wagen anfangen sollte. Sobald die tote Sanne entdeckt war, würde danach gesucht werden, und egal, wo er ihn abstellte, über kurz oder lang würde er entdeckt werden. Eigentlich war dieser Ort hier nicht der schlechteste. Er würde ihn einfach stehen lassen und zu Fuß nach Hause laufen. Vielleicht würde ihm sogar ein bisschen warm werden, wenn er sich bewegte.

Er überlegte, seine Fingerabdrücke zu beseitigen, aber letztlich dürfte es kaum noch eine Rolle spielen, wenn man sie in dem Wagen entdeckte, nachdem man sie in der Wohnung oder sogar auf der Tatwaffe gefunden hatte.

Sebastian bückte sich nach dem Ersatzrad, um es wieder in den Kofferraum zu legen, aber ein Geräusch ließ ihn aufmerken. Ein Auto näherte sich. Er trat aus dem Schatten der Bäume hinaus und sah die Straße hinunter. Ein Scheinwerferpaar kam den Berg herauf auf ihn zu. Er sah sich hektisch um, dann überquerte er die Straße und lief zwischen Büschen und Bäumen den Hang hinunter.

Das Motorengeräusch wurde immer lauter. Es war dunkel zwischen den Kiefern, einen Baumstamm erkannte er erst, als er schon fast dagegengeprallt war. Dornen rissen an seiner Hose. Plötzlich wurde der Hang steiler. Nach ein paar stolpernden Schritten auf dem feuchten Waldboden verlor er den Halt. Er stürzte und rutschte bäuchlings bergab, bis ein dorniger Busch ihn aufhielt. Ein stechender Schmerz fuhr in seinen linken Ellbogen, und er konnte einen Schrei nicht völlig unterdrücken. Keuchend blieb er liegen. Oben auf der Straße hörte er das Auto anhalten. Der Motor erstarb, eine Tür öffnete sich. Ein Funkgerät krächzte. Es war ein Streifenwagen.

»Das ist tatsächlich der Wagen«, hörte er einen der Polizisten sagen.

Die Stimme! Sie hatte es ihnen verraten. Woher sonst

konnte die Polizei wissen, wo der Wagen war? Der Mörder musste ihm gefolgt sein. Natürlich. Er war in der Nähe gewesen. Schließlich hatte er den Wagen ja vor seiner Tür abgestellt.

Eine »lustige Idee«.

Mit schmerzverzerrtem Gesicht robbte Sebastian aus dem Busch heraus und kroch weiter hinunter, bis er außer Sicht war.

Vorsichtig richtete er sich auf und sah den Hang hoch. Der Strahl einer Stablampe fuhr zwischen den Bäumen umher. Schnell zog er den Kopf ein, aber der Strahl verschwand wieder.

Er sah sich um. Er lag auf weißem Kies. Der Philosophenweg. Hier war er oft mit seiner Mutter spazieren gegangen, als sie das noch gekonnt hatte. Immer wenn er sie im Klinikum besucht hatte, wollte sie mit ihm hierher. Ein schöner Weg, einfach zu gehen; auch als sie schon schwächer gewesen war, konnte sie hier noch wandern, zumindest auf diesem flacheren Stück. Und jedes Mal lernte sie einen der Aphorismen auswendig, die auf den Metallplaketten der Bänke standen. Beim nächsten Mal trug sie ihn dann vor, und Sebastian musste überprüfen, ob es richtig war.

Er schüttelte die Erinnerung ab und wollte losgehen. Doch schon bei der ersten Bewegung meldete sich sein Ellbogen. Zischend sog er die Luft ein. Er tastete das Gelenk ab und streckte vorsichtig den Arm. Gebrochen schien nichts, aber der Schmerz war schwer erträglich. Er fixierte mit der Rechten den linken Unterarm und marschierte los. Das Wissen, nur durch ein paar Bäume von der Rückseite der Polizeiwache getrennt zu sein, machte ihn nicht ruhiger. Bei jedem Schritt fuhr ein Stich in seinen Ellbogen. Seine kalten Füße schmerzten, doch er ging, so schnell sie ihn trugen. Mühsam unterdrückte er einen Schmerzensschrei, als sein Schuh in einer Drainagerinne hängen blieb und er fast gestürzt wäre. Im schwachen Licht sah er links vom Weg eine Bank. Er gab seiner Schwäche nach und setzte sich darauf.

In der Dunkelheit war die Plakette auf der Lehne nicht zu entziffern, aber er wusste, dass sie Adam Smith gewidmet war. Hier hatten sie gemeinsam gesessen, und Mutter wollte den Spruch aufsagen, den sie beim letzten Spaziergang auswendig gelernt hatte, aber sie hatte ihn nur hilflos angesehen.

»Der Mensch«, hatte sie gesagt, ein ums andere Mal. »Der Mensch ...« Mehr wusste sie nicht mehr, und ihnen beiden war klar gewesen, dass es zu Ende ging. Und sie hatten nebeneinandergesessen, aneinandergelehnt, und geweint.

Sebastian hatte Tränen in den Augen, nicht wegen der Schmerzen, nicht nur zumindest. Er hatte das lange Zitat nie vergessen.

»Der Mensch braucht fortwährend die Hilfe seiner Mitmenschen, und er würde diese vergeblich von ihrem Wohlwollen allein erwarten. Er wird viel eher zum Ziele kommen, wenn er ihren Egoismus zu seinen Gunsten interessieren und ihnen zeigen kann, dass sie ihren eigenen Nutzen davon haben, wenn sie für ihn tun, was er von ihnen haben will.«

Und jetzt? Wer hatte etwas davon, ihm zu helfen? Er hatte keine Ahnung, wie er jemanden davon überzeugen könnte, dass er einen Nutzen daraus zog, ihm beizustehen. Er war allein. Er musste weiter.

Er zwang sich hoch und wankte vorwärts, erreichte die Pforte am Schützenhaus. Vorsichtig querte er den schlaglochübersäten Parkplatz und näherte sich der Kreuzung an der Wankbahnstraße. Er blieb im Schatten und beobachtete die Fahrbahn. Tatsächlich kamen zwei Wagen von der Münchner Straße her herangeschossen. Der erste war ein Streifenwagen, das Blaulicht rotierte, aber das Martinshorn war ausgeschaltet. Dicht dahinter kam ein ziviler Audi. Die beiden Autos rasten an ihm vorbei.

Er wartete, bis er sicher war, nicht mehr im Rückspiegel bemerkt zu werden, dann hastete er über die Straße. Er atmete erst auf, als er sich wieder unter Bäumen befand. Hier fühlte er sich fast sicher. Er schleppte sich die Steigung hoch, immer weiter. Er musste es irgendwie ungesehen zur Ludwigstraße schaffen. Wenn er in seinem Zustand jemandem begegnete, würde der das bestimmt nicht vergessen. Er wusste nicht, wie spät es genau war, aber es ging sicherlich auf fünf Uhr zu – eine Zeit, in der er mit den ersten Frühaufstehern rechnen musste.

Irgendwo hier musste die Bank mit dem Kant-Zitat stehen. »Die beste Verfassung ist die, wo nicht der Mensch, sondern die Gesetze machthabend sind.« Mutter hatte sich gern darüber amüsiert, dass dort »de Gesetze« stand, nicht »die«.

Im Moment fühlte Sebastian sich, als wolle Kant ihn verhöhnen. Über ihn hatten beide Macht. Ein Mensch. Und das Gesetz.

Eine Adorno-Bank gab es auch, auf der etwas von der »Entbarbarisierung der Menschheit« stand, eine für Schelling, und dann, weiter den Weg hinauf, die für Alfred Delp, einen

Jesuiten, den die Nazis umgebracht hatten. Sebastian hatte den Namen vorher nie gehört, aber das Zitat hatte ihm damals sehr gefallen.

»Freiheit ist der Atem des Lebens.«

Nun hatte er keine Freiheit mehr. Er hatte nicht einmal mehr ein Leben.

Hinter dem flachen Stück, von dem aus man die Scheinwerfer an der Sprungschanze durch die entlaubten Äste leuchten sah, nahm er den Abzweig, der zum Ort hinunterführte. Der Weg war so steil, dass er unfreiwillig ins Laufen geriet. Fluchend stolperte er immer wieder über die Rundhölzer, die zur Stabilisierung in den Schotter des Weges eingelassen waren. Unten hielt er einen Moment an; den rechten Arm aufs Knie gestützt kämpfte er um Atem.

Es war still, nur das Rauschen des Katzenbachs in seinem Betonbett war zu hören. Er lief an dem Graben entlang bis zum Hölzlweg. In einem der Häuser brannte Licht, aber die Straße selbst war menschenleer. Er bog in die Dr.-Gazert-Straße, auch hier war er allein, nur ein Fuchs schnürte vom Holzlagerplatz an der Ecke über die Fahrbahn. Als er gerade auf die Münchner Straße gebogen war, sah er vom Ort her einen Transporter herankommen. Bevor der Scheinwerferkegel ihn erreichen konnte, lief er in einen Hauseingang hinein, aber dort schaltete ein Bewegungsmelder die Lampe über der Tür an. Schnell duckte er sich hinter die niedrige Hecke. Der Transporter rollte vorbei. »Süddeutscher Pressevertrieb« stand auf der Seite des Wagens. Sobald er weg war, beeilte er sich, fort von der Lampe und der Tür zu kommen.

Dreihundert Meter, mehr waren es nicht, aber sie kamen ihm endlos vor. Endlich erreichte er die Haustür. Er ließ sie hinter sich ins Schloss fallen und sank aufatmend dagegen.

Aber schon Sekunden später schreckte er hoch: Das Treppenhauslicht flammte auf. Jemand kam von oben. Er sah an sich hinunter. Hose und Sweatshirt waren nass und verdreckt, die Hände blutig zerkratzt von den Dornen des Buschs, in dem er gelandet war. In diesem Zustand, gerade jetzt, durfte er nicht gesehen werden.

Schritte kamen die Treppe herab. Wer immer es war, er war noch mindestens zwei Stockwerke entfernt.

Er hatte zwei Möglichkeiten: zurück auf die Straße oder in die Tiefgarage. Im Bruchteil einer Sekunde entschied er, dass er nicht wieder auf die Straße gehen würde. Schnell streifte er die Schuhe von den Füßen, nahm sie in die Hand und lief lautlos die Treppe hinunter. Er öffnete die schwere Feuerschutztür zur Garage und versuchte, sie leise wieder zu schließen, aber es gelang ihm nicht, das metallische Klicken des Schlosses zu verhindern. Er drückte auf den Lichtschalter und rannte zu seinem R5 hinüber, wobei er gleichzeitig umständlich den Schlüsselbund aus der Tasche zog.

Hastig schloss er die Fahrertür auf, glitt auf den Fahrersitz und ließ sich, so weit es ging, nach unten sinken. Er fluchte lautlos vor sich hin. Das funktionierte nicht.

Wenn der Mensch aus dem Treppenhaus nicht auf die Straße, sondern ebenfalls in die Tiefgarage ging, würde er sich wundern, dass das Licht brannte. Er würde auch die Tür zufallen gehört haben. Und wenn er dann niemanden in der Garage entdeckte? Es würde ihn alarmieren, erst recht wenn es eine Sie war. Sie würde sich genau umsehen und ihn wahrscheinlich in seinem Wagen entdecken.

Sebastian rappelte sich auf dem Sitz wieder nach oben und ließ den Motor an. Dafür, dass er früh irgendwo hinfuhr, würde niemand eine Erklärung verlangen, solange nicht auffiel, wie lädiert er aussah. Er fuhr aus der Parknische heraus. Im selben Moment ging die Tür auf, und die unansehnliche Rothaarige aus dem Dachgeschoss betrat die Garage. Er wusste nicht, wie sie hieß, sie hatte sich nicht vorgestellt, als sie eingezogen war, und es waren zwei Namen an dem Klingelschild. Schreiner und Hausmeier. Sein Vater hatte sich sehr darüber aufgeregt, dass man jetzt schon in Partenkirchen seine Nachbarn nicht mehr kannte, grad so, als wär man in München.

Die Frau sah dem R5 desinteressiert hinterher, als Sebastian aus der Garage fuhr. An der Ausfahrt bog er nach links ab, ohne sich Gedanken darüber zu machen, wohin er wollte. Er würde eine Viertelstunde herumfahren und dann zurück nach Hause.

Er würde sich wieder krankmelden. Zu irgendeinem Arzt gehen. Sich ein Attest holen. Und dann eine von Carinas Tabletten nehmen. Eine halbe.

Ohne Ziel bog er vor der Kapelle in die Hindenburgstraße und fuhr dann auf der Hauptstraße Richtung Norden. Er fuhr etwa zweiundfünfzig, weil er vermutete, dass das im Ernstfall weniger verdächtig war, als sich zu exakt an die Geschwindigkeitsbegrenzung zu halten.

Als plötzlich links ein geschwungenes gelbes M auftauchte, verspürte er etwas, das er lange nicht verspürt hatte: Hunger.

Trotzdem bog er nicht ab, sondern rollte weiter geradeaus. Er konnte in seinem Zustand nirgendwo rein, nicht mal in einen Schnellimbiss. Aber dann fiel ihm ein, dass es ein Drive-in war. Er brauchte nicht auszusteigen. Eigentlich aß er nie beim Mac. Auch nicht beim Burger King. Er aß wenig. Einer der wenigen Fehler, die er nicht hatte, war Übergewicht. Plötzlich wehte der Geruch von Frittieröl durch die Lüftung. Vielleicht bildete er sich diesen Geruch auch nur ein, aber ihn überkam geradezu Heißhunger nach einem großen, möglichst fetttriefenden Hamburger mit viel Käse, vielleicht noch gebratener Speck dazu, etwas in der Art, und eine große Portion Pommes mit Mayo und eine Cola. Er merkte, wie ihm das Wasser im Mund zusammenlief.

Er war jetzt in Höhe der Polizeiwache und hatte sich gerade entschieden zu wenden, um zum Mac zurückzufahren, als er fünfzig Meter weiter den Polizeiwagen am Straßenrand entdeckte – und die beiden Beamten in Leuchtwesten.

Einer bedeutete ihm mit seiner Kelle, anzuhalten.

Sebastian zwang sich zur Ruhe. Langsam ließ er den Wagen vor dem Streifenwagen ausrollen und kurbelte die Scheibe runter.

»Grüß Gott. Allgemeine Verkehrskontrolle«, sagte der Beamte und tippte an den Schirm seiner Mütze. »Ihren Führerschein und die Wagenpapiere bitte.«

Sebastian nickte eifrig und versuchte, seine Brieftasche aus der Tasche seiner Jogginghose zu ziehen, aber es gelang ihm nicht. Auch nachdem er den Sicherheitsgurt geöffnet hatte, bekam er die Hand nicht tief genug in die Tasche.

»Ich muss aussteigen«, sagte er zu dem Polizisten. Der gab

ihm mit einem Nicken die Erlaubnis und trat ein paar Schritte zurück. Der zweite Beamte, die Verkehrskelle lässig unter den Arm geklemmt, kam herbeigeschlendert.

Als Sebastian mit der linken Hand nach dem Türöffner griff, fuhr vom Ellbogen ein stechender Schmerz durch den Arm. Mit mühsam beherrschter Miene stieg er aus.

Die Blicke der beiden Polizisten wurden misstrauisch, als sie seinen Zustand und den seiner Kleidung erkannten. Der mit der Kelle wies auf Sebastians Arm.

»Alles in Ordnung mit Ihnen?«, fragte er.

»Ja, ja. Alles klar«, beeilte sich Sebastian zu versichern, aber die Blicke der beiden blieben skeptisch. »Ich bin beim Joggen gestürzt«, schob er nach.

Der eine Polizist ging mit den Papieren zum Streifenwagen. Der andere trat näher an Sebastian heran und musterte ihn von oben bis unten. Sein Blick blieb an den verdreckten Lederschuhen hängen.

»Und damit joggen Sie?«, fragte er.

»Äh ... nein.« Sebastian hustete verlegen. »Meine Joggingschuhe ... bei dem Sturz ... die sind, äh, nass geworden.«

Der Polizist nickte nachdenklich. »Na, trocken sehen die da auch nicht aus.« Er wies auf die blutigen Kratzer an Sebastians Unterarm. »Das sollten Sie verarzten. Kann sich entzünden«, sagte er und ging zur Hinterachse des R5. Er zog eine kleine Taschenlampe hervor und warf einen kontrollierenden Blick auf das Profil der Reifen. »Allzu lange machen die es aber nicht mehr«, sagte er. »Gehen so grade noch.«

»Ich weiß«, sagte Sebastian eilig. »Da kommen bald die Winterreifen drauf.«

Wieder nickte der Polizist nur und ging um das Heck herum.

Ein großer silberner Mercedes fuhr an ihnen vorbei. Der Polizist beachtete ihn nicht.

»HU im Dezember fällig«, sagte der Polizist nach einem Blick auf das Nummernschild.

»Ja«, sagte Sebastian. Was sollte er sonst sagen? Die gelangweilte Lässigkeit, die ganze Art, wie dieser Polizist langsam und stetig um ihn und den Wagen herumstreifte, wirkte bedrohlich. Stellten sie ihm eine Falle? War die Kontrolle nur ein Vorwand? Hatte die Stimme ihnen einen Hinweis gegeben?

Immer noch saß der andere Polizist im Wagen. Er hielt ein Funkmikrofon in der Hand und sprach hinein. Mit wem unterhält er sich so lange?, dachte Sebastian. Wir stehen direkt vor der Wache. Warum geht er nicht einfach rein?

»Darf ich wieder einsteigen?«, fragte er.

»Bitte«, sagte der Polizist mit großzügiger Geste.

Sebastian setzte sich in den Wagen und kurbelte die Scheibe bis auf einen Spalt zu. Immer noch saß der Polizist im Streifenwagen und funkte. Wartete er auf Anweisungen?

Was mach ich, wenn sie mich festnehmen wollen?, dachte Sebastian. Ich bin erledigt. Keine Chance.

Der Polizist mit der Kelle stand nun auf der Beifahrerseite und besah sich durch das Fenster die Rückbank, auf der es nicht viel zu sehen gab außer einem ADAC-Atlas.

Eine Chance hab ich nur, wenn ich selbst den Mörder finde, dachte Sebastian. Ich muss ihn finden und überführen. Auf die Bullen kann ich nicht zählen. Sie werden mir nicht glauben.

Natürlich nicht. Er konnte ja selbst kaum glauben, was ihm da passierte. Aber eines war klar: Er durfte sich nicht festnehmen lassen. Er musste in Freiheit bleiben und den Mörder finden.

Im Rückspiegel sah er, wie die Tür des Streifenwagens geöffnet wurde. Der Polizist stieg aus. Seine Rechte lag locker, wie absichtslos, auf dem Pistolenholster. Er nickte seinem Kollegen zu.

»Guck dir das an«, sagte er und reichte ihm einen Zettel.

Der Kollege warf einen Blick darauf und sah ihn erstaunt an.

»Meinen die das ernst?«, fragte er.

Der andere zuckte die Achseln und kam auf die Fahrertür des R5 zu, die Rechte immer noch am Griff seiner Pistole.

Sebastians Hand näherte sich langsam dem Zündschlüssel.

Ich muss weit genug weg sein, wenn der Bulle seine Knarre draußen hat, dachte er.

Er sah in den Rückspiegel. Freie Bahn von hinten. Vielleicht würde er den Polizisten leicht anfahren können. Nicht zu sehr, nicht um ihn ernsthaft zu verletzen, nur um ihn am Schießen zu hindern.

»Danke, Herr Polz«, sagte der Polizist und reichte ihm die Papiere durch den Spalt der Seitenscheibe. »Gute Fahrt. Und einen schönen Tag.«

Sebastian sah ihn verwirrt an.

»Drei Sechser, ein Neuner«, hörte er den anderen Polizisten mit empörtem Unterton sagen. »'n Big-Mac-Menü, drei

Cheeseburger … sag mal, wie viele sitzen denn da oben? Und das sollen wir alles vorstrecken?«

»Jetzt hab dich nicht so …« Sein Kollege begann, die Blinklichter einzupacken. »Freu dich lieber auf deinen Feierabend.«

Sebastians Hand zitterte, als er den Zündschlüssel drehte. Langsam fuhr er aus dem Ort hinaus.

Appetit hatte er keinen mehr.

VIER

Es war Kaffeeduft, der Schwemmer weckte.

»Guten Morgen«, sagte Burgl und setzte sich auf sein Bett. Den Kaffeebecher stellte sie auf seinem Nachttisch ab, daneben das Glas Orangensaft, das sie in der anderen Hand trug.

»Morgen«, brummte er.

Er erwiderte verschlafen ihr Lächeln und griff nach dem Saft.

»Womit hab ich das denn verdient?«, fragte er nach dem ersten Schluck.

»Mit den Überstunden gestern. Warum hast du mich nicht geweckt, als du gekommen bist?«

»Ich brauchte ein bisschen Ruhe«, sagte Schwemmer und nippte vorsichtig an dem Kaffee. Noch zu heiß.

»Du hast ja noch eine ganze Weile in der Küche gesessen, wenn ich mich bei den Bierflaschen nicht verzählt hab.«

»Hast du die aus dem Eisfach mitgezählt?«

»Es lag eine Bierflasche im Eisfach?«

»Genau genommen liegt sie immer noch da.«

»Oh … nicht mehr in der ursprünglichen Form, nehme ich an?«

»Nicht wirklich. Guck's dir mal an. Sieht lustig aus eigentlich. Ich hatte nur gestern keinen Nerv mehr, die Schweinerei wegzumachen.«

»Was genau ist denn passiert?«

»Na, gestern Nachmittag war kein Bier im Kühlschrank, da hab ich die Flasche –«

»Schmarrn! Was in Grainau passiert ist, will ich wissen!«

»Ach so. Zwei tote Frauen. Mindestens ein Mord.« Er stellte den Kaffee wieder ab, ließ sich ins Kissen zurückfallen und gähnte herzhaft. »Darf ich's dir *nach* dem Frühstück erzählen?«

»Na schön.« Burgl stand auf. »Dann komm erst mal zu dir.«

Schwemmer hatte Mühe, richtig wach zu werden. Er hatte eine wirre Geschichte geträumt, die er nicht mehr rekonstruiert bekam, die aber eine bedrückende Stimmung hinterlassen hatte. Eine lange, dampfend heiße Dusche war das, was er jetzt brauchte. Ich hätte gestern Abend duschen sollen, dachte er. Vielleicht hätte ich dann besser geschlafen.

Es waren nicht die blutigen Bilder vom Tatort gewesen, die ihm das Schlafen schwer gemacht hatten.

Es waren zwei besetzte Telefone gewesen.

Er nahm sich Zeit für eine sorgfältige und ausgedehnte Morgentoilette, bevor er hinunter in die Küche ging. Den kalt gewordenen Kaffee kippte er in die Spüle und nahm sich dann neuen aus der Thermoskanne.

Burgl saß am Frühstückstisch und blätterte im Tagblatt. »Hier steht noch nichts drin«, sagte sie.

Er setzte sich und gab Milch in seinen Kaffee.

»Die waren zu spät dran. Redaktionsschluss. Aber in den Blättern mit den großen Buchstaben steht bestimmt schon was.«

»Und was?«

»Vermutlich ›Rätselhafter Fund zweier weiblicher Leichen. Polizei verweigert jede Information‹.«

»Warum?«

»Wir haben überhaupt noch keine Vorstellung, was da abgelaufen ist. Deswegen kenne ich das Täterwissen nicht.«

»Und was wisst ihr?«

Schwemmer nahm sich eine Semmel aus dem Körbchen und schnitt sie auf. »Eine achtunddreißigjährige Frau wurde erschossen in ihrem Bett aufgefunden«, sagte er, während er die Semmel butterte. »Eine Fünfundachtzigjährige lag tot daneben auf dem Boden.« Er belegte die Semmel mit Fenchelsalami und biss hinein. »Ende des Wissens«, sagte er dann mit vollem Mund.

Burgl faltete die Zeitung zusammen und legte sie auf den Stuhl neben sich. »Hast du schlechte Laune?«, fragte sie.

Schwemmer aß den Mund leer, bevor er antwortete. »Ich hab nur schlecht geschlafen.« Er rang sich ein Lächeln ab.

»Du Armer ...« Burgl streckte die Hand über den Tisch und legte sie auf seine. »Aber so richtig gut hab ich auch nicht geschlafen. Ich hab gestern Abend fast drei Stunden mit Tante Kati telefoniert. Das war auch kein Spaß.«

Schwemmer sah auf. Doch Tante Kati. Seine Laune zog ein wenig an. »Was gab's denn?«, fragte er.

»Sie hat Streit mit einer Mitbewohnerin im Wohnheim.«

»Oh ...« Schwemmer nahm einen Schluck Kaffee.

»Ja. Sie will nicht länger dort bleiben.«

»Oh ...«, sagte Schwemmer wieder. Das klang nicht gut. »Wo will sie denn hin?«

Burgl sah ihn schweigend an.

»Nein«, sagte Schwemmer. »Oder?«

»Sie hat mich gefragt.«

Schwemmer stützte die Ellbogen auf und legte das Gesicht in die Hände. »Ich hab noch nicht mal meinen zweiten Kaffee ausgetrunken«, sagte er zwischen den Fingern her.

»Was glaubst du denn, was ich geantwortet habe?«, fragte Burgl.

»Ich hab keine Ahnung«, sagte Schwemmer wahrheitsgemäß.

»Ich hab gesagt, es ginge nicht, weil ich wieder arbeite.«

Schwemmer sah sie wortlos an. Dazu fiel ihm nichts ein.

»Sie war beleidigt«, sagte Burgl.

»Kann ich mir vorstellen«, murmelte Schwemmer. »Worüber streiten sich die beiden denn?«

Burgl drehte den Kopf weg und unterdrückte ein Lachen.

»Was?«, fragte Schwemmer.

»Um einen Mann«, sagte Burgl.

»Äh ...« Schwemmer schüttelte hilflos den Kopf. Das war zu viel für die Uhrzeit. Und eigentlich sollte das jemandem klar sein, der dreiunddreißig Jahre mit ihm verheiratet war.

»Sag jetzt nichts«, sagte Burgl.

»Nein«, sagte Schwemmer. »Ich sag nichts.«

***

Sebastian lehnte die Stirn an die Kacheln und ließ das heiße Wasser über den schmerzenden Nacken laufen. Er hatte keine Ahnung, wie lange er bereits duschte, aber es war noch nicht lange genug.

Sein Körper fror nicht mehr, aber in seiner Brust war ein kalter Klumpen, der nicht verschwinden wollte.

Es war schlichte, nackte Angst.

Er schreckte zusammen, als es heftig an der Tür klopfte.

Auch durch das Rauschen der Dusche und die geschlossene Tür hindurch war die Stimme seines Vaters zu verstehen.

»Wirst a noch amoi fertig da drin?«

»Moment …«, sagte Sebastian.

»Wos?«, brüllte sein Vater.

»Wart halt, bis ich rauskomm!«, brüllte Sebastian zurück.

Die Antwort darauf war unverständlich.

Als er im Bademantel, das Handtuch halb über dem Kopf, die Diele betrat, war nichts zu sehen und zu hören von seinem Vater. Er ging in sein Zimmer. Der Wecker zeigte Viertel vor acht. Er nahm sein Handy, das er nach dem letzten Anruf der Stimme neben der Nachttischlampe liegen lassen hatte, und sah auf das Display. »Entgangene Anrufe: 2. Nummer: Unbekannter Teilnehmer«.

Beide Anrufe waren gegen Viertel nach vier gekommen – zu der Zeit, als er mit Sannes Citroën unterwegs gewesen war. Es hatte der Stimme wohl den Spaß verdorben, dass er in Hektik und Panik das Handy zu Hause vergessen hatte.

Vielleicht war das der Grund, weshalb die Stimme der Polizei gesagt hatte, wo Sannes Citroën war.

Sebastian sah nachdenklich auf das Display. »Keine Mailboxnachricht«.

Er hatte das Handy so eingestellt, dass die Mailbox erst nach zehn Rufsignalen ansprang. Damit er so wenig Anrufe wie möglich verpasste. Die Ruftonlautstärke stand auf maximal, weil er einmal einen Anruf nicht gehört hatte, als die Waschmaschine schleuderte. Es hätte ja Sanne sein können, hatte er damals gedacht, obwohl es nur ein Werbeanruf des Netzbetreibers gewesen war. Er hatte bei Vertragsabschluss das Häkchen nicht weggeklickt, mit dem man »Individuelle aktuelle Produktinformationen« erlaubte, weil er sich gedacht hatte, es könne ganz nett sein, auch mal angerufen zu werden.

Das war damals.

Heute bedeutete das: Sein Handy hatte in der Nacht zwanzigmal geklingelt. Und sein Vater schlief nebenan, in einer leider bis zur Unerträglichkeit hellhörigen Wohnung.

Es war kein gutes Gefühl, mit dem er die Liste der angenommenen Anrufe aufrief.

»Unbekannter Teilnehmer«, las er, und »Uhrzeit: 05:01:23«.

Er ließ sich auf sein Bett fallen, das Handy in der Hand. Wenn das Fenster offen gewesen wäre, hätte er es hinausgeworfen.

Die Stimme hatte mit seinem Vater gesprochen.

***

Schwemmer sah den Stapel Zeitungen durch, den Frau Fuchs ihm auf den Schreibtisch gelegt hatte. Einer der Reporter hatte tatsächlich selbst recherchiert, nachdem er gestern am Tatort gar nicht erst versucht hatte, mit Schwemmer zu reden.

Högewald. Schwemmer hätte ihm ohnehin nichts gesagt. Sein Verhältnis zu dem Mann war schon vor dem Fall mit der Seherin nicht gut gewesen, seitdem war es irreparabel. Högewald war ein in ganz Oberbayern berüchtigter Boulevardjournalist. Er arbeitete frei und war der skrupelloseste Tatsachenverdreher, der Schwemmer je untergekommen war, zumindest seit Ingolstadt.

Högewald hatte natürlich die Zeugin ausfindig gemacht – wie hieß sie gleich, dachte Schwemmer, Mitterer? Mittermeier? Mitteregger! Högewald nannte die Namen der beiden Toten, auch wenn er die Nachnamen immerhin abgekürzt hatte, er nannte Alter, Beruf – und natürlich hatte er es sich nicht verkniffen, Andeutungen über den zweifelhaften Ruf des Opfers zu machen.

Schwemmer hätte die Zeitung am liebsten zusammengeknüllt, aber die Ausgabe gehörte der Dienststelle und war für das Fallarchiv bestimmt. Es war unfassbar, was sich dieser Schmierfink traute. Susanne Berghofer lag noch auf von Pollscheidts Obduktionstisch, und dieser Mensch verbreitete schon schlüpfrige Gerüchte über sie.

Männerbekanntschaften. Da kann der Leser mal sehen, was bei so was rauskommt.

Weiter unten auf der Seite waren dann die Anzeigen von den Puffs und Saunaclubs in München, Dachau und Rosenheim. Er hätte kotzen können.

Sehr kontrolliert faltete er die Zeitung zusammen und legte sie zurück auf den Stapel. Dann griff er nach dem Kaffeebecher und versuchte, seine Laune irgendwie ins Positive zu drehen, was ihm heute ungewöhnlich schwerfiel. Er sah auf die Uhr. Auf die Morgenmuffel-Schonfrist, die ihm seine Leute normalerweise bis halb zehn einräumten, konnte er angesichts zweier Toter nicht zählen. Und tatsächlich klopfte es zaghaft an der Tür.

»Ja bitte«, sagte er möglichst freundlich, und es klang für seine Ohren ganz anständig.

Schafmann öffnete vorsichtig die Tür und spähte durch den Spalt. »Darf ich reinkommen?«, fragte er.

»Nun mach schon«, sagte Schwemmer.

Schafmann trat ein. »Das klang jetzt normal für die Uhrzeit«, sagte er. »Das davor nicht.«

Er wartete nicht auf Schwemmers Aufforderung, sich zu setzen. »Das Auto von der Berghofer ist gefunden worden«, sagte er. »Anonymer Hinweis, telefonisch. Kam von der Telefonzelle an der Wankbahn.«

»Wo war der Wagen?«

»Hundert Meter weiter. Kofferraum offen, eine Tasche und das Reserverad standen auf der Straße. Der Motor war noch warm. Wir haben ihn knapp verpasst.«

Schwemmer sah nachdenklich zur Decke. »Was soll das?«, fragte er, mehr sich selbst als Schafmann. »Und woher wusste der Anrufer von dem Wagen?«

»Das hab ich mich auch gefragt. Aber zumindest in Susanne Berghofers Nachbarschaft dürfte es kein Geheimnis gewesen sein, dass der Wagen weg war. Frau Mitteregger wird schon dafür gesorgt haben.«

»Wann kam der Anruf?«

»Vier Uhr zwölf.«

»Wer aus Grainau treibt sich denn um diese Zeit an der Wankbahn rum? Da sind doch höchstens welche vom Wohnmobilplatz.«

»Ja. Die befragen wir auch. Bisher ohne Resultat. Drägers Leute haben das Auto in der Mangel. Mal sehen, was dabei herauskommt.«

»Gut«, sagte Schwemmer. »Du leitest die Mordkommission.«

»Hast du das noch zu bestimmen?«, fragte Schafmann.

»Dafür brauch ich keinen Polizeidirektor«, erwiderte Schwemmer ärgerlich.

»Vielleicht solltest du Hessmann wenigstens informieren. Ist immerhin der erste Mordfall, seit er hier Chef ist.«

Schwemmer rieb sich die Nasenwurzel und zählte innerlich bis zehn. Dann zog er sein Telefon zu sich heran und wählte die Nummer von Polizeidirektor Hessmann, der zwei Türen weiter saß.

Er meldete sich nicht. Schwemmer drückte auf die Lautsprechertaste und spielte Schafmann das Tuten vor. Dann legte er auf.

»Du leitest die Mordkommission«, sagte er und schob das Telefon weg.

»Okay«, sagte Schafmann.

Das Telefon auf dem Schreibtisch begann zu klingeln.

Sie sahen sich an. Schwemmer zog den Apparat wieder heran, aber es war nicht Hessmann. Es war Oberinspektorin Zettel.

»Grüß Gott, Herr EKHK«, sagte sie. »Hier ist ein Herr, ein Jäger, der hat in seinem Revier was entdeckt. Ich glaube, das sollten Sie sich mal anhören.«

***

»Hallo, Carina«, sagte Sebastian. »Du, ich muss mich krankmelden. Ich geh gleich zum Arzt.«

»Warum rufst du auf dem Handy an?«, fragte sie.

»Ich ... ehrlich gesagt wollte ich sicher sein, dich am Apparat zu haben. Ich bin heut nicht in der Form, mich mit Lerchl oder wem auch immer anzulegen.«

»Ja. Schon gut ... nur ...« Sie sprach nicht weiter.

»Ich mein, ich kann den Lerchl auch selber anrufen, ist eh grad wurscht«, sagte Sebastian.

»Nein, darum geht's nicht«, sagte Carina. Sie klang bedrückt. »Du weißt wahrscheinlich noch nicht, was passiert ist.«

Sebastian durchfuhr es eiskalt. Sie hatten Sanne gefunden.

»Nein. Was denn?«, sagte er und wunderte sich darüber, dass er das ohne Räuspern und Zögern hinbekam.

»Die Susanne Berghofer aus dem Vertrieb ...«

»Ja. Was ist mit der? Die ist in Urlaub, oder?« Er konnte kaum glauben, sich das sagen zu hören.

»Sie ist tot. Ermordet.«

»Ermordet?« Es fiel ihm tatsächlich leicht, aus allen Wolken zu fallen. Carina zählte stammelnd das Wenige auf, was sie wusste, und dass die Polizei sich angekündigt hatte, um alle Kollegen zu befragen.

»Vielleicht ist es besser, wenn du dann hier bist«, endete sie. »Sonst machst du dich noch verdächtig.«

»Verdächtig? Weil ich krank bin?«

»Ich mein ja nur ... Und der Lerchl ist sowieso sauer wegen der Sache.«

»Sauer? Weil Sanne ermordet worden ist?«

»Sanne? Wieso nennst du sie so?«

»Ich dachte, alle nennen die so ...« Am liebsten hätte er sich geohrfeigt.

»Hab ich noch nie gehört. Mich hat sie immer gesiezt.«

»Vielleicht hab ich mich verhört.« Niemand nannte sie Sanne. Nur er. Und er hatte auch nie gewagt, sie so anzusprechen. Es schien ihm einfach die schönste Kurzform, schöner als Susi oder Suse. Sanne klang zärtlich. Niemand nannte sie so, und niemand wusste, dass er sie so nannte.

Fast niemand. Carina wusste es jetzt.

Und die Stimme. Sie wusste es auch.

»Also der Lerchl ist sauer, weil ... die Berghofer ermordet wurde?«

»Nach dem Anruf von der Polizei hat er furchtbar geflucht. Dass er die Leute bezahlen müsste, während die Bullen sie von der Arbeit abhalten. Er hat wirklich ›Bullen‹ gesagt. Und dass er jetzt auf die Schnelle jemanden braucht, der die Berghofer auf der Messe ersetzt. Und so weiter. Wenn er mit mir allein im Büro ist, tut er manchmal so, als wär ich gar nicht da. Ich meine nur, wenn *du* dich jetzt auch noch krankmeldest, flippt der aus.«

»Als ob der Laden nicht mal einen Tag ohne mich auskäm ...«

»Lerchl hat gesagt, dass du jetzt der Einzige wärst, der den Neuen anständig einarbeiten könnte. Im Vertrieb warn ja jetzt nur noch ...«

»Nur noch was?«

»Nur noch Deppen, hat er gesagt.«

»Na, da hat er natürlich auch recht.«

Carina lachte tatsächlich. Es war ein schüchternes kleines Lachen, aber es perlte wie warme Musik in sein Ohr.

»Weißt du was? Ich komm gleich. Ich muss mich nur noch ein bisschen frisch machen. Sag Lerchl, ich bin gleich da. Wenn er fragt.«

»Er hat schon gefragt.«

»Na ja. Ich komm bald.«

Er unterbrach die Verbindung und betastete seinen Ellbogen. Wenn er den Finger auch nur leicht in die Beuge drückte, schoss eine Schmerzwelle hinunter bis in die Fingerspitzen. Auch schaffte er es nicht, den Arm höher als bis in die Waagerechte anzuheben, ohne dass seine Schulter heftig protestierte.

Mit einiger Mühe zog er sich an. An der Zimmertür blieb er stehen und starrte auf die Klinke. Hinter der Tür war sein Vater. Er hatte keine Ahnung, was die Stimme ihm gesagt hatte. Aber er hatte keinen Zweifel, dass es etwas »Lustiges« gewesen war. Er drückte die Klinke hinunter und trat in die Diele.

Sein Vater saß am Esstisch in der Stube und las Zeitung. Er drehte nicht den Kopf, obwohl er Sebastian gehört haben musste. Sebastian trat in die Tür.

»Guten Morgen«, sagte er.

Sein Vater starrte stumm und reglos auf die Zeitung. Er hatte nur für sich gedeckt. Sebastian ging in die Küche, holte Teller, Besteck und seinen Kaffeebecher und trug alles hinüber.

Immer noch blieb sein Vater stumm und sah ihn nicht an. Nur die Zeitung blätterte er geräuschvoll um. Als Sebastian sich Kaffee eingeschenkt hatte, zog sein Vater eine Illustrierte unter der Tageszeitung hervor und knallte sie vor ihm auf den Tisch.

»Kannst mir sagn, was des is?«

Sebastian sah die Zeitschrift verständnislos an. Es war eine Waffenillustrierte, deren Namen er noch nie gehört hatte. Auf dem Titelbild waren drei verschiedene Revolver abgebildet. »Drei Magnum-Revolver im Vergleich« stand darunter.

»Wo ist die her?«, fragte Sebastian.

»Die hod dei Freind ins Postkastl gsteckt. War wohl wahnsinnig wichtig, dass der deswegn glei dreimoi anruft, mittn in der Nacht.«

Sebastian sah ihn unsicher an. »Was hat er dir gesagt?«

»Dass i ned auf di warten soll. Als ob i des tät. Und dass er des da ins Kastl gsteckt hätt für di.«

»Sonst nix?«

Sein Vater sah ihn stumm an. Die Lippen bildeten einen schmalen Strich.

»Sonst nix?«, wiederholte Sebastian.

»Was moanst denn, wos er gsagt hod?«

»Keine Ahnung. Das ist nicht mein Freund. Das ist irgendein Spinner.«

»A Spinner! Des hättst wohl gern.«

»Wie meinst du das?«

»Wo warst heit auf d' Nacht?«

Sebastian schwieg. Er nahm einen Schluck Kaffee und merkte, dass seine Hand wieder zu zittern begonnen hatte.

»Und gestern Nacht?«

Carina zu belügen, am Telefon, war nicht besonders schwer gewesen. Bei seinem Vater hatte er keine Ahnung, wie er es anfangen sollte.

»Frag mich nicht«, sagte er leise. »Bitte.«

Sein Vater faltete die Zeitung zusammen. Er hielt den Blick starr auf seinen Kaffeebecher gerichtet, aber Sebastian merkte, dass er ihn aus den Augenwinkeln beobachtete. Nervös blätterte er die Zeitschrift auf.

Auf einer Doppelseite mit der Überschrift »Klassische Schönheit« war mit breitem rotem Filzstift ein Kreuz gemalt. Das Foto zeigte einen schweren Revolver, dessen ohnehin mächtiger Lauf an der Oberseite mit einer Art Metallschiene verstärkt war. »Colt Anaconda« war seitlich auf den Lauf graviert. »Löst auch hartnäckige Fälle« lautete die Bildunterschrift.

»Ich muss zur Arbeit«, murmelte er und stand auf, den fast vollen Kaffeebecher zurücklassend. Als er in der Diele seine Jacke überzog, rief sein Vater:

»Dass di einsperrn täten, des hod er gsagt, dei Freind, wannst net schlau bist.«

Sebastian quälte seinen linken Arm in den Jackenärmel und öffnete die Tür.

»Ich bin weg«, sagte er.

»Und?«, rief sein Vater ihm hinterher. »Bist schlau?«

***

Natürlich ist es ein Spiel. Denn was ist keines? Jedes Wesen, das Entscheidungen treffen kann, spielt. Es spielt vom ersten Atemzug an. Es spielt um sein Leben. Es hat Chancen, aber es sind nicht viele. Entscheide und spiele. Entscheide nicht und sei Spielfigur. Denn das Spiel endet nicht immer am Ende. Manchmal endet es schon an dem Punkt, an dem das Wesen nicht mehr entscheiden kann. Dann muss es aufgeben, das Wesen, denn dann hat es das Spiel bereits verloren. Das Spiel um sein Leben. Sein Leben ist dann nur noch ein Kredit. Und die Zinsen sind hoch. Ich spiele. Ich entscheide.

***

Sebastian saß noch nicht richtig hinter seinem Schreibtisch, als Dr. Lerchl bereits in sein Büro gestürmt kam.

»Das hätte gerade noch gefehlt, dass *Sie* mich jetzt auch noch im Stich lassen«, sagte er. Es sollte wohl heiter klingen, tat es aber nicht. Lerchl wirkte angespannt. »Ich nehme an, Sie haben von dieser furchtbaren Geschichte gehört?«

»Ja ... aber erst eben ...«

»Wir müssen komplett umdisponieren ... die Messe, wissen Sie. Ich ärgere mich sehr, dass wir so lange gezögert haben, den Herrn Selbach einzustellen. Jetzt rächt sich das.«

Er ärgert sich, weil *wir*, dachte Sebastian. Als ob irgendeiner außer ihm selbst dafür verantwortlich wäre, dass fast alle bei GAP-Data seit einem halben Jahr mit hundertfünfundzwanzig Prozent arbeiteten. Ein unersetzbarer Mitarbeiter ist ein Managementfehler, hatte Sanne zu ihm gesagt, als sie noch mit ihm redete ... geredet hatte. Und Lerchl war das Management.

»Lange Rede, kurzer Sinn: Herr Polz, Sie müssen mit nach Köln.«

»Ich?«, entfuhr es Sebastian. Noch nie war auch nur ansatzweise von der Möglichkeit die Rede gewesen, dass er mit auf eine Messe fuhr, sei es Köln, Denver oder Mumbai. Die Vorstellung, tagelang immer wieder mit fremden Menschen in fremden Sprachen reden zu müssen, hatte nie etwas Anziehendes für ihn gehabt. Er schlief auch nicht gern in Hotels. Und die Heldengeschichten, die die Vertriebler hinterher in der Cafeteria zum Besten gaben, waren noch nie nach seinem Geschmack gewesen. Für ihn klangen sie in erster Linie nach erhöhtem Ansteckungsrisiko.

»Wir können den Herrn Selbach nicht alleine nach Köln

schicken. Bis dahin kann er sich auch beim besten Willen nicht alles draufschaffen, was nötig ist. Sie fahren quasi als technischer Berater mit.«

Technischer Berater. Das klang gut. Aber in Wahrheit wäre er nur der persönliche Hiwi eines Mannes, den er noch gar nicht kannte.

Sebastians Blick ging zum Kalender. Die Messe startete in drei Tagen. Die Anfahrt war übermorgen. Ein paar Tage aus Garmisch zu verschwinden klang tatsächlich verlockend, aber die Frage war, was die Stimme davon hielt. Die Stimme war in der Lage, es ihm einfach zu verbieten. Auch wenn es ihn den Job kosten würde.

»Ich kann das nicht zusagen«, sagte Sebastian.

Lerchl sah ihn an, als habe er nicht richtig gehört.

»Das war eigentlich keine Bitte, Herr Polz. Wir reden hier von Notwendigkeiten. Die Sache ist alternativlos.«

Sebastian suchte fieberhaft nach einer glaubhaften Erklärung für seine Weigerung. »Mein Vater«, sagte er endlich. »Ich kann ihn nicht allein lassen.«

Eine steile Falte erschien auf Lerchls Stirn. »Dann müssen Sie sich was einfallen lassen. Haben Sie keine Verwandten, die das mal übernehmen könnten?«

»Nein. Leider nicht. Seine Schwester ist letztes Jahr gestorben.«

»Das tut mir leid«, sagte Lerchl in einem Ton, der keinen Zweifel ließ, dass ihm wenig mehr am Arsch vorbeiging als der Tod von Sebastians Tante. »Ich erwarte, dass Sie da schnell eine Lösung finden. Sie werden Herrn Selbach nach Köln begleiten.«

Lerchl machte auf dem Absatz kehrt und stürmte in der

gleichen Geschwindigkeit aus dem Büro, in der er hereingestürmt war.

Sebastian hatte keine Ahnung, was er tun konnte. Wahrscheinlich musste er sich darauf einstellen, demnächst gefeuert zu werden, weil die Stimme ihm verbot, nach Köln zu fahren.

Aber für ihn gab es verdammt viel größere Probleme, als bei GAP-Data rauszufliegen.

Das Telefon auf dem Schreibtisch läutete. Es war Carina.

»Hast du ihm wirklich gesagt, dass du nicht mitfährst?«, fragte sie.

»Ich kann es einfach nicht zusagen. Der kann doch nicht erwarten, dass jeder einfach so drei Tage wegkann. Wenn der nicht so lange gewartet hätte, bis er noch einen einstellt, dann gäb's jetzt keine Probleme.«

»Hoffentlich fällt nicht noch einer aus«, sagte Carina.

»Warum sollte noch einer ausfallen?«

»Ich meine, wegen der Polizei.«

»Wie meinst du das?«

»Vielleicht nehmen die ja jemanden fest.«

Sebastian setzte sich auf. »Wen meinst du?«

»Ich weiß nicht. Vielleicht war es ja einer aus der Firma ...«

»Wie bitte? Wie kommst du denn darauf?«

»Ist doch denkbar, oder nicht?«

»Du kannst doch nicht einfach Leute aus der Firma verdächtigen!« Sebastian bemerkte erschrocken, dass er viel zu heftig geworden war.

»Jetzt reg dich nicht so auf!«, sagte Carina. »Ich verdächtige ja gar keinen! Ich meinte nur, *wenn* es einer aus der Firma war, na dann fällt der eben auch aus für die Messe.«

Sebastian schloss die Augen und zwang sich zur Ruhe. Das war schon sein zweiter Fehler gewesen heute. Wenn er sich Carina gegenüber weiter so aufführte, würde selbst sie irgendwann eins und eins zusammenzählen.

»Aber ich muss echt sagen …«, Carina kicherte ein bisschen, »*so* hab ich den Lerchl selten erlebt.«

»Was meinst du mit so?«

»Ja, wie soll ich sagen … so … angepisst.«

Angepisst. Das Wort klang seltsam aus Carinas Mund. Aber immerhin. Lerchl war seinetwegen angepisst. Eigentlich konnte er zufrieden sein.

»Wie geht es dir eigentlich?«, fragte Carina.

Sebastian tastete nach seinem Ellbogen. »Es geht schon. Wenigstens hab ich gut geschlafen.« Das stimmte sogar irgendwie, auch wenn es so viele Stunden her war, dass es ihm wie gestern vorkam.

»Ja, die wirken«, sagte Carina.

»Nimmst du die oft?«, fragte Sebastian.

»Was ist denn mit deinem Vater?«, erhielt er zur Antwort.

»Wie kommst du auf meinen Vater?«

»Lerchl hat gesagt, dass du wegen ihm nicht nach Köln könntest.«

»Ja … er ist … wie soll ich sagen …«

»Ich kenn das. Ich leb ja auch mit meiner Mutter.«

»Oh, wusst ich gar nicht.«

»Na ja, man erzählt das ja auch nicht gerne, in unserem Alter.«

»Nein. Nicht wirklich.«

»Braucht er denn Pflege? Oder nur jemanden, der mal nach ihm guckt?«

»Nein, Pflege braucht er keine.« Der würde mir was erzählen, dachte Sebastian. Seinem Vater war es am liebsten, wenn man ihn in Ruhe ließ. Wirklich brauchen tat er Sebastian nur, wenn es darum ging, Biertragerl in die Wohnung hochzuschleppen. Aber Sebastian hatte es seiner Mutter versprochen. Versprechen müssen. Sie hatte ihm keine Wahl gelassen.

»Ich könnt ja nach ihm sehen«, sagte Carina. »Das würd mir nichts ausmachen. Und du kannst nach Köln.«

Sebastian schloss die Augen. »Keine Ahnung, was er davon halten würde«, sagte er. »Er ist schwierig.«

»Meine Mutter ist auch schwierig«, sagte Carina. »Damit kann ich umgehen.«

»Ich nicht«, murmelte Sebastian.

Es klopfte an der Tür.

»Ich muss Schluss machen. Wir reden noch mal drüber«, sagte er, bevor er auflegte und »Herein« rief.

Es war Selbach. »Grüß Gott«, sagte er freundlich. »Stör ich?«

»Nein, nein«, sagte Sebastian und sprang auf, um eine Sitzgelegenheit zu schaffen. Er bekam selten Besuch, der so lange blieb, dass er sich setzen wollte. Der zweite Stuhl in dem winzigen Büro war mit einem großen Stapel Fachzeitschriften belegt. Sebastian packte ihn und hievte ihn auf die Fensterbank, wo er ihn in ein wackeliges Gleichgewicht brachte.

Selbach nahm sich mit einem höflichen Nicken den Stuhl und setzte sich.

»Tja, Herr Polz«, er hob ergeben die Arme, »wie's aussieht, sind wir beide jetzt so was wie Partner.«

»Ja«, sagte Sebastian, »so wie es aussieht.«

»Schlimme Sache, das mit der Frau Berghofer. Ich kannte sie ja kaum. Beim Vorstellungsgespräch war sie dabei, nachher hab ich noch zwei-, dreimal mit ihr telefoniert, das war's. Sie machte auf mich einen ... nun ja ... sehr kompetenten Eindruck. Und sie schien zu wissen, was sie wollte. Sie war ja auch nicht unwichtig hier, wie man jetzt sieht.«

»Ein unersetzbarer Mitarbeiter ist ein Managementfehler«, sagte Sebastian.

»Oh ... Sie sehen das sehr ... sachlich«, sagte Selbach.

»Nein, durchaus nicht. Das waren ihre eigenen Worte.«

»Ah. Verstehe.«

»Ich hatte auch nicht viel Kontakt zu ihr, nur bei ein paar Projekten. Manchmal wundert man sich, dass man so nebeneinanderher arbeitet, ohne was miteinander zu tun zu haben. So groß ist unser Laden ja nicht.«

»Wir Vertriebler sind ja auch nirgendwo wirklich gern gesehen«, sagte Selbach mit einem Lächeln. »Den Leuten in der Produktion gehen wir auf die Nerven, den Kunden und dem Chef sowieso. Aber keine Sorge, wir nehmen das nicht persönlich. Ich jedenfalls nicht.«

Sie lachten beide.

»Aber zur Sache«, sagte Selbach. »Wenn ich in Köln nicht nackt dastehen soll, brauch ich Nachhilfe. Dr. Lerchl hat Sie zu meinem Pauker erklärt und, mit Verlaub, für mein Gefühl keine schlechte Wahl getroffen.«

Sebastian sah ihn verständnislos an. Was war das? Eine Schmeichelei? Für *ihn*? Der Mann kannte ihn doch gar nicht.

»Es hat keiner offen gesagt, aber mein Eindruck ist, dass man Sie allgemein für den Mann mit dem Plan hält«, sagte Selbach.

Sebastian traute seinen Ohren nicht.

»Äh …«, sagte er.

»Dr. Lerchl hat Sie von allen Projekten freigestellt.«

»Aber der Luminatox-Auftrag! Ich stecke mitten in –«

»Den übernimmt Herr Fellerer.«

»Der Hansi?« Sebastian sah ihn entsetzt an. »Aber –«

»Das ist nicht mehr Ihre Verantwortung«, unterbrach Selbach ihn. In seinen Augenwinkeln blitzte ein verschwörerisches Lächeln, als wisse er genau, was Sebastian sagen wollte: Hansi Fellerer würde den Auftrag gegen die Wand fahren. Aber sei's drum. Das war Lerchls Problem.

Und Hansis.

Eigentlich klang das nicht schlecht.

»Na gut«, sagte Sebastian. »Was wollen Sie wissen?«

»Alles«, sagte Selbach.

***

Die Wolken hingen niedrig, manchmal hatte Schwemmer das Gefühl, mit dem Kopf dagegenzustoßen. Sie waren den Hohen Weg oberhalb der Partnachklamm hinaufgefahren und am Ende nach rechts in Richtung Oberstall abgebogen, der Südseite des Kreuzjochs.

Der Jäger hieß Hößlin. Er hatte Schwemmer und Zettel angeboten, sie in seinem Landcruiser mitzunehmen. Mit einem Streifenwagen wäre es schwierig geworden, hier hochzukommen.

Etwa zwei Kilometer nach dem Abzweig war der Fahrweg zu Ende.

»Von hier aus zu Fuß«, sagte Hößlin. Er öffnete seinem

hübschen Münsteraner die Heckklappe. Der Hund schnupperte kurz an ihnen und erlaubte ihnen dann, mitzukommen.

Es ging etwa zehn Minuten parallel zum Hang weiter, dann bog Hößlin nach rechts auf einen Weg, der für Schwemmers Empfinden senkrecht nach oben führte. Es mochten in Wahrheit dreißig Grad sein, aber Schwemmer reichte es dicke. Nach ein paar hundert ihm endlos scheinenden Metern traten die Bäume zurück, von deren Zweigen ihm immer wieder dicke Tropfen in den Nacken gefallen waren.

Sie standen vor einer Geröllhalde, und immer noch hingen die Wolken so niedrig über ihnen, dass man unwillkürlich hineinfassen wollte.

Hößlin deutete auf einen etwas dickeren Stein in halber Höhe der Halde. Darauf lagen die Reste eines Kürbisses. Schwemmer kraxelte zwischen den Steinen entlang. Die Schale wimmelte von Ameisen. Er zog sich Einmal-Handschuhe über und stupste mit dem Finger dagegen. Die Schale war weich wie Butter. Die Frucht stand nicht frei auf dem Stein, sie war stabil zwischen zwei anderen fixiert. Drei kreisrunde Löcher waren darin. Aber immer noch erkennbar war, was Hößlin ihnen geschildert hatte. Ein Gesicht war aufgemalt. Nur eine Strichzeichnung, aber es riss entsetzt den Mund auf.

Was den Fund interessant machte, waren die beiden großen Buchstaben, die man oben auf die Stirn geschrieben hatte.

»SB«.

Hößlin steckte die Hand in die Jackentasche und holte

ein verformtes Projektil heraus. »Die hab ich hier gefunden. Gewehrmunition«, sagte er. »Und zwar nicht für die Jagd. Ich nehme an, da übt einer Distanzschießen.« Er reichte Schwemmer die Kugel. »Und als ich heut in der Zeitung gelesen hab, dass da eine Susanne B. erschossen worden ist, da dachte ich, ich meld Ihnen das mal.«

»Herr EKHK!« Zettel stand ein paar Meter höher am Hang und wies auf eine Stelle zu ihren Füßen. Schwemmer mühte sich hin. Auch hier: ein Kürbis. Zermatscht lag er zwischen den Steinen.

Wiederum waren darauf ein gemaltes Gesicht und Einschüsse zu erkennen. Hier allerdings nur zwei. Etwa in Kopfhöhe entdeckte Schwemmer zwei Schrammen auf einem der Steine. Wahrscheinlich Spuren der Geschosse.

Einer der Schüsse war unten rechts durch den Buchstaben B gegangen. Er sah nun aus wie ein R.

Hößlin meldete sich mit einem Ruf. Er hatte einen dritten Kürbis gefunden. Diesmal wieder mit einem gut lesbaren »SB« auf der Stirn und drei Einschüssen.

Zettel fotografierte die Fundstücke und stopfte die Reste in verschließbare Plastiktüten.

»Von wo, meinten Sie, wurde geschossen?«, fragte Schwemmer Hößlin.

Der wies mit bedauernder Miene in die Wolken hinein. »Dort drüben, südwestlich etwa. Kann man momentan nicht sehen. Aber wenn man da auf der anderen Talseite hochsteigt, kann man sich die Distanz aussuchen, aus der man schießen will. Je höher, je weiter.«

»Wie oft haben Sie hier solche Sachen gefunden?«

»In letzter Zeit fast jede Woche. Ich bin oft hier. Mindestens zweimal die Woche, aber unregelmäßig. Mittwochs allerdings nie. Vielleicht ist das jemandem aufgefallen.«

»Warum nie mittwochs?«

»Besuchstag bei meinen Kindern.«

»Darf ich fragen, was Sie beruflich machen?«

»Privatier«, sagte Hößlin. Er wandte sich ab und stieg den Hang hinunter.

Zettel und Schwemmer gingen dicht hintereinander. Hößlin war fast fünfzig Meter voraus.

»Nehmen Sie sich für nächsten Mittwoch besser nichts vor«, sagte Schwemmer.

»Oh, da hat meine Schwester Geburtstag«, antwortete Zettel.

»Dienstlich, meinte ich. Und achten Sie auf festes Schuhwerk. Vielleicht müssen Sie klettern.«

Privatier, dachte Schwemmer. Mein Traumberuf.

***

»Ehrlich gesagt steckte da überhaupt kein Plan dahinter«, sagte Selbach und lachte. »Ich bin wieder in der Gegend gelandet, weil letztes Jahr leider unser Vater gestorben ist. Aber er war immerhin schon zweiundachtzig. Und er hat uns eben das Haus hinterlassen. Meine beiden Schwestern hatten kein Interesse, die haben beide Kinder und selber Häuser. Da hab ich es halt übernommen. Und jetzt bin ich wieder in der ›alten Heimat‹. Dabei war ich vier, als wir hier weggezogen sind.«

»Und?«, fragte Carina und nippte an ihrem Kaffee. »Wie gefällt es Ihnen?«

Selbach sah durch das Fenster der Cafeteria zum grau verhangenen Himmel und lächelte ironisch. »Wenn die Sonne scheint, gefällt's mir gut. Aber ich muss sagen, dass die Berge manchmal schon ein bisschen bedrückend wirken können.«

Carina sah ihn erstaunt an. »Ist das Ihr Ernst? Sie müssen mal rauf auf die Berge, dann sieht das gleich ganz anders aus.«

Selbach lachte. »Ich wollte Ihren Heimatgefühlen nicht zu nahe treten, Frau Ockler. Ich bin schon regelmäßig oben. Einmal die Woche mindestens. Mit dem Mountainbike. Oder ich geh wandern. Machen Sie Sport, Herr Polz?«

»Wenig«, antwortete Sebastian.

»Wo haben Sie eigentlich die Verletzung am Arm her, wenn ich das fragen darf?«

Er beschloss, bei der Version zu bleiben, die er am frühen Morgen dem Polizisten erzählt hatte. »Ich hab einfach kein Glück mit Sport«, sagte er. »Ich bin joggen gewesen und prompt auf einen Ast getreten und in einem Dornbusch gelandet.«

»Oh«, sagte Carina. »Hast du dir was getan?«

»Der Ellbogen tut weh und halt diese Kratzer am Unterarm.«

»Haben Sie die behandelt?«, fragte Selbach. »So was kann sich entzünden.«

»Ja, ja«, sagte Sebastian.

»Wo laufen Sie denn immer?«

Es klang, als wollte Selbach mitlaufen. »Ich lauf nicht *immer*«, sagte Sebastian eilig. »Fürs Erste lauf ich gar nicht mehr, glaub ich. Mir reicht's.«

»So dürfen Sie nicht denken«, sagte Selbach. »So was passiert. Dann steht man auf und läuft weiter. Wenn ich bei jeder Verletzung aufgehört hätte …« Er winkte ab.

»Womit aufgehört?«, fragte Carina.

»Ich hab früher Fußball gespielt.«

»Ach was!« Carina setzte sich auf. »Wo?«

»In München.«

»Ich meinte, welche Liga?«

Selbach zuckte die Achseln. »Zweite. Bei den Löwen.«

Carinas Kinnlade klappte nach unten. »Sie haben *zweite* Liga gespielt? Uiii!«

Selbach sah leicht verlegen zur Seite. »Das ist jetzt nicht so eine Riesensache, Frau Öckler. Bitte hängen Sie es nicht an die große Glocke. Ich war nicht mal Stammspieler.«

»Ja, aber *zweite* Liga, das ist doch toll!«

»Löwenfan sind Sie nicht, oder?«, fragte Selbach.

»Nein, wieso?«

»Dann hätten Sie das eben nicht gesagt. Zweite Liga ist *nicht* toll. *Erste* Liga ist toll. Zweite ist zweite.« Er lachte.

»Und wie lange haben Sie gespielt?«, fragte Sebastian, mehr aus dem Gefühl heraus, auch etwas beitragen zu müssen. Er schaffte es einfach nicht, sich für Fußball zu interessieren, auch wenn ihn das zum Außenseiter machte.

»Ich war insgesamt vier Jahre Profi. Anfangs noch Regionalliga, dann zweite. Erst Pfullendorf, dann Unterhaching, am Ende bei den Löwen. Aber ich hatte Pech mit den Kreuzbändern. Von den vier Jahren war ich anderthalb Jahre verletzt oder in Reha.«

»Was haben Sie denn gespielt?«, fragte Carina.

»Verteidiger. Ich war ziemlich kopfballstark. Bei Standards war ich immer mit vorne, da hat's schon das ein oder andere Mal geklingelt.«

Sebastian beschloss, sich aus der Unterhaltung zurückzuziehen.

»Ich geh dann mal wieder an die Arbeit«, sagte er.

Selbach warf einen Blick auf seine Armbanduhr. Es war ein flaches, elegantes Modell, das sich sogar für Sebastians Augen angenehm von den Angeberklötzen unterschied, die die meisten Vertriebler trugen.

»Warten Sie, Herr Polz«, sagte er. »Ich brauch noch einen schnellen Kaffee, dann machen wir zusammen weiter.« Er stand auf. »Darf ich Ihnen einen mitbringen, Frau Öckler ... Herr Polz?«

»Ja, gerne«, sagte Carina.

»Ja ... gut. Dann für mich auch einen«, sagte Sebastian.

»Fußballprofi!«, flüsterte Carina, kaum dass Selbach drei Meter weg war. »Ich hab noch nie einen Fußballprofi kennengelernt!«

»Ex-Profi.« Sebastian stellte fest, dass Carinas Begeisterung ihn ärgerte, und er konnte nicht sagen, warum. Fußballprofi war schließlich wirklich was, heutzutage. Sein Vater konnte sich stundenlang über »die geldgeilen Seckl« aufregen. Wahrscheinlich verbrachte er den größten Teil seiner Zeit im Wirtshaus damit. Und er würde das nicht machen, wenn es unwichtig wäre.

»Und der ist wirklich nett«, sagte Carina. »So offen und höflich.«

»Ja«, sagte Sebastian.

»Wie ist er denn bei der Arbeit?«

»Schaun mer mal.«

Selbach war in den ersten Stunden, in denen er ihn einarbeiten sollte, hellwach, konzentriert und neugierig gewesen. Er hatte ein gutes Gefühl für die Zusammenhänge und Prioritäten in den Abläufen, obwohl er von Bewehrungstechnik bisher nur das wusste, was er in den GAP-Data-Katalogen gelesen hatte. Er stellte die richtigen Fragen und hatte dabei eine angenehme Art von Humor. Sebastian hatte eigentlich keine Probleme bei der Vorstellung, mit dem Mann nach Köln zu fahren.

Wenn die Stimme ihn ließ.

Selbach kam mit einem Tablett vom Kaffeeautomaten zurück und verteilte die Tassen vor ihnen auf dem Tisch.

»Und heute fahren Sie nur noch Mountainbike?«, fragte Carina.

»Ja. Und ich schieße.«

Sebastian schreckte zusammen.

Carina sah Selbach leicht befremdet an. »Ist das denn ein Sport?«

»Man kann fast alles als Sport betreiben«, sagte Selbach und rührte in seiner Tasse. »Der Kaffee hier ist anständig. Da kann man nicht meckern. Ich hab mal einen Job in der Probezeit gekündigt, weil der Kaffee so entsetzlich war.«

»Im Ernst?«, fragte Carina.

»Nein.« Selbach lachte. »Das war ein Scherz.«

Sie lachten, sogar Sebastian schaffte ein Lächeln.

»Mit was schießen Sie denn so?«, fragte er.

»Mit allem, was knallt.« Selbach war wirklich sehr gut gelaunt. »Handfeuerwaffen, Gewehre, Armbrust auch.«

»Obwohl die nicht knallt?« Carina kicherte über ihren Scherz.

»Ich bin da nicht kleinlich.«

»Und wo schießen Sie?«, fragte Sebastian.

»Auf dem Schießstand halt. Ich hab da übrigens noch eine Frage zu der LV-Einheit«, sagte Selbach. »Vielleicht können wir da gleich mal drauf zurückkommen. Die Verknüpfung von Projektierung, Lagerhaltung und Workflow – auf welchem Layer findet die statt?«

»Das ist kundenspezifisch«, sagte Sebastian. »Sie können die Priorität der einzelnen Parameter frei wählen. Verknüpfungen sind also auf jedem Layer möglich und wiederum verknüpfbar.«

»Ah ... das ist ja toll.« Selbach nickte anerkennend und leerte seine Tasse.

»Darauf haben wir ein weltweites Patent«, sagte Carina. Sie sah zu Sebastian. »Herr Polz war wesentlich an der Entwicklung beteiligt.«

Sebastian wusste nicht, wo er hinsehen sollte. »Das ist so nicht richtig«, sagte er. »Ich war ja nicht mal Mitglied der Projektgruppe.«

Nur ein paar Memos an Dr. Lerchl hatte er geschrieben. Die waren dann mit eingeflossen. Als Lerchls Ideen.

»Ich würde mich jedenfalls sehr freuen«, sagte Selbach, »wenn sich eine Lösung für das Problem mit Ihrem Vater finden würde.«

»Wir arbeiten dran«, sagte Carina.

***

Schwemmer bog beschwingt von der Treppe in den Flur des ersten Stocks. Frau Fuchs kam ihm entgegen, einen Stapel Akten in der Armbeuge.

»Ist Schafmann in seinem Büro?«, fragte er sie im Vorbeigehen.

»Nein. Der ist außer Haus. Zu einer Zeugenvernehmung.«

Schwemmer bremste heftig und drehte auf dem Absatz um. »Er ist *wo*? In einer halben Stunde ist die Sitzung der Mordkommission.«

»Er sei rechtzeitig wieder da, hat er mir gesagt.«

Frau Fuchs warf ihm einen vielsagenden Blick zu. So vielsagend, dass Schwemmer nicht sicher war, was er bedeuten sollte.

Er sah sie fragend an. Frau Fuchs deutete mit dem Kopf auf die Tür zum Büro von Polizeidirektor Hessmann. Schwemmer zog alarmiert die Brauen hoch, und Frau Fuchs nickte bedauernd. Schwemmer spitzte die Lippen. Frau Fuchs hob die Schultern. Schwemmer wies mit dem Daumen unauffällig auf seine Bürotür, aber Frau Fuchs zeigte auf den Aktenstapel, den sie trug, und schüttelte den Kopf. Schwemmer nickte und ließ resigniert die Schultern sinken. Langsam ging er zu seinem Büro, während Frau Fuchs eilig die Treppe hinunterstöckelte.

Als er die Tür aufmachte, klingelte bereits der Apparat auf seinem Schreibtisch. Natürlich war es Hessmann, der ihn sofort zu sprechen wünschte.

»Grüß Gott, Herr EKHK. Nehmen Sie Platz«, sagte der Polizeidirektor und deutete gönnerhaft auf den Stuhl vor seinem Schreibtisch. »Man hat mir mitgeteilt«, fuhr er fort, ohne zu warten, bis Schwemmer saß, »dass Sie Herrn Schafmann die Leitung der Mordkommission übertragen haben.«

»Das ist richtig«, sagte Schwemmer.

»Vielleicht sollten wir noch mal das neue Organigramm durchsprechen«, sagte Hessmann.

Das hieß übersetzt nichts anderes als: Du hast verdammt noch mal deine Kompetenzen überschritten, du Würstchen!

»Wir haben Sie so schnell nicht erreichen können«, sagte Schwemmer. »Hauptkommissar Schafmann hat das in den letzten Jahren eigentlich immer gemacht. Die Resultate waren durchweg gut bis hervorragend.«

Es war mehr ein formaler Abwehrversuch. Aber er konnte ja schlecht nichts sagen. Jetzt war Hessmann wieder am Zug. Er würde darauf hinweisen, dass das neue Organigramm eben neu sei und dass jahrelange Erfahrung, positiv hin oder her, etwas für die Tonne war.

»Die Dienststelle wurde umstrukturiert, Herr Schwemmer, und dem haben wir Rechnung zu tragen.«

Selten hatte in Schwemmers Ohren ein »wir« derart falsch geklungen. Schafmann führte die Mordkommission, Schwemmer koordinierte – mit dem System lagen sie seit fünf Jahren bei hundert Prozent Aufklärungsquote.

Er war gespannt, wie Hessmann das verbessern wollte. Immerhin hatte er eine Ahnung.

»Die Leitung der Mordkommission übernehmen Sie. Schafmann leitet die Ermittlungen vor Ort.«

»Und wer koordiniert?«, fragte Schwemmer, weniger gespannt auf die Antwort als auf deren Formulierung.

»Koordiniert, Herr Schwemmer, wird an der Spitze.« Hessmann funkelte ihn an. Er schien mit sich zufrieden.

Schwemmer war eher der Ansicht, dass *von* der Spitze koordiniert würde, denn *an* der Spitze war ja nur einer, was gab's da zu koordinieren, aber Schwamm drüber.

»Alles klar«, sagte er nur und sah auf die Uhr. »Dann muss ich mich auf die Sitzung vorbereiten.« Mit den Worten stand er auf.

Hessmann schien ein wenig enttäuscht, so als habe er mit mehr Widerstand gerechnet.

»Pfüat Eane«, sagte Schwemmer und verließ mit einem freundlichen Winken das Büro seines Chefs.

Das Lächeln hielt genau so lange, wie die Tür offen war. Er sah den Flur entlang, denn er hatte nicht vor, das Dienststellengerücht »Schwemmer war beim Chef und ist jetzt sauer« in Umlauf zu bringen. Zwei Kollegen vom K3 standen beieinander und redeten. Er ging beherrscht an ihnen vorbei in sein Büro und schloss die Tür konzentriert hinter sich.

»Herrgottsakramentnochamal!«, sagte er dann.

Degradiert bei gleichen Bezügen, so kam es ihm vor. Bisher hatte er sich tatsächlich wenig daraus gemacht, dass man ihm Hessmann vor die Nase gesetzt hatte, aber diesmal fühlte er sich angefasst. Er warf sich in seinen Stuhl und hackte Schafmanns Nummer ins Telefon. Er meldete sich nicht. Schwemmers Armbanduhr zeigte elf Uhr vierzig.

Das darf ja wohl nicht wahr sein, dachte er und wählte Schafmanns Handynummer.

»Zurzeit nicht erreichbar …«

Schafmann glaubte, der Leiter der Mordkommission zu sein, und er war zwanzig Minuten vor Sitzungsbeginn nicht erreichbar. Vielleicht kommt das neue Organigramm ja gerade recht, dachte Schwemmer.

Er rief ziemlich heftig »Herein«, als es an der Tür klopfte.

Dr. Isenwald trat ein. Mit einer spöttischen Falte auf der Stirn wünschte sie ihm einen guten Tag.

»Schlecht gelaunt?«, fragte sie.

»Ja«, antwortete Schwemmer.

Sie setzte sich, ohne seine Aufforderung abzuwarten. »Ich habe gehört, Sie leiten die Mordkommission.«

»Das hab ich auch gehört.«

»Wo steckt denn unser Herr Schafmann?«

»Sie wissen, dass ich diese Frage normalerweise mit ›beim Arzt‹ beantworte. Dieses Mal lautet die Antwort: Ich weiß es nicht.«

»Herrschaftszeiten, Sie sind aber *wirklich* schlecht gelaunt.«

»Sag ich doch.«

»Na schön, dann werden wir mal dienstlich«, sagte sie. »Von Pollscheidt hat sich zuerst die ältere Dame vorgenommen. Er hat mir mündlich alle Vermutungen bestätigt, die er uns gestern schon mitgeteilt hat: Todeszeitpunkt vorgestern Abend, also etwa zwanzig Stunden vor Auffinden. Bei der Susanne Berghofer hat er sich allerdings korrigiert: Sie war bei Auffinden bereits zweiundsiebzig Stunden tot, nicht, wie er zunächst annahm, achtundvierzig. Und hier«, sie hielt einen USB-Stick hoch, der an ihrem Schlüsselbund hing, »hab ich die Akten zu dem Fall aus Aschaffenburg, den ich erwähnte.«

»Der mit dem Schuss ins Ohr?«

»Genau. Sie sollten sich das kopieren. Vielleicht gibt es da tatsächlich einen Zusammenhang. Es waren nämlich zwei Schüsse. Einer in jedes Ohr.«

Schwemmer seufzte angeekelt.

»Mit einer großkalibrigen Waffe. Beide Kugeln verschwunden.«

»Wann war das?«, fragte Schwemmer.

»Vor vier Jahren.«

Sie hielt Schwemmer den Stick hin, und er schob ihn in den Steckplatz an seinem Monitor.

»Zweiundsiebzig Stunden«, sagte Schwemmer, während er die Datei kopierte. »Dann war sie zwei Tage tot, als die Wagmüller sie gefunden hat.«

»Genau.«

»Wenn man wüsste, was sie überhaupt veranlasst hat, in das Haus zugehen …«

»Vielleicht hat jemand sie angerufen, der die Berghofer vermisst hat.«

»Ja … wenn wir jetzt Vorratsdaten hätten …«

»Wenn der Hund nicht geschissen hätte«, sagte Isenwald und lachte.

Es klopfte an der Tür, und Schafmann trat ein.

»Servus«, sagte er leichthin und setzte sich zu Isenwald an den kleinen Besprechungstisch.

Schwemmer drehte sich mit seinem Stuhl um und sah ihn ungläubig an. »Ja, sag amal, wo hast du denn gesteckt? In fünf Minuten fängt die Sitzung an!«

»Ich weiß. Aber ich leite sie ja nicht.«

»Ach, das weißt du schon?«

»Ja, natürlich. Du warst grad mit der Zettel und dem Zeugen aus dem Haus, da durfte ich bei Hessmann antanzen. Der hat so getan, als hätt ich eine Palastrevolution geplant. Bitte schön. Hab ich mich eben um meinen anderen Fall gekümmert.«

Schwemmer schloss kurz die Augen. »Frau Dr. Isenwald«, sagte er dann, »wären Sie so liebenswürdig, uns einen Moment allein zu lassen.«

Isenwalds Miene sollte wohl Neutralität ausdrücken, aber das gelang nicht ganz. Für Schwemmer war es ein unterdrücktes Grinsen. Sie stand auf.

»Selbstverständlich, meine Herren. Wir sehen uns ja in ein paar Minuten.« Damit war sie aus der Tür.

»Was ist?«, fragte Schafmann. »Wenn der Hessmann nicht will, dass ich –«

»Er will nicht, dass du die Kommission leitest. Aber deswegen kannst du doch nicht die Arbeit an einem Mordfall liegen lassen!«

»Ich hatte nicht den Eindruck, dass das an der Spitze oberste Priorität hat.«

»Sondern was?«

»Priorität hat das Organigramm.«

Schwemmer senkte den Kopf und rieb sich den Nacken. »Werner«, sagte er, »hör zu: Auf meinem Mist ist das nicht gewachsen, das weißt du.«

»Klar weiß ich das«, sagte Schafmann.

»Wir müssen zusammen da durch. Mach bitte nicht unsere Arbeit schlecht.«

»Mach ich nicht. Ich hab ja gearbeitet.«

»Jetzt versteh mich nicht mit Absicht falsch. Wir haben einen Mordfall. Da kann ein toter Hund auch mal ein bisschen warten.«

Schafmann sah auf die Uhr. »Wart's ab«, sagte er.

»Was?«

»Was ich gleich auf der Sitzung zu erzählen habe, wenn mir der Leiter das Wort erteilt.«

»Du darfst es mir auch sofort erzählen«, sagte Schwemmer beherrscht.

Schafmann tippte auf seine Armbanduhr. »Keine Zeit mehr.«

»Na schön.« Wieder rieb Schwemmer sich den Nacken. »Hör zu, ich wollte dir eigentlich einen Vorschlag machen. Aber wenn du jetzt auf trotzig machst ...«

»Schon gut«, sagte Schafmann. »Natürlich ziehen wir am selben Strang.«

»Dann pass aber auf, dass du auch in die richtige Richtung ziehst«, sagte Schwemmer. »Also: Ich leite die Sitzungen. Du unterbreitest Vorschläge, ich mach sie mir zu eigen. Will sagen: Du leitest die Kommission, und keiner merkt's.«

»Schön. Und du?«

»Ich versuche, Hessmann so wenig wie möglich übrig zu lassen, was koordiniert werden müsste.«

***

»Lassen Sie uns weitermachen«, sagte Sebastian.

Selbach rückte näher an die beiden Monitore heran, die auf Sebastians Schreibtisch standen, und Sebastian fuhr fort mit der Erläuterung der nötigen Parameter für die Stangenoptimierung.

Mit seinem Kuli deutete Selbach auf eine Stelle im Flussdiagramm. »Ist das die Schnittstelle zum Warenwirtschaftssystem?«, fragte er.

Erneut war Sebastian beeindruckt von der Qualität der Fragen, die Selbach stellte. Er hatte ein tiefgehendes Gespür für systemische Zusammenhänge. Das war etwas, das man nicht lernen konnte, sondern ein Talent. Sebastian schätzte das sehr, und es war, wie er an jedem Arbeitstag leidvoll aufs

Neue erfahren musste, sehr ungleich verteilt. Er hatte für sich die »Hansi-Fellerer-Skala« erstellt, mit der er dieses Talent bei seinen Kollegen bemaß. Hansi Fellerer stand hier für den absoluten Nullpunkt.

Selbach lag bisher bei neunzig Prozent.

»Wo haben Sie eigentlich zuletzt gearbeitet?«, fragte Sebastian.

»Ich war eine Zeit lang Freelancer. Es gibt ja immer wieder projektbezogene Jobs, die dann nur ein paar Monate dauern. Zuletzt war ich bei Geeky-Electronics. Sagt Ihnen wahrscheinlich nichts ...«

»Doch, die machen Audiosysteme«, sagte Sebastian.

»Richtig, aber nicht nur. Schwierige Firma. Die wissen nicht, was sie wollen. Auf der einen Seite High-End-Studioprodukte und auf der andern Seite Billigkram und Spielereien für die Discounterebene. Ich hab ihnen geraten, sich aufzusplitten. Da haben sie mich gefeuert. Jetzt sind sie insolvent.« Selbach zuckte die Achseln. *»Ain't my cup of meat.«*

»Sie meinen *tea*«, sagte Sebastian.

»Meat«, sagte Selbach. »Bob Dylan. ›Mighty Quinn‹.«

»›Mighty Quinn‹? Ist das nicht von Manfred Mann?«, fragte Sebastian.

Selbach schüttelte lachend den Kopf. »Schade. Leider haben wir jetzt keine Zeit, sonst würde ich Ihnen eine kurze Einführung in die wunderbare Welt der Dylanologen geben.«

Sebastian fragte lieber nicht nach. Sie hatten im Englischgrundkurs mal »Blowin' in the Wind« besprochen, das war sein engster Kontakt zu Dylan gewesen, und es war lange her. Er zeigte wieder auf den Bildschirm.

»Die WWS-Schnittstelle«, sagte er.

Aber Selbach blieb zurückgelehnt in seinem Stuhl sitzen. »Wie kommt Frau Öckler eigentlich darauf, dass Sie an der Entwicklung der Software beteiligt waren?«, fragte er.

»Ich hatte ein paar Ideen, die Dr. Lerchl ganz brauchbar fand.« Sebastian fragte sich, wieso Selbach gerade jetzt darauf kam.

»Sind Sie beteiligt?«

»Beteiligt? Woran?«

»Na, am Lizenzgeschäft. Das Programm soll doch vermarktet werden.«

Sebastian sah Selbach verständnislos an. »Das Programm wird vermarktet? Ich dachte, es wäre unser ... wie nennt der Vertrieb das immer? ... *unique selling point*?«

»Oh, hat Dr. Lerchl das noch gar nicht bekannt gemacht? Mittelfristig soll das mein Hauptarbeitsfeld werden. Spricht ja auch nichts dagegen. Man kann mit Sicherheit mehr daran verdienen, wenn man es verkauft, als wenn man es nur benutzt. Wie viel Prozent haben Sie denn vereinbart?«

Sebastian hatte über so etwas nie nachgedacht. »Wir haben noch nicht drüber gesprochen«, sagte er zögernd.

»Das sollten Sie aber. Da steckt eine Menge Geld drin. Und diese Layer-Verknüpfung ist doch das zentrale Ding an dem Programm. Der Rest ist nur Standard.«

Sebastian schwirrte der Kopf. Klar, jetzt wo Selbach danach fragte, leuchtete es ihm sofort ein. Ideen, die in der Firma verwendet wurden, waren das eine. Aber wenn seine Ideen verkauft wurden, sollte er eigentlich irgendwie beteiligt werden.

Aber leider hatte er gerade überhaupt keine Kapazitäten für so etwas.

»Lassen Sie uns weitermachen«, sagte er.

»Schon recht«, sagte Selbach. »Aber passen Sie auf, dass Sie nicht über den Tisch gezogen werden.«

***

Dräger stand neben der Leinwand, auf die er mit seinem Laptop die Bilder vom Tatort projizierte. Schwemmer, Schafmann, sieben weitere Kollegen und Staatsanwältin Isenwald saßen an den u-förmig aufgestellten Tischen. Jeder hatte einen Block oder eine Kladde vor sich, die sich nach und nach mit Notizen füllten. Vor Schafmann stand ein aufgeklappter Laptop, Isenwald hatte ihr iPad auf dem Tisch liegen.

Dräger zeigte zahlreiche Fotos der beiden Leichen. Nahaufnahmen des Gesichts von Susanne Berghofer oder dem, was davon übrig war. Die beiden Teufelshörner, die der Täter aus ihren blutverschmierten Haaren geformt hatte. Dann das leere Bett. Markierte Fundorte von Haaren und eingetrockneten Flecken von Körperflüssigkeiten.

»Man müsste wissen, wann das Bett das letzte Mal frisch bezogen worden ist«, sagte Schafmann.

»Das ist natürlich schwer zu sagen«, sagte Dräger. »Wir müssen die DNS-Analysen abwarten. Ich hoffe, es sind nicht so viele wie Fingerabdrücke.«

»Wie viele sind das?«

»Insgesamt sechs verschiedene. Alle unbekannt. Zuzüglich die der beiden Opfer.«

»Sechs«, sagte Isenwald. »Alle am Tatort?«

»Nein, im Schlafzimmer sind es vier.«

»Na, da haben wir ja was vor uns«, sagte Schwemmer.

»Das von der Zeugin Mitteregger kolportierte Gerücht …«, sagte Isenwald.

»Ist ein Gerücht«, ergänzte Schwemmer. »Gibt es ein Adressbuch oder so was?«

»Nein. Wenn es eins gab, hat der Täter es mitgenommen. Gleiches gilt für Computer und Handy.«

»Die abgehenden Gespräche von Handy und Festnetztelefon haben wir«, sagte Zettel. »Das scheinen zu neunzig Prozent berufliche Kontakte zu sein, wir arbeiten das ab.«

»Gut. Die Frau Mitteregger sagte, laut Lina Wagmüller habe einige Male nachts ein Auto vor dem Haus gestanden. Die Nachbarn müssen danach befragt werden«, sagte Schafmann. »Und wir brauchen ein möglichst umfassendes Bild von den Opfern. Lina Wagmüller ist an einem Herzinfarkt gestorben. Das heißt aber nicht sicher, dass sie kein Opfer ist, auch wenn die Sache mit dem Wiederbelebungsversuch dagegen spricht. Aber wir konzentrieren uns zunächst auf Susanne Berghofer. Die Kollegen in Lohr werden ihre Mutter befragen, allerdings erst, wenn sie vom Krankenhaus grünes Licht bekommen. Dort ist sie mit einem Schock eingeliefert worden. Man scheint bei der Überbringung der Nachricht nicht allzu sensibel vorgegangen zu sein. Weitere Verwandte oder Freunde konnten bisher nicht ermittelt werden, weshalb wir mit ihren Kollegen anfangen sollten –«

»Klingt gut«, unterbrach Schwemmer ihn. »So machen wir das.«

Schafmann sah ihn irritiert an, aber ein bisschen mussten

sie schon die Form wahren, wenn er sich Hessmann als Leiter der Kommission darstellen sollte.

»Gibt es von der Spurensicherung noch etwas, das uns unmittelbar weiterhilft? Was ist mit den Kugeln?«, fragte Schwemmer.

»Zwei von dreien fehlen. Sie wurden mit einem Schraubenzieher oder etwas Ähnlichem aus dem Kopfende des Bettes entfernt. Die dritte, die von dem Schuss in die Stirn stammt, wurde aus einer 44er Magnum abgefeuert und ist bei den Ballistikern.«

»Es gab einen Fall in Aschaffenburg, der vage Parallelen aufweist«, sagte Schwemmer. »Wer mag Akten lesen?«

Oberinspektorin Zettel hob die Hand.

»Holen Sie sie gleich bei mir ab.«

»Wo sind Spuren entfernt worden?«, fragte Schafmann.

»Im Eingangsbereich hat man Lichtschalter und Treppenhandlauf abgewischt, das Bad fast komplett. Im Wohnzimmer den Tisch und einige Fotos im Regal.«

»Was ist mit der Vase?«, fragte Schwemmer.

»Es gibt Abdrücke von Lederhandschuhen darauf, was immer das bedeuten mag. Dann zu dem Auto ...«

Dräger schaltete mit der Fernbedienung zum nächsten Bild. Es zeigte Susanne Berghofers Citroën, der mit offenem Kofferraum am Straßenrand stand. Neben dem Heck lagen das Reserverad und eine rote Sporttasche auf der Straße.

»Die Tasche enthielt getragene Damensportkleidung. Könnte dem Opfer gehört haben«, sagte Dräger.

»Warum wurde das Reserverad ausgeladen? Hat der Wagen einen Platten?«

»Nein. Der Wagen ist völlig in Ordnung.«

»Was soll das? Warum hält jemand mitten in der Nacht ausgerechnet dort an und lädt das Reserverad aus?«

Allgemeines Schweigen. Niemand im Raum hatte eine brauchbare Idee.

»Um kurz nach vier«, sagte Schafmann in die Stille hinein, »stand ein dunkler Pkw, möglicherweise ein blauer Citroën, beleuchtet in zweiter Reihe auf der Ludwigstraße vor dem Haus mit der Nummer 103. Dann fuhr er die Straße hoch und bog links in die Münchner.«

»Woher wissen wir das?«, fragte Schwemmer.

»Es gab eine Zeugin.«

»Hat sie den Fahrer erkannt?«

»Nur sehr vage: männlich, Brillenträger. Der Wagen hat einen Moment dort gestanden und ist dann weggefahren.«

»Wie kommst du an die Zeugin?«, fragte Schwemmer.

»Zufall«, sagte Schafmann, ohne ihn ansehen. »Ich hab sie zu einem anderen Fall befragt.«

***

Schönheit, wenn sie echt ist, hat immer auch mit Symmetrie zu tun. Symmetrie ist nicht alles, aber alle Schönheit wurzelt in ihr. Ein Kunstwerk mag versuchen, sie zu überwinden, sie biegen und beugen, sich ihr verweigern, aber all diese Versuche benötigen sie doch, denn ohne die Symmetrie fehlte ihnen jede Basis, jeder Sinn. Denn Kunst ohne Schönheit widerlegt sich selbst. Und so siegt also die Symmetrie noch in ihrer Ablehnung über die Nichtsymmetrie. Ohne sie kann Schönheit nicht existieren.

Das zu wissen macht ihre Herstellung unvermeidlich. Und unabdingbar.

***

»Gab es Spuren in dem Wagen?«, fragte Schwemmer.

»Ja«, sagte Dräger, »Fingerabdrücke, die nicht vom Opfer stammen.«

»Waren die auch im Haus?«, fragte Schwemmer.

»Ja. Im Schlafzimmer.«

Isenwalds Handy klingelte. Sie warf einen Blick auf das Display.

»Von Pollscheidt«, sagte sie und nahm das Gespräch an. Alle im Raum sahen zu ihr.

Isenwalds Brauen hoben sich, und sie notierte etwas auf ihrem iPad. »Danke, Herr Doktor, ich werde es ausrichten«, sagte sie dann und klappte das Handy zusammen. »Dr. von Pollscheidt grüßt ganz herzlich in die Runde. Er hat etwas herausgefunden, was ihm einen Zwischenbericht wert war. Der Schuss in das linke Auge des Opfers war tödlich. Die beiden anderen Schüsse wurden später abgegeben.«

»Klingt logisch«, sagte Dräger.

»Nach Dr. von Pollscheidts Schätzung etwa vierundzwanzig Stunden später«, sagte Isenwald.

»Oha«, sagte Schwemmer.

Ein Räuspern und Murmeln ging durch den Raum.

»Dann war der Täter einen ganzen Tag im Haus?«, fragte Zettel.

»Nein«, sagte Dräger entschieden. »Das geben die Spuren nicht her. Er muss wiedergekommen sein.«

Schwemmer blies die Wangen auf. »Der Täter schießt der Frau ins Auge«, sagte er, »verschwindet, geht wieder hin, schießt ihr ins andere Auge und in die Stirn, fährt mit ihrem Auto herum, lässt es mitten in der Nacht stehen, nachdem er ohne erkennbaren Grund das Reserverad ausgeladen hat …«

»… und er einem unbekannten Zeugen aufgefallen ist«, ergänzte Schafmann.

»Ich kann euch nur sagen, was ich gefunden habe«, sagte Dräger. »Zusammensetzen müsst *ihr* es.«

»Danke, Herr Dräger«, sagte Isenwald in einem Ton, der vermuten ließ, dass sie ihn heute ohne Abendbrot ins Bett schicken würde.

Dräger grinste schief.

Die Tür des Besprechungsraums öffnete sich, ohne dass zuvor geklopft worden wäre. Polizeidirektor Hessmann trat ein, im Gesicht ein verbindliches Lächeln und im Gefolge einen Mann, dessen Anblick Schwemmers Gesichtszüge entgleisen ließ.

»Meine Damen und Herren«, sagte Hessmann. »Die meisten von Ihnen werden ihn noch nicht kennen: Dies ist Dr. Ferdinand Schurig. Herr Dr. Schurig ist psychiatrischer Sachverständiger. Ich denke – da werden wir uns einig sein – nach Lage des Falles kann psychiatrischer Sachverstand gewiss von Nutzen sein.«

»Warum?«, fragte Schwemmer.

Hessmann sah ihn erstaunt an. »Ich gehe davon aus, dass wir es mit einem Psychopathen zu tun haben, Herr EKHK Schwemmer.«

Schwemmer holte Luft, um Hessmann zu erläutern, dass der Herr Dr. Schurig gewiss sein Scherflein würde beitragen können, den Täter am Ende vor dem Gefängnis zu bewahren, dass man ihn dafür aber erst einmal haben müsse und er, EKHK Schwemmer, dabei nicht von einem promovierten Amateur gestört werden wollte, der nicht mal in der Lage war, auf seinen Hund aufzupassen – aber Gott sei Dank kam ihm Schafmann zuvor.

»Sachverstand schadet natürlich nie«, sagte er und lächelte auf eine Art, die Schwemmer geradezu unterwürfig vorkam – oder es war verdammt gut gespielt.

Hessmann nickte gnädig. Er bat Ferdi mit einer Geste, Platz zu nehmen, und nahm sich ebenfalls einen Stuhl.

»Fahren Sie bitte fort, Herr Schwemmer«, sagte er.

Schwemmer hatte das deutliche Gefühl, rot anzulaufen. Das ging zu weit. Er kam sich vor wie ein Pennäler, den der Lehrer an die Tafel bittet. Aber er hatte nicht vor, sich auf das Spiel einzulassen.

»Sehr schön«, sagte er also. »Wenn keine Fragen mehr sind, wären wir damit wohl durch. Herr Schafmann teilt das Team ein, das die Befragung der Kollegen der Frau Berghofer vornimmt. Wenn nichts anderes verlautet, treffen wir uns morgen um zehn wieder hier. An die Arbeit.«

Isenwald sah ihn einigermaßen verblüfft an, Schafmann wusste offensichtlich nicht, wo er hingucken sollte, und hustete auf eine seltsame Art, als habe er sich verschluckt, und Hessmann traute offensichtlich seinen Ohren nicht.

Aber die Truppe war bereits in Bewegung. Man erhob sich geräuschvoll, Dräger klappte seinen Laptop zu und ließ die Leinwand an ihrem Rollo hochschnellen.

Ferdi saß etwas betreten neben Hessmann und fühlte sich sichtlich unwohl. Dieser Anblick immerhin hob Schwemmers

Laune für den Moment. Er packte seine Unterlagen zusammen und war schon in Richtung Tür unterwegs, als Hessmann ihn am Ärmel fasste.

»Herr Schwemmer, ich hatte gedacht, dass Sie dem Herrn Dr. Schurig wenigstens eine Zusammenfassung des Falls geben würden.«

Schwemmer lächelte ihn an, so ähnlich wie Schafmann das eben getan hatte, und wies auf Oberinspektorin Zettel. »Die Kollegin Zettel dort führt das Protokoll. Da bekommt er selbstverständlich eine Kopie.«

»Es wäre mir lieber, wenn Sie beide das mündlich machten. Auch damit man sich mal kennenlernt.«

»Wir kennen uns«, sagte Schwemmer, und Hessmann sah überrascht zu Ferdi.

Der nickte schüchtern und reichte Schwemmer zögernd die Hand. Schwemmer ergriff sie und versuchte, sie zu zerquetschen. Ferdi grinste gequält dagegen an.

Burgl hatte recht gehabt. Ferdi war auch nicht mehr der Jüngste. Von seinem sportlichen Körper, der blond-blöden Lockenmähne und dem amerikanisch breiten Unterkiefer war nur der Unterkiefer übrig geblieben. Er war untenrum ziemlich in die Breite (und die Tiefe) gegangen, und Schwemmer stellte mit einiger Befriedigung fest, dass er selbst keinesfalls mehr Kilos drauf hatte als der ehemals so flotte Ferdi. Die Lockenmähne bestand aus einem knappen Dutzend schütterer Strähnen, die im Nacken zusammengebunden unter einem ziemlich getragen wirkenden Strohhut hervortraten.

»Na schön«, sagte Schwemmer. »Dann folgen Sie mir bitte in mein Büro, Herr Doktor.«

***

»Ich bin Kriminalhauptkommissar Schafmann«, sagte der Polizist. Er war höflich von seinem Stuhl aufgestanden, als Sebastian das kleine Besprechungszimmer am Ende des Gangs betrat.

Seit vierzehn Uhr schon waren alle vier Besprechungsräume von GAP-Data von Polizeibeamten belegt, die die gesamte Belegschaft, vom Hauswart bis zu Dr. Lerchl, zu Sanne befragten. Und seitdem Sebastian wusste, dass sie im Haus waren, war er kaum noch zu einem zusammenhängenden Gedanken in der Lage. Gott sei Dank hatte Lerchl irgendwas mit Selbach zu besprechen gehabt, sodass sie das »Monsterbriefing«, wie Selbach es genannt hatte, unterbrochen hatten. Sebastian hatte fast eine Stunde lang auf seinem Stuhl gesessen und Nägel gekaut, was ihm erst aufgefallen war, als er ein Stück Nagelhaut abriss und Blut an seinem rechten Zeigefinger hinunterlief.

»Nehmen Sie Platz, Herr Polz.«

Den Namen des Polizisten hatte Sebastian schon wieder vergessen. Nur das Wort »Kommissar« brannte noch in seinem Hirn.

Der Polizist musterte ihn mit schräg gelegtem Kopf. »Geht es Ihnen gut, Herr Polz?«

»Was ...?« Sebastian sah ihn erschrocken an. »Ja ... natürlich ... Wieso?«

Auf der Stirn des Kommissars erschien eine Falte. »Sie sind sehr blass. Nicht dass Sie mir hier gleich vom Stuhl fallen.«

Sebastian straffte sich, so gut es ging. Unwillkürlich fasste er sich an den verletzten Ellbogen.

»Ist was mit Ihrem Arm?«, fragte der Kommissar.

»Es geht schon. Ich bin gestern beim Joggen gestürzt.«

»Zu viel Sport ist gar nicht gesund.« Der Kommissar lächelte verständnisvoll. »Sie wissen, was mit der Frau Berghofer geschehen ist?«

»Sie wurde ermordet.« Sebastian versuchte, klar und kontrolliert zu sprechen, aber er hatte das Gefühl, die Lippen nicht richtig auseinanderzubekommen.

»Ja, das ist richtig«, sagte der Kommissar. »Wir sind dabei, herauszufinden, was genau passiert ist. Dafür brauchen wir ein möglichst genaues Bild von Frau Berghofer. Also von ihrer Persönlichkeit.«

»Ich kannte sie kaum«, sagte Sebastian. Er hatte den Satz geübt, eben allein an seinem Schreibtisch. Es gelang ihm auch, ihn so auszusprechen, wie er es vorgehabt hatte. Beiläufig, mit einem kleinen Bedauern darin. Aber jetzt, wo er ihn hier aussprach, wurde ihm klar, wie entsetzlich zutreffend dieser Satz war.

Diese Frau, die er bis in die letzten Enden seiner Nervenbahnen liebte, deren Bild vor ihm auftauchte, sobald er nur die Augen schloss – er kannte sie kaum.

Selbst wenn er gewollt hätte, er hätte dem Polizisten nichts erzählen können, was für ihn von irgendeinem Belang gewesen wäre.

Er hustete und rang um Atem.

»Sind Sie sicher, dass alles in Ordnung ist?«, fragte der Kommissar. Er griff nach einer der kleinen Seltersflaschen auf dem Servierwagen neben der Tür und schenkte ein Glas voll, das er Sebastian hinstellte.

Er trank dankbar.

»Ganz fit bin ich wirklich nicht«, sagte er mit einem entschuldigenden Lächeln. »Aber es ist viel zu tun, und jetzt, wo ...« Er brach den Satz ab, so wie er es für sich probiert hatte.

»Reden Sie weiter«, sagte der Kommissar freundlich.

»Das klingt so pietätlos, so kurz nach dem allem. Aber dass die Frau Berghofer ... nicht mehr da ist, ist ein schwerer Verlust für die Firma. Ihre Arbeit war sehr wichtig. Sie muss getan werden.«

»Und das machen Sie?«

»Oh nein! Ich hab mit ihr direkt ja gar nichts zu tun ... gehabt. Aber im Moment ist das ganze Team gefragt.«

»Verstehe. Also Sie hatten wenig mit ihr zu tun. Kannten Sie sie vielleicht privat?«

»Privat? Nein.« Jetzt kam die Stelle, vor der er am meisten Angst hatte. »Kurz nachdem sie bei uns angefangen hat, haben wir uns mal abends zum Essen getroffen. Das hatte sie vorgeschlagen, um mal ungestört reden zu können. Das war das einzige Mal, dass ich sie außerhalb der Firma gesehen habe.«

Er hatte lange überlegt, ob er es erzählen sollte oder nicht, aber es schien ihm weniger riskant, es zuzugeben, als Gefahr zu laufen, dass sie es herausfänden. Sanne war oft im »La Vie« gewesen, sie kannten sie dort, und vielleicht würde man sich an ihn erinnern.

Das hatte er zumindest vorher gedacht. Jetzt, nachdem er es gesagt hatte, klang die Geschichte völlig unglaubwürdig. Man ging doch nicht mit jemandem essen, nur um über die Arbeit zu reden.

Aber dem Polizisten schien das nicht aufzufallen. »Wann

war das?«, fragte er, ohne von seinem Notizblock aufzusehen.

»Ich weiß nicht genau. Seit wann war sie hier …?«

»Seit dreizehn Monaten«, antwortete der Kommissar, nachdem er in seinem Block ein paar Seiten nach hinten geblättert hatte.

»Na, dann vielleicht vor zehn oder elf Monaten.« Es waren zehn Monate und neunzehn Tage. Er meinte, das Brennen auf seiner Wange zu spüren, wo ihre flache Hand ihn getroffen hatte an jenem Abend.

»Über was haben Sie denn da geredet in dem Restaurant?«

»Es ging ihr eigentlich vorwiegend um die Verbesserung von Abläufen. Und manchmal sind es eben konkrete Probleme, die von bestimmten Kollegen verursacht werden, und man kriegt das nicht abgestellt. Ich glaube, sie wollte mal reden, ohne befürchten zu müssen, dass jemand zur Tür hereinkäme.«

»Um welche Kollegen ging es denn da?«

Auch auf diese Frage war er vorbereitet, und es gab sogar eine glaubwürdige Antwort. »Hauptsächlich um Frau Schober. Die hat aber sowieso kurz drauf gekündigt.«

Der Kommissar notierte den Namen. »Wissen Sie den Vornamen?«

»Nein. Wir haben uns immer gesiezt. Sie war auch nicht lange da.«

»Welche Probleme gab es mit ihr?«

Sebastian hob die Hände. »Sie konnte einfach den Job nicht und hat es nicht bemerkt. Sie machte Fehler und bestritt es hinterher.«

»Verstehe. Wissen Sie, was sie jetzt macht?«

»Wenn ich mich nicht irre, ist sie jetzt irgendwo im Württembergischen, bei einem Security-Dienstleister.«

Der Kommissar schrieb noch ein paar Worte, dann legte er den Block auf den Tisch und lehnte sich in seinem Stuhl zurück.

»Wie würden Sie die Atmosphäre in Ihrer Firma beschreiben?«, fragte er.

Sebastian sah ihn überrascht an. Er hatte keine Ahnung, was er darauf antworten sollte. Allzu viel Gutes gab es nicht zu berichten über die Atmosphäre bei GAP-Data. Es war eine Firma. Man arbeitete. Und wenn man Pech hatte, verliebte man sich in eine Kollegin.

Was war die beste Antwort? Eine, die ihn nicht verdächtig machte. Eine möglichst nichtssagende, die aber nicht nach Ausflucht klang.

Er sah zur Tür und wünschte sich, hindurchgehen und diese Tortur hinter sich lassen zu dürfen. Diese Tortur, die er sich nicht einmal anmerken lassen durfte. Er spürte, wie ein Tropfen Schweiß seinen Rücken hinablief.

Schafmann legte den Block auf den Tisch und lehnte sich in seinem Stuhl zurück.

»Wie würden Sie die Atmosphäre in Ihrer Firma beschreiben?«, fragte er.

Dem schmalen, nicht mehr ganz jungen Mann, der ihm gegenübersaß, schien die Frage nicht zu behagen. Er sah zur Tür, als vermute er einen Lauscher oder Kontrolleur.

»Keine Angst, Herr Polz«, sagte Schafmann freundlich. »Das ist natürlich alles vertraulich. Sprechen Sie einfach frei von der Leber weg.«

»Ich weiß nicht …« Polz nahm seine Brille ab und polierte umständlich an den dicken Gläsern herum. »Die Atmosphäre …«

Er war kaum zu verstehen, so leise sprach er. Er war ein verschüchtertes Büromännchen, wie man es allenthalben antraf. Schafmann rechnete nicht damit, brauchbare Informationen von ihm zu bekommen, aber es ging ihnen ja auch zunächst um den Gesamteindruck. Es war gut, ein möglichst umfassendes Bild zu bekommen, bevor man sich auf die Einzelheiten konzentrierte.

»Die Atmosphäre ist ganz gut eigentlich«, sagte Polz.

Schafmann freute sich nicht wirklich auf die Arbeit an dem Fall. Die dünne und verworrene Spurenlage bedeutete wahrscheinlich wochenlang Gespräche wie diese: Befragungen von Menschen, die nichts wussten.

Aber es war gut möglich, dass es am Ende einer dieser Menschen war, der doch irgendein Detail beisteuerte, dessen Bedeutung weder er noch der Befrager richtig einschätzen konnten und das letztlich dann den entscheidenden Hinweis lieferte.

Doch bis dahin waren diese Befragungen nur eines: langweilig.

»Ich hab mein eigenes Büro, wissen Sie. Deswegen krieg ich nicht viel mit von der Atmosphäre.« Polz lachte, aber es wirkte angestrengt.

Auf Schafmann wirkte er wie ein Mensch, der gute Atmosphäre nicht gewohnt war und jeder Art von Umgang deswegen skeptisch gegenüberstand und ihn wo möglich vermied.

»Arbeiten Sie denn gern hier?«, fragte Schafmann.

»Ja … Ja, tatsächlich. Ich habe einen interessanten Job.«

Es klang fast, als wundere Polz sich selbst über seine Aussage.

»Was ist denn Ihr Job?«, fragte Schafmann und registrierte, dass Polz erfreut und bereitwillig anfing, ihm detailliert die Aufgaben zu erläutern, mit denen er betraut war. Es ging um die Steuerung von Maschinen, die Stahlstangen zurechtbogen, die dann in Betonbauten verwendet wurden. Nach dem fünften Satz, in dem von der »Verknüpfung mit systemfremden WWM-Softwaresystemen« die Rede war, verstand Schafmann kein Wort mehr. Er nahm seinen Block und notierte das Wort »Fachidiot«, das er aber wieder durchstrich. Stattdessen schrieb er: »Leicht betriebsblind«.

Polz redete weiter, und Schafmann gelang es nicht, seine Gedanken in dem neonbeleuchteten, fensterlosen und leicht stickigen Besprechungsraum zu halten. Sie wanderten fort zu einem Paar dunkler, fast schwarzer Augen und einem Duft, der an eine frisch gemähte Wiese erinnerte. Ein roter Morgenmantel und ein Dekolleté, von dem er die Augen nicht wenden konnte, tauchten in seinen Gedanken auf, und eine warme Altstimme mit einem Lachen, das ihn direkt an der Seele berührte.

Mit einem kleinen Kopfschütteln zwang er sich wieder in die Gegenwart. Polz redete immer noch, Schafmann erfasste die Worte »Lagerortverwaltung« und »Mattenverschnittoptimierung«. Konzentriert atmete er ein und aus.

Ich darf das nicht, dachte er, und: Wo kommt das nur her?

Aus dem Nichts, war die Antwort. Er hatte diesen Duft geatmet und diese Augen gesehen. Sie hatte gelächelt.

Ende der Geschichte, dachte Schafmann und wusste, dass er sich irrte.

Bärbel hatte das nicht verdient. Sie führten eine gute Ehe. Er hatte es nie anders empfunden. Natürlich nagte der Alltag, belasteten all die Ansprüche, die drei Kinder nun mal mit sich brachten, aber er hatte nie das Gefühl gehabt, die falsche Frau geheiratet zu haben oder gar unglücklich zu sein. Und nun das.

Er war froh, dass dieser Polz etwas zu erzählen hatte und er ein paar Augenblicke lang in seinen Gedanken für sich sein konnte.

Ich darf das nicht, dachte er wieder und wusste, dass es nichts nutzte.

Dreimal hatte er Carmen Misera nun getroffen. Beim letzten Mal, heute Morgen, hatte er nicht einmal mehr vorgegeben, irgendwas Dienstliches führe ihn zu ihr. Und sie war weder verwundert noch zurückweisend gewesen. Sie hatte ihn eingelassen und war vor ihm stehen geblieben, bis er begonnen hatte, den Knoten im Gürtel ihres Morgenmantels zu lösen. Sie hatte ihre Arme um ihn geschlungen und ihn wild geküsst. Er hatte sie zum Sofa getragen, wo sie wie verhungert übereinander hergefallen waren. Schafmann zitterte leicht bei der Erinnerung.

Später hatte sie seinen Ehering mit dem Finger berührt und ihn dann stumm angesehen. Und er hatte den Kopf gesenkt.

Sie hatte dann tatsächlich einen Kaffee gemacht, und er hatte zu erzählen begonnen, weil er irgendwas erzählen musste, damit kein Schweigen zwischen ihnen war, denn das hätten sie beide nicht ertragen. Er hatte von den toten

Frauen erzählt, von den Spuren, die nicht recht zu deuten waren, von dem verschwundenen Wagen. Und da war ihr die dunkle Limousine eingefallen, die am frühen Morgen in der Ludwigstraße gestanden hatte.

Zwei Tassen Kaffee hatten sie getrunken, dann hatte er sich mit einem Händedruck verabschiedet. Sie hatten sich angesehen und gewusst, dass das alles völlig falsch war.

»... und ich muss sagen, ich finde das schon eine interessante Herausforderung«, sagte Polz und sah ihn an. Offenbar war sein Vortrag beendet.

»Ähm ... ja, das klingt so«, sagte Schafmann. Er blätterte die letzten Seiten seines Notizblocks hin und her, aber es fielen ihm keine weiteren Fragen mehr ein. Er zog einen Strich unter das Geschriebene und stand auf. »Vielen Dank, Herr Polz. Wenn wir noch Fragen haben, melden wir uns bei Ihnen.«

Polz wischte sich die Hand an der Hose ab, bevor er sie Schafmann reichte. Sie war trotzdem feucht.

***

Schwemmer saß auf der Couch und sah sich die Abendschau im Dritten an. Neben sich auf der Sofalehne balancierte er ein Bierseidel und überlegte, ob es halb voll oder halb leer war. Er nahm noch einen großen Schluck und fällte so die Entscheidung für halb leer und freute sich des Bewusstseins, heute genug Flaschen vom Tegernseer kalt gestellt zu haben.

Ein Mordfall mit so unklarer Spurenlage wie der aktuelle hatte nur einen einzigen Vorteil: Man konnte nichts überstürzen, weil es nichts zu überstürzen gab. Deswegen konnte sogar der Leiter der Mordkommission pünktlich Feierabend machen.

Ob es aber ein Vorteil war, allein vor dem Fernseher zu sitzen, ohne so ganz genau zu wissen, wo die Gattin steckte, musste er dahingestellt sein lassen.

»Ich weiß noch nicht, wann ich heimkomm. Wart nicht auf mich, Kuss, d.B.«, war alles, was sie ihm an Informationen hatte zukommen lassen, auf einem Zettel, der mit einem Magneten an die Kühlschranktür gepappt war.

Er nahm noch einen Schluck Bier und schaltete schnell um, als ein Bericht über das neue Album von Margot Hellwig angekündigt wurde. Am Ende blieb er bei einem Bericht über Biber hängen, der ihn zwar nicht wirklich interessierte, aber immerhin gab es putzige Bilder. Er zwang sich, nicht auf die Uhr zu schauen, aber beim nächsten Umschalten erwischte er das Zweite, wo die Uhr auf blauem Hintergrund die Sekunden vor neunzehn Uhr herunterzählte.

Er schaltete aus. Es gab an der Situation nichts zu beschönigen: Er hatte Hunger.

Schwemmer erhob sich von der Couch und ging mit seinem Bier in die Küche. Er öffnete den Kühlschrank und wühlte sich mit rasch schrumpfender Vorfreude durch die Fächer. Es gab nichts, was ihn ansprach oder das man auf die Schnelle hätte verschnabulieren können. Zu einer großen Kochaktion hatte er keine Lust, aber nur Spiegeleier waren ihm dann doch zu wenig. Und das Tiefkühlfach musste erst abgetaut werden, um die geplatzte Flasche und den großen gelblichen Brocken zu entsorgen, der einmal eine Bierflasche gewesen war.

Also doch Spiegeleier. Es gab auch noch ein paar Scheiben Tiroler Speck, die er anbraten konnte. Er holte die Pfanne aus dem Schrank und stellte sie auf den Herd.

Als er gegessen, Teller und Besteck in die Spülmaschine geräumt und sich sein drittes Bier eingeschenkt hatte, setzte er sich wieder vor den Fernseher, aber kein Programm schaffte es, ansatzweise sein Interesse zu wecken. Fußball gab es auch nicht. Immerhin kam bald die Tagesschau, und irgendwo hinten, weit in der Türkei, würde ja wohl irgendjemand aufeinanderschlagen.

Eigentlich sollte er zufrieden sein, konnte er das Treffen mit dem ehemals flotten Ferdi doch durchaus als deutlichen Punktsieg verbuchen.

Andererseits war Burgl nicht da.

Er nahm noch einen Schluck Bier.

Dr. Ferdinand Schurig hatte höflich auf seinem Besucherstuhl Platz genommen und sich sogar dafür entschuldigt, unangekündigt in die Sitzung hereingeplatzt zu sein, aber nach seiner Darstellung hatte Hessmann ihn geradezu überrumpelt. Eigentlich hatte er sich nur bei der Leitung der Kripo Garmisch vorstellen wollen – eine Formulierung, die Schwemmer immer noch irritierte, sofern nicht er damit gemeint war –, und Polizeidirektor Hessmann hatte ihn nach ein paar warmen Worten schnurstracks in den Besprechungsraum geführt.

Wie er so dasaß, mit dem unglücklich geschnittenen Leinenanzug und dem schütteren Haar, hatte Schwemmer beinah ein bisschen Mitleid bekommen mit ihm.

Er hatte sich nach Ferdis Werdegang erkundigt, und der hatte nicht sehr aufregend geklungen. Ein paar Jahre Privatdozent an der Uni in Würzburg, wo er seinen Doktor gemacht hatte, dann eine Praxis in Randersacker, wo er mit einer Winzerstochter verheiratet gewesen war. Ferdi hatte weit drumherum geredet, aber die Scheidung von der Dame musste zumindest wirtschaftlich, wahrscheinlich aber auch seelisch, erhebliche Verwüstungen angerichtet haben. Jedenfalls lebte er nun wieder in Partenkirchen, im Haus seiner verstorbenen Eltern und betrieb die Praxis in Hechendorf.

Die Antwort auf die Frage, wie es mit der Praxis denn so laufe, war ein wenig schwammiger ausgefallen, als Schwemmer es erwartet hatte. Burgls Schilderung hatte für ihn so geklungen, als könne Ferdi sich vor Patienten nicht retten. Und nun meinte Ferdi, er wolle nicht klagen. »Wolle« – nicht »könne«, was in Schwemmers Ohren doch ein erheblicher Unterschied war.

»Und jetzt soll Burgl bei dir einsteigen?«, hatte er gefragt, und Ferdi hatte sich etliche Male geräuspert, bevor er sich traute, ihm in die Augen zu sehen.

»Hör zu, Balthasar«, hatte er endlich angefangen, »es hat sich einfach so ergeben, verstehst? Wir haben im Café gesessen und geredet, und dann kam das irgendwie auf. Burgl war ganz begeistert von der Idee. Ich selbst hatte ja schon Bedenken.«

»Weshalb?«

Ferdi hatte die Achseln gezuckt und ihn vielsagend angeschaut.

Burgl war ganz begeistert von der Idee.

Schwemmer trank von seinem Bier und stellte irritiert fest, dass auch das dritte bereits zur Neige ging. Dabei hatte die Tagesschau gerade erst begonnen. Tatsächlich schlugen hinten, weit in der Türkei, oder zumindest ungefähr in der Gegend, die Völker aufeinander, aber er schaffte es nicht, sich dafür zu interessieren. Er stand auf, stellte sich ans Fenster und trank sein Glas aus.

»Dann kehrt man abends froh nach Haus und segnet Fried' und Friedenszeiten«, sagte er und ging in die Küche, um sich ein neues Bier zu holen.

Natürlich hatten sie auch über den Fall gesprochen. Schwemmer hatte ihm eine Zusammenfassung gegeben, und Ferdi hatte sich die Fotos vom Tatort angesehen, ohne irgendeine unprofessionelle Regung zu zeigen. Und er hatte ein paar vernünftige Fragen gestellt.

»Am bemerkenswertesten scheint mir die Sache mit der Herzmassage«, hatte er gesagt. »Das ergibt kein konsistentes Bild.« Dann war er aufgestanden und hatte seinen seltsamen Strohhut vom Schreibtisch genommen, wo er ihn abgelegt hatte.

»Was soll ich sagen? Es ist, wie es ist«, hatte er gesagt und dabei den Hut in den Händen gedreht. »Ich weiß, dass du sauer bist, auch wenn's wirklich lange her ist. Aber ich denke, wir sollten einen Modus Operandi finden. Irgendeinen.«

Dann hatte er Schwemmer die Hand hingehalten und dabei ausgesehen, als hätte er Angst. Schwemmer hatte sie geschüttelt, ohne ihm wehzutun.

Und dann hatte Ferdi gefragt: »Wisst ihr schon was wegen meinem Hund?«

Alles in allem war es also ganz okay gewesen mit dem

Ferdi, dachte Schwemmer, während er sein nächstes Bier einschenkte.

Aber Burgl war immer noch nicht da.

***

Sebastian war erleichtert, als er feststellte, dass er daheim allein war. Entweder war sein Vater mutig genug gewesen, den kursierenden Verdächtigungen zum Trotz ins angestammte Wirtshaus zu gehen, oder er hatte sich einen neuen Ort gesucht, an dem er in seine Halbe starren konnte.

Sebastian hockte sich auf den Schreibtischstuhl in seinem Zimmer und sah aus dem Fenster. Die Wolken über den Dächern hatten Lücken bekommen, die immer weiter aufrissen, und wurden an den Rändern von der untergehenden Herbstsonne golden gefärbt. Es war wie ein Versprechen für ein paar letzte schöne Tage, bevor der Winter kam.

Sebastian war erschöpft. Geistig, und körperlich sowieso. Sein Ellbogen schmerzte, und ihm graute vor der Nacht. Er hatte keine Ahnung, in welcher Position er schmerzfrei würde liegen oder gar schlafen können. Carinas Tabletten kamen nicht mehr in Frage. Was, wenn die Stimme anrief, während er im medikamentösen Tiefschlaf lag? Dann würde es sofort einen neuen Anschlag geben.

Die Stimme!

Er musste raus aus seiner Panik. Er musste nachdenken. Es musste einen Weg geben, die Stimme zu finden. Er versuchte, sich zu konzentrieren. Was wusste er?

Die Stimme konnte ihn sehen, wenn sie wollte. Sie war in der Nähe.

Er sah auf die Straße hinunter. Konnte es sein, dass die Stimme in der Nachbarschaft wohnte? In einem der Häuser gegenüber vielleicht? Dass der Mörder dort drüben hinter einem der gardinenverhangenen Fenster stand und ihn mit einem Fernglas beobachtete? Oder saß er unten in der »Kaffee-Börse« und blickte nur ab und zu angelegentlich aus dem Fenster? Verfolgte er ihn, wenn er mit seinem R5 losfuhr?

Sebastian nahm ein DIN-A4-Blatt aus dem Papierschacht des Druckers.

»1. Nacht«, schrieb er hin. Dann darunter: »Mö. bei S.«

Er kaute auf dem Ende des Stifts herum. Der Mörder war im Haus gewesen. Sebastian war hineingegangen und in seinen Hinterhalt geraten. Hatte er gewusst, dass Sebastian vor der Tür stand? Hatte er die Tür absichtlich geöffnet? Letztlich war es egal.

»Mö. schlägt m. nieder«, schrieb er.

Was hatte der Mörder dann getan? Er hatte mit Sebastians Hand einen weiteren Schuss auf die tote Sanne gefeuert. Mitten in ihre Stirn. Sebastian merkte, wie sein Körper zu zittern begann, und zwang sich zur Ruhe.

»Mö. legt Spuren.«

»Mö. trägt m. ins Auto.«

»Mö. ruft an.«

Er versuchte, sich an das erste Gespräch mit der Stimme zu erinnern. Es fiel ihm schwer. Vorsichtig tastete er über die Beule, die der Schlag auf den Hinterkopf hinterlassen hatte. Er war noch gar nicht recht bei Sinnen gewesen, als er den ersten Anruf angenommen hatte.

»Mö. hat Tatwaffe.«

Das war der Knackpunkt. Solange Sebastian die Tatwaffe nicht in seinem Besitz hatte, war er Spielball des Schicksals. Wann immer der Mörder beschloss, sie von der Polizei finden zu lassen, war Sebastians Leben vorbei. Sie würden ihn einsperren, und sie würden ihn nie wieder freilassen.

»Brille«, schrieb er.

Der Mörder hatte ihn genötigt, noch einmal in Sannes Schlafzimmer zu gehen und seine Brille zu holen. Wozu? Um ihn zu demütigen, ihm zu zeigen, wer der Herr ist. Es war ihm gelungen.

Sebastian schrieb: »Stimme elektr. verändert.«

Ihm kam eine Idee. Er fuhr seinen PC hoch und googelte »Stimmenverzerrer«. Das Resultat war beeindruckend. Es schien einigen Bedarf für Derartiges zu geben. Es gab professionelle Geräte für zweihundert Euro und einfache für zehn. Man drückte sie einfach auf die Sprechmuschel, und die Stimme wurde zur Unkenntlichkeit verändert. Gute Kundenbewertungen erhielt ein Gerät für vierzehn Euro. Es verfügte über sechzehn Voreinstellungen, darunter neben »Roboter« und »Darth Vader« auch »Hohe Stimme« und funktionierte laut Kundenmeinung »extrem zuverlässig«.

Der Hersteller hieß »Geeky-Electronics«.

***

Schafmann schreckte aus seinen Gedanken hoch, als die Kofferraumklappe geöffnet wurde. Etwas wurde hineingewuchtet, dann knallte die Klappe zu. Ein paar Sekunden später öffnete sein Sohn die hintere Beifahrertür und kletterte auf die Rückbank.

»Na, wie war's?«, fragte Schafmann.

»Mist«, erhielt er zur Antwort. Es kam sehr leise und klang resigniert. Er drehte sich um.

»Hey, Großer, was ist los?«, fragte er.

»Er stellt mich nicht auf am Samstag.« Fabian sah starr aus dem Fenster. Offenbar kämpfte er mit den Tränen.

»Hat er gesagt, warum?«

Die Lippen seines Sohnes bildeten einen schmalen Strich. Eine Antwort kam nicht.

»Warum stellt er dich nicht auf?«

Es dauerte, bis der Strich ein wenig aufweichte. Schafmann wartete geduldig.

»Ich hab alle drei Sprints verloren heute«, flüsterte Fabian gegen die Seitenscheibe. »Gegen den Flori, den Basti und den Schorsch. Jetzt lässt er den Flori als Center spielen. In *meiner* Reihe. Und ich bin nur Ersatz. Wahrscheinlich spiel ich keine fünf Minuten am Samstag.«

»Warum hast du denn verloren? Denen läufst du doch sonst immer davon.«

Sein Sohn zog die Nase hoch.

»Alles in Ordnung mit dir?«

»Passt schon.«

Schafmann startete den Motor und ließ den Wagen anrollen. Langsam fuhren sie um die Halle herum, am Landratsamt vorbei in Richtung Sachsenkamerstraße.

»Papa?«, fragte Fabian, als sie gerade in den Kreisverkehr einfuhren.

»Ja?«

»*Muss* ich eigentlich Eishockey spielen?«

Schafmann ließ ein kleines Lachen hören. Die Vorstellung, sich jede Woche eine, oft zwei Fahrten nach Tölz sparen zu können, hatte für ihn durchaus seinen Reiz. »Nein«, sagte er. »Du musst nicht.« Er hielt an der Ampel.

»Eigentlich find ich Eishockey blöd«, sagte sein Sohn.

Schafmann sah irritiert in den Rückspiegel. Bisher war die Begeisterung für den Sport bei Fabian durch nichts zu bremsen gewesen, nicht einmal durch einen gebrochenen Unterarm.

»Bloß weil du mal ein paar Sprints verloren hast, ist gleich das ganze Eishockey blöd?«, fragte er. Die Ampel wurde grün, und er bog nach links auf die Bundesstraße.

»Schmarrn«, sagte Fabian. Es klang nicht überzeugt.

»Warum dann?«

»Ach, immer nur Prügeleien. Das ist doch was für Prolos.«

»Wer sagt das?« Schafmann sah wieder in den Rückspiegel, aber der Kopf seines Sohns war nicht zu sehen. »Und wieso ›immer nur Prügeleien‹? Das ist doch Blödsinn. Wann hattest du denn deine letzte Prügelei? Das ist doch fast ein Jahr her.«

»Das ist einfach ein Sport für Asis«, murmelte sein Sohn.

»Moment mal!«

Schafmann wandte den Kopf. Fabian sah starr zur Seite und hielt die Stirn an die Fensterscheibe gelehnt.

»Wer redet dir so was ein?« Schafmann konzentrierte sich wieder auf den Verkehr. Immer noch kam keine Antwort von der Rückbank. An der nächsten Einmündung bog er rechts ab und hielt am Straßenrand an.

»Was ist los, Großer? Spuck's aus.«

Fabian sah ihn immer noch nicht an. Seine Augen glänzten feucht.

»Ich will nicht mehr spielen«, schluchzte er und brach endgültig in Tränen aus.

Schafmann stieg aus, ging um den Wagen herum und öffnete die hintere Tür. Aber als er in die Knie ging, um seinen Sohn in den Arm zu nehmen, stieß der ihn weg und flüchtete auf die andere Seite der Rückbank.

Schafmann fühlte einen Stich, aber er wusste, dass es im Moment keinen Weg zu Fabian gab.

»Schnall dich wieder an«, sagte er und warf die Tür zu.

Der Rest der Fahrt verlief schweigend. Als er in der Einfahrt den Motor abgestellt hatte, sprang Fabian aus dem Wagen und rannte ins Haus.

»Was ist los?«, fragte Bärbel, als er die Stube betrat.

Fabian war schnurstracks in sein Zimmer gelaufen und hatte die Tür hinter sich zugeknallt.

»Die Pubertät, fürchte ich«, sagte Schafmann. »Der Trainer stellt ihn am Samstag nicht in seiner Sturmreihe auf, und jetzt ist Eishockey nur noch ein Sport für Asis.«

»Das legt sich wieder«, sagte Bärbel und ging in die Küche. Der Tisch war für drei gedeckt, die beiden Kleinen waren schon im Bett. Schafmann setzte sich und schenkte sich eine Tasse Pfefferminztee aus der Thermoskanne ein. Bärbel kam mit einem Topf aus der Küche und stellte ihn auf einen Untersetzer. Dann ging sie noch einmal hinaus. Schafmann hörte sie die Treppe hochgehen und an Fabians Zimmertür klopfen.

»Magst nix essen, Fabi?«, fragte sie.

Schafmann konnte die Antwort nicht verstehen, aber Bärbel kam allein wieder herunter. Seinen fragenden Blick beantwortete sie mit einem Achselzucken und füllte dann ihre Teller mit Leberknödelsuppe.

Eine Weile aßen sie schweigend.

»Heute keine Überstunden?«, fragte Bärbel dann.

»Nein.«

»Wieso wusste Balthasar gestern nicht, dass du Überstunden machst?«

Sie hatte den Löffel hingelegt und sah ihn an. Schafmann hielt den Blick auf seinen Teller gerichtet.

»Er ist mit dem Fall nicht befasst. Ich muss ihm nicht jedes Mal Bescheid geben.«

»Aber ungewöhnlich ist es schon.«

Schafmann hob die Schultern. »Er ist nicht mehr der Chef«, sagte er und hoffte, dass sie ihm diesen Unfug durchgehen ließ. Denn Bärbel hatte natürlich recht. Schwemmer war immer noch sein direkter Vorgesetzter, und auch wenn es nicht Vorschrift war, faktisch wusste er immer, was Schafmann tat.

Außer gestern.

Bärbel nahm den Löffel wieder auf und teilte damit ihren zweiten Knödel in zwei Hälften.

»Ich hab einfach nicht dran gedacht«, sagte Schafmann heiser.

»Du denkst immer an so was«, sagte Bärbel.

Jetzt war es Schafmann, der den Löffel auf den Tisch legte. Er straffte sich. »Herrschaftszeiten, was ist so schlimm daran, dass ich Balthasar mal nicht Bescheid gesagt hab? *So* schlimm, dass du mir noch am nächsten Tag Vorhaltungen machen musst?«

»Ich mach dir keine Vorhaltungen.«

»Wie nennst du das denn sonst?« Schafmann war lauter geworden, als er vorgehabt hatte. Bärbels Blick wurde kühl. Ein paar Sekunden lang sah sie ihn schweigend an, dann aß sie weiter.

Schweigend beendeten sie ihr Mahl. Bärbel stand auf und räumte den Tisch ab. Schafmann wechselte auf die Couch hinüber und schaltete den Fernseher ein.

Er hörte seine Frau in der Küche werkeln und dann die Treppe hinaufgehen. Sie kam nicht wieder herunter.

Blicklos starrte er auf den Bildschirm, wo irgendeine Schmonzette lief. Er nahm nichts davon wahr.

Das geht nicht, dachte er. Das darf ich nicht. Das darf nicht sein.

Dann dachte er an den Duft einer frisch gemähten Wiese.

***

»Und?«, fragte die Stimme. »Hat die Polizei mit dir gesprochen?«

»Ja«, antwortete Sebastian.

»Und du warst brav und hast ihnen nichts erzählt. Heute hast du mir noch gar keinen Grund gegeben, böse auf dich zu sein. Du bist ein guter Junge, Basti.«

Sebastian sah auf das Blatt, das vor ihm auf dem Schreibtisch lag.

»Mö. unterbricht Gespräch – weil er gestört wird?«, stand da. Es war das Letzte, was er vor dem Anruf notiert hatte. Gestern im Büro, nachdem Hansi hereingeplatzt war, hatte die Stimme das Gespräch plötzlich unterbrochen. Er lauschte aufmerksam, aber er hörte keine Nebengeräusche.

»Sie haben mit meinem Vater gesprochen«, sagte Sebastian.

»Ja. Er scheint ein recht unhöflicher Mensch zu sein.«

Sebastian sagte nichts. Das war sein Vater wirklich, aber wer wäre höflich, wenn er um vier Uhr morgens von einem Fremden aus dem Schlaf geklingelt wird.

»Du hättest das Handy mitnehmen müssen, Sebastian. Dann hätte ich dich warnen können vor der Polizei.«

»Ich war in Eile«, sagte Sebastian.

Die Stimme lachte. Es klang wirklich amüsiert. »Du solltest in Zukunft nie ohne dein Handy aus dem Haus gehen. Ganz *besonders*, wenn du in Eile bist. Wer keine Zeit hat, darf die Ruhe nicht verlieren.«

Sebastian verzog angewidert das Gesicht. Er hätte speien mögen.

»Ich muss übermorgen nach Köln«, sagte er.

»Warum?«

»Da ist eine Messe. Ich muss mit, weil Susanne Berghofer ermordet wurde.«

»Du meinst, *ich* hätte das zu verantworten?«

Das kann man wohl sagen, dachte Sebastian, hielt aber den Mund.

»Ich weiß noch nicht, ob ich dir das erlauben kann, Sebastian. Das hängt von den Umständen ab.«

Sebastian presste sein Handy ans Ohr. Da war etwas gewesen. Ein Geräusch. An- und wieder abschwellend. Ein Motor?

»Wann werden Sie es denn wissen?«

»Das ist nicht die Frage, Sebastian. Die Frage ist, wann ich dir meine Entscheidung mitzuteilen gedenke.«

Da war es wieder. Ein Motor, ziemlich sicher.

»Mir ist es egal«, sagte Sebastian. »Meinen Chef interessiert das mehr als mich.«

»Oho«, sagte die Stimme. »Höre ich da eine kleine Spur Hochmut heraus?«

»Nein. Das ist Fatalismus.«

»Halte das gut auseinander, Sebastian.«

Und wieder: ein Motorengeräusch. Es bewegte sich gedämpft an dem Standort vorbei, von dem die Stimme anrief. Dreimal in der letzten halben Minute. Eine regelmäßig, aber nicht zu stark befahrene Straße.

»Wenn ich nicht mitfahre, schmeißen sie mich wahrscheinlich raus.«

»Und? Täte dir das leid?«

»Im Moment hab ich größere Probleme.«

»Das weiß ich, Sebastian, aber das ist keine Antwort auf meine Frage. Täte es dir leid, wenn sie dich rausschmeißen?«

»Wenn es mir nicht leidtäte, würde ich kündigen«, sagte Sebastian und wusste sofort, was die Stimme dazu sagen würde.

»Das würdest du nicht, Sebastian. Nicht der Sebastian, den ich kennengelernt habe. Der wird noch am Sankt-Nimmerleins-Tag ›Member of Development Department‹ sein.«

Er sagte nichts. Die Stimme hatte recht.

»Wir werden sehen«, sagte die Stimme, dann war die Verbindung unterbrochen.

»Mö. wohnt an befahrener Straße«, schrieb Sebastian.

Er ging ins Bad. Vater war noch nicht aufgetaucht. Er putzte sich die Zähne und machte sich fertig fürs Bett. Zurück in seinem Zimmer schaltete er das Licht aus, zog sich die Decke über den Kopf und begann sich auf lange, quälend wache Stunden einzurichten. Bevor er damit fertig war, war er eingeschlafen.

***

Burgl reichte Schwemmer ein Glas von dem Barbera, den sie gestern bei dem Italiener gekauft hatte. Schwemmer nahm es mit verdrossener Miene entgegen.

»Es tut mir leid«, sagte sie und stieß ihr Glas an seines. »Aber gestern Abend haben wir uns nicht gesehen, und heute Morgen warst du so stinkstieflig, dass ich mich nicht getraut hab, es dir zu sagen.«

Schwemmer schwenkte stumm sein Glas unter der Nase. Burgl tat es ihm nach.

»Hat eine schöne Farbe«, sagte Burgl. »Aber die Nase ... ich weiß nicht ...«

Schwemmer verkniff sich eine Bemerkung. Die Nase war tatsächlich eine Enttäuschung, aber er hatte keine Lust, über Wein zu reden. Burgl hatte sich nicht lange mit der Entscheidungsfindung aufgehalten und ihre Arbeit in Ferdis Praxis bereits aufgenommen, was Schwemmer erst erfahren hatte, als sie weit nach der Tagesschau nach Hause gekommen war.

»Wenigstens Ferdi hätte es mir sagen können, wenn meine Frau es schon nicht für nötig hält«, sagte er.

»Ich glaube, dazu hat er zu viel Respekt vor dir.«

»Respekt? Schiss hat der Kerl. Sag mal, wessen Idee war das eigentlich, dass du bei ihm einsteigst? Seine?«

Burgl sah ihn an, als habe sie sich diese Frage noch nicht gestellt. »Kann ich nicht genau sagen. Das kam so im Gespräch.«

Schwemmer knurrte ärgerlich.

Sie nahmen beide einen ersten Schluck, und der Wein hielt, was die Nase versprochen hatte: nicht viel.

»Na ja«, sagte Burgl mit einem schiefen Lächeln.

Schwemmer verzichtete auf die Frage, was sie dafür bezahlt hatte.

Sie setzte sich neben ihn und legte ihm die Hand auf den Unterarm. »Sei mir nicht böse, Hausl«, sagte sie.

»Schon gut«, brummte Schwemmer in sein Glas hinein. Er erwog den Vorschlag, den Rest des Barberas zum Kochen zu verwenden und auf den Bordeaux vom Krois Ferdl umzusteigen, aber so schlimm war der Italiener dann doch nicht.

»Ferdi ist ein guter Arzt«, sagte Burgl. »Und – ja, er tut mir auch ein bisschen leid. Diese Scheidung war wohl wirklich kein Spaß.«

»Welche ist das schon?«

»Und sein Sohn ...«

»Er hat einen Sohn? Hat er gar nicht erwähnt. Was ist mit dem?«

»Der ist bald achtzehn und wohnt bei ihm. Mit dem hat er es nicht leicht. Ich hab Ferdi angeboten, mit ihm eine Gesprächstherapie zu machen, aber der Junge will nicht.«

»Aha ... Aber es gibt offenbar ja auch so genug zu tun«, sagte Schwemmer. »Wenn du schon an deinem ersten Tag so lange arbeiten musstest.«

»Ja. Ich hatte schon zwei Klienten. Und gerade am Anfang einer Therapie kann es ratsam sein, auch mal ein bisschen länger zu machen, wenn's möglich ist. Das trägt zur Vertrauensbildung bei.«

»Verstehe. Kann ich jetzt also immer gegen neun mit dir rechnen?«

Sie erhob sich aus dem Sessel, setzte sich neben ihn aufs Sofa und strubbelte ihm zärtlich durchs Haar. »Nicht immer«, sagte sie. »Aber ab und an wird es vorkommen.«

Sie nahm noch einen Schluck Wein und schüttelte den Kopf. »Für den Preis ist das eine Unverschämtheit.«

»Wenigstens sah der Verkäufer gut aus«, sagte Schwemmer.

FÜNF

»Da ist eine Dame, die Sie dringend sprechen möchte«, sagte Oberinspektorin Zettel am Telefon. Schwemmers Blick streifte die Uhr an der Wand. Keine acht.

Nützt ja nix, dachte er. »Was will sie?«

»Sie ist die Mutter von Susanne Berghofer.«

»Die Mutter? Ich denk, die liegt im Krankenhaus?«

»Offenbar nicht mehr.«

»Na dann, bringen Sie sie rauf.«

Er drückte auf die Gabel, rief Schafmann an und beorderte ihn in sein Büro.

»Um diese Zeit? Bist du schon fit?«, fragte Schafmann.

»Nein. Aber die Mutter von der Berghofer ist hier.«

»Ich komme«, sagte Schafmann.

Sekunden später betraten Zettel, Schafmann und eine sorgfältig gekleidete Dame von Anfang sechzig sein Büro. Zettel stellte sie als Frau Margit Berghofer vor und erklärte, sie habe sich bereits mit ihrem Personalausweis ausgewiesen.

Frau Berghofer setzte sich, strich den ziemlich engen Rock nach unten und schlug die schlanken, für eine Frau ihres Alters auffällig straffen Beine übereinander.

»Was ist mit Susanne geschehen?«, fragte sie.

»Darüber können wir momentan noch keine Auskunft geben«, sagte Schwemmer.

»Warum nicht? Ich bin ihre Mutter!«

Frau Berghofer gehörte merklich nicht zu den Menschen,

die Entscheidungen nur deshalb akzeptierten, weil sie von der Polizei mitgeteilt wurden. Ihre Haare waren dicht und von einem leuchtenden Grau, falls es so etwas gab. Sie trug sie auf eine locker wirkende, wahrscheinlich aber aufs Sorgfältigste frisierte Weise im Nacken zusammengebunden. Schwemmer fiel auf, dass sie gewissenhaft und dabei sehr dezent geschminkt war.

»Wir wissen noch nicht genau, was passiert ist«, sagte er. »Was ich Ihnen sagen kann, ist, dass Ihre Tochter Opfer eines Gewaltverbrechens geworden ist.«

»Das hat mir Ihr depperter Kollege daheim in Lohr schon mitgeteilt«, sagte sie.

Schwemmer musterte sie mit dem freundlichsten Gesichtsausdruck, den er um diese Uhrzeit hinbekam. Eigentlich wirkte sie nicht wie eine Frau, die sich von einem depperten Kollegen aufs Krankenbett strecken ließ.

Schafmann schien das ähnlich einzuschätzen. »Es ist gut zu sehen, dass es Ihnen besser geht«, sagte er. »Wir hatten die Information, Sie lägen im Krankenhaus.«

»Das stimmte auch, für ein paar Stunden. Ja, es hat mich schockiert zu erfahren, dass meine Tochter ermordet wurde.« Sie saß aufrecht und sah Schafmann direkt in die Augen. »Sollten Sie Kinder haben, werden Sie das nachvollziehen können. Aber genauso hat mich der Wille zu erfahren, was vorgefallen ist, auf dem schnellsten Weg hierhergeführt.«

Rhetorisch hat sie auf jeden Fall alles im Griff, dachte Schwemmer.

»Wie lange planen Sie zu bleiben?«, fragte Schafmann.

»So lange wie nötig. Ich erwarte von Ihnen eine umfassende Aufklärung über Ihren Wissensstand, meine Herren. Aber offenbar gibt es Informationen, die Sie mir vorenthalten.«

Schwemmer hob beschwichtigend die Hände. »Frau Berghofer –«

»*Professor* Berghofer«, korrigierte sie ihn.

»Verzeihung, Frau Professor Berghofer, die Tatsache, dass Sie die Mutter des Opfers sind, bedeutet nicht, dass –«

»Was wollen Sie mir sagen? Ich hätte kein Recht zu erfahren, was mit meiner Tochter geschehen ist?« Auf den Wangen ihres schmalen Gesichts, das eben noch so vornehm blass gewesen war, erschienen hektische rote Flecken.

»Frau Professor Berghofer ...«

»Ich werde mir das nicht gefallen lassen! Glauben Sie etwa, nur weil ich ... Ich werde ...«

Sie brach ab und rang um Atem. Ihre rechte Hand tastete über ihre Herzgegend.

Zettel trat von der Tür her an sie heran und legte ihr sanft die Hand auf die Schulter.

»Ich hole Ihnen ein Glas Wasser«, sagte sie.

»Danke«, hauchte die Professorin, und Zettel verschwand durch die Tür.

Frau Berghofer saß mit gesenktem Kopf da. Sie sah niemanden an und sagte nichts. Schwemmer und Schafmann tauschten einen Blick und zuckten dann beide mit den Schultern.

Die Frau Professor verharrte in ihrer Stellung, bis Zettel mit dem Glas Wasser wieder erschien. Sie nickte dankbar und begann, in ihrer nicht eben kleinen Handtasche zu wühlen. Einen langen Moment später hatte sie ein Fläschchen hervorgekramt, dem sie eine Tablette entnahm. Mit gierigen Zügen aus dem Glas spülte sie sie hinunter. Dann senkte sie wieder den Kopf.

»Stimmt das, was in der Zeitung steht? Dass noch eine zweite Frau ermordet wurde?«, fragte sie, während sie den PVC-Boden in Schwemmers Büro anstarrte. Es klang ein wenig konzilianter als zuvor, aber immer noch sehr beharrlich.

»Frau Professor Berghofer, wir geben zurzeit keine Auskünfte über den Ermittlungsstand. An niemanden. Bitte haben Sie dafür Verständnis«, sagte Schafmann.

»Woher hat dann die Presse ihre Informationen?«

»Das müssen Sie die Herrschaften von der Presse fragen«, sagte Schwemmer.

»Die wissen also mehr als Sie?« Trotz ihres gesenkten Kopfes meinte Schwemmer, ein hämisches Funkeln in ihren Augenwinkeln zu sehen.

»Die wissen keinesfalls mehr als wir. Sie wissen nur mehr, als sie sollten. Und mehr, als gut ist für die Ermittlung im Mordfall Ihrer Tochter«, sagte Schwemmer in der Original-EKHK-Schwemmervor-seiner-dritten-Tasse-Kaffee-Stimme.

Die schien zu wirken, immerhin. Frau Berghofer hob den Kopf, sah aus dem Fenster und schwieg.

»Was haben Sie vor, hier in Garmisch-Partenkirchen?«, fragte Schwemmer.

»Das muss doch alles organisiert werden. Die Beerdigung, den Haushalt auflösen ...«

»Es wird noch dauern, bis der Tatort freigegeben werden kann«, sagte Schwemmer. »Und wann die Rechtsmedizin so weit ist, kann ich Ihnen nicht sagen.«

»Na schön«, sagte sie ohne erkennbare Regung.

»Wir wissen bisher sehr wenig über Ihre Tochter«, sagte Schwemmer. »In ihrer Firma hören wir nur Gutes, aber über ihre privaten Kontakte wissen wir so gut wie nichts. Hatte sie Freunde oder Bekannte?«

»Oh, das will ich doch annehmen. So etwas hat man doch, wenn man in ihrem Alter ist.«

»Können Sie uns Namen nennen?«

»Nein. Das letzte Mal, dass ich Freunde von Susanne kennengelernt habe, war anlässlich ihrer Abiturfeier. Das war 1993, wenn ich mich nicht irre. Danach ist sie bald zum Studium nach Heidelberg, und da bekommt man als Mutter ja nicht mehr so viel mit von Freunden und was man in dem Alter so nennt. Wahrscheinlich ist das ja auch besser so.« Sie lächelte, aber es wirkte sehr kühl. Es schien ihr ein wenig besser zu gehen, sie atmete ruhig und beherrscht.

»Hatte sie denn einen Freund ... Partner ... Verlobten?«, fragte Schwemmer.

»Nein. Sie sagte mir einmal: Ab und zu einer fürs Bett ist das Einzige, was ich mir noch vorstellen kann.« Das kühle Lächeln blieb unverändert.

»*Noch* vorstellen? Was soll das heißen?«, fragte Schafmann. »Ist da etwas passiert, dass sie von Männern nichts mehr wissen wollte?«

»Nun ja, ins Bett ging sie halt noch mit ihnen.«

»Aber einen Partner wollte sie nicht?«

»Nein. Nicht mehr«, sagte Frau Berghofer. »Seit vier Jahren nicht mehr.«

»Was ist da passiert?«

»Da hat ein Mann sie verlassen.«

»Ein Mann. Offenbar ein besonderer«, sagte Schafmann.

»Für Susanne schon.«

»Für Sie nicht?«, fragte Schwemmer.

»Nun, ohne jemandem im Raum zu nahe treten zu wollen: Ab einem gewissen Alter verschiebt sich der Maßstab für Besonderes. Besonders für besondere Männer.«

Zettel lachte leise. Schwemmer räusperte sich. Die Kriminaloberinspektorin schien das lustig zu finden, obwohl sie seines Wissens erst siebenundzwanzig war.

»Könnten Sie uns den Namen dieses *besonderen* Mannes sagen?«, fragte er. »Vielleicht auch die Adresse oder das Geburtsdatum?«

»Natürlich«, sagte Frau Professor Berghofer. »Auch die Telefonnummer. Er heißt Peter Ströer. Er ist neunundvierzig Jahre alt und lebt in Lohr. In meinem Haus.«

***

Ich weiß nicht, ob es Kunst ist, was ich mache. Aber welcher Künstler kann das wirklich wissen? Auch Künstler können nicht wissen, was Kunst ist. Sie ahnen es nur. Und ich ahne. Ich ahne intensiv. Es ist nicht originell, was ich tue. Aber es hat eine Form. Und es variiert. Variation ist das Stichwort.

***

Zettel hatte die Frau Professor zum Ausgang geleitet, und Schwemmer und Schafmann saßen sich einigermaßen sprachlos gegenüber.

»Spannt der eigenen Tochter den Mann aus«, sagte Schafmann und begann zu lachen.

»Kennt man sonst nur aus dem Fernsehen«, sagte Schwemmer.

»Ja, aber Unterschichtenfernsehen. Und von Unterschicht kann hier ja wohl keine Rede sein. Professorin für ältere Germanistik. Erbin einer Maschinenbaufirma. Trägerin des Bundesverdienstkreuzes. Hab ich was vergessen?« Er blätterte in seinem Notizblock.

»Ehemalige Hockey-Nationalspielerin«, sagte Schwemmer.

»Genau. Ich meine ... was sagt man wohl in deren Kreisen dazu?«

»Schwer zu sagen. Wenn ihre Kreise zum Beispiel überwiegend aus Damen ihres Alters bestehen, könnten die das möglicherweise toll finden.«

»Vierundsechzig«, sagte Schafmann. »Dann ist dieser Ströer fünfzehn Jahre jünger als sie.«

»Ungefähr in deinem Alter«, entgegnete Schwemmer. »War die nichts für dich?«

Schafmann verzog zweifelnd das Gesicht. »Gut erhalten ist sie ja, aber ich weiß nicht ... Nein, eher nicht.«

»Hängt vielleicht auch ein bisschen davon ab, was so eine ererbte Maschinenfabrik einbringt.«

»Da könnte überhaupt der Hase im Pfeffer liegen«, sagte Schafmann. »Vater Berghofer vererbt seine Fabrik seiner Witwe, der Partner ihrer Tochter denkt sich daraufhin: Lieber den Spatz in der Hand als die Taube auf dem Dach, und wechselt rüber zur besitzenden Klasse. Wenn man sich die Frau Professor so anschaut, hätte er als Schwiegersohn wahrscheinlich noch ein paar Jahrzehnte auf das Erbe gewartet.«

»Und wo siehst du da den Hasen? Wenn die Tochter *ihn* umgebracht hätte, klar. Aber wo steckt das Motiv für einen Mord an der Tochter?«

»Erbschaftsangelegenheiten sind oft komplexer, als sie von außen wirken. Vielleicht hat sie mit irgendwas gedroht.«

»Behalten wir im Auge«, sagte Schwemmer.

Es klopfte an der Tür. Es war Oberinspektorin Zettel, sie trug ein halbes Dutzend grauer und gelber Aktenmappen unter dem Arm.

»Der Fall aus Aschaffenburg«, sagte sie. »Wollen Sie einen Vorabbericht, bevor ich es schriftlich zusammenfasse?«

»Bitte«, sagte Schwemmer. »Machen Sie es kurz.«

»Das Opfer war weiblich, dreiundvierzig Jahre alt, allein lebend. Getötet mit zwei Schüssen, jeweils in die Ohren, quer durch den Kopf. Den Verletzungen nach eine großkalibrige Tatwaffe, am Tatort aber weder Kugeln noch Hülsen. Der Täter hat mit dem Blut des Opfers Tränen auf ihr Gesicht gemalt. Keine verwertbaren Spuren. Das Opfer galt als freundlich und unauffällig. Die Tat wurde erst bemerkt, als die beiden Katzen des Opfers vor Hunger schrien.«

»Alle Personen, die in direkter Beziehung zum Opfer standen, wurden überprüft. Auch Kontakte aus Chatrooms. Das ging damals noch. Alles ohne Ergebnis.«

»Chatroomkontakte überprüfen«, seufzte Schafmann. »Das waren Zeiten.«

»Wenn die das mit der Vorratsdatenspeicherung nicht bald wieder in die Gänge kriegen ...«, sagte Schwemmer.

»... können wir unsern Laden genauso gut zumachen«, ergänzte Schafmann.

Schwemmer sah ihn verwundert an. »Hatte ich das schon mal gesagt?«

»Nein, ich kann Gedanken lesen«, antwortete Schafmann. »Das sind genug Parallelen, denk ich.«

»Ich auch«, sagte Schwemmer und griff zum Telefon.

»LKA?«, fragte Schafmann.

Schwemmer grinste. »Hessmann«, sagte er.

***

»Ich hab es mir überlegt«, sagte die Stimme. »Du darfst nach Köln fahren.«

»Aha«, sagte Sebastian. Er saß an seinem Schreibtisch und wartete auf Selbach, der jeden Moment in seinem Büro auftauchen musste. Auf seine Bemerkung, es passe gerade schlecht, war die Stimme nicht eingegangen.

»Die Messe dauert nur zwei Tage, wie ich gelesen habe. Du wirst sofort zurückkommen.«

»Ja.«

»Noch am selben Abend.«

»Ja.« Sebastian lauschte konzentriert, aber dieses Mal war kein Geräusch im Hintergrund zu hören.

»Wenn du zurückkommst, wirst du dich auf eine Überraschung einstellen müssen. Es wird keine schöne sein. Nicht in deinem Sinne jedenfalls.«

»Was soll das heißen?«

»Aber Sebastian! Dann wäre es doch keine Überraschung.«

Die Verbindung wurde unterbrochen.

Eine Überraschung.

Er schloss die Augen, und sofort tauchte das Bild der toten Sanne vor ihm auf. Wütend fuhr er sich mit der Hand durchs Gesicht in dem hilflosen Versuch, die Bilder zu verjagen. Als er die Augen wieder öffnete, stand Selbach im Raum.

»Alles klar?«, fragte er.

»Ja …« Sebastian holte tief Luft und deutete auf den Stuhl neben sich. Sie würden sich mit Barcode-PDFs und dem Prinzip der chaotischen Lagerhaltung befassen.

»Ich will Ihnen ja nicht zu nahe treten«, Selbach musterte ihn mit gerunzelter Stirn, »aber Sie machen einen leicht angeschlagenen Eindruck.«

»Und was soll ich Ihrer Meinung nach tun? Soll ich mich krankschreiben lassen?« Sebastian hatte das Gefühl, sich im Ton vergriffen zu haben, aber Selbach schien nicht beleidigt.

»Na, das war schlecht im Moment«, sagte er. »Ich hoffe, ich bin nicht der Grund für Ihren Zustand.« Er klopfte ihm leicht auf die Schulter. »Nichts für ungut.«

»Passt schon«, sagte Sebastian.

»In der Verfassung werden Sie wohl nicht mit nach Köln kommen?«

»Doch. Ich komme mit.«

»Und Ihr Vater?«

»Es geht ihm gut genug, dass ich ihn zwei Tage alleine lassen kann.«

»Frau Öckler wollte sich doch um ihn kümmern.«

»Das wird nicht nötig sein.«

»Das ist eine Nette.«

»Finden Sie?« Sebastian sah Selbach von der Seite an. In der Firma hatte er kaum jemanden einmal über Carina reden hören, außer vielleicht wenn es um die Urlaubsplanung ging. Und dann war meist dabei mitgeschwungen, was für eine graue Maus sie doch sei. Dass jetzt ausgerechnet ein gut aussehender Ex-Fußballprofi sie *nett* fand, erstaunte ihn.

Aber heißt es nicht: Nett ist die kleine Schwester von scheiße?, dachte Sebastian. Ein Spruch, der ihm noch nie eingeleuchtet hatte. Wahrscheinlich benutzten ihn nur Leute, die nicht auf Nettigkeit angewiesen waren.

Oder solche, die nicht wussten, wie nett ging. Hansi Fellerer zum Beispiel.

»Frau Öckler hat mir erzählt, warum die Kollegen Sie Milli nennen«, sagte Selbach.

Sollte der Spruch doch stimmen? Andererseits war es wohl besser, dass Carina es Selbach erzählt hatte, bevor jemand wie Hansi auf die Idee kam.

»Frau Öcklers Version unterschied sich ziemlich von der, die der Herr Fellerer erzählt.«

Sebastian stöhnte auf.

»Nach seiner Version haben Sie nicht mal die Fünfhundert-Euro-Frage geschafft.«

»Ganz so schlimm war's dann auch nicht«, sagte Sebastian.

»Das hab ich mir auch nicht vorstellen können.« Wieder klopfte Selbach ihm lachend auf die Schulter. »Und überhaupt: Wenn ich mich mit einer Sache auskenne«, sagte er, »dann sind das versiebte Elfmeter.«

»Ach ja?«

»Das können Sie mir glauben. Machen Sie mal vor dreißigtausend Leuten in einem Halbfinale ein Elfmeterschießen mit ... und versemmeln ihn dann.«

»Ist Ihnen das passiert?«

»Ja. Außerdem einen entscheidenden im Abstiegskampf. Danach gab es Leute, die wollten mich umbringen.«

»Immerhin hatten Sie zwei Versuche«, sagte Sebastian.

»Es gibt doch noch andere Quizshows«, sagte Selbach.

»Das mach ich *nie* wieder.« Sebastian nahm die Maus und öffnete das Unterprogramm, das er Selbach demonstrieren wollte.

»Aber es gibt eine Menge Unterschiede zwischen Fußball und dem wahren Leben«, sagte Selbach. »Zum Beispiel bekommt man im Leben manchmal einen Elfmeter geschenkt und bemerkt es gar nicht.«

»Was meinen Sie?« Sebastian sah ihn verständnislos an.

»Ich meine: Ich finde es schlimmer, gar nicht gegen den Ball zu treten.«

Sebastian nickte zustimmend und klickte sich in das Programm.

»Wirklich eine Nette, die Frau Öckler«, sagte Selbach.

Sebastian löste den Blick vom Monitor und wandte den Kopf. »Worauf wollen Sie hinaus?«

»Wenn sie sich wirklich nicht um Ihren Herrn Vater kümmern muss«, sagte Selbach, »dann könnten wir die Frau Öckler auch mit nach Köln nehmen.«

»Wieso? Wofür?«

»Sagt Ihnen der Name Odebrecht was?«

»Das sind die Brasilianer, oder?«

»Genau. Das größte Bauunternehmen in einem der am schnellsten wachsenden Märkte der Welt.«

»Ja. Ich weiß. Frau Berghofer hatte da Kontakte.«

»So ist es. Und Frau Berghofer war nicht nur die Vertriebsexpertin. Sie war auch die Einzige, die fließend Portugiesisch sprach. Oder sprechen Sie Portugiesisch?«

»Nein.«

»Sehen Sie. Frau Öckler schon.«

»Oh ...«

»Genau. Schön, dass Sie dabei sind. Hoffentlich kriegen wir noch Zimmer für Sie beide. Und Sitzplätze. Ab Frankfurt wird's eng im ICE.«

»Ja ...« Daran hatte Sebastian noch keinen Gedanken verschwendet. »Wer macht das denn?«

»Na, Frau Öckler, würde ich sagen. Das gehört doch zu ihrem Job, oder? Ich darf mal?« Selbach nahm den Hörer vom Telefon und wählte Carina an. Er erklärte ihr freundlich die Situation und bat sie, sich um Tickets und Zimmer zu kümmern. »Wenn es eng wird, können Sie sich ja vielleicht eins mit Herrn Polz teilen«, sagte er, und Sebastian konnte sie kichern hören, obwohl Selbach den Hörer am Ohr hielt.

»Schien ihr zu gefallen, die Idee«, sagte er, als er wieder aufgelegt hatte. »Sie ist ganz aufgeregt.«

»Ist wahrscheinlich ihre erste Messe«, sagte Sebastian.

»Ja und?«, sagte Selbach. »Ihre doch auch.«

***

»Das glaubst du nicht«, sagte Schwemmer und zog die Tür hinter sich zu.

»Was denn?« Schafmann saß hinter seinem Schreibtisch und blätterte in einer Akte.

»Hessmann hält die Parallelen zu dem Fall in Aschaffenburg nicht für ausreichend, um das LKA hinzuzuziehen.«

Schafmann lachte ungläubig. »Was soll das denn?«

»Ich seh das so«, sagte Schwemmer. »Das ist sein erstes Kapitalverbrechen hier. In Garmisch, wo noch nie jemand einen Polizeidirektor gebraucht hat.«

»Du meinst, da will er nicht gleich beim ersten Mal den großen Bruder zu Hilfe rufen.«

»Hast du eine bessere Erklärung?«

»So aus der Hüfte nicht. Aber wenn der Aschaffenburg-Fall in der Kommission bekannt wird, und wir schließen Parallelen von vornherein aus ...«

»... kriegen wir Probleme«, ergänzte Schwemmer. Er nahm Schafmanns Telefon und wählte eine Nummer. »Frau Zettel. Kommen Sie doch bitte mal eben ins Büro vom Herrn Schafmann ... Ja, es eilt.«

Schafmann nickte verstehend. »Klar, sie kann gleich in der Sitzung nicht aus der Akte vortragen.«

»Genau. Wir müssten eine Erklärung liefern ...«

»... die wir nicht haben.«

»Die wir haben, aber nicht abgeben dürfen.«

»Was wird die Isenwald dazu sagen?«

Schwemmer grinste. »*Das* kann ich mir ungefähr vorstellen. Sie ist allerdings heute nicht dabei.« Er sah auf die Uhr. »Jetzt ist es zu knapp, ich ruf sie nach der Sitzung an.«

»Inoffiziell?«

»Das versteht sich ja wohl von selbst.«

Zettel trat ein, sie trug ihre Akten unter dem Arm. Offenbar hatte sie sich gedacht, worum es ging. Schafmann hatte sie mal als »schnell im Kopf« klassifiziert, was wirklich zutraf. Schwemmer hoffte, dass sie ihnen noch eine Weile erhalten blieb, aber sie hatte schon ein Versetzungsgesuch laufen.

»Frau Zettel, haben Sie schon mit Kollegen über die Akte gesprochen?«

»Nein«, antwortete sie, ohne zu zögern.

»Das ist schön. Bitte behandeln Sie das Folgende vertraulich. Gilt auch intern ...«

»Intern sogar besonders«, sagte Schafmann.

»Die Erkenntnis unseres Vorgesetzten ist, dass die Akte in unserm Fall keine Rolle zu spielen hat.«

Zettel sah ihn einen Moment zweifelnd an, dann sagte sie: »Okay?«

»Sie tragen gleich also nicht daraus vor.«

»Okay.«

»Okay. Schön.«

»Wie lange gedenkt Herr Hessmann denn, das LKA draußen halten zu können?«, fragte Zettel. Ihr Gesichtsausdruck blieb völlig neutral.

Schnell im Kopf, dachte Schwemmer. Kann man wirklich sagen.

»Die letzte Bemerkung haben wir nicht gehört, Frau Zettel«, sagte er, »weil Sie sie nicht gemacht haben.«

Zettel nickte.

»Nur so viel«, fuhr er fort, »räumen Sie die Akte nicht allzu weit weg.«

Sie grinste tatsächlich immer noch nicht, als sie hinausging. Schwemmer war beeindruckt.

***

»Und?«, fragte Selbach, als Carina sich in der Cafeteria zu ihnen setzte. »Haben Sie noch Zimmer gekriegt?«

Carina zog den Kopf zwischen die Schultern. »Nein«, sagte sie. »Bis jetzt noch nicht. Da ist alles ausgebucht.«

»Probieren Sie es weiter«, sagte Selbach mit einem ermutigenden Lächeln. »Vielleicht auf einem Schiff.«

»Ein Schiff?« Carina hatte das Lächeln gar nicht wahrgenommen. Sie hielt den Blick starr auf ihren Teller gerichtet und stocherte ein wenig ziellos in ihrem Salat herum.

»Ja. Bei Messen liegen da immer Hotelschiffe auf dem Rhein.«

Sebastian sah zu Carina, die Selbachs Aufmerksamkeit offensichtlich nicht genoss. Vielmehr schien sie es als persönliche Schwäche zu begreifen, dass es ihr nicht auf Anhieb gelungen war, zwei Zimmer in einer völlig überbuchten Messestadt zu besorgen. Anders konnte er ihren gesenkten Blick und die verhuschte Haltung nicht deuten.

»Auf einem Schiff hab ich noch nie geschlafen«, sagte Sebastian betont fröhlich. »Ist bestimmt lustig.«

Sie warf ihm einen zweifelnden Blick zu. Er antwortete mit einem Lächeln.

»Ich probier's gleich weiter«, sagte sie. »Ich ess nur eben noch auf.«

»Keine ungesunde Eile, Frau Öckler«, sagte Selbach. »Zeit für einen Kaffee danach ist allemal.«

Sie beschäftigten sich schweigend mit ihren Mahlzeiten, wobei Sebastian sich zu seinem Putenbrust-Cordon-bleu fast zwingen musste, obwohl es für die Verhältnisse der GAP-Data-Cafeteria eigentlich sehr schmackhaft war.

Es war Carina, die das Schweigen brach, kurz bevor es unangenehm wurde.

»Sie haben gestern vom Schießen erzählt«, sagte sie. »Wo genau machen Sie das eigentlich?«

Selbach schien die Frage nur ungern beantworten zu wollen. »Im Verein«, sagte er endlich.

»In welchem?«

»Den königlichen Altschützen.«

»Die sind am Hausberg?«

»Genau.«

»Und da schießen Sie regelmäßig?«

»Ja.«

»Wie oft?«

»Alle paar Wochen.«

»Waren Sie schon Schützenkönig?«

Selbach lachte. »Nein. Das war aber auch nie mein Bestreben.«

Trotz des Lachens war spürbar, dass Selbach nicht gern über das Thema redete. Er schien zu bedauern, es gestern überhaupt aufs Tapet gebracht zu haben.

»Mein Vater war mal Schützenkönig«, sagte Carina und klang stolz dabei. »In Wunsiedel, da haben wir damals gewohnt. Ich war noch im Kindergarten.«

»Wunsiedel? Wo ist das denn noch?« Merklich dankbar stieg Selbach auf den möglichen Themenwechsel ein.

»Im Fichtelgebirge, im Oberfränkischen, südlich von Hof ...«

Sebastian schaltete ab. Seine Gedanken kreisten um die Überraschung, die die Stimme ihm versprochen hatte. Eine nicht sehr schöne. Und darum, dass die Stimme ihn im Büro nun zum zweiten Mal angerufen hatte, kurz bevor Selbach es betrat.

Selbach, der gern schoss, aber nicht gern drüber sprach.

Herr Selbach.

»He-se« hatte er eine piepsige Stimme sagen hören.

Vielleicht war es »Herr Selbach« gewesen. Jemand war in Selbachs Büro geplatzt, und er hatte hastig unterbrochen, sodass die letzte Silbe abgeschnitten worden war. Sebastian bemerkte nicht, dass er bewegungslos vor seinem Cordon bleu saß und es anstarrte.

»Schmeckt's nicht?«, hörte er Selbach fragen und schreckte auf.

»Doch, doch«, beeilte er sich. »Ich bin nur in Gedanken, wegen morgen ... Ich hab ja keine Routine bei solchen Reisen.«

»Ich hab für mich eine Checkliste«, sagte Selbach. »Ich bin ja auch immer schon viel unterwegs gewesen.«

»Ja klar, als Fußballer«, sagte Carina.

»Ach, ich weiß nicht, ob ich als Vertriebler wirklich weniger reise als als Sportler. Es kommt mir eigentlich nicht so vor.«

Sofort waren er und Carina wieder im Gespräch. Sebastian musterte Selbach unauffällig von der Seite. Es gelang ihm nicht, den Mann unsympathisch zu finden. Er sah gut aus, wirkte aber, als hätte er sich noch nie Gedanken darüber gemacht. Er war klug und gebildet, ließ es aber nicht raushängen. Er war freundlich zu Leuten wie Carina. Und mir, dachte Sebastian.

Im Moment hatte er ihm ja auch was zu bieten.

Im Moment braucht er mich, dachte er. Er braucht mich in Köln.

Seine Mutter hatte es auswendig gelernt: »... dass sie ihren eigenen Nutzen davon haben, wenn sie für ihn tun, was er von ihnen haben will. Adam Smith, 1723 bis 1790.«

Er zwang sich wieder zurück in die Gegenwart und säbelte entschlossen ein Stück von der Putenbrust. Die Goudafüllung zog Fäden, die er um die Gabel wickelte, bis sie abrissen. Er steckte das Stück in den Mund und kaute so entschlossen, wie er es zuvor abgeschnitten hatte, aber er nahm den Geschmack gar nicht wahr.

Er hatte einen Verdacht.

Das war in seiner Situation eine Menge. Viel mehr als nichts. Es schuf Möglichkeiten, überhaupt etwas zu tun, statt nur passiv auf sein Handydisplay zu starren wie das Kaninchen auf die Schlange.

Und es schuf die Möglichkeit, gnadenlos danebenzuliegen.

Jeder Fehler konnte der letzte sein.

Er durfte keinen machen.

»Wo liegt eigentlich das Haus Ihrer Eltern, Herr Selbach?«, fragte er in eine Gesprächspause hinein.

»Sie wollen wissen, wo ich wohne?«

»Ja, wenn Sie so wollen. Ist das in Garmisch?«

»Nein. In Murnau.«

»Murnau, da wohn ich auch«, sagte Carina. »Aber ganz am Stadtrand, Richtung Bad Kohlgrub.«

»Unser Haus liegt am andern Ende. Im Murnauer Moos.«

»Oh, da haben Sie es ja schön ruhig«, sagte Carina.

»Nicht wirklich«, sagte Selbach. »Einsam ist es, aber nicht ruhig. Es liegt ziemlich nah an der B 2.«

***

»Das kann nicht sein Ernst sein«, sagte Isenwald.

»Das dachte ich auch«, sagte Schwemmer ins Handy. Er saß in seinem Auto auf dem Parkplatz des Einkaufscenters. Er hatte es nicht für angebracht erachtet, dieses Gespräch von seinem Dienstapparat zu führen, und er fühlte sich unwohl. Wie ein Verschwörer. Aus Hessmanns Sicht war er gewiss einer.

»Ich werde mit ihm reden«, sagte Isenwald. »Aber ich weiß nicht, was dabei herauskommt.«

»Das kann man vorher nie wissen«, brummte Schwemmer.

»Wie ist der Stand in dem Fall?«, fragte Isenwald.

»Von Pollscheidt bestätigt, dass Lina Wagmüller einem Herzinfarkt erlegen ist und ihr eine offenbar sachgerecht durchgeführte, aber erfolglose Herzmassage verabreicht wurde. Schwierig ist der gesamte Ablauf: Der Berghofer wird ins Auge geschossen, etwa vierundzwanzig Stunden später werden erneut zwei Schüsse auf die Leiche abgegeben, alle drei übrigens aus kurzer Distanz. Erneut etwa vierundzwanzig Stunden später betritt die Wagmüller den Tatort und verstirbt. Es ist aber eine weitere Person dort, die die Herzmassage macht. Das bedeutet, dass der Tatort an drei Tagen mindestens drei Mal betreten wurde. Nach Lage der Dinge vom Täter.«

»Muss aber nicht sein«, sagte Isenwald nachdenklich. »Jedenfalls am dritten Tag.«

»Theoretisch nicht. Ein Zeuge könnte anwesend gewesen sein, als die Wagmüller reinkam.«

»Und als die alte Frau trotz seiner Intervention stirbt, flieht er in Panik. Aber wie und wieso ist er ins Haus gekommen?«

»Vielleicht hat er es gemeinsam mit der Wagmüller betreten. Das ist aber nicht die wesentliche Frage. Die wäre: Wer ist er? Und wo steckt er?«

»Oder sie.«

»Oder sie.« Schwemmer verdrehte die Augen. »Natürlich.«

»Wie geht es weiter?«

»Mit den Kollegen der Berghofer und der Nachbarschaftsbefragung sind wir noch nicht ganz durch. Und ich werde nach Lohr fahren, um mich mit diesem Herrn Ströer zu unterhalten.«

»Ist Lohr nicht in der Nähe von Aschaffenburg?«

»Etwa fünfzig Kilometer weg, schätze ich. Worauf wollen Sie hinaus?«

»Erst mal auf gar nichts. Aber eine Verbindung von unserem Fall zu einer Person, die nur fünfzig Kilometer von einem anderen entfernt lebt, sollte man zur Kenntnis nehmen.«

»Das habe ich getan«, sagte Schwemmer. »Aber weiter wollen wir doch nicht gehen, oder? Ohne LKA?«

»Nein«, sagte Isenwald. »Ich ruf jetzt Hessmann an. Was haben Sie vor?«

»Einkaufen«, sagte Schwemmer. »Ich hab meiner Frau versprochen, es gäb heut Abend Fisch.«

***

»Wir haben was!«

Schafmann war sichtlich aufgeregt, als Schwemmer sein Büro betrat.

»Der Provider von Susanne Berghofers Handy hat sich gemeldet. Es ist nach wie vor ausgeschaltet, aber gerade kam ein Anruf rein. Eine Nachricht wurde auf der Mailbox hinterlassen. Sie wird uns gleich zugemailt. Es war die Prepaidnummer, die die Berghofer als Letztes angerufen hatte. Das anrufende Handy befand sich in München Sendling und ist bereits wieder ausgeschaltet.«

»Das müssen wir überwachen lassen«, sagte Schwemmer.

»Passiert längst«, sagte Schafmann. »Das war bisher der einzige Anruf. Und das einzige Mal, dass es angeschaltet wurde.«

Er wandte sich seinem Computer zu und klickte ein paarmal. »Ah, da ist es schon«, sagte er dann. »Mal sehen ...« Wieder klickte er zwei-, dreimal, dann lehnte er sich abwartend zurück.

»Hey, meine kleine Stute«, sagte eine männliche Stimme aus den Lautsprechern. »Wo steckst du? Du bist überfällig.«

Das war alles.

»Kleine Stute ...« Schwemmer verzog das Gesicht. »Wir brauchen den Kerl«, sagte er. »So schnell wie möglich.«

»Wenn er nicht telefoniert, haben wir keine Chance«, sagte Schafmann. »Aber die checken noch die IMEI-Nummer.«

»Du meinst die Gerätenummer?«

»Ja. Vielleicht gibt das ja was her. Moment ...« Wieder klickte er einige Male mit der Maus. »Na bitte«, sagte er dann. »Ein Siemens A52, ausgeliefert im September 2004, Vertragsnummer ...«, murmelnd las er weiter, »Tarif ... Tarifoptionen ... Vertragsdauer ... ja sakra, habt ihr's bald? Ah, da steht's: Markus Huberbichler, geboren 5. Mai 1962, wohnhaft in, halt dich fest, 82467 Garmisch-Partenkirchen, Angerstraße 31.«

»Das ist aber der Stand 2004«, sagte Schwemmer.

»Schon dabei«, sagte Schafmann. Seine Finger flogen über die Tastatur. »Der wohnt noch da«, sagte er nach ein paar Sekunden.

»Dann mal los«, sagte Schwemmer.

»Waffe?«, fragte Schafmann.

»Vorsicht ist die Mutter der alten Polizisten«, sagte Schwemmer. Er marschierte in sein Büro hinüber, holte die PPK und das Schulterholster aus dem verschlossenen Stahlfach in seinem Schrank.

Schafmann wartete schon auf dem Parkplatz neben seinem Vectra. Als Schwemmer einstieg und beide Türen des Wagens geschlossen waren, sog er prüfend die Luft durch die Nase.

»Sag mal, hast du ein neues Rasierwasser?«, fragte er und sah Schafmann von der Seite an. Er meinte, eine leichte Rötung auf dessen Wangen auftauchen zu sehen.

»Hat mir Bärbel zum Geburtstag geschenkt.«

»Geburtstag? Hast du nicht im März?«

»Ja. Ich wollt es endlich mal ausprobieren.«

»Da wird Bärbel sich bestimmt freuen.«

»Ja. Bestimmt.« Schafmann ließ den Motor an und fuhr los. »Dass du so was merkst«, sagte er.

»Ich bin Polizist«, sagte Schwemmer. »Ich merk alles.«

***

Herr Huberbichler war Polizeibesuch nicht gewohnt. Er wirkte nervös, als Schwemmer ihn fragte, ob sie hereinkommen dürften.

»Ich weiß nicht«, sagte er mit einem Blick über die Schulter. »Wissen S', meine Frau ...«

»Wir können das auch auf der Wache besprechen«, sagte Schwemmer.

»Wer ist denn da?«, rief eine Frauenstimme von drinnen.

»Kommen S' halt rein«, sagte Huberbichler und winkte sie hinter sich her.

Sie folgten ihm in die enge Diele. Beide Wände waren bedeckt mit Regalen, in denen Porzellanpuppen jeder Größe und Ausfertigung saßen. Huberbichler führte sie in die Stube. Auch hier war auf jeden freien Fleck eine Puppe drapiert. Das ganze Haus schien vollgestopft damit.

»Hier hat aber jemand eine echte Leidenschaft«, sagte Schwemmer.

»Ja. Meine Tochter«, sagte Huberbichler. Es klang nicht so, als freue er sich darüber, dass sein Kind ein Hobby hatte. »Meine Frau unterstützt sie.«

»Aha«, sagte Schwemmer.

Die Tür zur Küche ging auf, und eine resolute Frau von Ende vierzig kam herein.

»Wer ist das?« Sie war offenbar gewohnt, klare Fragen zu stellen, und erwartete offenbar genauso klare Antworten.

»Erster Kriminalhauptkommissar Schwemmer, grüß Gott. Das ist mein Kollege Hauptkommissar Schafmann. Es geht um ein Handy.«

Frau Huberbichler starrte ihn an.

»Wir müssen Sie nicht hereinlassen«, sagte sie.

»Nein, aber Ihr Gatte war so freundlich ...«

»Ich hab nicht aufgeräumt«, sagte sie.

»Ursel ...«, sagte ihr Mann bittend.

Sie warf ihm einen bösen Blick zu, verzichtete aber auf weitere Einwände. »Welches Handy?«, bellte sie.

»Ein Siemens A52, das Sie im September 2004 gekauft haben.«

»2004!« Sie schüttelte empört den Kopf. »Wer hat denn heute noch ein Handy von 2004. Da kann man ja nicht mal Fotos mit machen!«

»Das ist richtig. Wissen Sie, was Sie damit gemacht haben? Haben Sie es weitergegeben?«

»Weiß ich nicht.«

»Ursel …«, sagte ihr Mann wieder.

»Wir müssen die nicht reinlassen!«

»Lass mich doch mit ihnen reden …«

»Nein! Du verbreitest doch nur wieder Lügen über Vanessa!«

Huberbichler warf Schwemmer einen flehenden Blick zu.

»Weißt du was«, sagte er zu seiner Frau. »Ich schmeiß die beiden einfach raus.«

»Ja! Mach das! Sofort!« Sie drehte sich um und verschwand in der Küche.

Huberbichler machte eine stumme, beschwichtigende Geste und deutete dann zur Tür.

Sie gingen hinaus, und er folgte ihnen. Draußen zog er die Haustür hinter sich zu.

»Es tut mir leid. Meine Frau ist seelisch krank. Bitte verzeihen Sie.«

»Natürlich«, sagte Schwemmer. »Kommen Sie, wir reden im Auto.«

Schwemmer stieg hinten ein, sodass Huberbichler auf dem Beifahrersitz Platz nehmen konnte.

»Das muss das Handy gewesen sein, das wir Vanessa gekauft haben. Ihr erstes. Ich glaub, das war ein Siemens. So ein kleines.«

»Vanessa ist Ihre Tochter?«

»Ja. Damals war sie elf.«

»Dann ist sie jetzt ...«

»Achtzehn.«

»Und sie wohnt bei Ihnen?«

»Nein. Nicht mehr.« Huberbichler sah aus dem Fenster und zog die Nase hoch. »Sie ist fort. Zwei Tage nach ihrem achtzehnten Geburtstag. Sie hat uns nicht gesagt, wohin.«

»Oh«, sagte Schwemmer. »Deswegen ist Ihre Frau so ...«

»Nein. Es war eher umgekehrt. Vanessa hat sie nicht mehr ertragen. Muss auch schwer sein für ein junges Mädchen. Jeden Tag das Geschrei. Ich konnte nicht ...« Er sprach nicht weiter.

»Haben Sie eine Ahnung, was mit dem Handy geschehen ist?«, fragte Schafmann.

»Nein. Das müssen Sie Vanessa fragen.«

»Und Sie wissen nicht, wo sie ist?«

»Doch. In Tegernsee. Sie arbeitet im Braustüberl. In der Küche.«

»Haben Sie Kontakt zu ihr?«

»Nein. Ich hab das mühsam herausgefunden. Freundinnen befragt und so weiter ...«

»Haben Sie eine Adresse von ihr?«

Huberbichler schüttelte traurig den Kopf. »Was ist eigentlich mit dem Handy?«, fragte er.

»Machen Sie sich keine Gedanken«, sagte Schwemmer. »Und vielen Dank für Ihre Hilfe.«

Sie sahen ihm nach, wie er mit hängenden Schultern auf das Haus zutrottete.

»Tegernseer Braustüberl«, sagte Schafmann. »Ich nehme an, diese Befragung ist Chefsache.«

»Aber nie im Leben«, sagte Schwemmer. »Damit werden wir Herrn Hessmann doch nicht belästigen. Das nehm ich ihm gern ab.«

Schafmann lachte.

»Kommst du mit?«, fragte Schwemmer.

»Keine Zeit«, sagte Schafmann.

***

Schwemmer war nicht in der Laune, in der er gern gewesen wäre, als er seinen Wagen auf dem Parkplatz des Braustüberls abstellte. Ohne Schafmann als Chauffeur war der Besuch hier rein dienstlich. Während des Dienstes kam Trinken eh nicht in Frage, aber sie hätten den Dienst mit der Befragung von Vanessa Huberbichler hier beenden können und auf ein paar Halbe für Schwemmer und ein Radlermaß für Schafmann sitzen bleiben können. So blieb es bei einem Radler für Schwemmer, und alleine trinken war etwas, das ihm in der Öffentlichkeit noch weniger Spaß machte als daheim.

Die Sonne schien durch die gelb-roten Blätter der Bäume auf dem Brauereihof, aber auf den Stühlen und Tischen glitzerten noch dicke Tropfen vom Regen am Vormittag. Es war auch zu frisch, um draußen zu sitzen.

Er betrat das Braustüberl und sah sich nach einer Bedienung um, die er nach Vanessa Huberbichler fragen konnte.

Die Tische zwischen den Säulen des Kreuzgewölbes waren um diese Zeit unter der Woche nur spärlich besetzt. Schwemmer hatte sich nach Frau Huberbichlers Dienstplan erkundigt und erfahren, dass sie heute tagsüber arbeitete. Nun hoffte er, dass der Küchenchef, mit dem er gesprochen hatte, seine Zusage eingehalten und Vanessa nicht vorgewarnt hatte. Tatsächlich war ihr Gesichtsausdruck völlig ahnungslos, als sie aus der Küche trat. Sie legte ihre fleckige Schürze neben der Küchentür auf einen Stuhl und kam zu ihm an den Tisch.

Sie war eine große, stabil gebaute junge Frau, eher noch ein Mädchen. Auf Schwemmer wirkte sie nicht, als sei sie mit einem Job als Küchenhilfe unterfordert. Die rotblonden Haare unter ihrer Küchenhaube schienen gefärbt. Ihre Hände wussten nicht, wohin, als sie neben Schwemmer stehen blieb, schließlich verschränkte sie sie hinter ihrem Rücken.

»Grüß Gott«, sagte sie leise. »Was ist denn?«

»Grüß Gott, Frau Huberbichler. Nehmen Sie doch bitte Platz.« Schwemmer stellte sich vor und bemühte sich, ihr die verständliche Scheu zu nehmen, die jeden überkommt, wenn plötzlich die Kripo am Arbeitsplatz auftaucht. Er bemerkte die Blicke der Kellnerinnen und Kellner im Raum, die offenbar alle bereits wussten, wer die Kollegin da besuchte. Ein wenig unbeholfen rückte Vanessa sich den Stuhl zurecht und setzte sich.

»Es tut mir leid, Sie hier bei der Arbeit aufzusuchen, aber es pressiert.« Er legte das Aufnahmegerät auf den Tisch und schaltete es ein. »Sie haben einmal, das war 2004, von Ihrem Vater ein Siemens-Handy bekommen. Erinnern Sie sich an das Gerät?«

Sie sah ihn verständnislos an. »Handy?«, fragte sie.

»Ja. Es war Ihr erstes.«

»Woher wissen S' denn das?« Ihr Blick wurde misstrauisch. »Hat meine Mutter Sie geschickt?«

»Nein, nein, mit Ihrer Mutter hat das überhaupt nichts zu tun ...«

»Ich bin volljährig«, unterbrach sie ihn. »Sie hat mir nichts mehr zu sagen.«

»Mit Ihrer Mutter hat das überhaupt nichts zu tun«, wiederholte Schwemmer geduldig. »Es geht nur um dieses spezielle Handy. Ihr Vater –«

»Der hat mir auch nix mehr zu sagen!« Sie schniefte und sah zur Seite.

Schwemmer beeilte sich, ihr ein Taschentuch aus der Packung in seiner Jackentasche anzubieten. Sie nahm es, ohne sich zu bedanken, und schnäuzte hinein. Der Kellner kam und brachte Schwemmer sein Radler. Er sah Vanessa neugierig an, verschwand aber wortlos, als er einen Blick Schwemmers auffing.

»Es geht nur um das Handy. Nicht um Ihre Eltern.«

Langsam wandte sie ihm den Blick wieder zu. »Warum?«, fragte sie.

»Haben Sie es noch?«

»Warum?«

Schwemmer griff nach dem Radler und nahm einen Schluck. »Bitte beantworten Sie einfach meine Frage. Haben Sie es noch?«

»Ich weiß nicht ... welches soll denn das gewesen sein?«

Schwemmer öffnete die Mappe, die vor ihm auf dem Tisch lag, und reichte ihr das Datenblatt, das Schafmann ihm ausgedruckt hatte und auf dem sich ein Schwarz-Weiß-Foto des Modells befand.

»Ach, das alte ... damit konnt man ja nicht mal fotografieren«, sagte sie. Und dann, nach einer Pause: »Fotografieren brauchst du nicht, hat die Mutter gesagt.«

»Haben Sie es noch?«

»Ach wo. Was soll ich denn damit? Ich hab ein Smartphone.« Zum ersten Mal tauchte so etwas wie Selbstbewusstsein in ihrem Blick auf. »Das hab ich mir selber gekauft.«

»Verstehe«, sagte Schwemmer. »Sie haben es also nicht mehr. Und was haben Sie damit gemacht?«

Sie sah ihn mit leerem Blick an, sekundenlang. Dann sagte sie: »Weiß ich nicht.«

»Denken Sie noch einmal in Ruhe drüber nach.« Schwemmer nahm einen Schluck von seinem Radler. Allzu viel Hoffnung machte er sich nicht. Wenn er ihren Blick richtig interpretierte, lief Vanessa Huberbichlers Gehirn bereits an der Grenze seiner Leistungsfähigkeit. Er vermied es, sie anzusehen, und trank betont gemütlich weiter aus seinem Glas. Schließlich stellte er es mit einem behaglichen Seufzer wieder ab und lehnte sich entspannt auf seinem Stuhl zurück.

»Oberau«, sagte Vanessa.

»Oberau«, wiederholte Schwemmer. »Was war da?«

»Flohmarkt. Ich hab es verkauft. Auf dem Flohmarkt in Oberau.«

»Wann war das?«

»Ich weiß nicht ... als ich ein neues gekriegt hab?« Sie sah Schwemmer an, als wisse der die Antwort. »Nein, später«, sagte sie dann. »Die Mutter hat's erst haben wollen, aber sie hat es nie benutzt, weil, sie geht ja eh nie aus dem Haus, und dann hat's der Vater mir gegeben und gesagt: Schau halt, was d' damit machst.«

»Und da haben Sie es auf dem Flohmarkt verkauft.«

»Genau.«

»Sind Sie oft auf dem Flohmarkt?«

»Damals schon, wegen der Puppen.«

»Sie sammeln Porzellanpuppen.«

»Das hab ich mal gemacht. Aber in Wahrheit wollt nur die Mutter, dass ich das mach. Eigentlich find ich die furchtbar. Die Augen von denen. Als wären s' der Tod.«

Schwemmer suchte ihren Blick, aber sie sah nur die Tischplatte an.

»Möchten Sie was trinken?«, fragte er, aber sie reagierte gar nicht. Unbewegt blieb sie sitzen und sah nach unten. Schwemmer wartete geduldig. Nach einer halben Minute begann sie wieder zu sprechen.

»Nach dem Tod von der Fritzi war's«, sagte sie. »Das war das letzte Mal, dass ich auf dem Flohmarkt gesessen bin. Da hab ich aufgehört mit den Puppen.«

»Wer war Fritzi?«, fragte Schwemmer.

»Meine Katze. Sie war noch gar nicht alt. Und auf einmal war sie tot. Ich weiß nicht, warum. Aber ein paar Tag zuvor hat die Mutter zu mir gesagt, es wär eine Sünde, ein Tier lieber zu mögen als die eignen Eltern. Ich müsst Vater und Mutter lieben ...« Sie sah ihn plötzlich an, Wut im Blick. »Aber das stimmt gar nicht. Du sollst Vater und Mutter *ehren*, steht da. Nicht *lieben*. Ich hab's nachgeschaut. Ehren! Und dann war die Fritzi tot. Und ihre Augen waren genauso wie die von den Puppen. Und dann war ich nur noch einmal in Oberau. Ich hab ganz viel verkauft an dem Tag. Bestimmt zehn Puppen. Und das Handy und auch noch andere Sachen. Aber danach hat die Mutter mir verboten, auf den Flohmarkt zu gehen, weil ich die guten Puppen verkauft habe, die besten und seltensten, die, die ich gar nicht verkaufen durfte. Sie hat mich geschlagen danach, obwohl es doch meine Puppen waren. Danach hab ich nicht mehr mit ihr gesprochen.« Sie verstummte und schlug erschrocken die Hand vor den Mund.

Schwemmer vermutete, dass sie noch nie vor einem Fremden so gesprochen hatte. Das Mädchen tat ihm leid. Burgl wusste in solchen Situationen immer, was zu sagen war. Er nicht. Jedenfalls nicht immer. Nicht jetzt.

Vanessa starrte wieder die Tischplatte an, und wieder dauerte es eine Weile, bis sie zu sprechen begann.

»Ein Jahr ist's her, dass die Fritzi tot ist«, sagte sie, ohne den Blick zu heben. »Und da waren eine Frau und ein Mann. Der Mann war schön. Die Frau auch. Sie hatte lange blonde Haare und hat gelacht, wenn der Mann was gesagt hat. Die haben das Handy gekauft. Für fünfzehn Euro.«

Schwemmer öffnete die Mappe noch einmal und reichte ihr die Vergrößerung von Susanne Berghofers Passfoto.

»War es diese Frau?«

Vanessa sah das Bild mit wachsender Verwunderung an. »Ja«, sagte sie. »Woher wussten Sie das?«

»Ich interessier mich mehr für den Mann. Kannst du ihn beschreiben?«

»Nein«, sagte sie spontan und begann erst dann, darüber

nachzudenken. »Einen Hut hatte er auf. Einen schicken. So einen, der zu einem Mantel passt. Einen Mantel hatte er nämlich auch an. Einen hellbraunen, mit einem dunklen Kragen. Und groß war er. Und einen Schlips hat er getragen, einen roten, mit Pinguinen drauf, das fand ich lustig ...«

Plötzlich sprudelte es aus ihr heraus.

»... die Frau fand das auch lustig, die hat immer daran herumgespielt und gelacht. Und verheiratet war der.«

»Woher wissen Sie das?«

»Na, einen Ring hat er angehabt und sie nicht. Sie war nicht verheiratet, aber er schon, und ich glaub, das war eine Sünde, was die gemacht haben.«

»Warum?«

»Weil die bestimmt verliebt waren, das konnt man schon sehen, und als er das Handy gekauft hat, da hat er gelacht und gesagt ...« Sie sah verlegen zur Seite.

»Nur zu«, sagte Schwemmer. »Wir von der Polizei kennen uns aus mit Sünden.«

Sie kicherte leise. »›Das ist nur für uns, meine kleine Stute‹, hat er gesagt. So was sagt man doch nicht, oder?«

»Ich weiß nicht, ob es eine Sünde ist, aber Sie haben schon recht«, sagte Schwemmer.

»Ich mein, so was sagt man doch nur, wenn man ... eine Sünde vorhat, oder?«

»Tja ... das ist zumindest denkbar.«

»Suchen Sie ihn deshalb?«

»Nein ... Nein, das ist eine Sünde, für die wir nicht zuständig sind.« Gott sei Dank, dachte er. Wenn wir uns darum auch noch kümmern müssten, bräuchten wir wirklich einen Polizeidirektor in Garmisch.

»Weshalb dann?«, fragte Vanessa.

Schwemmer sah keinen Vorteil darin, sie mit der ganzen Wahrheit zu verstören. Die halbe tat es auch. »Das Gerät ist im Zusammenhang mit einer Ermittlung benutzt worden, und wir versuchen, es zu finden. Und den Mann, der es benutzt.«

»Dann ist der Mann ein Verbrecher?«

»Nein. Er ist nur ein Zeuge.«

»Das ist schön«, sagte sie leise. »Er sah so gut aus ...«

»Wenn wir eine genauere Beschreibung von ihm brauchen, würden Sie uns dann helfen?«

Sie schlang die Arme um den Oberkörper. »Wenn Sie ihn nicht verhaften«, sagte sie.

»Nein. Es sei denn, er ist wirklich ein Verbrecher.«

Sie nickte. »Darf ich jetzt wieder in die Küche?«, fragte sie.

»Bitte«, sagte er. »Für den Moment hab ich keine Fragen mehr an Sie. Es kann aber sein, dass ich oder ein Kollege Sie noch einmal besuchen.«

»Ja«, sagte sie und stand auf.

Schwemmer erhob sich ebenfalls und reichte ihr die Hand. Sie schüttelte sie artig.

»Wenn Sie den Papa sehen ...«, sagte sie und ließ seine Hand los.

»Ja?«

»Ach nix.« Sie drehte sich um, aber nur, um sich sofort wieder zurückzudrehen. »Sagen Sie ihm, ich tat ja zurückkommen, aber bloß, wenn er mich in Ruh lässt.«

»Was meinen Sie damit?«

»Nix.« Sie stand starr vor ihm, nur ihre Augen blickten hektisch hin und her. »Sagen S' ihm das halt.«

»Warum sagen Sie es ihm nicht selber?«

Wieder schlang sie die Arme um den Körper, und immer noch sah sie ihn nicht an. »Das hab ich schon«, sagte sie. »Aber auf mich hört er nicht.«

»Mit was soll er Sie denn in Ruh lassen?«

»Nix weiter«, sagte sie und drehte sich um. Entschlossen marschierte sie auf die Küchentür zu. Im Vorbeigehen griff sie ihre Schürze vom Stuhl und verschwand durch die Schwingtür.

Schwemmer sah ihr nach.

»Scheiße«, sagte er.

***

»Red du doch mal mit ihm«, sagte Bärbel. »Ich weiß nicht weiter.«

Schafmann tunkte mit einem Stück Brot die Reste der Gulaschsoße von seinem Teller und steckte es in den Mund.

»Er hat noch nie zwei Fünfer hintereinander nach Haus gebracht.«

»Letztes Jahr hatte er mal eine Sechs in Mathe«, sagte Schafmann kauend.

»Ja, aber *nur* in Mathe. Jetzt steht er auf Vier in Mathe und auf Fünf in Französisch und Biologie. Da hatte er sonst immer mindestens eine Drei. Und er redet überhaupt nicht mehr mit mir. Hast ja grade gesehen. Teller leer und ab in sein Zimmer.«

Schafmann nickte verdrossen und stand auf. »Schaun mer mal«, sagte er und ging, immer noch kauend, die Treppe hoch zu den Kinderzimmern. Die beiden Kleinen teilten sich eines, was nicht mehr lange gut gehen würde, der Große hatte ein eigenes.

»NO TRESSPASS. USE OF DEADLY FORCE«, stand auf einem Blatt, das zwischen einem Dutzend Aufklebern an der Tür hing. Schafmann klopfte.

»Was ist los?«, hörte er Fabians Stimme. Sie klang wütend.

»Ich bin unbewaffnet und komme in Frieden«, sagte Schafmann.

»Hier darf keiner rein«, antwortete sein Sohn.

»Ich könnte mich allerdings auch bewaffnen und Verstärkung holen«, sagte Schafmann.

Etwas polterte hinter der Tür, dann machte Fabian auf. Er blieb in der Tür stehen, die Schultern nach vorn gebeugt, als wolle er sein Territorium notfalls tatsächlich mit Gewalt verteidigen. Seine Augen waren gerötet.

»He, Großer«, sagte Schafmann. »Alles klar bei dir?«

»Nein. Ich hab zwei Fünfer gekriegt. Das weißt du doch wohl, oder?«

»Darf ich reinkommen?«

Fabian zuckte resigniert die Achseln und gab den Weg frei. Schafmann versuchte, das herrschende Totalchaos zu ignorieren, aber er musste auf seine Schritte achten, um nicht über Actionfiguren, Turnschuhe oder Legobauten zu stolpern. Er kämpfte sich bis zum Schreibtisch durch und setzte sich auf den Stuhl. Fabian lag längst wieder rücklings auf dem Bett und starrte die Decke an.

»Was ist los, Großer?«, fragte Schafmann.

»Nichts«, bekam er zur Antwort.

Schafmann ließ einen Moment verstreichen, bis er weitersprach.

»Wenn Opa mich damals so was gefragt hätte, hätte ich auch ›Nichts‹ gesagt.«

Fabian starrte weiter die Decke an, aber Schafmann konnte seine Verwunderung spüren über das, was sein Vater gerade gesagt hatte.

»Opa hätte mir dann gesagt, dass ich auch auf die Hauptschule gehen könnte und dann eine Lehre machen oder direkt als Tankwart arbeiten.«

Fabians Blick wurde unsicherer. Offenbar musste er sich zwingen, ihn an der Decke zu halten.

»Was ist ein Tankwart?«, fragte er.

»Leute, die Benzin in Autos füllen. Früher machte man so was noch nicht selbst. Kein besonders toller Job. Und dann hätte Opa gesagt, ich sei schlau genug, ich wär nur zu dumm, das zu merken.«

Jetzt sah Fabian ihn an. »*Das* hat er gesagt?«

»Ehrenwort. Mehr als einmal.«

»Aber das ist doch ein Schmarrn, oder?«

»Kam mir auch immer so vor. Aber ich hab's ihm nie gesagt.«

»Nie?«

»Nein. Nie.«

Fabian ließ den Kopf nach hinten fallen und sah wieder zur Decke. Aber jetzt wirkte es nicht mehr bockig. Nur traurig.

»Zu mir hat der Opa nie Schmarrn geredet«, sagte er leise.

»Zu deinen Kindern werd ich auch nie Schmarrn reden«, antwortete Schafmann und lächelte seinen Sohn an, als der ihn halb erschrocken, halb verständnislos ansah.

»Was ist los?«, fragte Schafmann.

Wieder fiel Fabians Kopf ins Kissen, und nun schossen

ihm Tränen in die Augen. »Es ist wegen …« Weiter kam er nicht, sein Körper wurde von Schluchzen geschüttelt.

Schafmann ließ ihm Zeit, bevor er aufstand und sich auf den Bettrand setzte.

Fabian wich seinem Blick aus, aber endlich kuschelte er sich an ihn. Von seinen Eltern verbat er sich das seit einigen Monaten ziemlich streng.

»Es ist wegen der Astrid«, hörte Schafmann ihn in seinen Pullover hineinsagen.

»Wer ist das?«, fragte er.

»Die Astrid aus meiner Klasse.«

»Was ist mit ihr?«

»Ich … ich muss immerzu an sie denken …«

Schafmann kniff die Augen zusammen und hielt den Atem an. Jetzt mach keinen Fehler, dachte er.

»Verbringst du viel Zeit mit ihr?«, fragte er.

»Ja … nein … ich weiß nicht. Ich versuch's.«

Schafmann nickte verstehend. »Aber sie lässt dich nicht«, stellte er fest.

»Nein … doch … aber irgendwie ist immer jemand dabei. Immer eine Freundin oder einer von den Großen. Und dann macht sie sich über mich lustig.«

Schafmann ließ die Schultern sinken. Eine Welle von Mitleid überkam ihn. Mitleid mit dem kleinen Mann, der sich hilfesuchend an ihn klammerte und seinen Pullover nass weinte. Und dem er überhaupt nicht helfen konnte.

Elf, dachte er. Das ist früh. Aber vielleicht besser früh als spät, wer weiß das schon; irgendwann kommt es ja eh. Er überlegte, wie alt er gewesen war, als er wahrscheinlich ganz ähnlich zum ersten Mal einem Mädchen über den Schulhof hinterhergedackelt war und sich für sie zum Affen gemacht hatte. Vielleicht dreizehn? Irene hatte sie geheißen, den Nachnamen wusste er nicht mehr.

Und nun, fünfunddreißig, bald vierzig Jahre später, saß er hier als derselbe Idiot. Ein Idiot, der es kaum schaffte, an etwas anderes zu denken als an ein Paar dunkler Augen und einen Duft wie eine frisch gemähte Wiese. Und ausgerechnet dieser Idiot sollte nun seinen Sohn trösten.

»Sie hat auch gesagt, Eishockey wär ein Sport für Asis«, sagte Fabian.

»Dacht ich mir fast«, sagte Schafmann heiser. Er musste sich räuspern und hoffte, dass Fabian nicht auffiel, dass er gleichzeitig die Nase hochzog.

»Ich hab ihr erzählt, dass ich letzte Saison die zweitmeisten Tore geschossen hab, und da hat sie nur so ›Pffff‹ gemacht. Und dann haben ihre Freundinnen gelacht, und sie hat das mit den Asis gesagt.«

Fabian ließ Schafmann los und kniete sich hin. Hilflos sah er ihn mit seinen rot geweinten Augen an. »Das ist so gemein«, sagte er. »Warum macht sie das?«

Es kostete Schafmann sehr viel Kraft, den Blick seines Sohnes zu erwidern. »Willst du es wirklich wissen?«, fragte er.

»Ja klar«, stieß Fabian hervor.

»Es könnte wehtun.«

»Es tut sowieso weh!«

Schafmann seufzte. »Du ... bist verliebt. Oder verknallt.«

»Ja!« Fabian packte ihn an den Schultern. »Das weiß ich selber! Ich bin ja nicht doof!«

»Ganz ruhig«, sagte Schafmann und fasste ihn ebenfalls

an den Schultern. »Das war noch nicht, was ich meinte. Was ich sagen will, ist: *Sie* … ist *nicht* … in *dich* verliebt.«

Fabian ließ ihn los, seine Züge entgleisten ein wenig.

»Wie?«, fragte er.

»Wie alt ist sie?«, fragte Schafmann.

»Zwölfeinhalb.«

»Und wie sieht sie aus?«

»Schön …«

»Klar«, sagte Schafmann.

»Und sie riecht so gut.«

»Verstehe …« Schafmann räusperte sich wieder.

»Sie hat auch schon …«

»Was?«

»Na, du weißt schon …« Fabian deutete mit den Händen einen erweiterten Brustumfang an.

»Oh … verstehe.«

»Und ich muss immerzu an sie denken. Immerzu. Deswegen …«

»Ja?«

»Deswegen hab ich auch nicht für Bio und Franze gelernt«, flüsterte Fabian. Er ließ sich wieder auf die Matratze fallen und kuschelte sich erneut an ihn. »Wie meinst du das?«, fragte er. »Dass sie nicht in mich verliebt ist? Ich dachte …«

»Was dachtest du?«

»Ich dachte, das kommt automatisch.«

Schafmann lachte traurig. »Nein. Nein, das kommt ganz und gar nicht automatisch … Nur manchmal. Und dann passt's nicht.«

»Wie meinst du das denn?«

»Ach, vergiss es.«

»Was bedeutet das denn, dass sie nicht verliebt ist?«

»Das bedeutet, dass du schwächer bist als sie. Vielleicht mag sie dich sogar ein bisschen –«

»Ja?« Fabian richtete sich eilig auf. »Meinst du?«

Schafmann seufzte. »Nein ... ich weiß es nicht. Aber darum geht es doch nicht, dass sie dich ein *bisschen* mag. Du magst sie doch auch nicht ein *bisschen*, oder?«

»Nein, ich mag sie total supersuperviel.«

»Eben. Und so soll sie dich doch auch mögen, gell?«

»Ja. Klar.«

»Und das ist eben das, was wehtut. Sie wird das niemals tun. Sie kann es einfach nicht. Weil sie nicht verliebt ist in dich.«

Wieder ließ sich Fabian auf die Matratze fallen. Diesmal vergrub er sein Gesicht im Kopfkissen mit dem SC-Riessersee-Logo, das er noch von seinem Opa geschenkt bekommen hatte.

Eine Weile lag er still da, dann begann er, erst mit der rechten, dann mit beiden Fäusten auf die Matratze einzudreschen. Schafmann ließ ihn gewähren. Nach einer kurzen Weile beruhigte Fabian sich wieder. Langsam drehte er sich zur Wand und murmelte dabei etwas Unverständliches.

Schafmann legte ihm die Hand auf die Schulter. »Was hast du gesagt?«, fragte er.

»Blöde Ziege«, antwortete Fabian, ohne den Blick von der Wand zu wenden.

Schafmann klopfte seinem Sohn sanft und ermutigend auf die Schulter. Dann stand er auf.

»Schlaf gut«, sagte er und schaltete das Licht aus.
»Du auch«, sagte Fabian.
Schafmann schloss die Tür und lächelte.
Es gab Hoffnung.
Für Fabian.

***

Immer wieder sah Sebastian nervös zu seinem Handy, das er auf dem Nachttisch abgelegt hatte, aber es läutete nicht. Er hatte seinen halben Kleiderschrank ausgeräumt und den Inhalt auf allen halbwegs planen Flächen seines Zimmers verteilt. Er wusste, dass er weder Ahnung noch Gespür hatte, was auf einer Messe zu tragen war. Schlips war Pflicht, so viel war klar, und ihm graute davor, den Knoten binden zu müssen.

Früher, bei den wenigen Gelegenheiten, bei denen er um eine Krawatte nicht herumgekommen war, hatte Mutter ihm geholfen. Sie konnte einen Knoten, schließlich hatte sie ihn schon immer für seinen Vater gebunden. Schon den Knoten der Krawatte, die er um den Hals trug, als er bei ihren Eltern um ihre Hand angehalten hatte, hatte sie gebunden, und von der, mit der er aufs Standesamt gekommen war, das hatte sie Sebastian einmal unter dem Siegel der Verschwiegenheit erzählt.

Es war beide Male dieselbe Krawatte gewesen. Sein Vater hatte in seinem Leben genauso viel Wert auf dieses Kleidungsstück gelegt wie Sebastian. Aber er hatte auch nie auf eine Messe gemusst. Sebastian hängte zwei seiner drei Krawatten über die Stuhllehne und begann mit der Auswahl der Hemden.

Auf dem Heimweg hatte er sich in der Von-Brug-Straße noch einen Rollkoffer besorgt, weil er ahnte, welche Blicke der alte karierte Stoffkoffer auf sich ziehen würde, wenn er damit in den ICE stieg.

Auswahl, falten, einpacken, wieder auspacken, dazupacken, wieder auspacken und wieder einpacken nahmen den größten Teil seines Abends in Anspruch. Er fuhr zusammen, als das Handy dann doch klingelte.

Es war sein Vater.

»Kannst mi holn? I hob mia an Hax verknackst.«

Sebastian unterdrückte einen Fluch. »Was ist passiert?«

»I bin falsch auftretn, des is ois.«

Er klang nicht mehr nüchtern. »Okay. Ich komm gleich«, sagte Sebastian und unterbrach die Verbindung.

Ein paar Sekunden stand er mitten in seinem Zimmer und murmelte Verwünschungen. Schließlich klappte er das Handy wieder auf und wählte die Nummer seines Vaters.

»Wos is?«, meldete der sich.

»Weißt du was?«, sagte Sebastian. »Bestell dir doch einfach ein Taxi.«

»A Taxi? Woaßt, was des kost?«

»Ich geb's dir wieder«, sagte Sebastian und klappte das Handy zusammen.

Das fehlte noch, dachte er. Ausgerechnet heute verstaucht sich der Alte den Fuß. Er ging in die Küche und überprüfte den Inhalt von Kühl- und Vorratsschrank. Sein Vater würde locker über die drei Tage kommen, nur Bier war nicht genug da. Wieder klappte er das Handy auf und rief ihn noch einmal an.

»Wos is? Kimmst doch?«

»Nein. Aber bring dir von der Tankstelle noch ein Tragerl Bier mit.«

»Wos? Wieso denn des? Kannst des ned morgn holn?«

»Ich bin ab morgen für drei Tage auf der Messe in Köln.«

»Köln?« Sein Vater klang so fassungslos, als habe er Kathmandu gesagt.

»Ich erklär's dir nachher«, sagte Sebastian und steckte das Handy wieder ein. Noch einmal ging er in Gedanken seine Sachen durch. Es fiel ihm nichts ein, was noch fehlte, aber er hatte das sichere Gefühl, damit falschzuliegen.

Das Handy in seiner Tasche läutete. Es war weder sein Vater noch ein unbekannter Teilnehmer. Die Nummer im Display sagte ihm allerdings gar nichts.

Es war Volker Selbach.

»Na, alles beieinander?«, fragte er.

»Ich denk schon. Aber sicher bin ich nicht.«

» Handyladegerät?«

»Verdammt ... das hätt ich liegen lassen ...«

»Visitenkarten?«

»Hab ich.«

»Schuhputzzeug?«

»Ist das nötig?«

»Nur wenn Sie es vergessen. Dann wirft Ihnen garantiert irgendwer seine Currywurst auf die Füße.« Er lachte. »Eigentlich ruf ich nur an, damit Sie meine Handynummer speichern können. Nur für den Fall ...«

»Ja, gut. Mach ich.«

»Wir sollten sehen, dass wir im Zug nebeneinandersitzen. Ich habe noch reichlich Fragen an Sie. Wir sehen uns am Bahnhof. Servus.«

»Servus«, sagte Sebastian. Er hielt das Handy in der Hand. Er wartete auf den Anruf der Stimme, aber das Gerät schwieg.

***

Schwemmer wendete den Waller in der Pfanne und nahm dann einen Schluck von dem Riesling, den er aus dem Keller geholt hatte. Ein 2009er Bopparder Hamm. Sehr spritzig und dennoch angenehm. Ein Blick auf die Uhr zeigte, dass Burgls angekündigte Ankunft näherrückte. Der Fisch würde noch ein bisschen brauchen, die Kartoffeln auch, er lag gut in der Zeit. Jetzt durfte sich Burgl nur nicht verspäten.

Das Telefon läutete.

Na toll, dachte er, wischte die Hände an der Schürze ab und ging ins Wohnzimmer. Nummer unterdrückt. Das hieß um diese Uhrzeit so gut wie sicher: Tante Kati.

Abwägend hielt er das Mobilteil in der Hand, aber letztlich konnte er sich nicht durchringen, den Anrufbeantworter die Arbeit tun zu lassen, und meldete sich.

Es *war* Tante Kati.

Ab und zu »Ja«, »Hmm« und »Verstehe« murmelnd, ging er in die Küche zurück und sah nach dem Waller. Die Zeiger rückten vor auf die vereinbarte Zeit, und Schwemmer sah immer wieder ungeduldig zur Tür, während Tante Kati ihm erläuterte, dass ein Leben im selben Gebäude mit der Wallhuber Vroni schlicht kein Leben sei und auch ein Umzug innerhalb des Seniorenstifts keine Abhilfe schaffen könne, sodass es schlicht hieß: die Vroni oder sie. Die Art und Weise, wie dieses Frauenzimmer sich an den Schloch

Bartl heranschmiss, der, und das war ja nun schon lange kein Geheimnis mehr – sogar der Burgl hatte sie das ja schon erzählt, und im Wohnheim wussten das sowieso alle –, der also schon längst der Kati versprochen war, das war auf die Dauer nicht zum Aushalten. Heranschmeißen war eigentlich gar kein Ausdruck, und trotz aller Warnungen: Immer wieder tat sie das, diese, diese ...

Schwemmer atmete auf, als er endlich Burgls Schlüssel im Schloss der Haustür hörte. Er eilte auf seine Frau zu, die ihm mit einem erstaunten Lächeln entgegensah, drückte ihr einen Kuss auf die Wange und das Telefon in die Hand. Dann kehrte er eilig an den Herd zurück, wo nicht nur der Waller, sondern auch die Kartoffeln und das Spitzkohlgemüse nach seiner Aufmerksamkeit verlangten. Er brauchte sich nicht umzudrehen, um zu wissen, welche Blicke sich jetzt in seinen Nacken bohrten. Aber manchmal musste man Prioritäten setzen. Er schüttete die Kartoffeln ab und stellte sie warm. Dann beeilte er sich, Burgl mit einem Glas Riesling zu versorgen, was aber nur ein erster Schritt sein konnte, nach dem Tante-Kati-Überfall ihre Laune wiederherzustellen. Genau das stand auch in ihrer Miene, als sie das Glas entgegennahm.

»Ich werde mit Balthasar drüber reden, Tante Kati«, sagte sie und funkelte ihn an.

Er trottete in die Küche zurück mit einer mehr als vagen Vorstellung, worüber Burgl mit ihm reden würde. Er deckte den Tisch mit den vorgewärmten Tellern aus dem Backofen. Burgl schaffte es tatsächlich, das Gespräch umgehend zu beenden, und kam in die Küche. Er hielt ihr sein Glas entgegen, und sie stießen an.

»Du hättest mich wenigstens den Mantel ausziehen lassen können«, sagte Burgl.

»Waller«, sagte Schwemmer und wies mit dem Kinn in Richtung Herd.

»Schön«, antwortete Burgl. »Der Riesling auch.«

Der Fisch war ihm gut gelungen, und das Mahl hob die Stimmung zwischen ihnen wieder an, sogar ein wenig über Normalmaß.

»Wie war dein Tag?«, fragte Burgl.

»Fing schlecht an und hörte schlecht auf. In der Mitte ging's.«

»Magst du erzählen?«

Er berichtete ihr von Hessmanns Weigerung, das LKA einzuschalten, und von dem bösen Verdacht, auf den er gestoßen war, als er eigentlich nur routinemäßig eine Spur in einem Braustüberl verfolgte.

»›Er soll mich in Ruh lassen‹ reicht natürlich nicht für eine Ermittlung. Das reicht für gar nichts. Und ich glaube nicht, dass sie mehr dazu sagen wird – jedenfalls nicht uns.«

»Frag mal beim Jugendamt nach, ob da schon mal was war.«

»Das werd ich tun. Aber auch dann wird es nicht reichen.«

»Wenn sie nicht mit dir spricht, vielleicht spricht sie mit mir?«

»Gut möglich.«

»Wir können am Wochenende ja mal einen Ausflug dahin machen. Wir könnten die Radl mitnehmen.«

»Die Radl? Im Oktober?«

»Warten wir das Wetter ab. Der Waller war übrigens toll.«

»Danke.« Er schenkte den Rest aus der Rieslingflasche ein, und sie stießen an. »Über was wollte Tante Kati, dass du mit mir redest?«

Burgl lachte kopfschüttelnd. »Jetzt reg dich bitte nicht auf ...«

Schwemmer sah sie in besorgtem Schweigen an.

»Tante Kati hat dem Schloch Bertl –«

»Bartl«, sagte Schwemmer.

»Von mir aus ... sie hat ihm Briefe geschrieben. Mehrere.«

»Aha.«

»Und nun ist sie sich sicher, dass die Dingsbums Vroni in deren Besitz gelangt ist, weil sie ständig Anspielungen macht auf Sachen, die sie nur aus den Briefen kennen kann. Und das immer, wenn möglichst viele Leute zuhören. Und der Bertl Bartl hat der Tante Kati versichert, dass er gar nie nicht der Dingsbums Vroni die Briefe gezeigt hätte, er wisse aber auch nicht mehr, wo er sie hingetan hätte, nun ja, der Jüngste ist er halt auch nicht mehr.«

»Wenn das Onkel Walther wüsste«, sagte Schwemmer.

»Lass den bitte aus dem Spiel«, sagte Burgl. »Das ist ja auch so schon kompliziert genug.«

Sie lachten beide ein wenig, Schwemmer ein bisschen weniger, weil er zu ahnen begann, in welche Richtung Tante Katis Überlegungen gingen.

»Wenn der Bertl Bartl der Dingsbums Vroni die Briefe also nicht freiwillig gegeben hat, heißt das zwangsläufig, dass sie widerrechtlich in ihren Besitz gekommen sein müssen.«

»Und da, nehme ich an, komme *ich* ins Spiel.«

Burgl hob die Hände in einer Geste gespielter Anerkennung. »Einem guten Polizisten kann man eben nichts vormachen.«

»Nein«, sagte Schwemmer. »Ich merk alles.«

»Und so schnell ...« Sie lachte.

»Ah geh ...« So richtig witzig konnte Schwemmer das alles nicht finden. Jetzt musste *er* Tante Kati erklären, dass eine Straftat nicht erwiesen, die Beweislage zu dünn und das Ganze sowieso komplett lächerlich war, und Burgl war fein raus. Wieder eine Runde im Tante-Kati-Schwarzer-Peter verloren. »Hauptsache, sie will nicht bei uns einziehen.«

»Nicht wenn du die Vroni hinter Gitter bringst, sagt sie.«

Schwemmer sah zur Uhr. Es war eigentlich arg spät, aber die Gesamtsituation ließ ihm keine Wahl.

Er stand auf und holte die zweite Flasche Riesling aus dem Kühlschrank.

»Bringst du auch einen Grappa mit?«, fragte Burgl.

»Freilich«, antwortete Schwemmer.

Als er wieder saß und sie mit dem Grappa angestoßen hatten, war es an ihm, nach ihrem Tag zu fragen. Sie verzog ein wenig das Gesicht.

»Ferdis Sohn war heute bei mir.«

»Ich dachte, der wollte nicht?«

»Er scheint mich zu mögen.«

»Verständlich.«

»Danke schön.«

»Was für Probleme hat der Junge denn eigentlich?«

»Er ist verhaltensauffällig und seinem Vater gegenüber extrem aggressiv, manchmal sogar körperlich. Er hat keine

Freunde, kein Hobby, in der Schule ist er unbeliebt und schlecht. Da ist nichts, mit dem er punkten könnte. Der einzige Hebel, den er hat, ist der Hass zwischen den Eltern. Und den weiß er anzusetzen.«

»Das kann ein mächtiger Hebel sein«, sagte Schwemmer.

»Das kannst du laut sagen.«

»Und? Wie ist der Bursche so?«

Burgl stieß einen langen, pfeifenden Atemzug aus und griff nach ihrem Grappa.

»Unsympathisch«, sagte sie.

***

Sebastian hatte seinem Vater die Treppen hinaufgeholfen und anschließend das Tragerl Helles hochgetragen, was ihm mit seinem lädierten Ellbogen nicht leichtgefallen war.

Sein Vater saß in der Stube. Die Joppe hatte er noch an, auch den Hut hatte er noch auf dem Kopf, aber den rechten Schuh und auch die dicke rote Stricksocke hatte er abgestreift. Der Knöchel hatte den Umfang einer Pampelmuse. Sebastian ging ins Bad und wühlte im Medizinschrank herum. Er fand eine Salbe zur Behandlung von Sportverletzungen und eine elastische Binde.

»Was machst denn da?«, sagte sein Vater scharf, als er sich damit vor ihn hinkniete.

»Ich wollt das behandeln«, sagte Sebastian.

»Ah geh. Des mach i selber.«

Sebastian reichte ihm die Salbe und die Binde und stand wieder auf.

»Wieso hast nix gsagt, dass d' auf Köln naufgehst?«

Mühsam bückte sein Vater sich zu seinem Knöchel. Er erreichte ihn nur mit den Fingerspitzen.

»Ich hab es heute erst erfahren. Bei uns ist jemand ... ausgefallen.«

Sein Vater massierte mühsam die Salbe ein, ohne Sebastian anzusehen. »Ausgfalln? Daschossn moanst.«

»Ja ... Woher weißt du das?«

»Ausm Wirtshaus. Der Strohacker Sepp is von Grainau, der hod gwusst, dass die Frau bei euch gschafft hat.«

»Was erzählen sie denn noch?«

»Muss ja grad ganz a Lockere gwesn sei, die Dame.«

»Was?«, fragte Sebastian. Er verstand nicht.

»Hat jede Woch an andern im Bett ghabt.«

»Wie kommen die denn *da*rauf?« Sebastian traute seinen Ohren nicht. Wer konnte so etwas über Sanne sagen? Ja, ein-, zweimal hatte sie Besuch gehabt, und gewiss waren auch Männer über Nacht geblieben, aber ...

»So wird's halt verzählt, in Grainau. Schau *mi* ned so o. I kann nix dafür. Wos host denn mit dera z' schaffn ghabt?«

Sebastian zuckte die Schultern. »War halt eine Kollegin. Eine gute Kollegin.«

Sein Vater versuchte, die elastische Binde an seinem Knöchel zu fixieren, aber sie rutschte immer wieder ab.

»Lass mich das machen«, sagte Sebastian, und dieses Mal wehrte sich sein Vater nicht.

»Wann fahrst denn morgen?«, fragte er, während Sebastian das Gelenk umwickelte.

»Früh. Fünf vor sechs nach München, ab Pasing dann ICE nach Köln.«

»Köln. Da war i no nie. Den Dom musst oschaugn.«

»Ich fürchte, dafür werd ich keine Zeit haben.«

»Schad ... War übrigens a guade Idee, mit dem Tragerl. Nett, dass d' drodenkt hast.«

Sebastian hörte das einigermaßen verwundert, während er die Binde mit zwei kleinen Häkchen schloss. Es kam selten vor, dass sein Vater sich bei ihm für irgendetwas bedankte. Nie, eigentlich.

»Traust du dich jetzt doch wieder ins Wirtshaus?«, fragte er und stand aus der Hocke auf.

»Jo mei, de ham mi gfragt, und i hob gsogt, i war's ned. Was sollns da sagn?«

»Verstehe«, sagte Sebastian. »Ich muss jetzt fertigpacken.«

Er half seinem Vater aus dem Sessel hoch, damit er die Joppe ausziehen konnte. Der machte ein paar prüfende Schritte und zog dabei jedes Mal scharf die Luft ein.

»In der Wohnung wird's gehn«, sagte er und ließ sich in seinen Fernsehsessel fallen. Sebastian reichte ihm noch die Fernbedienung, dann ging er in sein Zimmer.

Eigentlich war der Koffer schon gepackt, er musste ihn nur noch zumachen. Mit einiger Verzweiflung sah er die Krawatte an, die er am nächsten Morgen umbinden musste. Er fuhr den Computer hoch und googelte nach Krawattenknoten. Als er eine Anleitung gefunden hatte, die ihm halbwegs verständlich erschien, band er sich unter halblautem Fluchen den Stoffstreifen um den Hals und stellte nach einem Blick in den Spiegel fest, dass der Knoten tatsächlich so aussah wie auf der Abbildung. Eilig druckte er die Anleitung aus und packte sie mit in den Koffer. Den Knoten öffnete er vorsichtig so weit, dass er erhalten blieb, als er die Krawatte über den Kopf wieder abnahm. Morgen müsste er den Knoten nur wieder zuziehen. Er atmete auf.

Immer noch hatte die Stimme sich nicht gemeldet. Würde sie ihn heute in Ruhe lassen? Er mochte es nicht glauben.

Aber wenn es wirklich Selbach war, würde der nicht Wert darauf legen, dass er morgen fit war? Wenn die Stimme sich heute Nacht nicht meldete, war das ein weiteres Indiz, das auf den neuen Kollegen hinwies.

Sebastian hatte eine Idee. Noch einmal gab er »Stimmenverzerrer« ein. Bei seiner ersten Suche war er auf die Seite eines Onlineshops für Detektivbedarf gestoßen. Die suchte er. Dort wurde eine Menge erstaunlicher Dinge angeboten. Eine bewegungsgesteuerte Video- und Audio-Raumüberwachung, versteckt in einem Digitalwecker, zum Beispiel. Passwort-Spione, Mikrofone, die durch die Wand hören konnten, und eine Software, die man auf ein Handy spielen konnte, um anschließend sämtliche Verbindungsdaten und SMS-Texte des Gerätes online abfragen zu können. »Ideal zur Überwachung der Handys Ihrer Kinder«, pries der Katalog. »Benutzen Sie diese Software *nicht* ohne Wissen und Einwilligung des Handybesitzers.«

Siebenhundertneunundneunzig Euro, Expresslieferung möglich bei Vorkasse.

Man brauchte allerdings das entsprechende Handy, um die Software »in wenigen Augenblicken« aufzuspielen.

Sebastian kratzte sich am Kinn. Er sah durchaus die Chance, mal ein paar unbewachte Momente mit Selbachs Handy allein zu verbringen. Aber auch bei Expresslieferung würde er die Software erst bekommen, wenn er aus Köln wieder da war. Oder sollte er sie sich nach Köln liefern lassen? Zu unsicher. Carina hatte schon angedeutet, dass sie möglicherweise woanders unterkämen als geplant. Das schien ihr sehr auf der Seele zu liegen, obwohl Selbach ihr mehrfach versichert hatte, dass so etwas leider zum täglichen Brot des Messereisenden gehörte und sie froh sein konnten, dass ihre Ansprechpartner nicht Bengali oder Mandarin, sondern Deutsch sprachen – »eine Art von Deutsch«, hatte Selbach es genannt.

Siebenhundertneunundneunzig Euro waren natürlich eine Stange Geld, aber Geld gehörte eigentlich nicht zu seinen Problemen. Er war nicht reich, und er verdiente gewiss zu wenig für seine Qualifikation, aber da seine Fixkosten sehr niedrig waren und er sich außer einem neuen PC alle drei Jahre keine Extravaganzen leistete, stellte die Summe kein Problem für ihn dar.

Eine Weile überlegte er noch, ob das wirklich funktionieren konnte oder ob er hier irgendwelchen Betrügern aufsaß, dann klickte er auf »Warenkorb« und eröffnete ein Kundenkonto.

Er trug seine Daten ein, zahlte mit einem mulmigen Gefühl per Vorkasse und hatte gerade auf »Bestellen« geklickt, als es an der Tür klopfte.

Er stand auf und öffnete. Sein Vater hatte bereits seinen Schlafanzug an; am Rahmen abgestützt stand er vor der Tür.

»Was gibt's?«, fragte Sebastian.

»Zweng dem Taxi«, sagte sein Vater. »I kriag no acht Euro von dir.«

***

Ich kann nicht beschreiben, was ich tue, aber ich kann es umgrenzen. Es pulsiert. Und das Pulsieren lässt es über die Grenze hinauswachsen. Es dringt nach außen. Ich dringe nach außen. Das Pulsieren ist die Tat, der Rhythmus. Es ist die eigentliche Quelle. Ich kann es spüren. Ich kann es spüren, sonst niemand. Dann und wann springt es, oder es fehlt ein Schlag, aber am Ende findet alles immer wieder in den Puls zurück. Der Puls des Handelns. Er lebt. Er tötet.

SECHS

Sebastian hatte eine unruhige Nacht gehabt, genau wie er es erwartet hatte. Immer wieder hatte er auf die Uhr geschaut. Um Viertel vor fünf, zehn Minuten bevor der Wecker geläutet hätte, schaltete er das Licht an. Er rieb sich ausgiebig den Nacken und die Augen und versuchte, den Drang zu ständigem Gähnen in den Griff zu bekommen. Schließlich schleppte er sich ins Bad und versuchte, unter der Dusche wach zu werden, was halbwegs gelang.

Er hörte seinen Vater in seinem Zimmer schnarchen, während er sich in der Küche ein Brot mit Emmentaler belegte und einen Becher Schnellkaffee aufbrühte. Er sah aus dem Fenster. Der dunkle Oktobermorgen war trocken und schien das auch bleiben zu wollen. Er konnte zu Fuß zum Bahnhof gehen, ohne schon vor Reiseantritt die Kleidung zu strapazieren. Als er seinen Kaffee getrunken hatte, war es halb sechs. Er griff seinen Koffer und verließ das Haus.

Die frische, fast kalte Morgenluft ließ ihn frösteln, und als er an der Ampel über die Hauptstraße auf Grün wartete, überkam ihn eine erneute Gähnattacke. Er stand mit weit aufgerissenem Mund da, als er die Frau bemerkte, die plötzlich neben ihm stand und ihn ansah. Hastig hielt er die Hand vor den Mund. Er kannte die Frau nicht. Zwar meinte er, sie schon ein paarmal auf der Straße gesehen zu haben, aber er hatte keine Ahnung, wer sie war.

Sie war ein paar Jahre jünger als er, hatte dichte schwarze Locken, ein offenes Gesicht und schob ein Damenrad.

»Guten Morgen«, sagte er, als er seinen Unterkiefer wieder unter Kontrolle hatte.

Die Frau antwortete mit einem Nicken. Ihr Blick war unsicher, aber sie musterte ihn intensiv. Sebastian räusperte sich verlegen und sah geradeaus.

»Entschuldigung, wohnen Sie hier in der Nachbarschaft?«, fragte sie.

»Ja.« Er wandte sich um und wies die Ludwigstraße hinauf. »Da drüben.«

»Ah ja«, sagte die Frau nur. Sie wirkte verlegen. »Ich hab mich nur gefragt, woher ich Sie kenne ... Einen schönen Tag noch.«

Die Ampel zeigte Rot, aber sie schob ihr Rad an und fuhr auf die Hauptstraße hinaus. Der dünne Verkehr erlaubte ihr, die Kreuzung diagonal zu überqueren. Sie fuhr in Richtung Mittenwalder Straße. Ihre weiße Hose fiel ihm auf. Eine, wie Ärzte sie tragen. Er sah ihr nach, bis sie außer Sicht war, und verpasste dabei seine Grünphase.

Er war der Erste auf dem Bahnsteig. Der Burger King hatte noch zu, sonst hätte er sich wahrscheinlich einen Cheeseburger gekauft. Auf eine Zeitung hatte er verzichtet, er hätte sich eh nicht konzentrieren können. Er wünschte, er hätte doch die dickere Jacke angezogen, aber er hatte sich für den Trenchcoat entschieden. Der war schicker, aber entschieden dünner und hatte dem Wind, der über die Gleise pfiff, wenig entgegenzusetzen. Langsam wurde aus dem Frösteln ein Frieren, aber kurz bevor er sich entschließen konnte, in die Halle zurückzugehen, erschienen Carina und Selbach auf dem Bahnsteig.

Carina winkte aufgekratzt, als sie ihn entdeckte. Selbach

grüßte nur mit einem Kopfnicken. Er wirkte unausgeschlafen, und sein Vollbart war leicht zerknautscht. Carina schien sich wirklich auf die Tour zu freuen. Nach und nach erschien auch der Rest des Vertriebs; als Dr. Lerchl schließlich kam, war der Zug schon in Sicht.

Carina verteilte die Fahrkarten und Reservierungen, ab Pasing würde die Gruppe in unterschiedlichen Wagen sitzen.

»Herr Polz und ich müssen beieinanderbleiben«, sagte Selbach.

Carina suchte die entsprechenden Sitzreservierungen heraus. »Wir haben eine Reservierung zu wenig«, sagte sie. »Vielleicht find ich ja in Ihrer Nähe einen Platz.«

»Aber vielleicht findet sich ja auch ein Gentleman«, sagte Dr. Lerchl vernehmlich in Richtung der Vertriebler, »der der Dame seinen Platz anbietet.«

Er hatte wohl nicht laut genug gesprochen. Keiner der Kollegen reagierte, man war mit dem Einsteigen beschäftigt.

Carina lächelte weiter fröhlich, als hätte sie mit nichts anderem gerechnet. Der Zug war angenehm leer. Die Gruppe verteilte sich im Waggon. Die meisten der Vertriebler klappten ihre Laptops auf. Dr. Lerchl faltete geräuschvoll seine FAZ auseinander. Selbach, der Sebastian gegenübersaß, zwinkerte ihm zu.

»Hinter München ist noch immer früh genug zum Arbeiten«, sagte er. Dann lehnte er den Kopf an das Seitenpolster und schien sofort einzuschlafen.

»Beneidenswert«, sagte Carina.

»Ja«, antwortete Sebastian. »Ich probier das auch mal.«

Er tat es Selbach nach, aber natürlich war an Schlaf nicht

zu denken. Alle fünf oder sechs Minuten gab es einen Halt mit dem entsprechenden Geruckel des Waggons und Geschiebe im Gang. Sebastian hielt eisern die Augen geschlossen. Das Dösen war zwar angenehmer, als sich unterhalten zu müssen, doch nun beschlichen ihn Gedanken an die Frau mit dem Fahrrad.

Warum hatte sie ihn angesprochen? Er konnte sich keinen rechten Reim darauf machen. Zu anderen Zeiten hätte er sie wahrscheinlich schon wieder vergessen gehabt. Aber es waren keine anderen Zeiten. Es war *diese* Zeit. Die Zeit der toten Sanne. Alles konnte eine Bedeutung haben.

Mühsam schüttelte er die Gedanken ab. Hinter Uffing ging die Fahrt über zehn Minuten ohne Halt durch, und tatsächlich kam es ihm vor, als habe er geschlafen, als sie in Huglfing erneut hielten. Hier stieg eine Gruppe halbwüchsiger Schüler ein, und mit der Ruhe war es endgültig vorbei.

»Kaffee?«, fragte Carina. Sie hatte eine Thermoskanne aus ihrem Rucksack gezogen und reichte Sebastian einen Plastikbecher. Er nahm ihn dankbar. Der Tag würde hart werden.

Die eigentliche Messe begann erst morgen, aber sie würden den Stand bestücken müssen, und es gab einige Termine außerhalb der Messe, die noch von Sanne vereinbart worden waren und die Lerchl unbedingt wahrnehmen wollte. Immerhin würde es gutes Essen geben. Dass Dr. Lerchl darauf großen Wert legte, war in der Firma fast legendär. Sebastian hoffte, dass es nichts gab, von dem er nicht wusste, wie man es aß. Austern oder so was.

»Ich bin ja mal gespannt, ob das mit den Zimmern auf

dem Schiff wirklich klappt«, sagte Carina mit einem verlegenen Lächeln.

»Ja, da können wir auch gespannt sein«, sagte Sebastian. Er hatte nicht die geringste Lust, neben allem anderen auch noch mit seinem Rollkoffer auf der Suche nach einer Unterkunft durch eine fremde Großstadt zu irren – durch Köln zumal, das nach allem, was man darüber hörte, ein eher gewöhnungsbedürftiger Ort zu sein schien. Zumindest für einen schüchternen Oberbayern.

Mit der Zahl der Halte läpperten sich die Verspätungsminuten zusammen, die der Zug einsammelte. Carina sah nervös auf ihre kleine goldene Armbanduhr, die wahrscheinlich nicht ganz billig gewesen war, aber nicht so recht zu ihrem breiten Handgelenk passen wollte.

»Der ICE geht um fünfunddreißig von Gleis 9«, las sie von ihrem ausgedruckten Reiseplan ab und sah wieder auf die Uhr. »Wenn das so weitergeht, wird das knapp.«

Aber als sie in Pasing ankamen, hatten sie noch gut sieben Minuten. Draußen versuchte der Oktober nun alles, um sein Image als goldener Monat zu widerlegen. Es goss in Strömen.

»Wie gut, dass es Dächer gibt«, sagte Dr. Lerchl fröhlich, und Sebastian bemerkte, dass Selbach spöttisch den Blick hob.

Sebastian, Selbach und Carina trennten sich von den anderen und stiegen in ihren Wagen. Tatsächlich fand Carina einen freien Platz nur eine Reihe hinter ihnen, zumindest bis Stuttgart.

Selbach ließ sich aufatmend in die Polster sinken, und Sebastian setzte sich neben ihn.

»Kaffee?«, fragte Carina von hinten.

»Nach Ihnen«, sagte Selbach mit einem Grinsen zu Sebastian.

Aber Carina hatte natürlich genug für alle. Auch Sandwiches bot sie an und Schokoladenkekse. Sie nahmen dankbar und reichlich.

Als der Zug die Außenbezirke von München hinter sich gelassen hatte, sagte Selbach »Nun denn« und packte seinen Laptop aus. Sebastian folgte seinem Beispiel, und kurz darauf waren sie vertieft in das Kontrollmodul der Verladungsrückerfassung und dessen Kombination mit der Strichcodeleservernetzung.

»Mann, das ist nicht gut«, sagte Selbach, nachdem Sebastian ihm das Flussdiagramm hinter der Benutzeroberfläche erläutert hatte.

Dass Selbach nicht begeistert war, sprach definitiv für ihn. Hansi Fellerer hatte eine Idee, die Sebastian vor ein paar Monaten unbemerkt Dr. Lerchl als dessen eigene untergeschoben hatte, derart umständlich und benutzerfeindlich umgesetzt, dass das Modul ohne Überarbeitung eigentlich gar nicht in den Verkauf hätte gehen dürfen. Es war Sanne gewesen, die darauf gedrängt hatte, es noch vor der Messe ins Programm zu integrieren, trotz erkannter Schwächen. Es gab bei einem der »Marktbegleiter«, wie sie das nannte, offenbar ein ähnliches und ähnlich schwaches Feature.

»Ich nehm das auf meine Kappe«, hatte sie gesagt.

Dr. Lerchl hatte genickt, und Sebastian hatte geschwiegen. Er ahnte, dass sich Lerchl an genau dieses Schweigen erinnern würde, wenn die Kunden das Ding nicht haben wollten. Sanne würde er bestimmt nicht dafür verantwortlich machen. De mortuis nihil und so weiter – Sebastians kleines Latinum war lange her –, und da Lerchl der Toten nichts nachsagen durfte, würde er sich eben den nächstbesten Lebenden vornehmen.

Es dauerte ein paar Sekunden, bis Sebastian aus diesem Gedankengang erwachte und ihm klar wurde, dass Lerchl nicht sein Problem war. Nicht jetzt. Er hatte anderes zu tun, als sich mit den Launen eines semikompetenten Vorgesetzten auseinanderzusetzen. Er musste Sannes Mörder finden.

»Am besten, wir erwähnen es gar nicht«, sagte Selbach.

»Ja. Aber ob wir damit durchkommen?«

Selbach kniff die Augen zusammen und sog scharf Luft ein.

»Scheiße«, sagte er dann. »Die Zeit war einfach zu kurz.«

»Ich hätte es vorher ansprechen können«, sagte Sebastian. »Aber zu ändern war's ja eh nicht mehr.«

»Schon recht«, sagte Selbach mit einem resignierten Seufzer. »Sie haben das völlig richtig gemacht. Welchen Zweck hätte es gehabt, über fragwürdige Details zu reden, solange ich keine Ahnung vom großen Ganzen hatte ... Lassen Sie mich mal raus, Herr Kollege?«

Sebastian stand auf und machte ihm Platz. Selbach verschwand in Richtung Toiletten. Sebastian setzte sich wieder. Auf dem heruntergeklappten Tischchen vor Selbachs Fensterplatz lag neben dem Laptop sein Smartphone. Sebastian fühlte, wie es in seinen Händen zu kribbeln begann. Wenn er jetzt schon das Programm aus dem Detektiv-Shop gehabt hätte, wäre es die Gelegenheit gewesen, es aufzuspielen. Eine einfachere Variante ging ihm durch den Kopf. Er musste nur die getätigten Anrufe auf dem Gerät abfragen, und er wäre schlauer. Langsam schob er die Hand in Richtung des Gerätes. Es lag direkt da, er musste nur zugreifen. Als seine Finger sich gerade um das Handy geschlossen hatten, fragte eine Stimme hinter ihm:

»Kaffee?«

Erschrocken ließ er das Handy los und drehte sich um. Carina hatte sich aufgerichtet und sah über die Lehne seines Sitzes auf ihn herab. Er grinste schief.

»Nein danke, Carina. Das ist lieb, aber ich glaub, ich hab genug Koffein im Moment.«

»Der bleibt lange warm in der Kanne«, sagte sie. »Bis Frankfurt mindestens ... Schickes Ding, das Smartphone vom Selbach, oder?«

»Ja«, sagte Sebastian. »Ich hab's mir grad mal angeguckt. Wär auch was für mich.«

»Wenn du jetzt so viel mit dem Vertrieb zu tun hast, kriegst du vielleicht eins. Soll ich das mal beantragen?«

»Wie? Beantragen?« Sebastian verstand nicht recht. »Bei wem?«

Sie lachte. »Na, genau genommen bei mir. Ich leg das dann Dr. Lerchl vor. Aber da macht immer der Ton die Musik.«

»Du meinst ... der Lerchl bezahlt mir das?«

Ein amüsiertes Lächeln erschien in ihrem Gesicht. »Na, was meinst du, wer das Ding da bezahlt?«

»Aha ...« Sebastian schüttelte den Kopf. Das war einfach nicht seine Art zu denken. Und das war wahrscheinlich ein Teil seiner Probleme. Seine Mutter hatte ihn immer gelehrt, dass sich ehrliche Arbeit ehrlich auszahlte. Im Laufe der Jahre hatte er lernen müssen, dass die Mutter davon gewiss ganz fest überzeugt gewesen war, aber leider ziemlich danebengelegen hatte. Sich deswegen zu ändern brachte er trotzdem nicht fertig.

Lass dir dein verdammtes Handy von deinem verdammten Chef bezahlen, Blödmann! Der tut so was! Du musst ihn nur fragen!

Nein. Eben nicht *fragen*.

Hingehen und sagen, dass du das haben willst.

Nein. Dass du es brauchst. Punkt.

»Ja«, sagte Sebastian, »dann beantrag mir doch mal so 'n Ding.«

»Okay«, sagte Carina, und ihr Kopf verschwand hinter der Sitzlehne. Selbach tauchte im Gang auf, und Sebastian ließ ihn wieder auf seinen Sitz.

»Muss ich mit noch so einem versteckten Sprengsatz rechnen, irgendwo?«, fragte er.

»Nein. Der Rest ist top«, sagte Sebastian. »Dafür steh ich grade.«

»Das freut mich zu hören.« Selbach griff nach seinem Handy, um es in die Tasche seines Jacketts zu stecken. Er hielt in der Bewegung inne. »Haben Sie das gesehen?« Er zeigte Sebastian das Smartphone. »Coole Sache, das. Sagen Sie Dr. Lerchl, dass Sie auch eins brauchen.«

»Brauch ich eins?«, fragte Sebastian. »Warum?«

»Es wäre einfacher für mich«, sagte Selbach.

***

»Herein«, rief Schwemmer. Es war ein auffallend schüchternes Klopfen gewesen, auf das er antwortete. Auch der sehr junge Kollege von der Wache, der darauf eintrat, war schüchtern.

»Was kann ich für Sie tun ... Herr Markowiak?«, fragte Schwemmer. Er hatte eine Sekunde gebraucht, bis ihm der Name einfiel. Er hatte bisher selten mit ihm zu tun gehabt.

Markowiak trug ein Schreibheft bei sich, das er fest umklammert hielt. »Mir ist da was eingefallen«, sagte er.

Schwemmer wies auf die Besucherstühle, und Markowiak setzte sich.

»Ich führe da so ein persönliches Protokollheft«, sagte er. »Bei Anrufen, wo man nicht weiß, zum Beispiel.«

»Was muss ich mir denn unter einem ›Anruf, wo man nicht weiß‹ vorstellen, Herr Kollege?«, fragte Schwemmer.

Markowiak wand sich ein bisschen. »Ja ... das sind halt die Anrufe, wo nicht ins offizielle Protokoll kommen, weil man eben nicht weiß, ob das alles so richtig ist. Und wo man dann nichts gemacht hat.«

»Also Scherzanrufe, Telefonstreiche?«

»Ja. Auch. Aber ich meine, wenn dann jemand anruft und nur um Rat fragt. Oder nur jammern will. Oder wenn Touristen von außerhalb anrufen, wie das Wetter ist.«

»Verstehe. Und warum machen Sie das?«

Markowiak sah ihn verlegen an. »Weil, man weiß ja nie«, sagte er.

»Da haben Sie natürlich recht. Dann kommen Sie mal zur Sache, Herr Kollege.«

Markowiak blätterte nervös in seinem Heft, dann reichte

er es Schwemmer aufgeschlagen über den Schreibtisch. »Da, in der Mitte von der linken Seite.«

Schwemmer warf einen Blick auf die in winziger, für ihn auf den ersten Blick völlig unlesbarer Schrift verfassten Notizen.

»Erzählen Sie mir, was da steht«, sagte er.

»Vor drei Monaten hatte ich eine Dame am Apparat, die wollte ihren Namen nicht sagen. Sie wollte wissen, was sie gegen einen Mann machen könnte, der sie verfolgt. Ich hab ihr gesagt, Stalking sei eine Straftat, und wir würden das selbstverständlich verfolgen, wenn sie das anzeigt. Aber sie wollte nur, dass wir den Mann verjagen, weil er immer spätabends vor ihrem Haus parkt. Ich hab gesagt, das ginge nicht, entweder sie zeigt den Mann an, oder wir könnten nichts machen. Aber anzeigen wollte sie ihn nicht und hat dann aufgelegt.«

»Gut«, sagte Schwemmer. »Das haben Sie richtig gemacht. Und um was geht es jetzt?«

»Sie hat mit unterdrückter Nummer angerufen, aber das nützt bei uns ja nix, und ich hab mir dann den Namen rausgesucht, nur für alle Fälle. Das war die Frau, wo jetzt ermordet worden ist.«

Schwemmer hob die Brauen.

»Ich hab die ganze Zeit gedacht, dass ich den Namen schon mal gehört hab, aber mir ist nicht eingefallen, wann. Und eben hab ich meine Hefte noch mal durchgesehen, und da hab ich es gefunden. Dann konnt ich mich auch sofort wieder erinnern.«

Schwemmer hob das Heft vom Schreibtisch. »Darf ich das haben?«

»Freilich«, sagte Markowiak.

»War auch mehr ’ne rhetorische Frage«, sagte Schwemmer.

Markowiak stand auf und verabschiedete sich schnell.

Schwemmer begann, seine Unterlagen zusammenzusuchen. Die Sitzung der Mordkommission würde in ein paar Minuten beginnen. Er wollte sich gerade erheben, als es wieder an seiner Tür klopfte. Dieses Mal allerdings erheblich weniger schüchtern.

Es war Polizeidirektor Hessmann.

»Grüß Gott«, sagte er. Nachdem er die Tür geschlossen hatte, blieb er steif vor Schwemmers Schreibtisch stehen. Er räusperte sich, bevor er zu sprechen begann.

»Ich vermute, dass es Sie nicht überrascht zu hören, dass Frau Dr. Isenwald darauf besteht, das LKA zu dem Fall hinzuzuziehen.«

»Ich weiß nicht, ob ich verstanden habe, worauf Sie hinauswollen, Herr Polizeidirektor«, sagte Schwemmer. Er sah Hessmann direkt in die Augen, was diesem merklich nicht behagte.

»Nun, Ihre Abteilung pflegt ja den kurzen Draht zur Staatsanwaltschaft, nicht wahr.«

Schwemmer setzte sich auf. »Was wollen Sie damit sagen?«

»Es ist ja kein Geheimnis, dass Sie sehr gut mit Frau Dr. Isenwald kooperieren –«

»Das klingt, als wollten Sie mir deshalb einen Vorwurf machen.«

»Nein, natürlich nicht –«

»Aber es klingt, als wäre das ein Problem für Sie.«

Hessmann schüttelte ärgerlich den Kopf. Offenbar hatte

er nicht damit gerechnet, so schnell in die Defensive zu geraten.

»Da ist ja auch die Sache mit Kommissar Dräger, nicht wahr …«

»Ich werde mich nicht in das Privatleben meiner Leute einmischen. Sowohl Herr Dräger als auch Frau Dr. Isenwald haben mir ungefragt versichert, dass es eine Vermischung dienstlicher und privater Belange nicht geben werde. Aber was hat das alles mit dem LKA zu tun?«

»Ach, vergessen Sie's«, sagte Hessmann mit einer abfälligen Handbewegung. »Die Staatsanwaltschaft will den Fall in Aschaffenburg mit in die Untersuchungen einbezogen haben. Teilen Sie das der Kommission bitte mit und veranlassen Sie das Nötige.«

»Selbstverständlich, Herr Hessmann«, sagte Schwemmer.

Hessmann verneigte sich sehr kurz und verließ das Büro.

Mit zufriedener Miene griff Schwemmer nach dem Telefon.

»Frau Zettel«, sagte er. »Bringen Sie doch bitte die Akte aus Aschaffenburg mit zur Sitzung.«

***

In Stuttgart war Carina von einem ziemlich fülligen, verschwitzten Mann von ihrem Platz vertrieben worden. In ihrem Wagen war kein Sitz mehr frei, und sie hatte sich auf die Suche nach einem in den anderen Waggons gemacht. Die Thermoskanne und eine Packung Kekse hatte sie ihnen dagelassen.

»Wirklich eine Nette«, sagte Selbach, als sie weg war.

»Ja«, sagte Sebastian.

»Von der Statur her ist sie natürlich ...« Mit einem entschuldigenden Lächeln ließ Selbach den Satz offen.

Sebastian zuckte die Achseln. Carina war genauso groß wie er, und er war sich nicht sicher, ob er sie im Armdrücken würde schlagen können, aber das war nichts, worüber er sich Gedanken gemacht hätte. Unter erotischen oder gar sexuellen Gesichtspunkten hatte er sie noch nie betrachtet. Unter diesen Gesichtspunkten hatte es für ihn seit dreizehn Monaten überhaupt nur eine einzige Frau gegeben.

»Na, dann mal weiter im Text«, sagte Selbach, und sie beugten sich wieder über ihre Bildschirme. Sie waren kurz vor Frankfurt, als Carina im Gang auftauchte.

»Und, haben Sie einen Platz gefunden?«, fragte Selbach.

»Ja, drei Wagen weiter, bei einer sehr netten Dame ...« Sie sah sehr verlegen aus.

»Was ist los?«, fragte Selbach. »Schlechte Nachrichten?«

»Ja ... Das Hotel hat angerufen. Wir waren für ein Zimmer ja nur auf der Warteliste. Und das ist jetzt weg.«

»Oh«, sagte Selbach. Mit gerunzelter Stirn dachte er nach. »Wir sind sieben Männer und drei Frauen, wenn ich richtig zähle.«

»Das stimmt«, sagte Carina.

»Dann müssten sich also ein Mann und eine Frau finden, die sich ein Zimmer teilen, richtig?«

»Ja.« Ihrem überraschten Gesicht war anzusehen, dass sie auf den Gedanken noch nicht gekommen war. »Aber wer sollte das sein?«

»Na, die Letzten beißen die Hunde«, sagte Selbach. »Und die Letzten sind Herr Polz und Sie.«

»Ich?«, entfuhr es Sebastian.

»Warum so erschreckt? Haben Sie Angst vor Frau Öckler?«

Carina hatte plötzlich rote Flecken auf den Wangen und wusste nicht, wo sie hinschauen sollte. »Also, von mir aus ...«, sagte sie. Für Sebastian klang es seltsam, so als wolle sie schon, traue sich aber nicht recht.

»Also, wenn es Frau Öckler nichts ausmacht, dann sollte es an Ihnen doch nicht scheitern, Herr Polz!« Selbach rammte Sebastian den Ellbogen in die Seite.

»Na ja ... ich weiß nicht ...«

»Ach kommen Sie, Herr Polz! Oder haben Sie Lust, zu allem andern heut auch noch durch Köln zu latschen und ein Zimmer zu suchen? Wo wir ein Bett über hätten? Oder schnarchen Sie?«

»Nein«, sagte Sebastian.

»Ich aber«, sagte Carina mit einem schiefen Lächeln.

***

Sie waren unterwegs zum Tatort. Schwemmer wollte das Haus noch einmal in Ruhe ansehen, ohne ständig von der Spurensicherung zurückgepfiffen zu werden. Manchmal entstand so ein besseres Bild, als die nackte Spurenlage hergab.

Die Sitzung der Mordkommission war unerfreulich unergiebig gewesen.

Oberinspektorin Zettel hatte ausführlich aus der Aschaffenburger Akte vorgetragen und am Ende auch erwähnt, dass die Kollegen dort ihre Kommission »Träne«

genannt hatten, wegen der Tränenspuren aus Blut im Gesicht des Opfers.

Prompt hatte Dräger vorgeschlagen, ihre Mordkommission »Teufel« zu nennen, wegen der Hörner, die der Täter aus den blutigen Haaren der Susanne Berghofer geformt hatte.

Schwemmer hatte nicht direkt zugestimmt; Namen brauchten Kommissionen eigentlich nur, wenn es mehr als eine gleichzeitig gab. Aber den amüsierten Gesichtern ringsum hatte er entnommen, dass der Name auch ohne seine Zustimmung bereits angenommen worden war.

Jochen Roller, Drägers Computerspezialist – oder Datenfex, wie Schafmann ihn zu nennen pflegte –, hatte in seiner berüchtigt umständlichen Art über die Auswertung von Susanne Berghofers privatem E-Mail-Account berichtet. Er hatte ziemlich lange gebraucht, um ihnen mitzuteilen, dass er so gut wie nichts Verwertbares gefunden hatte. Es gab ein paar Kontakte, die man befragen konnte, aber die IP-Adressen waren über das ganze Bundesgebiet verstreut, dazu etliche im Ausland, teilweise in Übersee. In den gespeicherten Mails ließ sich keinerlei Hinweis auf eine Verbindung zur Tat herstellen, aber das würde er gern noch mal von den Linguisten beim LKA überprüfen lassen, wie er erklärte. Schließlich war er ja nur für Daten zuständig, nicht für Texte.

Schwemmer hatte von Markowiaks Notizen berichtet, die den Verdacht begründeten, dass Susanne Berghofer von einem Stalker belästigt worden war. Einige Nachbarn hatten zudem von einem Mann gehört, der gelegentlich nachts vor dem Haus gestanden haben sollte, aber außer der verstorbenen Lina Wagmüller hatte ihn niemand wirklich gesehen.

Sie würden das bei allen zukünftigen Befragungen berücksichtigen und leider bei allen bereits getätigten nachholen müssen. Aber die halbe Belegschaft von GAP-Data war zu einer Messe nach Köln unterwegs und in frühestens drei Tagen wieder da.

Hauptsache, sie rennen uns nicht weg, dachte Schwemmer.

Nun saß er in Schafmanns Vectra, den der durch den dichten vormittäglichen Verkehr in Richtung Grainau steuerte. Ein Bus mit der Aufschrift »Norges Skiforbund« rollte langsam vor ihnen her.

»Ist schon wieder Weltcup-Saison?«, fragte Schwemmer.

»Bald. Die trainieren hier für Sölden«, antwortete Schafmann.

»Wann sind wir dran?«

»Mitte Dezember.«

Im letzten Jahr hätte Schwemmer selbstverständlich den Termin der Weltcup-Rennen im Kopf gehabt, schon wegen der Dienstplananpassungen, die so ein Großereignis erforderte. Aber heuer war das die Aufgabe seines neuen Chefs.

Hat auch Vorteile, der Hessmann, dachte Schwemmer.

»Das Prepaidhandy aus München hat sich nicht mehr gerührt«, sagte Schafmann.

»Ja. Aber es ist fraglich, ob es was nützen würde. Wer hinterlässt eine Nachricht auf einer Mailbox, wenn er weiß, dass die Besitzerin tot ist?«

»Immerhin kannte er die Berghofer. Wahrscheinlich besser als alle, mit denen wir bisher gesprochen haben.«

»Morgen fahr ich nach Aschaffenburg«, sagte Schwemmer.

»Und dann nach Lohr und unterhalt mich mal mit dem Ex von der Berghofer.«

»Ihrem Quasi-Stiefvater, meinst du.«

Sie hatten den Ortsausgang erreicht, und immer noch zockelte der Bus der norwegischen Skifahrer vor ihnen her. Schafmann zog ein bisschen nach links, um den Gegenverkehr zu beobachten.

»Lass es bleiben«, sagte Schwemmer. »Oder haben wir es eilig?«

Schafmann zog wieder in die Mitte der Fahrbahn. Endlich erreichten sie den Abzweig nach Untergrainau, und Schafmann bog nach links in die Schmölzstraße ab. Schwemmer erschien er ein bisschen nervös, unkonzentriert, aber er verkniff sich eine Bemerkung. Erst als Schafmann beinah am Zigeunerweg vorbeifuhr, sagte er scharf: »Du musst hier rechts!«

»Verzeihung«, murmelte Schafmann und schwieg dann, während sie zwischen den Zäunen herrollten.

Sie waren noch hundertfünfzig Meter vom Haus der Berghofer entfernt, als sie den Wagen bemerkten, der vor der kleinen Scheune stand.

»Presse?«, fragte Schwemmer.

»Unwahrscheinlich«, antwortete Schafmann. »Die fahren keine E-Klasse.«

»Halt mal nicht direkt vor dem Haus«, sagte Schwemmer, und Schafmann stellte den Wagen neben der Toreinfahrt des nächsten Hauses ab. Es war das von Frau Wagmüller.

Sie stiegen aus. Der einzige Mensch in der Nähe war eine mittelalte Dame mit Nordic-Walking-Stöcken, die am Waldrand entlangwalkte.

Sie betraten den Vorgarten und gingen auf die Haustür zu, als Schafmann plötzlich stehen blieb und auf die Tür zeigte.

Das Polizeisiegel war aufgeschnitten, die Tür nur angelehnt.

»Gehen wir rein?«, fragte Schafmann leise.

»Hast du deine Waffe dabei?«, fragte Schwemmer zurück.

»Ja.«

»Ich nicht.«

»Dann geh ich mal vor«, sagte Schafmann. Er zog seine Walther und lud durch.

»Nur Mut«, sagte Schwemmer. »Ich bin direkt hinter dir.«

»Das ist schön«, sagte Schafmann. Er drückte leise die Tür auf, und sie spähten in die Diele. Niemand war zu sehen, aber als sie eintraten, hörten sie ein Geräusch aus dem ersten Stock. Mit gehobener Waffe, den Zeigefinger aber neben dem Abzug, schlich Schafmann die Stiege hoch; Schwemmer folgte ihm auf dem Fuße.

Auf halber Höhe der Treppe spähten sie über die Bodenkante des ersten Stocks. Die Tür zum Wohnzimmer stand halb offen. Es gelang ihnen, fast geräuschlos bis zur Tür zu kommen.

Schafmann sah Schwemmer an. »Laut oder leise?«, las Schwemmer von seinen Lippen ab.

»Leise«, antwortete Schwemmer, ebenfalls lautlos.

Schafmann drückte langsam die Tür auf, das Wohnzimmer war leer. Sie pirschten weiter. Die Schlafzimmertür war angelehnt. Als sie sie erreichten, zählte Schafmann pantomimisch bis drei, Schwemmer stieß die Tür auf, und Schafmann trat mit gehobener Waffe in den Türrahmen.

Im Schlafzimmer stand ein Mann, er wandte ihnen den Rücken zu und fuhr herum, als Schafmann »Polizei! Hände hoch!« brüllte.

Er sah sie überrascht an und gehorchte mit einer langsamen Bewegung.

»Ich bin nicht bewaffnet«, sagte er.

Schwemmer trat an ihn heran und tastete ihn ab. Er fand tatsächlich keine Waffe, aber eine Brieftasche und zwei Handys – ein iPhone und ein Siemens A52. Es war ausgeschaltet.

***

Der Dom war groß. So viel war sicher. Für Sebastian war es sogar das einzig Sichere, seit sie in Köln ausgestiegen waren. Es fühlte sich an, als würde er von den dichten Menschentrauben mitgerissen, die Treppen hinunter in die Gänge des Hauptbahnhofs, die kaum leerer waren als der Bahnsteig, vorbei an den zahllosen Geschäften und Imbissständen, hinaus in Richtung Vorplatz.

Sebastian klammerte sich am Griff seines Rollkoffers fest und konzentrierte sich darauf, die anderen nicht aus den Augen zu verlieren. Selbach war ein paar Meter vor ihm, Carina wahrscheinlich hinter ihm, er konnte sie nicht entdecken. Er hatte einen Kloß im Hals. Menschenmengen machten ihm Angst, schon immer. In Garmisch war es nicht besonders schwer, ihnen zu entgehen, wenn man keinen übertriebenen Wert auf Skiwettbewerbe, Goldmedaillenfeiern oder die Festwochen legte, und das tat Sebastian keineswegs. Aber hier, in der Großstadt, wurde er einfach aufgesogen, wurde Teil der Masse – ein Gefühl, das ihn mit geradezu körperlichem Widerwillen erfüllte.

Er geriet in eine Gruppe junger Männer, die seltsame Filzhüte und einheitliche T-Shirts mit dem Aufdruck »Wollis letzter Freigang« trugen und die jetzt, um die Mittagsstunde, offenbar schon ernsthaft betrunken waren.

»Eine Frau, die mich nach Hause trägt …«, grölten sie, und einer hielt Sebastian mit stierem Blick einen Flachmann vor die Nase. »Willzu?«, fragte er.

Sebastian schüttelte den Kopf.

»Bist kein Kölner, was?«, fragte sein neuer Freund. »Merkt man. Die Kölner sind cool drauf. Wir komm' aus Kaiserslautern.«

»Aha«, sagte Sebastian, und der Mann haute ihm auf die Schulter.

»FCK! FCK! FCK!«, brüllte er, und seine Kumpels stimmten mit ein. »Wollis Junggesellenabschied«, sagte er dann noch. »Das wird geil. Bin jetzt schon hacke.«

Zu Sebastians Erleichterung bog die Gruppe ab. Er mühte sich, den Sichtkontakt zu Selbach und den anderen nicht abreißen zu lassen. Das kalte Nieseln, das sie draußen empfing, war seinem Wohlbefinden weiter abträglich. Er spürte ein Drücken im Kehlkopf und erinnerte sich, wie er einmal in München in der U-Bahn in eine Menschenmenge geraten war, die unterwegs zu einem Konzert ins Olympiastadion gewesen war. Damals, eingequetscht zwischen den riechenden und feuchten Leuten in der Bahn, waren ihm die Tränen in die Augen getreten. Heute war es eher Wut, die sich in ihm ausbreitete. Er räusperte sich heftig und folgte Selbach, der zielsicher auf den Taxistand zusteuerte, an dem die Wagen im Fünf-Sekunden-Takt an- und wieder abfuhren.

»Sie und Frau Öckler nehmen am besten einen eigenen Wagen. Ihr Hotel liegt nicht an unserer Strecke«, sagte Selbach zu ihm. »Ich würde sagen, so in zwei Stunden sollten wir uns alle am Stand treffen.«

»Alles klar«, sagte Sebastian. Carina öffnete den Kofferraum eines Taxis. Sie hoben ihre Koffer hinein und stiegen in den Fond.

»MS River Symphony«, las Carina von einem Zettel ab. »Das ist ein Schiff, das liegt an der Frankenwerft.«

Der Kopf des Fahrers fuhr herum. »Frankenwerft?«, blaffte er unter seinem Schnäuzer hervor. »Dat is doch direkt do unge! Da brauchste doch kejn Tax för! Da jeht er ma schön ze Foß!«

»Aber ...«, sagte Carina und sah Sebastian unsicher an.

Sebastian nahm die Brille ab und massierte sich die Nasenwurzel. Er atmete ein-, zweimal tief durch. Dann setzte er die Brille wieder auf.

»Hören Sie, mein Herr«, sagte er. »Sie fahren uns jetzt zu diesem verfickten Schiff, oder ich sorg dafür, dass Sie einen Ärger kriegen, von dem Sie noch Ihren Enkeln erzählen werden.«

Er traute seinen Ohren nicht, als er sich das sagen hörte, aber die Worte in Kombination mit dem Blick, mit dem er den Mann ansah, beeindruckten den Fahrer genauso wie Carina, die ihn mit leicht offenem Mund von der Seite anschaute. Er tat so, als bemerke er es nicht.

Es waren dann tatsächlich nur vier Euro auf der Uhr, als sie am Rheinufer ausstiegen.

»Du hast ihm doch hoffentlich kein Trinkgeld gegeben?«, fragte er, nachdem der Fahrer grußlos davongefahren war und sie mit ihren Koffern im Regen vor der Gangway standen.

»Ah geh«, sagte Carina. »Das wär ja noch schöner.«

Über die in der Nässe leicht glitschige Gangway betraten sie das Schiff. Die Kabine, die sie bezogen, lag zum Wasser hin, was bedeutete, dass sie den Dom nicht im Blick hatten, dafür blieben ihnen aber jede Menge grölender Kaiserslauterer am Ufer erspart. Es gab sogar einen kleinen Balkon, auf dem zwei Stühle standen, aber das war angesichts des Wetters kein Gewinn. Der Raum war im Vergleich zu einem normalen Hotelzimmer ziemlich klein, aber zu Sebastians Erleichterung standen die Betten getrennt.

Auch Carina schien das sehr recht, wenn er ihr entschuldigendes Lächeln richtig interpretierte. Sie hängte ihre Sachen ordentlich in den Schrank und verabschiedete sich dann ins Bad. Sebastian nutzte die Zeit, seine Sachen ebenfalls in den Schrank zu räumen. Dann streifte er die Schuhe ab, legte sich auf sein Bett und schloss die Augen. Vielleicht kann ich ja ein paar Minuten dösen, dachte er, dann war er eingeschlafen.

***

Schwemmer massierte seine Schläfen. Der Kaffeebecher vor ihm auf dem Tisch des Verhörraums war leer, es war bereits sein dritter gewesen, seit sie mit Herrn Thomas Kaltenbusch hier saßen.

Kaltenbusch benahm sich wie einer der Typen, die ihre Rechte kannten. Ein arroganter Schnösel im teuren Anzug und mit einem ziemlich auffälligen Ehering. Kein Wunder, dass der einem Mädchen wie Vanessa Huberbichler aufgefallen war. Wahrscheinlich gehörte so ein Ring zu ihren großen Träumen. Oder richtiger: der Mann, der ihr den kaufen konnte. Für Vanessa würde er nicht einmal so gut aussehen müssen wie Thomas Kaltenbusch.

Wie er so dasaß, locker zurückgelehnt, in seinem Leinenanzug, den braunen Schuhen und dem Hemd, dem sogar Schwemmer ansehen konnte, dass es nicht von C & A stammte, präsentierte sich Kaltenbusch als der Prototyp des Münchner Großkopferten.

Aber sein fahriger Blick, die kleinen Schweißperlen, die er immer wieder mit einem vorgetäuschten Kratzen von der Stirn wischte, und die zu laute Stimme ergaben ein anderes Bild. Der Mann war nervös.

Er stammte auch nicht aus München, sondern aus Bochum. In München hatte er einen Zweitwohnsitz, wofür er, wie er betonte, immerhin zweitausendeinhundert Euro Zweitwohnsitzsteuer zu berappen habe. Schwemmer rechnete überschlägig im Kopf und kam auf eine Miete von um die zweitausend Euro. Kalt. Im Monat. Für einen Zweitwohnsitz.

Warum nicht?, dachte er. Der Mann hat's ja offensichtlich.

Allerdings war er nicht bereit, irgendwas darüber zu sagen, was er am Tatort zu suchen gehabt hatte. Er gab auch keine Auskunft über seinen Anruf auf Susanne Berghofers Mailbox, schon gar nicht darüber, ob er sie üblicherweise

»meine kleine Stute« nannte. Immer wieder versuchte er, sich ins Plaudern zu retten, erzählte von seinem Schneider und dem ein oder anderen Restaurant in der Gegend, das er durchaus zu schätzen wisse, aber sobald Schwemmer ihm eine Frage stellte, die über Angaben zur Person hinausging, forderte Kaltenbusch, zunächst seinen Anwalt zu sprechen.

Dräger hatte ihm bereits die Fingerabdrücke abgenommen, und es war klar, dass er am Tatort gewesen war, allerdings stimmten die Spuren nicht mit denen überein, die sie im Auto des Opfers gefunden hatten.

Kaltenbusch verweigerte jeden Kommentar dazu. Er hatte seinen Anwalt angerufen, der heute aber einen Gerichtstermin hatte und erst morgen kommen würde. Die Aussicht, eine Nacht in Untersuchungshaft zu verbringen, beunruhigte ihn offensichtlich und veranlasste ihn zu der Frage, ob ihm eine Zahnbürste gestellt würde.

Schwemmer versicherte, dass man ihn der Gelegenheit zur Zahnhygiene nicht berauben würde, und winkte Schafmann hinter sich her aus dem Raum.

»Was für ein armes Arschloch«, sagte Schafmann, nachdem er die Tür hinter sich geschlossen hatte. »Macht auf Schickeria, dabei hat er die Hosen voll.«

»Meinst du, der war's?«, fragte Schwemmer.

»Ich hab keine Ahnung.«

Schwemmers Handy läutete. Es war Staatsanwältin Isenwald. Thomas Kaltenbusch war der Staatsanwaltschaft Bochum bekannt, bislang aber ausschließlich bei Wirtschaftsdelikten in Erscheinung getreten. Es hatte einige Ermittlungsverfahren, aber keine Anklage gegeben, was die Kollegen in Bochum sehr bedauerten. In München gab es eine Reihe anhängiger Verkehrsdelikte minderer Bedeutung, sonst nichts.

Thomas Kaltenbusch war Teilhaber mehrerer Handelsfirmen, Schwerpunkt Export von Stahlröhren, und gerade dabei, sich an der Ostseepipeline eine goldene Nase zu verdienen, wobei laut Isenwald nicht klar war, die wievielte das war. Sie versicherte, auf gar keinen Fall verpassen zu wollen, wenn Kaltenbuschs Anwalt auftauchte, den sie nämlich noch von der Uni kannte. Man konnte sich also auf ihren Besuch einstellen.

»Das ist einer von diesen Typen, die nicht mal dann mit der Polizei reden, wenn sie nichts zu verbergen haben«, sagte Schwemmer, nachdem er sein Handy wieder eingesteckt hatte. »Das gewöhnt man sich wahrscheinlich an, wenn man mit Russen Geschäfte macht.«

»Ein reicher Stenz, der sich eine Gespielin hält«, sagte Schafmann. »Wer weiß, was die gespielt haben. Und dann sind ihm einmal die Sicherungen durchgebrannt.«

»Nicht auszuschließen«, sagte Schwemmer.

»Was machen wir mit ihm?«

»Einlochen und abwarten.«

***

Die Nummer auf dem Display seines Telefons sagte Schwemmer nichts. Er meldete sich mit seinem Namen.

»... oh«, hörte er eine weibliche Stimme sagen. »Ich wollte eigentlich den Herrn Schafmann sprechen ...«

Die Dame klang unsicher.

»Der spricht wohl gerade«, sagte Schwemmer. »Deswegen sind Sie bei mir gelandet. Kann *ich* Ihnen vielleicht weiterhelfen? Mit wem sprech ich denn?«

»Misera ist mein Name ... aber ich weiß nicht genau ...«

»Oder ist es privat?«, fragte Schwemmer.

»Ja ... Nein, es ist nicht privat«, antwortete Frau Misera. »Es geht um das Auto, das ich vorgestern Morgen ... aber ich weiß nicht, ob Sie darüber Bescheid wissen.«

Privat – ja – nein, dachte Schwemmer. Schafmann vernimmt Zeuginnen. Schafmann macht Überstunden. Schafmann hat ein neues Rasierwasser.

»Der dunkle Wagen in der Ludwigstraße?«, fragte er.

»Ja, genau. Ich habe heut Morgen auf dem Weg zur Arbeit ...« Sie unterbrach sich. »Nein, das ist einfach zu ... vage.«

»Sie können es guten Gewissens uns überlassen, zu beurteilen, was zu vage ist und was nicht, Frau Misera. Es geht um einen Mordfall, und wir sind für jede Information dankbar. Sprechen Sie.«

»Ach, es ist ... der Fahrer trug eine Brille, das war alles, was ich von ihm sehen konnte. Und heute Morgen war da ein Mann in der Ludwigstraße, der trug halt auch eine Brille, und irgendwie kam es mir so vor ...«

»Kennen Sie den Mann?«

»Vom Sehen. Er wohnt irgendwo in meiner Nachbarschaft. Aber ich weiß nicht, wie er heißt. Ich habe ihn angesprochen –«

»Das hätten Sie besser gelassen«, sagte Schwemmer. »Was hat er gesagt?«

»Dass er in der Ludwigstraße wohnt. Mehr nicht.«

»Können Sie den Mann beschreiben?«

»So Anfang dreißig, schätze ich. Mit ziemlich wenig Haaren und einer dicken Brille. Etwa so groß wie ich, also etwas über eins siebzig.«

Schwemmer notierte die Angaben auf seinem Block.

»Wir brauchen eine ordentliche Aussage von Ihnen, Frau Misera. Können Sie zur Wache kommen?«

»Nein, das ist ganz schlecht, ich hab Bereitschaft. Ich bin Klinikärztin. Deswegen wollte ich ja auch mit dem Herrn Schafmann sprechen …«

»Dann hätten wir trotzdem eine ordentliche Aussage gebraucht.« Ihm kam eine Idee. »Wann haben Sie denn Mittag?«

»Ich hab jetzt eine OP, danach wahrscheinlich, so in einer Stunde. Aber nur, wenn kein Notfall dazwischenkommt.«

»Ich meld mich bei Ihnen«, sagte Schwemmer.

***

Es ist nicht immer nötig, dort zu sein, wo die Kontrolle ist. Wichtig ist nur, den Rhythmus zu spüren. Das Pulsieren, das die Grenzen sprengt, das alles groß werden lässt. Denn wenn der Rhythmus verloren geht, geht der Sinn verloren. Und es ist nicht der Sinn des Handelns, der verloren geht. Es ist der Sinn des Seins. Und des Nichtseins.

***

Schwemmer ließ seinen Blick durch die Cafeteria des Klinikums schweifen. Sie saß an einem der runden Tische direkt an der Fensterfront über dem Eingang. Auch ohne ihre Beschreibung wäre Carmen Misera nicht zu verwechseln gewesen, sie war die Einzige in weißer Arztkleidung hier.

Er trat an den Tisch, und sie bat ihn mit einer Geste, Platz zu nehmen. Sie hatte einen leer gegessenen Teller vor sich stehen und eine halb volle Tasse Kaffee.

Carmen Misera war ohne Frage eine ansprechende Person, wenn auch nicht wirklich eine Schönheit, dafür war ihr Gesicht ein wenig zu grobknochig. Schwemmer fiel es schwer, sich vorzustellen, dass Schafmann womöglich dabei war, wegen ihr den Kopf zu verlieren.

Aber schließlich war er Polizist. Er wusste, dass niemand in den Gefühlen anderer Menschen steckte.

»Warum wollten Sie mich sprechen?«, fragte sie, als er sich gesetzt hatte.

»Ich verzichte ungern auf einen persönlichen Eindruck bei wichtigen Zeugenaussagen.«

»Herr Schafmann hat bereits einen persönlichen Eindruck von mir«, sagte sie ernst.

»Hauptkommissar Schafmann ist anderweitig mit dem Fall beschäftigt. Er hat wenig Zeit übrig im Moment.«

Sie nippte an ihrem Kaffee und zog die Brauen hoch, so als wisse sie da etwas mehr als Schwemmer.

»Ist der Kaffee gut hier?«, fragte Schwemmer.

»Wenn Sie nicht zu anspruchsvoll sind, geht's.«

Schwemmer entschied sich gegen einen Versuch. »Herr Schafmann hatte Sie eigentlich wegen den Vandalismus-Fällen befragt, nicht wahr?«

»Ja. Ich hatte etwas beobachtet, was er für interessant hielt.«

»Verstehe. Und dann haben Sie das Auto gesehen.«

»Ja.«

»Und das haben Sie dann Herrn Schafmann gesagt.«

»Das wissen Sie doch.«

»Natürlich. Woher wussten Sie denn eigentlich, dass wir nach einem blauen Citroën suchten?«

»Herr Schafmann hat es mir erzählt. Als er wegen der anderen Sache bei mir war. Wieso fragen Sie das?« Sie stellte die Tasse ein bisschen heftiger ab, als nötig gewesen wäre. Auf ihrer Stirn stand eine steile Falte.

Schwemmer sah hinaus zu der grauen Schotterfläche des Parkplatzes. Er beschloss, nicht weiterzubohren. Natürlich war es ein Unding, dass Schafmann Interna aus einer Mordermittlung an unbeteiligte Außenstehende weitergab, aber es war nun mal so, wie es war. Schafmann war offensichtlich verknallt. Schafmann machte deshalb Fehler. Dieser war lässlich, letztlich vielleicht sogar nützlich, das würde man sehen. Aber es war kein gutes Gefühl für Schwemmer, zu wissen, dass bei seinem wichtigsten Kollegen die Kontrolle verloren ging.

»Was genau haben Sie denn eigentlich gesehen, vorgestern? Laut Herrn Schafmann doch nur den Wagen, der wegfuhr.«

»Ja. Aber ich meine, der Fahrer hätte eine Brille getragen ... Und ein ziemlich rundes Gesicht gehabt.«

»Das mit dem runden Gesicht haben Sie Herrn Schafmann aber *nicht* gesagt.«

»Doch. Aber er meinte, wegen der Lichtreflexe auf der Windschutzscheibe wäre ihm das zu unsicher. Er hat es aber notiert.«

Schwemmer musste sich zusammenreißen, um nicht den Kopf zu schütteln. Das durfte nicht wahr sein. Schafmann hatte auch noch die Aussage gefiltert.

»Entschuldigung, aber hat Herr Schafmann Sie eigentlich schon ein Protokoll Ihrer Aussage unterzeichnen lassen?«

Sie sah ihn erstaunt an. »Nein. Ist das nötig?«

»Ja. Wenn Sie in den nächsten Tagen Zeit haben, müssen Sie auf die Wache kommen. Wir brauchen ein ordentliches Protokoll. Zwei sogar, wegen dem Vandalismusfall.«

Sie verzog unwillig den Mund. »Ich hatte gehofft, mir das sparen zu können«, sagte sie, ohne ihn anzusehen.

»Sehen Sie, wenn es ein solches Protokoll gäbe, müsste ich Sie jetzt nicht alles noch einmal fragen. Von wo aus haben Sie den Wagen gesehen?«

»Von meinem Fenster aus. Ich lag im Bett und konnte nicht schlafen. Und dann fing draußen ein Autoradio an. Richtig laut. Ich hab mich gewundert, aber erst mal bin ich nicht aufgestanden. Nach ein paar Minuten hab ich gedacht, ich steh auf und rauch eine und guck mir das mal an. Aber als ich das Fenster aufmache, geht das Radio aus.«

»Aber der Wagen stand noch da?«

»Ja. Und es saß jemand drin. Und dann fuhr er weg. Ende der Geschichte.«

»Irgendwie auffällig war der Wagen nicht?«

»Nein.«

»Welcher Wagentyp war das?«

»Herr Schafmann sagte, Sie suchten einen Citroën C5.«

»Das ist richtig, aber keine Antwort auf meine Frage. Haben Sie den Typ erkannt?«

»Nein.« Sie griff wieder nach ihrer Tasse. »Aber es könnte ein Citroën gewesen sein.«

»Verstehe«, sagte Schwemmer. Es war sehr gut möglich, dass erst Schafmanns Geplauder sie auf die Idee gebracht hatte, einen Citroën gesehen zu haben. Als er noch in Ingolstadt war, hatte er einen Zeugen erlebt, der felsenfest davon überzeugt war, einen grünen Golf gesehen zu haben. Am Ende stellte sich der Wagen als silberner Mercedes heraus. Und da war von Dunkelheit und Lichtreflexen gar keine Rede gewesen.

»Mal zurück zu dem Mann von heute Morgen. Der trug eine Brille und hatte ein rundes Gesicht?«

»Ja. Und für sein Alter ziemlich wenig Haare.«

»Sie haben ihn angesprochen. Wo?«

»Er stand an der Fußgängerampel an der Hauptstraße. Ich war mit dem Rad unterwegs zur Arbeit, da ist er mir aufgefallen. Ich hab ihn gefragt, ob er in der Nachbarschaft wohne. Und er hat Ja gesagt.«

Schwemmer kratzte sich an der Oberlippe. »Sie wissen, dass es um einen Mordfall geht, Frau Misera. Es hätte gefährlich sein können, den Mann anzusprechen.«

»Wie ein Mörder sah er nicht aus.«

Schwemmer lachte auf, und auch Carmen Misera lachte ein wenig, als ihr klar wurde, was sie da gesagt hatte.

»Der Mann wohnt in der Ludwigstraße. Die Hausnummer wissen Sie nicht«, stellte Schwemmer fest.

»Nein. Aber wenn ich ihn noch mal sehe …«

»… dann sprechen Sie ihn bitte *nicht* an. Wenn Sie sehen, wo er wohnt, reicht das völlig. Dann rufen Sie mich bitte an.«

»Sie oder Herrn Schafmann?«

»Mich«, sagte Schwemmer und reichte ihr seine Visitenkarte. »Ich leite die Mordkommission.«

***

Sebastian wachte erst auf, als Carina ihn sanft an der Schulter rüttelte.

Sie saß auf dem Bettrand. »Wenn du dich noch frisch machen willst, solltest du aufstehen«, sagte sie mit einem schüchternen Lächeln.

Sebastian nickte nur und beeilte sich, ins Bad zu kommen.

Der Tag verging in Hektik. Sie fuhren mit der Personenfähre über den Fluss zur Messe, dort schloss sich ein schier endloser Fußmarsch an. In der Messe herrschte noch das Chaos des letzten Aufbautages. Dr. Lerchl war überhaupt nicht einverstanden mit dem, was die Messebauer da errichtet hatten, und führte lautstarke Diskussionen mit dem tschechischen Vorarbeiter, der ihm immer wieder die Pläne unter die Nase hielt, die Lerchl höchstpersönlich abgenommen hatte. Natürlich führte das alles zu nichts, aber Selbach schaffte es, dass ihre Truppe konzentriert und trotzdem einigermaßen entspannt auf dem Stand ihre Materialen verteilte und sich einrichtete.

»Und? Wie ist Ihre Kabine?«, fragte er Sebastian, der gerade dabei war, das Intranet zu installieren.

»Passt schon«, antwortete er.

»Das ist schön. Aber machen Sie mir keinen Unfug mit der Frau Öckler.« Selbach sagte das mehr in Carinas Richtung, auf deren Wangen prompt rote Flecken erschienen. Er sah auf die Uhr. »Um sechs sind wir mit den Brasilianern verabredet. Sind Sie bis dahin fertig?«

»Ja«, sagte Sebastian. »Locker.«

»Das Treffen ist eher informell, die Kollegen vom Vertrieb bleiben erst mal außen vor. Dr. Lerchl, Sie und ich, und Frau Öckler als Dolmetscherin.«

Carina fuhr erschrocken herum. »Ich auch?«

»Ja. Mögen Sie nicht essen gehen?«, fragte Selbach mit einem Lächeln.

»Ja, schon. Aber ich war da gar nicht drauf vorbereitet ... Ich hätte sonst was anderes angezogen ...«

***

»Verstehe«, sagte Schafmann in den Hörer. »Nein, nein, das ist völlig in Ordnung ... Ja, bitte, tun Sie das. Wann immer es Ihnen passt, Frau Misera ... Ja, pfüat Eane.«

Langsam legte er den Hörer auf die Gabel und starrte seine Schreibtischplatte an. Fast eine Minute lang verharrte er bewegungslos, dann griff er sich einen Ordner, irgendeinen, und knallte ihn auf den Boden. Es half überhaupt nicht.

Er hatte einen Kloß im Hals. Carmen wollte ihn nicht mehr sehen.

Er wusste nicht, wieso. Sie wollte ein Protokoll unterschreiben. Auf der Wache. Es war nicht nötig, dass er extra noch mal zu ihr in die Wohnung kam.

Nicht nötig.

Idiot, Idiot, Idiot, dachte er. Sei verdammt noch mal froh!

Du bist Familienvater! Willst du tatsächlich alles riskieren, weil irgendwelche Hormone in deinem Körper verrücktspielen?

Aber war es wirklich nur sein Körper, der verrücktspielte? Oder *war* er verrückt?

Sein Blick ging zur Uhr. Feierabend war vorbei. Er hatte Bärbel gesagt, er müsse Überstunden machen wegen des Mordfalls, aber das war gelogen. Er hatte sich noch ein paar Fragen an Carmen ausgedacht, völliger Unfug, aber es wäre ein Grund gewesen, sie zu sehen.

Ich könnte sie vorladen, dachte er, dann *muss* sie zu mir kommen; in der nächsten Sekunde hätte er sich am liebsten geohrfeigt für diesen Gedanken.

Schon die Sache mit dem Auto war so vage gewesen, dass er sie eigentlich gar nicht hätte verwenden dürfen. Er hatte ihr von dem Citroën erzählt, den sie suchten, und prompt glaubte sie, einen gesehen zu haben. Sie meinte sogar, den Fahrer beschreiben zu können, aber das war ihm wirklich zu weit gegangen. Er hatte die Sichtung des Wagens überhaupt nur in die Ermittlung aufgenommen, weil es dann keine Fragen gab, wo er gestern Mittag gesteckt hatte.

Er schaltete seinen Computer aus und stand auf. Mit hängenden Schultern bückte er sich und hob den Ordner wieder auf. Wenn er jetzt heimging, brauchte Bärbel nicht den Kleinen zum Chor zu fahren. Er versuchte, wenigstens ein kleines bisschen stolz darauf zu sein, dass er das für Bärbel machen würde – den Kleinen zum Chor fahren.

Es gelang ihm nicht.

Als er den Ordner auf den Schreibtisch warf, klappte er

auf. Es waren die Protokolle von den Befragungen der Kollegen des Opfers.

»Sebastian Polz«, las er auf dem obersten Blatt. Das war der Nerd mit der dicken Brille und dem runden Gesicht gewesen. Sein Blick blieb an den Kästchen mit den Personalien hängen.

»Adresse: Ludwigstraße 102«, stand dort.

***

Fast hätte Sebastian bitter gelacht, als er den Namen über der Restauranttür las: »Sorgenfrei«. Dr. Lerchl hatte es ausgesucht, weil ein Bekannter es nicht nur wegen der Küche, sondern auch wegen der hervorragenden Weinauswahl empfohlen hatte. Es war ein nicht sehr großes Bistrorestaurant in der Innenstadt, und den drei Brasilianern schien es zu gefallen. Sie radebrechten auf Englisch mit der Kellnerin und nahmen auf ihre Empfehlung, ohne zu zögern, zwei halbe Flaschen Champagner als Aperitif.

Sebastian dagegen starrte auf die Speisekarte und hatte keine Ahnung, was er nehmen sollte. Die Preise lagen deutlich über dem, was er von zu Hause gewohnt war, und er hatte Angst, bei der Bestellung zu übertreiben. Carina neben ihm ging es offenbar nicht anders.

Von der anderen Seite des Tisches warf Selbach ihnen einen Blick zu.

»Wenn ich mir das so anschaue, nehme ich einfach das Vier-Gänge-Menü und die Weinempfehlung. Das liest sich doch klasse«, sagte er beiläufig und zwinkerte ihnen zu.

»Ja«, sagte Sebastian schnell. »Ich glaub, das nehm ich auch.«

Carina schloss sich ebenfalls eilig der Bestellung an und versuchte dann mit Dr. Lerchls Unterstützung, den Brasilianern zu erklären, was Kabeljau im Speckmantel mit Rahmsauerkraut und Petersilien-Kartoffelpüree war.

Natürlich fragten die Brasilianer nach Susanne Berghofer, schließlich war sie ihre erste Ansprechpartnerin gewesen. Lerchl hatte vorher die Sprachregelung ausgegeben, dass Sanne wegen einer schweren Krankheit ihrer Mutter nicht abkömmlich sei. Er hoffte, der familiäre Aspekt würde bei den Südamerikanern auf Verständnis stoßen, aber letztlich schien denen völlig egal zu sein, mit wem sie tranken.

Die kleinen Portionen, in denen das Menü serviert wurde, sorgten für Heiterkeit. Offenbar waren die Herren aus Brasilien sehr große Stücke gegrilltes Rindfleisch auf dem Teller gewohnt.

Sebastian näherte sich seinem Waldpilz-Omelett mit Schnittlauchessenz zunächst etwas skeptisch, aber in Kombination mit dem spanischen Weißwein war es umwerfend. Carina stupste ihn von der Seite an und zog ein beeindrucktes Gesicht.

Die Brasilianer hatten sehr viel Freude an dem Champagner, dem Elsässer Gewürztraminer und dem Vino Nobile di Montepulciano, den Lerchl für sie ausgesucht hatte. Ihre Stimmung stieg mit dem Alkoholpegel, und Sebastian hatte den Eindruck, dass an ein fachorientiertes Gespräch nicht mehr ernsthaft zu denken war. Carina übersetzte hier und da ein bisschen, aber das meiste der Unterhaltung bestritten

Lerchl und die Brasilianer in einer Sprache, die sie jeweils für Englisch hielten.

Sebastian fühlte sich überflüssig.

Er saß still auf seinem Stuhl, ab und an lachte er pflichtschuldig über einen Witz, den Lerchl oder einer der drei Herren von der potenziellen Kundschaft gemacht hatten. Aber Selbach nickte ihm ermutigend zu. Beim in Rotwein pochierten Rinderfilet beugte er sich kurz zu ihm herüber.

»Ein gutes Klima ist die halbe Miete. Es läuft super«, sagte er und hielt Sebastian sein Bordeauxglas zum Anstoßen hin.

Sie waren schon bei Wacholder-Panna-Cotta und Käseplatte angelangt, als einer der Herren etwas zu Carina sagte, bei dem sie erst nachfragte, bevor sie es übersetzte. Dabei bekam sie wieder ihre roten Flecken auf den Wangen.

»Senhor Olivero sagt, dass seiner Meinung nach im Kontrollmodul ›Verladungsrückerfassung‹ die Strichcodeleservernetzung nicht zufriedenstellend ist.«

Sebastian schluckte mühsam das Stück alten Gouda herunter, das er sich gerade in den Mund gesteckt hatte. Innerlich hatte er den Abend längst abgehakt gehabt, und jetzt kam dieser Kerl mit dem einzigen Mist, den es in ihrer Software zu entdecken gab. Er griff hastig nach seinem französischen Dessertwein, dessen Namen er sich nicht hatte merken können, und spülte damit den Käse herunter.

Selbach hatte sich gestrafft und sah ihn beruhigend an, aber Dr. Lerchl schaffte es kaum, seine Panik zu verbergen.

»Das Problem ist uns bewusst«, sagte Selbach. Carina übersetzte. Dann beugte Selbach sich vertraulich zu seinen Gesprächspartnern hinüber, sodass Carina und auch Sebastian wenig blieb, als es ihm gleichzutun.

»Es ist so«, sagte Selbach leise, »dass die familiären Probleme von Frau Berghofer leider auch ein paar kleinere Auswirkungen ...«, er machte eine verständnisheischende Geste, »... auf ihre Arbeit hatten, wenn Sie verstehen.«

Das war dreist. Carina bekam prompt Schwierigkeiten, ihre Mimik unter Kontrolle zu halten, während sie das übersetzte.

»Auch deshalb haben wir die Qualitätskontrolle nun in die Hände von unserm Herrn Polz hier gelegt.«

Alle Gesichter wandten sich Sebastian zu. Die drei mäßig neugierigen der Brasilianer, das freundliche von Selbach und die beiden überraschten von Carina und Lerchl, wobei sich die Art der Überraschung ziemlich unterschied: Während Carina ihn freudig anstrahlte, sah Lerchl aus, als habe man ihm gerade die Brieftasche geklaut.

»Und Herr Polz hat, wie er mir sagte, bereits das Konzept für ein Upgrade in der Schublade«, fuhr Selbach fort. »Nicht wahr, Herr Polz?«

Sebastian hatte keine Ahnung, was er sagen sollte. Das Einzige, woran er denken konnte, war das klebrige Klümpchen Käse, das immer noch außen an seinem Backenzahn klebte. Aber die Brasilianer sahen ihn so erwartungsvoll an, dass er einfach anfing zu reden, ohne die geringste Ahnung, wie er aus der Geschichte wieder rauskommen sollte. Immerhin ließen die ständigen Übersetzungspausen ihm Zeit, nachzudenken, auch wenn er die erste dieser Pausen noch nutzte, um Selbach wütend anzufunkeln. Selbach beantwortete das mit einem entschuldigenden Achselzucken und einem aufmunternden Zwinkern.

Und so kam es, dass Sebastian vor den Resten seiner Käseplatte sitzend und nach dem vierten Glas Wein mal eben das Konzept der kompletten Lagerhaltungssoftware von GAP-Data umkrempelte. Irgendwann konnten die Brasilianer ihm nicht mehr folgen, und sie forderten ihn auf, ein Diagramm zu zeichnen.

Jemand reichte ihm ein Blatt, und er entwarf mit wenigen Strichen das neue Konzept, das die Vernetzung der Strichcodeleser überflüssig machte und damit radikal einfacher war als der Mist, den Hansi Fellerer da konzipiert hatte. Dr. Lerchl saß wie die anderen vorgebeugt da und starrte auf Sebastians Skizze. Er war blass.

Schließlich lehnten sich die Brasilianer in ihren Stühlen zurück und tauschten ein paar Sätze. Dann nickte Senhor Olivero, und sein Kollege klopfte Dr. Lerchl anerkennend auf die Schulter.

»*Very good*«, sagte er und winkte der Kellnerin. »Schnaps *for all*«, rief er ihr zu und lachte dröhnend, während er weiter Lerchls Schulter traktierte.

Sebastian war um die zwei Calvados nicht herumgekommen, die Senhor Olivero ausgegeben hatte – wenngleich die Rechnung natürlich von Dr. Lerchl bezahlt worden war. Er hatte das Gefühl, ein wenig zu wanken, als sie vor dem Restaurant auf der Straße standen und zusahen, wie Lerchl und die Brasilianer in das erste der bestellten Taxis stiegen, um in einen Club mit dem Namen »Cesar's Palast« zu fahren. Die Brasilianer waren fast beleidigt gewesen, als Sebastian und Selbach sich geweigert hatten mitzukommen, aber Selbach hatte es geschafft, sie mit Hinweis auf Carina zu entschuldigen. Sie akzeptierten das nur widerwillig.

»Miss Ockler must relax a little more. Miss Berghofer came with us to the club last year«, krähte Olivero noch aus dem Fenster, als das Taxi bereits angefahren war.

Selbach sah ihnen mit gerunzelter Stirn nach. »Die Berghofer ist mitgekommen? *Da*hin? Das ist doch ein Puff … Können Sie sich das vorstellen?«

»Nein«, sagte Sebastian entschieden. »Das kann ich mir *nicht* vorstellen.«

»Ach, ich weiß nicht«, sagte Carina. »So wie die manchmal geredet hat …«

Sebastian fuhr zu ihr herum. »*Wie* hat sie geredet?«

»Na, so locker halt. Wie man das macht unter Frauen.«

»Sie hat gesagt, sie geht mit Männern in den Puff?«

»Deswegen brauchst du *mich* doch nicht so anzugehen«, sagte Carina verwundert. »Sie hat mal gesagt: ›Irgendwann geh ich auch mal in so 'nen Swingerclub. Ich weiß nur noch nicht, mit wem.‹ Sie hat gelacht dabei, keine Ahnung.«

Selbach lachte ebenfalls und steckte die Hände in die Manteltaschen. »Na, da tun sich ja Abgründe auf bei den Damen von GAP-Data.«

»Ich kann das nicht glauben«, sagte Sebastian entschieden.

»Wieso? Ich denke, Sie kannten sie kaum?«

Sebastian sah zu Boden und schwieg. Beruhige dich wieder, dachte er. Du redest dich um Kopf und Kragen. Endlich kam das zweite Taxi in Sicht.

»Hört mal, Kollegen«, sagte Selbach und legte ihnen beiden die Hände auf die Schulter. »Was ich jetzt aber doch mal sagen muss: Respekt! Wir, das heißt natürlich in erster

Linie der Herr Polz, wir haben uns super aus der Affäre gezogen. Ich finde, wir sollten das ein bisschen feiern.«

Wollen Sie auch in den Puff?, hätte Sebastian beinah in seiner Wut gefragt, aber er riss sich zusammen.

»Wir fragen den Taxler, ob er einen Tipp hat. Einen Laden, wo es ordentlich kracht und wo bestimmt keine Leute von der Messe sind.«

»Au ja«, sagte Carina zu Sebastians Verwunderung. Er hob nur ergeben die Schultern.

Sanne. In einem Swingerclub.

Er wusste nicht, wie er das aus den Gedanken kriegen sollte. Das Taxi hielt. Selbach stieg vorn ein. Der Fahrer war ein junger, freundlicher Mann, der verstehend lachte, als Selbach ihm sein Anliegen vortrug.

»Tanzen?«, fragte er.

»Nein«, sagte Selbach. »Nur trinken. Und keine Messeleute.«

Der Fahrer nickte und fuhr los. »Ist aber ein Raucherladen.«

»Toll – so was gibt's hier noch«, sagte Selbach nach hinten gewandt.

Ich rauch nicht, wollte Sebastian sagen, aber er verkniff es sich.

Sie hielten nach fünf Minuten vor einer winzigen Kneipe mit dem Namen »Durst«.

»Oh«, sagte Selbach, »ist der Name Programm?«

»Nur trinken, haben Sie gesagt«, sagte der Taxifahrer. »Und krachen soll's. Bitte sehr.«

»Danke.« Mit einem Lachen drückte Selbach ihm einen Geldschein in die Hand, und sie stiegen aus.

Raucherkneipe war untertrieben. Die Wände wirkten auf Sebastian, als wären sie von einer soliden Schicht aus Nikotin überzogen. Die Kneipe selbst bestand aus dem Thekenbereich und einem zweiten, kleineren Raum, in dem ein Kicker stand. Es gab eigentlich nichts, was man eine Einrichtung nennen konnte. Ein paar hohe Tische, ein knappes Dutzend Barhocker. An der Wand ein paar heruntergekommene Dekoartikel. Es stank nach Klo. Auf einer verschmierten Tafel neben der Theke stand mit Kreide: »Mehrheit ist Unsinn. Verstand ist stets bei wen'gen nur gewesen.« Unterschrieben mit »F. Schiller«.

»Na, dann lassen wir's mal krachen«, sagte Selbach.

Sie stellten sich an die Theke, für Carina gab es noch einen freien Hocker. Es lief eine abstruse Hardrocknummer, die Sebastian noch nie gehört hatte.

Hinter dem Tresen stand ein korpulenter Mann mit glatten blonden Haaren und einer Brille, die mindestens so dick war wie Sebastians.

»Was darf ich euch denn antun?«, fragte er mit dröhnender Stimme.

»Ich seh grad, ihr habt Guinness? Da nehm ich eins«, sagte Selbach fröhlich. »Ein Pint.«

Sebastian bestellte ein Weißbier und Carina einen Gin Tonic. Der Blonde versorgte sie und wandte sich wieder dem Würfelspiel mit ein paar Gästen zu, das er für sie unterbrochen hatte.

Selbach prostete erst Sebastian zu, dann Carina. »Noch mal: Das war große Klasse eben.«

»Ich hatte gar nicht mehr damit gerechnet, dass die noch mit so was anfangen«, sagte Carina.

»Doch, doch«, sagte Selbach und nahm einen Schluck Stout. »Das hatt ich im Urin. Das sind knallharte Profis. Die machen auf locker, und wenn sie dich eingelullt haben, schießen sie dir von hinten durchs Knie ins Auge.«

Sebastian starrte ihn fassungslos an. Selbach brauchte eine Sekunde, um zu verstehen, was der Fehler gewesen war.

»Oh, Verzeihung«, sagte er dann. »Das war gedankenlos ...«

»Ja«, sagte Carina.

Sebastian trank von seinem Weißbier. Er wusste nicht, wo er hingucken sollte. Zu Carina, die der Meinung war, Sanne wäre in Swingerclubs gegangen? Oder zu Selbach, der alles tat, um seinen Verdacht zu nähren, ihr Mörder zu sein?

»Dahinten steht ein Kicker«, sagte Selbach, bevor das Schweigen peinlich wurde. »Lust auf ein Spiel?«

»Ja, super«, sagte Carina erfreut. »Aber passen Sie auf, ich bin gut!«

Sebastian schüttelte nur abwehrend den Kopf, und die beiden ließen ihn allein. Er kletterte auf den frei gewordenen Hocker und sah brütend vor sich hin, während Selbach und Carina hörbar eine Menge Spaß am Tischfußball hatten. Schon nach ein paar Minuten hatten sich zwei andere Gäste zu ihnen gesellt, und nun tönte immer mal wieder ein Kreischen oder Fluchen durch den Raum.

Der Barmann würfelte nach wie vor mit zwei Männern, von denen einer Sebastian bekannt vorkam. Der andere war zwei Meter groß und warf immer wieder drohende Blicke in den Raum, die aber außer Sebastian niemanden zu beeindrucken schienen. Ein gutes Dutzend

Leute war da. Auf dem Hocker neben ihm saß ein Typ, der stumm in sein kleines Kölschglas starrte. Er war Mitte vierzig, schlank und trug eine Jeansjacke. Die glatten dunkelblonden Haare waren ziemlich lang, konnten aber nicht verbergen, dass die Geheimratsecken darunter ziemlich in die Höhe gingen. Für so was hatte Sebastian einen Blick. Es tröstete ihn zu sehen, dass er nicht der Einzige mit schütter werdendem Haar war. Da war es auch egal, dass der Kerl mindestens zehn Jahre älter war als er.

Der Typ schwieg beharrlich, und Sebastian war es recht. Er nahm noch einen Schluck Weißbier. Normalerweise trank er nur wenig. Die vier Gläser Wein zum Essen und die beiden Calvados waren schon deutlich über seinem Üblichen. Aber das Bier tat ihm gut jetzt. Zumindest fühlte es sich so an. Er war froh, dass Selbach und Carina ihn in Ruhe ließen, und hoffte, dass Carina vor dem Schlafengehen nicht noch den Tag besprechen wollte oder was auch immer.

Sein Glas ging zur Neige, und er bestellte ein neues. Der Barmann stellte es ihm hin und dann drei Stamperl mit einer honigfarbenen Flüssigkeit vor den Typ neben ihm. Der reichte eins an den Barmann zurück, schob eins zu Sebastian hinüber und hob selbst das dritte.

»Sláinte«, sagte er.

»Sláinte«, antwortete der Barmann, und beide kippten das Getränk auf ex hinunter.

Sebastian griff zögernd nach seinem Glas und roch daran.

»Jameson«, sagte der Barmann, und auf Sebastians fragenden Blick hin: »Irischer Whiskey.«

Na schön, dachte Sebastian. Scheiß drauf. Er kippte das Glas, wie man es ihm demonstriert hatte, und nach den beiden Calvados war es einfach nur noch ein Schnaps. »Danke«, sagte er.

Der Typ nickte nur, und der Barmann begab sich wieder zu seinem Würfelspiel. Die Musik wechselte zu Jimi Hendrix.

Selbach kam und bestellte Getränkenachschub. »Mann, die *kann* aber kickern«, sagte er gut gelaunt. »Ich dachte, ich wär gut, aber die zieht uns echt ab ... Coole Mucke«, sagte er noch zum Barmann, bevor er mit den Gläsern wieder verschwand.

»Messe?«, fragte der Typ neben ihm plötzlich.

»Ja. Sieht man das?«

»Weiß nicht. Kriegt man 'n Gefühl für.«

Schweigen.

Sebastian trank. Ganz langsam löste sich seine Anspannung ein wenig. Wahrscheinlich liegt es am Alkohol, dachte er und bestellte drei Jameson bei dem Barmann.

Er schob den beiden ihre Gläser zu und hob seines. »Was haben Sie da eben gesagt?«

»Sláinte«, sagte der Typ. »Irisch für Prost.«

»Sláinte«, sagte Sebastian.

Sie kippten die Gläser, und Sebastian war klar, dass morgen scheiße werden würde, aber es war ihm egal.

»Wo komms 'n her?«, wollte der Typ wissen.

»Garmisch-Partenkirchen.«

»Oh Kacke.« Der Typ wandte kopfschüttelnd den Blick ab.

»Wieso denn Kacke?«, fragte Sebastian. Er war ehrlich betroffen.

»Acht Jahre hinternander in derselben Pension in Hammersbach«, sagte der Typ. »Das reicht. Da lernste Garmisch hassen. Da wirste zum Punk.«

»Echt?« Er sah den Typen an. Wie ein Punk sah er eigentlich nicht aus.

»Na ja, oder zum Stalinisten.« Der Typ stieß ein grunzendes Lachen aus und trank sein Kölsch leer. »Das einzig Gute an Garmisch ist die Sportklause.«

»*Was?*«, entfuhr es Sebastian.

»Da ist Schäng Löhring immer hingegangen.«

»Wer ist das denn?«

»Kennst du nicht? Präsident von Fortuna. Ist aber auch schon tot.«

»Fortuna?«, fragte Sebastian.

Der Typ winkte resigniert ab. »Vergiss es.« Wieder schwieg er eine Weile. »Was machst'n so?«, fragte er dann.

»Software«, sagte Sebastian.

Der Typ nickte verstehend. »In der Branche bin ich auch. Vermittlungstechnik. Handynetz.«

»Oh ...« Sebastian sah zum Kickertisch hinüber. Selbach und Carina beachteten ihn nicht. Sie schienen in ein ausuferndes Turnier geraten zu sein. »Sag mal, ich hab da mal 'ne Frage. Vielleicht kannst du mir als Fachmann da helfen. Wenn mich einer anruft mit unterdrückter Nummer, hab ich irgendeine Chance, die trotzdem rauszukriegen?«

»CLIRO«, sagte der Typ nur.

»Was ist das denn?«

»Na ja, genau das, was du brauchst. CLIR heißt *Calling Line Identification Restriction.* Und O heißt *Override*, überwinden also. Das überwindet die Anomyni... Anymi... Anonymisierung. Kriegst du nur nicht.«

»Warum nicht?«

»Die Bullen haben das. Feuerwehr, Ambulanzen und so. Als Privatmann kriegst du das nur in absoluten Ausnahmefällen. Da müsste quasi ein richterlicher Beschluss her. Trinkst du noch 'n Jamie?«

»Hab ich 'ne Wahl?«

»Theoretisch ja. Wenn du 'ne doofe Nuss bist. Oder 'n Spacken.«

Auf sein Winken hin brachte der Barmann drei Whiskey, und man trank. Langsam leuchtete der Name der Kneipe sogar Sebastian ein.

»Wer ruft dich denn an?«, fragte der Typ.

»Ach ... Ich glaub, das ist 'ne Kollegin. Die will irgendwas von mir, traut sich aber nicht, mir das zu sagen.«

»Stalking. Kannste doch anzeigen. Dann kriegst du auch den Beschluss.«

»Nein, das will ich nicht. Wenn das wirklich die Kollegin ist, möchte ich das lieber so regeln. Man muss ja nicht immer gleich die Bullen rufen.«

»Sehr richtig«, sagte der Typ. »Sehr, sehr richtig. Man muss nicht immer gleich die Bullen rufen.« Er schien da Erfahrungen zu haben, aber Sebastian fragte nicht nach.

»Ich bräuchte das auch nicht lange. Zwei oder drei Tage«, sagte Sebastian.

»Spielt keine Rolle. Du brauchst 'n richterlichen Beschluss, sonst gibt dat nix mit CLIRO.«

Sebastian spülte mit Bier dem Whiskey hinterher. Einen richterlichen Beschluss konnte er natürlich vergessen. Dafür müsste er vorher seine Unschuld beweisen. Und dann bräuchte er das ja nicht mehr, dieses wie hieß es noch gleich? *CLIR-Override.*

»Es sei denn«, sagte der Typ und warf sein leeres Stamperl einfach über die Theke ins Spülbecken, »es sei denn, du kennst einen an der richtigen Stelle mit der richtigen Zugangsberechtigung.« Er trank sein Kölsch leer und bekam umgehend ein neues, ohne dass er bestellt hätte. »Und zwar möglichst einen, der sowieso überhaupt keinen Bock mehr auf den Job hat und dem es egal ist, wenn er rausfliegt.«

»Jetzt bin ich wohl mal dran«, sagte der Barmann. Er stellte drei Stamperl auf die Theke, schenkte sie aus einer dunkelgrünen Flasche voll und hob sein Glas.

»Sagen Sie mal ...« Sebastian sah den Barmann ungläubig an. Dass der Wirt mittrank, hatte er schon gesehen, aber diese Schlagzahl war unglaublich. »Sie müssen doch noch arbeiten ...«

»Stimmt.« Der Barmann stieß sein Glas gegen Sebastians. »Ich bin der Jürgen. Kannst ruhig ›du‹ sagen.«

»Sebastian.« Er nahm das Glas. »Ja, aber wie machst du das?« Seine Zunge war mittlerweile merklich schwer. »Mit dem Arbeiten und dem Whiskey, mein ich.«

»Na, so!« Jürgen hob das Glas und kippte den Inhalt in sich hinein. »Ist eigentlich ganz einfach.« Er lachte dröhnend.

Sebastian gab sich mit der Erklärung zufrieden. Er tat es ihm nach, trank aus und warf sein Stamperl in das Spülbecken, genau wie der Typ neben ihm. Er war froh, als er getroffen hatte.

»Hast du ’n Stift?«, fragte der Typ.

Sebastian suchte in der Innentasche seines Sakkos und fand einen Kugelschreiber von GAP-Data. Er hielt ihn dem Typ hin, aber der schob ihm stattdessen einen Bierdeckel zu.

»Schreib mal deine Handynummer auf«, sagte er.

***

»Mann, war das ein Schuppen«, sagte Selbach lachend, als sie wieder im Taxi saßen.

»Der eine Typ, der da gewürfelt hat, der spielt bei ›Ladykracher‹ mit«, sagte Carina.

»Ach, daher kannte ich den!«

»Ja, und der in der Ecke war Träger des hessischen Kulturpreises«, sagte Selbach.

»Im Ernst?«, fragte Sebastian. »Den haben Sie erkannt?«

»Ja klar, Sie nicht?«

»Nein«, gab Sebastian zu.

Carina lachte. »Lass dich nicht auf den Arm nehmen, das hat ihm der Kerl erzählt, der Dicke, mit dem wir gekickert haben!«

»Aber ich weiß nicht, ob man dem glauben kann«, sagte Selbach. »Der hat auch behauptet, er würde Oberbayern-Krimis schreiben. Als Kölner.«

Nun lachte sogar Sebastian. Der Wagen hielt neben der »River Symphony«, und Carina und Sebastian stiegen aus.

»Morgen früh um neun in alter Frische«, sagte Selbach und reichte ihnen die Hand.

»In alter Frische ... oje«, sagte Sebastian, als der Wagen weg war.

In der Kabine hängte er als Erstes sein rauchgeschwängertes Jackett auf den Balkon. Der Regen hatte nachgelassen, und eine erstaunlich milde Brise strich über das Wasser. Ein dunkler Schatten glitt vorbei: ein großer Containerfrachter zog stromabwärts, schwaches Licht leuchtete in seinem Steuerhaus.

Er bemerkte, dass Carina hinter ihm stand und darauf wartete, ebenfalls ihre Jacke rauszuhängen. Es war genug Platz für zwei auf dem Balkon, aber sie hätte sich ein wenig vorbeidrängen müssen, was ihr anscheinend unangenehm war. Ihre Scheu, ihm körperlich zu nahe zu kommen, hatte er schon am Mittag bemerkt, als sie ihre Kabine bezogen hatten.

»Ich geh mal ins Bad«, sagte Sebastian und räumte den Balkon.

Zuerst putzte er sich die Zähne, um den Whiskeygeschmack zu vertreiben, aber das wollte kaum gelingen. Dann stellte er sich unter die Dusche und genoss das entspannende Prasseln. Er tastete seinen Ellbogen ab, der sich mittlerweile wieder strecken, aber immer noch nicht ganz anheben ließ. Es war zu schade, dass er das Zimmer nicht für sich allein hatte. Am liebsten wäre er zwanzig Minuten unter dem heißen Strahl stehen geblieben, aber das kam natürlich nicht in Frage. Schließlich musste Carina auch irgendwann ins Bad. Widerwillig drehte er den Hahn zu und rubbelte sich die Haare trocken. Als er die Glastür der Duschkabine aufschob, meinte er, Carinas Stimme im Zimmer zu hören. Wahrscheinlich telefonierte sie.

Er nahm einen der dicken weißen Bademäntel aus dem Regal neben der Dusche und streifte ihn über. Dann wischte er seine beschlagenen Brillengläser mit einem Kosmetiktuch sauber. Er wollte gerade die Tür öffnen, da klopfte es.

»Du kannst jetzt rein«, sagte er, als er das Zimmer wieder betrat.

Carina sah ihn unsicher an. »Du ... dein Handy hat geklingelt ...« Sie hielt ihm das Gerät hin.

Er ahnte – nein, er wusste, was ihr Blick zu bedeuten hatte. Mit einer heftigen Bewegung nahm er ihr das Telefon aus der Hand.

»Du bist drangegangen«, sagte er.

»Ja ...« Sie sah zu Boden. »Ich dachte, es sei vielleicht dein Vater, aber ...«

»Wer war dran?«, fragte er, obwohl er die Antwort kannte.

»Ich weiß nicht. Es war ein anonymer Anruf.«

»Was hat er gesagt?«

»Es war eine ganz komische Stimme. Wie elektronisch verändert.«

»Was hat er gesagt?«

Sie machte hilflos rudernde Bewegungen mit den Händen. Es sah albern aus. »Er sagte ... aber ich weiß gar nicht, ob das ein Mann war ...«

»Was hat er gesagt?«

»Dass ich gar nicht hätte drangehen dürfen.«

Sebastian stieß ein ungläubiges Lachen aus. »Sonst nichts?«

»Doch. Eine Menge ... Dass du besser auf dein Handy aufpassen musst. Und dass er dich treffen will.«

»Was?«

»Ja. Du sollst am Schokoladenmuseum vorbeigehen. Und da ist eine Baustelle. Da sollst du auf ihn warten.«

»Wann?«

»Na, jetzt.«

»Scheiße«, flüsterte Sebastian und ließ sich auf sein Bett sinken.

»Er sagt, eine Viertelstunde würde er warten, dann wär es vorbei.«

»Hast du eine Ahnung, wo das ist, dieses Schokoladenmuseum?«

Carina griff nach ihrer Handtasche und wühlte darin herum. Dann zog sie einen Gratisstadtplan heraus, wie er auf der Messe verteilt wurde. Sie faltete ihn auseinander und fuhr suchend mit dem Finger darüber.

»Wir sind hier«, murmelte sie. »Und da ... Das ist nicht weit! Einfach am Ufer links. Ein paar hundert Meter!«

Sebastian raffte sich auf und suchte seine Kleidung zusammen. Dann begann er sich anzuziehen, ohne Rücksicht auf eventuelle Peinlichkeiten.

»Was ist das überhaupt für einer?«, fragte Carina.

»Mach dir keine Gedanken«, sagte Sebastian und schlüpfte ohne Socken in die Schuhe, wie er es in diesen Tagen schon einmal getan hatte.

»Aber wieso ist das so wichtig? Wieso musst du da jetzt hin?«

Sebastian schloss die Gürtelschnalle seiner Hose, dann griff er nach seinem Trenchcoat und verließ das Zimmer.

»Soll ich nicht mitkommen?«, rief Carina ihm nach, aber er schloss einfach die Tür und lief los.

Der verschlafene ältere Herr an der Rezeption sah ihm mäßig interessiert hinterher, als er mit schnellen Schritten über die Gangway an Land ging. Er wandte sich nach links und hoffte, dass Carina den Stadtplan richtig gelesen hatte. Aber tatsächlich kam das auffällige Gebäude des Schokoladenmuseums schon nach wenigen Schritten in Sicht. Er lief unter einer Brücke hindurch, dann machte der Weg einen Schlenker zu einer Brücke über die Einfahrt zum Jachthafen. Bald rang er um Atem und fühlte Schweiß seinen Rücken hinunterlaufen. Er war für so etwas nicht gemacht und nicht trainiert.

Hinter dem Schokoladenmuseum war ein Sport- und Olympiamuseum, ausgerechnet, dann eine umgebaute alte Lagerhalle. Sein Atem brannte. Über ihm war die nächste Rheinbrücke, dahinter stand das erste von drei bizarr aussehenden riesigen Häusern. Hier war der Straßenbelag noch nicht fertig. Rechts des Weges tauchte der Gitterzaun einer Baustelle auf. Er hielt an und rang nach Luft. Niemand war zu sehen. Es war eine unwirkliche Atmosphäre. Er stand auf einer alten Hafenstraße, an der sich jetzt Büros, Geschäfte und Gastronomie ansiedelten. Im gelben Licht der Straßenlaternen konnte er schier endlos weit die Straße entlangsehen, aber da war kein Mensch. Zwischen diesen riesigen Gebäuden, inmitten dieser großen Stadt, war er völlig allein. Er sah sich um. Ein Fahrradfahrer tauchte auf, hundert Meter weiter. Er kam vom Fluss her, querte die Straße und war wieder verschwunden.

Sebastian sah sich die Baustelle näher an. Ein Dutzend Kanalrohre lagen gestapelt hinter dem Zaun zu seiner Rechten. Links stand ein kleiner Bagger neben einem Stapel rotweißer Absperrplanken. Sebastian tastete über sein Handgelenk, aber er hatte seine Uhr im Zimmer liegen lassen. Er zog das Handy aus der Hosentasche. Das Display zeigte fast zwei Uhr, aber er hatte keine Ahnung, wie lange der Anruf her war. Er rief die angenommenen Anrufe auf und las die

Uhrzeit ab. Ein Uhr fünfunddreißig. Er war fünf Minuten zu spät gekommen, und er hatte keine Ahnung, was das bedeuten würde. Vielleicht war der Mörder noch da.

Ganz bestimmt sogar, dachte er. Selbst wenn er sich nicht zeigt, er wird es sich nicht entgehen lassen, sich den abgehetzten und verzweifelten Sebastian anzuschauen, den er hierherkommandiert hat. Seine Hand krampfte sich um das Handy. Er würde anrufen, da war er sich sicher. Jeden Moment würde das Handy klingeln.

Er meinte eine Bewegung in den Augenwinkeln wahrzunehmen, aber wieder war es nur ein Fahrrad, das weit entfernt die Straße kreuzte. Die Minuten verrannen. Es regnete nicht mehr. Ein schwacher Trost. Er überlegte, wie lange er warten sollte, was die Stimme von ihm erwarten würde, und beschloss, noch eine Weile zu bleiben.

Es war einsam, wo er stand, aber es war nicht leise. Er hörte Geräusche, vom Hafenbecken, von der Hauptverkehrsstraße jenseits davon, vom Fluss. Dann hörte er ein Geräusch ganz in der Nähe, direkt hinter ihm.

Als er sich danach umdrehte, sah er etwas auf sich zukommen. Es war ein dunkler, kantiger Gegenstand. Er kam sehr rasch näher. Und traf ihn an der Stirn.

Dann sah er nichts mehr.

***

In der Dunkelheit liegt Sinn. Nicht im Licht. Aller Sinn liegt dort, im Finstern. Am Anfang war die Dunkelheit. Das Licht ist der große Zerstörer. Es schuf das Sehen und die Hässlichkeit. Vollkommen kann nichts sein im Licht. Vollkommenheit ist nur in der Finsternis. Es gilt, sie zu schaffen, wo immer es möglich ist. Im Innern. Und im Äußeren. Im eigenen Innern. Und im Äußeren der anderen.

***

Rotes Neon leuchtete über einer schwarzen Tür. »Swingerclub« stand dort in blutroten Buchstaben im schwarzen Nichts. Er hob die Hand, aber er wagte nicht, an die Tür zu klopfen. Er wusste, dass sie dahinter war, und er wollte nicht wissen, was sie tat. Dann, so plötzlich, dass ihn ein Schmerz durchfuhr, wurde die Tür geöffnet. Sanne stand vor ihm. Sie trug Wäsche aus schwarzer Seide, und sie bemerkte ihn nicht. Es war, als sei er gar nicht da. Sie streckte die Hand aus, und ihm wurde klar, dass er tatsächlich nicht da war. Sie griff einfach durch ihn hindurch und ergriff die Hand eines anderen. Der Mann trug eine schwarze Ledermaske, aber Sebastian wusste, dass es Selbach war. So wie eben ihre Hand trat Selbach nun durch ihn hindurch und ging an Sanne vorbei durch die Tür. Sie drehte sich noch einmal um und lächelte, aber ihre Augen waren nicht mehr da.

»Wach auf«, sagte sie, dann schloss sie die Tür.

»Wach auf«, wiederholte ihre Stimme, obwohl er sie gar nicht mehr sehen konnte.

»Wach auf, Sebastian. Wach doch auf! Bitte!«

Er verstand, warum sie das wollte. Er sollte aufwachen und verschwinden aus ihrer Welt. Ihr nicht im Weg sein. Aber sie hat mich doch gar nicht bemerkt, dachte er, und dieser Gedanke schmerzte in seiner Stirn. Ein Gedanke, der schmerzt, das wird ja immer schöner, dachte er und griff sich an die Stirn. Das heißt, er wollte sich an die Stirn greifen, aber eine andere Hand fasste die seine und hielt sie fest.

»Alles wird gut«, sagte Carina, und er schlug die Augen auf.

Es hatte wieder zu regnen begonnen. Seine Kleidung war durchnässt. Er lag flach auf dem Rücken neben dem Bauzaun, genau dort, wo ihn der Schlag gegen die Stirn getroffen hatte. Er wunderte sich, dass er sofort wusste, wo er war und was passiert war.

Sollte er nicht eine Gedächtnislücke haben?

Carina kniete neben ihm. Sie hielt seine Hand und ließ sie sofort los, als er die Augen öffnete. »Wie geht es dir?«, fragte sie.

»Keine Ahnung«, antwortete er wahrheitsgemäß und versuchte, sich aufzurichten. Vorsichtig tastete er über seine Stirn. Er hatte eine Mordsbeule, aber er entdeckte kein Blut an den Fingern. Immerhin.

»Was ist passiert?«, fragte Carina.

»Jemand hat mir einen Knüppel oder so was übergezogen.«

»Hat er dich ausgeraubt?«

Er suchte die Taschen seiner Jacke ab. Brieftasche und Hotelschlüssel waren noch da. »Mein Handy. Mein Handy ist weg«, sagte er.

»Das hab ich«, sagte Carina.

»Äh ... wieso das denn?«

»Es hat geklingelt. Ich hab dich hier gefunden, und dann hat es sofort angefangen zu klingeln. Ich hab's aus deiner Tasche genommen.«

»Bist du drangegangen?«

Sie nickte schuldbewusst. »Ich wusst ja nicht ...«, sagte sie.

»Schon gut. Was hat er gesagt?«

»Das wäre, weil du nicht auf dein Handy aufgepasst hast. Was soll das, Sebastian?«

»Das ist eine lange Geschichte. Und ich möchte sie nicht erzählen.«

Sie sah ihn traurig an. »Kannst du aufstehen?«, fragte sie.

»Ich denk schon.«

Sie stand auf und reichte ihm die Hand. Mit einem kräftigen Zug half sie ihm hoch. Er hatte ein wenig Mühe, auf den Beinen zu bleiben, und hielt sich an dem Bauzaun fest. »Wie lang war ich weg?«

»Das weiß ich nicht. Ein paar Minuten. Komm. Du musst ins Bett.«

SIEBEN

»Also: Der Mann trägt eine Brille und wohnt da in der Nähe, wo ein dunkles Auto losgefahren ist. Das nenn ich mal eine Spur.«

»Hast du was Besseres?«, fragte Schafmann.

»Wir haben den Kaltenbusch.«

»Ja. Aber das im Auto waren nicht seine Fingerabdrücke.«

Schwemmer nickte widerwillig und trank von seinem Kaffee. Das Schlimmste an Mordermittlungen war, dass immer alles so furchtbar früh am Morgen passieren musste. Staatsanwältin Isenwald steckte offensichtlich im Verkehr fest, wahrscheinlich auf der B 2 vor Oberau.

Da kann sie sich schön auf ihren zweihundert PS ausruhen, dachte Schwemmer und grinste grimmig. Immerhin brachte ihm das ein paar zusätzliche Minuten Ruhe.

»Na schön«, sagte er. »Kümmern wir uns also um diesen Polz. Wann kommen die GAP-Data-Leute aus Köln wieder?«

»Morgen, spätabends«, antwortete Schafmann. »Die fahren nach Ende der Messe los und sind kurz vor eins hier am Bahnhof.«

»Dann laden wir ihn für Montag zur Aussage vor. Mit dem Üblichen. Alibi, Fingerabdrücke, DNS.«

»Glaubst du dran?«, fragte Schafmann.

»Was ist das denn für eine Frage? Das ist *deine* Spur. *Du* hast Polz befragt. Ich kenn den Mann nicht.«

Schafmann blätterte in seinem Notizblock. »›Leicht betriebsblind‹ hab ich notiert. Wirkt extrem harmlos.«

»Klingt verdächtig.«

Sie lachten beide, aber irgendwie wollte die Stimmung nicht recht heiter werden an diesem Morgen. Und es schien Schwemmer, dass das nicht nur an seinem vollüblichen Morgentief lag. Es lag auch nicht an Högewalds Schlagzeile des Tages: »POLIZEI SUCHT DEN TEUFEL VON GARMISCH«.

Es lag daran, dass Schafmann nicht er selbst war und dass er das nicht verbergen konnte. Er machte einen irgendwie zerknitterten Eindruck, eine Mischung aus unausgeschlafen und unglücklich. Fast tat er ihm leid.

»Wie geht es der Bärbel?«, fragte Schwemmer.

»Warum fragst du?«, erhielt er zur Antwort.

»Warum? Warum nicht? Darf ich mich nicht nach deiner Familie erkundigen?«

»Natürlich darfst du. Der Bärbel geht's gut.«

»Schön. Und den Kindern?«

»Denen auch. Aber der Große kommt wohl in die Pubertät.«

»Ja mei«, sagte Schwemmer und nahm schnell einen Schluck Kaffee. Etwas anderes fiel ihm zu dem Thema nicht ein. Außer dass er froh war, solche Probleme nicht zu haben. Aber das Eltern zu erzählen hatte er sich nur einmal getraut. Lange her. War ein Fehler gewesen.

»Warum warst du gestern bei der Misera?«, fragte Schafmann plötzlich und ohne ihn dabei anzusehen.

»Sie hatte angerufen«, sagte Schwemmer leichthin.

»Bei dir oder bei mir?«

»Bei dir, wurde aber zu mir rübergeschaltet. Spielt das eine Rolle?«

»Nein«, sagte er. »Natürlich spielt das keine Rolle.«

Schwemmer schwieg. Es schien ihm das Beste zu sein. Zu seinem Bedauern sah Schafmann das anders.

»Ich mein nur, ich hatte ja schon ein paarmal mit ihr gesprochen.«

»Ja. Ich hörte davon«, sagte Schwemmer. »Nur gelesen hab ich nichts.«

Wenn Schafmann diese Schiene fahren wollte, konnte er das haben. Warum hält der nicht einfach die Klappe?, dachte Schwemmer.

»Ich hätte das Protokoll schon noch geschrieben. War halt alles recht viel die letzten Tage.«

»Hm«, sagte Schwemmer und war erleichtert, als sein Handy zu läuten begann und das peinliche Gespräch abkürzte. Seine Erleichterung verflog allerdings schnell, als er das Gespräch annahm.

Es war Tante Kati.

Beim Frühstück waren weder die Wallhuber Vroni noch der Schloch Bartl am Tisch gesessen, und der Bartl hätt nicht geöffnet, als die Kati geklopft hatte bei ihm, und jetzt würd sie hingehen und der Wallhuberin die Zimmertür eintreten, es sei denn, der Hausl tät das Weibsbild auf der Stelle verhaften.

Schwemmer sah sich nicht in der Lage, ihr das zuzusagen, und war ein bisschen beunruhigt, als die Kati daraufhin wortlos das Gespräch beendete. »Wortlos« und »Tante Kati« waren zwei Begriffe, die Schwemmer bisher noch nie in Verbindung gebracht hatte. Er hoffte, die zierliche Person würde sich nicht die Haxn brechen, falls sie tatsächlich der Vroni gegen die Tür treten würde. Er überlegte, Burgl anzurufen, aber die war in der Praxis und sowieso nicht zu sprechen, wenn sie im Therapiegespräch war. Er steckte das Handy wieder ein.

»Es ist nur«, sagte Schafmann, »weil ich nicht sicher war, was ich davon halten sollte.«

Schwemmer sagte nichts. Nicht sicher, was er davon halten sollte, war er auch. Dass Schafmann kein Kommentar zu Tante Katis Anruf einfiel, war das wahrscheinlich deutlichste Zeichen, dass er ernsthaft durcheinander war.

»Nächstes Mal kannst *du* wieder mit ihr reden«, sagte Schwemmer.

»Ja. Nein. Ich weiß nicht«, sagte Schafmann.

Schwemmer rieb sich die Stirn und war tatsächlich froh, als es klopfte und Frau Dr. Isenwald mit einem bestgelaunten »Servus miteinand!« in sein Büro gestürmt kam.

***

Der Blick in den Spiegel war extrem unschön. Nicht dass Sebastian jemals besonders schön gefunden hätte, was er da morgens im Spiegel geboten bekam, aber heute war es wirklich bitter. Eine rotblaue Beule von der Größe einer Birne prangte fast mittig auf seiner Stirn. Der stechende Schmerz, der in der Nacht immer wieder in grellen Blitzen durch seinen Kopf gefahren war, war einem dumpfen Pochen gewichen.

Sebastian putzte sich vorsichtig die Zähne und ging zurück ins Zimmer.

»Ich ruf Dr. Lerchl an«, sagte Carina. »Ich meld dich krank.«

»Lass mal«, sagte Sebastian. »Ich brauch nur ein paar Kopfschmerztabletten. Dann krieg ich das hin.«

»Das kann doch nicht dein Ernst sein!« Auch Carina sah man die durchwachte Nacht an. Immer wieder hatte sie an der Rezeption Eiswürfel besorgt, mit denen sie seine Stirn gekühlt hatte. Wie die Beule sonst ausgesehen hätte, wagte Sebastian sich nicht vorzustellen.

Aber er wollte mit. Er wollte auf die Messe.

»Es gibt keinen Grund, den Helden zu spielen«, sagte Carina. »Und wenn du dich wirklich schon bewegen kannst, dann solltest du besser zur Polizei gehen.«

»Nein«, entfuhr es ihm. »Nicht zur Polizei.«

»Willst du den Kerl denn ungeschoren davonkommen lassen?«

»Ach, die kriegen den ja doch nicht …«

Sie schüttelte unwillig den Kopf. »Du solltest im Bett bleiben.«

»Ich krieg es hin«, sagte Sebastian.

Es war kein Heldentum, das ihn trieb. Es war das Gegenteil. Er hatte Angst. Zwischen den Menschen auf der Messe wäre er sicherer als alleine hier, auf diesem Schiff.

»Ich krieg es hin«, wiederholte er und begann sich anzuziehen.

Dr. Lerchl sah ihn ungläubig an, als sie leicht verspätet am Messestand auftauchten. Sebastian hatte sich eine Geschichte zurechtgelegt von einem kleinen Spaziergang vor dem Schlafengehen und einem vermummten Räuber, der aber wohl geflohen sein musste, vor wem auch immer. Dr. Lerchl forderte ihn dringend auf, zur Polizei zu gehen, und es war Selbach, der das gleiche Argument vortrug wie Sebastian eben noch Carina gegenüber.

»Die kriegen den ja doch nicht«, sagte er.

Die Messe war eben erst eröffnet worden, und noch waren nur wenige Besucher am Stand, mit denen die Vertriebler ganz gut allein zurechtkamen.

»Ich würde gern mit Ihnen beiden über gestern Abend reden«, sagte Dr. Lerchl zu Selbach und Sebastian und schob ein halbherzig klingendes »Wenn es Ihre Verfassung zulässt« hinterher.

Sie zwängten sich in die winzige Küchennische, den einzigen abgetrennten Raum, über den ihr Stand verfügte. »Schließlich sind wir nicht Mannesmann«, war die stehende Formulierung von Lerchl, wenn die Vertriebler mal wieder einen größeren Stand forderten.

»Meine Herren«, begann Lerchl sehr beherrscht, »ich muss sagen, dass Ihr Vorgehen gestern Abend mit mir hätte abgesprochen werden müssen. Sie können doch nicht hingehen und mich vor Kunden – vor *Kunden* – vor vollendete Tatsachen stellen. Wie seh ich denn da aus?«

Sebastian versuchte sich vorzustellen, wie Lerchl im »Cesar's Palast« ausgesehen hatte, aber es gelang ihm nicht recht.

Selbach lächelte freundlich. »Herr Dr. Lerchl, wir mussten improvisieren. Und ich denke, wir schulden Herrn Polz Dank dafür, wie er die Situation gerettet hat.«

»Aber das neue Konzept hätte selbstverständlich *ich* vortragen müssen. Das hätte auch vorher kalkuliert werden müssen. Das Produkt verliert an Volumen, der Preis –«

»Der Preis wird durch die Qualität bestimmt, nicht

durchs Volumen«, unterbrach ihn Selbach. Sein Lächeln kam Sebastian mittlerweile eher nachsichtig als freundlich vor.

»Aber Sie können doch nicht hinter meinem Rücken ein Konzept entwickeln und das dann bei erstbester Gelegenheit aus der Schublade ziehen!«, fauchte Lerchl Sebastian an.

»Ich hatte kein Konzept«, sagte Sebastian.

Lerchl starrte ihn an. »Das hat Herr Selbach aber behauptet!«

»Ich habe gelogen«, sagte Selbach ernst.

Lerchl lehnte sich zurück, soweit das in der Enge der Nische möglich war. »Ich verstehe nicht«, sagte er.

»Herr Polz hat improvisiert.«

Lerchls Blick war zu entnehmen, dass er sich das nicht vorstellen konnte.

»Mein Vorschlag wäre«, fuhr Selbach fort, »dass wir, auch um Ihre Position gegenüber unsern hoffentlich neuen Kunden aus Brasilien zu wahren, den Herrn Polz tatsächlich mit der Qualitätskontrolle beauftragen.«

»Von mir aus«, knurrte Lerchl. »Aber –«

»Das müsste natürlich mit einer neuen Position innerhalb der Firma demonstriert werden.«

Lerchl lachte höhnisch auf. »Ein größeres Büro, meinen Sie wahrscheinlich«, sagte er. »Und darf's vielleicht auch eine höhere Gehaltsstufe sein?«

»Genau das«, sagte Selbach. »Ein Smartphone braucht er übrigens auch.«

***

Kaltenbusch und sein Anwalt Dr. Fredekötter hätten Brüder sein können.

Sie hatten die gleiche Statur, und anscheinend teilten sie nicht nur den Schneider, sondern auch den Friseur. Allerdings war der Anwalt erheblich kaltschnäuziger als sein Klient, aber das war schließlich sein Job.

»Solange wir nicht exakt wissen, was Sie Herrn Kaltenbusch vorwerfen, wird er sich zur Sache nicht äußern.«

»Solange er sich nicht äußert, bleibt er in Haft«, antwortete Isenwald. Sie hatte merklich Freude daran, es mal mit einem ernsthaften Opponenten zu tun zu haben.

»Ich werde das meinem Mandanten mitteilen. Warum geben Sie mir nicht einfach Akteneinsicht?«

»Das können Sie sich doch denken. Täterwissen.«

»Vielleicht hat Herr Kaltenbusch ja ein überprüfbares Alibi. Aber dafür müssten Sie mir den Tatzeitpunkt nennen.«

»Die Tat hat sich über insgesamt drei Tage hingezogen. Wir haben Herrn Kaltenbuschs Kreditkartendaten überprüft. Er war die ganze Zeit in erreichbarer Nähe.«

»Seine Kreditkarte war in erreichbarer Nähe.«

»Das ist doch wohl das Gleiche.«

»Mitnichten. Vielleicht hat jemand anders sie benutzt.«

»Ach, hören Sie doch auf. Das sind Haarspaltereien, mit denen Sie bei keinem Haftrichter durchkommen. Warum ist Ihr Mandant überhaupt so unkooperativ? Es gibt ja durchaus entlastende Momente, die er mit seinem Verhalten entwertet.«

»Herr Kaltenbusch besteht auf der Unschuldsvermutung. Und er ist der Meinung, dass Kooperation mit staatlichen Behörden seine Freiheit beschneidet.«

»Seine Freiheit scheint mir im Moment auch ziemlich beschnitten.«

»Herr Kaltenbusch ist ein Mann von Prinzipien.«

Isenwald stieß ein höhnisches »Pffff« aus und winkte ab.

»Na schön«, sagte Schwemmer. »Dann teilen Sie ihm doch mit, dass die Bochumer Kollegen seine Gattin befragen werden, wie sie seine Einstellung zum Prinzip der ehelichen Treue beurteilt angesichts der Tatsache, dass er Frau Berghofer am Telefon mit ›meine kleine Stute‹ anzureden pflegte.«

Dr. Fredekötter blickte ihn starr an, und Schwemmer hatte das Gefühl, den Punkt gemacht zu haben.

»Falls er uns aber ein paar Fragen zu Frau Berghofer beantworten könnte, würde das vielleicht überflüssig«, setzte Isenwald hinzu.

Der Anwalt nickte und stand auf. »Ich werde das meinem Mandanten mitteilen«, sagte er und ging hinaus.

»Ein Mann von Prinzipien!« Isenwald schüttelte heftig ihre schwarzen Locken. »Was gibt es nur für Arschlöcher?«

»Ach, wissen Sie«, sagte Schwemmer, »ohne die wären wir doch arbeitslos.«

***

Mit einer gemurmelten Entschuldigung drängte Sebastian sich an der Putzkraft vorbei, die gerade die grauen Bodenfliesen der Herrentoilette wischte. Er betrat die erste freie Kabine, schloss den Klodeckel und ließ sich erschöpft daraufsinken. Fast zwei Stunden hatte er ununterbrochen reden müssen. Von einer Beraterfunktion für Selbach konnte überhaupt keine Rede sein, die Kunden umringten ihn und bombardierten ihn mit Fragen. Seine anfänglichen Hinweise auf Selbach hatten bereits nach einer Viertelstunde nicht mehr verfangen, da der am anderen Ende des Stands ebenso umlagert war wie er selbst. Das alles war natürlich großartig für GAP-Data, und Lerchls Augen strahlten, als sei er frisch verliebt.

Die Beule an der Stirn tat ein Übriges, ihn fertigzumachen. Er musste alle Gespräche gegen das dumpfe Dröhnen führen, das von ihr ausging. Mitunter übertönte es die Stimmen seiner Gegenüber. Er tastete an der Beule herum. Sie fühlte sich gewaltig an, aber die Tabletten, die Carina ihm gegeben hatte, wirkten.

Er tastete in der Brusttasche nach seinem Handy. Carina hatte in der Nacht sogar daran gedacht, es aufzuladen. Er wollte sich nicht vorstellen, was die Stimme machen würde, wenn er den nächsten Anruf wieder nicht entgegennahm.

Die Stimme. Der Mörder war in Köln, so viel stand fest. Er beobachtete ihn. Selbach war Minuten vor dem Anruf mit dem Taxi weggefahren. Aber wohin? In sein Hotel? Genauso gut konnte er an der nächsten Ecke wieder ausgestiegen sein. Vielleicht hatte er sich aber auch direkt zu diesen modernen Häusern fahren lassen und ihn dann dorthin kommandiert.

Sebastian zuckte zusammen, als das Handy zu läuten begann. Für eine Sekunde fürchtete er, die Stimme könnte seine Gedanken lesen, aber dann schalt er sich einen Dummkopf, was seine Angst aber auch nicht dämpfte.

»Unbekannter Teilnehmer«. Er nahm das Gespräch an.

»Wie geht es dir, Sebastian?«, fragte die Stimme.

»Schlecht«, antwortete er. Vor der Kabine war ein ständiges Kommen und Gehen an den Urinoirs. Er versuchte, es zu ignorieren. Er ahnte, dass die Stimme genau wusste, wo er sich befand. Und tatsächlich hörte er, verzerrt, aber deutlich, Stimmengewirr im Hintergrund, das typisch monotone Hintergrundgeräusch der Messehalle. Der Mörder war hier. In seiner Nähe.

»Schlecht soll es dir auch gehen, Sebastian. Das ist deine Strafe.«

»Warum lassen Sie mich nicht einfach in Ruhe?« Er wusste, dass es eine alberne Frage war, aber etwas anderes fiel ihm nicht ein.

Die Stimme ließ prompt ein freudloses Lachen hören. »Erwartest du eine Antwort, Sebastian? Wenn du einen Tumor im Leib hättest, würdest du ihn das dann auch fragen?«

»Nein«, sagte Sebastian ergeben.

»Eben. Du kannst dem Schicksal Fragen stellen, so viel du willst. Es wird sie dir nicht beantworten.«

»Was soll ich tun?«

»Für mich da sein, Sebastian. Immer für mich da sein.«

Die Stimme verschwand, die Verbindung war beendet. Sebastian erhob sich schwerfällig von seinem Sitzplatz, ordnete seine Kleidung und verließ die Kabine. Am Waschbecken warf er sich etliche Handvoll Wasser ins Gesicht und begutachtete die Beule, deren Farbe immer mehr ins Blaue changierte. Dann richtete er seinen Schlips, den Carina ihm am Morgen gebunden hatte. Nach seinem zweiten fehlgeschlagenen Versuch hatte sie ihm die Krawatte einfach aus der Hand genommen.

Als er aus der Toilette wieder in die Halle trat, sah er Selbach direkt auf sich zukommen.

»Passen Sie auf mich auf?«, fragte Sebastian.

»Kann man so sagen.« Selbach sah ihn prüfend an. »Alles in Ordnung? Als Sie so lange weggeblieben sind, hab ich mir ein bisschen Sorgen gemacht. Nicht dass Sie uns auf dem Klo zusammenklappen.«

»Nein. Ich brauchte nur ein paar Minuten Ruhe.«

»Ja, klar. Das ist ja auch wirklich ein Schlauch, so eine Messe.« Selbach zeigte mit dem Kinn auf einen Getränkestand. »Lassen Sie uns kurz was trinken. Einen Saft oder eine Cola.«

Sie gingen zu dem Stand, der neben dem Ausgang zur Raucherterrasse lag. Selbach holte zwei Becher Orangensaft, und sie gingen hinaus. Zwar rauchten sie beide nicht, aber die kühlfeuchte Oktoberluft war eine Erholung gegenüber der stickig klimatisierten Atmosphäre der Halle.

»Ich muss mich wohl bei Ihnen bedanken«, sagte Sebastian und studierte aufmerksam Selbachs Züge. Er sah das spöttische Zucken eines Augenwinkels.

»Es ist leichter, Forderungen für andere zu stellen als für sich selbst. Das hab ich als Fußballer gelernt. Fürs Geschäftliche brauchst du einen Manager. Aber gut spielen musst du selber, das kann dir keiner abnehmen. Und Sie spielen gut.«

»Danke ...«

»Und ein größeres Büro für Sie ist ja kein Luxus. Das war wirklich kein Spaß, da zu zweit in Ihrer Abstellkammer zu hocken.«

Sie lehnten sich an das Geländer der Terrasse. Über den Dächern der Messehallen stachen die Spitzen der Domtürme in den grauen Himmel.

»Wenigstens regnet's nicht«, sagte Selbach. »Das Smartphone kriegen Sie schon am Montag. Carina sagte, Dr. Lerchl hätte neulich ein Dutzend für die Vertriebler gekauft, und eines wär übrig.«

Sebastian konnte sich nicht vorstellen, was ihm im Moment egaler war. Er musste einen Weg finden, Selbach aufs Glatteis zu führen. Irgendwie musste er ihn verunsichern, ihn dazu bringen, sich zu verraten. Er wagte einen Vorstoß.

»Sie haben neulich von Ihren Waffen erzählt«, sagte er. »Haben Sie die alle zu Hause?«

Selbach sah sich um, als versichere er sich, dass niemand zuhörte. »Ja«, sagte er dann leise. »Aber das darf niemand wissen.«

»Aber ich schon?«

Selbach zuckte die Achseln. »Ich vertrau Ihnen irgendwie.«

»Und wieso darf das niemand wissen?«

Selbach sah ihm direkt in die Augen und zog die Brauen hoch. *Du bist doch sonst nicht so blöd*, meinte Sebastian in diesem Blick zu lesen.

»Darf ich mir die mal ansehen?«, fragte er.

Selbach wiegte zweifelnd den Kopf. »Warum?«

»Es interessiert mich. Irgendwie fand ich Waffen immer faszinierend. Und man hat so selten Gelegenheit, mal eine in die Hand zu nehmen.«

»Es gibt Leute, bei denen ist eine Gelegenheit gleich eine zu viel«, sagte Selbach.

»Mein Vater hatte früher ein Jagdgewehr, aber das hat er verkauft, als wir den Hof in Gerold aufgegeben haben.«

»Mein Vater hat nie eine Waffe verkauft«, entgegnete Selbach. »Aber gekauft hat er wie ein Irrer. Und ich hab sie geerbt.«

»Verstehe«, sagte Sebastian. »Hat er damit auch geschossen?«

»Er hatte einen eigenen Schießstand.«

»Ach was? Wo denn?«

»Bei uns. Den hat er selber gebaut, in den Sechzigern schon.«

»Sie haben einen eigenen Schießstand?«

»Ja. Wollen Sie sich den mal ansehen?«

»Klar«, sagte Sebastian, aber es lief ihm kalt den Rücken herunter bei der Vorstellung, allein mit Selbach und dessen Waffen zu sein.

»Wie wär es mit Samstagnachmittag?«, fragte Selbach.

»Gerne«, sagte Sebastian.

***

»Wie offen darf ich sprechen?«, hatte Kaltenbusch mit einem unsicheren Blick auf Isenwald gefragt.

»So offen wie möglich«, hatte sie geantwortet, aber was Kaltenbusch ihnen dann erzählte, war sogar für die Staatsanwältin eine Spur zu explizit, wenn Schwemmer ihren Gesichtsausdruck richtig deutete. Denn bei dem Thema, über das er nun referierte, verlor Kaltenbusch einiges von seiner Befangenheit. Offenbar war es ein Sujet, bei dem er sich auskannte.

Er hatte Susanne Berghofer zufällig bei einem Wochenendausflug in Florenz kennengelernt. Sie waren sich im Hotel begegnet, was, wie Kaltenbusch sich ausdrückte, ihm an jenem Wochenende eine Menge Geld gespart hatte, das er normalerweise für das, was Susanne Berghofer dann mit ihm tat, an andere Damen bezahlt hätte. Eine begabte Amateurin, nannte er sie.

»Wenn man so eine Frau gefunden hat, die einfach immer das Gleiche will wie man selbst, dann darf man nicht zögern, zuzugreifen. Und man sollte dafür sorgen, dass ihre Wünsche auch befriedigt werden«, sagte er und warf Isenwald einen beinah verschwörerischen Blick zu.

Nach Schwemmers Einschätzung hatte er seinen Punktestand bei der Staatsanwältin damit eher nicht angehoben.

Es folgte eine ziemlich lange und detailreiche Schilderung dieser Befriedigung, die anfangs in Hotels, später abwechselnd in ihrem Haus in Garmisch und seiner Wohnung in München stattfand und bei der das Paar eine Menge unterschiedlicher, zum Teil bizarrer, zum Teil aber auch haushaltsüblicher Gerätschaften zum Einsatz brachte, wie beispielsweise eine Soßenpumpe sowie unterschiedliche Gemüsesorten. Die Erwähnung der Soßenpumpe ließ Schwemmer an Burgls Schweinsbraten denken, was er im Kontext sehr unappetitlich und ziemlich ärgerlich fand. Er bemerkte, dass auch Schafmann unbehaglich auf seinem Platz hin und her rutschte.

Kaltenbusch und die Berghofer hatten sich jedenfalls ein- bis zweimal im Monat getroffen. Laut Kaltenbusch war beiden, und das betonte er mehrfach, klar, dass es sich um eine rein sexuelle Beziehung handelte, die auf gar keinen Fall mit ihrem restlichen Leben in Kontakt geraten sollte. Das sei so weit gegangen, dass sie sich zufällig in München im Opernfoyer über den Weg gelaufen waren und, obwohl beide ohne Begleitung waren, nicht miteinander gesprochen hatten.

»Das war im Juli«, sagte Kaltenbusch. »›Lohengrin‹ unter Nagano.«

»Wieso rufen Sie sie von diesem Handy aus an?«, fragte Schwemmer.

»Meine Frau ist ziemlich neugierig. Ich weiß, dass sie mein iPhone kontrolliert. Wir haben das Handy damals extra dafür gekauft, irgendwo auf einem Flohmarkt, wenn ich mich recht erinnere.«

»Gehörten zu ihrem gemeinsamen Spielzeugarsenal auch Schusswaffen?«, fragte Isenwald.

»Wir hatten ...«

»Diese Frage wird mein Mandant nicht beantworten«, sagte Dr. Fredekötter schnell.

Kaltenbusch blickte unsicher zu seinem Anwalt. »Es war ja nur –«

»Bitte, Herr Kaltenbusch«, unterbrach Dr. Fredekötter ihn.

»Es ist also denkbar, dass Sie auch mit Schusswaffen gespielt haben«, sagte Isenwald.

»Das ist eine unzulässige Schlussfolgerung«, bellte Fredekötter.

»Das wird der Haftrichter entscheiden«, entgegnete Isenwald.

***

Die Dunkelheit zu ertragen finden die Menschen schwerer, als sie zu bekämpfen. Dabei ist dieser Kampf, so hart er auch geführt oder so lange er auch ertragen werden kann, hoffnungslos. Die Menschen lieben hoffnungslose Kämpfe, jedoch nur, wenn sie nicht ahnen, dass sie hoffnungslos sind. Die Dunkelheit aber liebt hoffnungslose Kämpfe bedingungslos und verbirgt sich deshalb immer wieder im Licht, um den Menschen Hoffnung vorzugaukeln. Aber kann Hoffnung vorgegaukelt werden? Ist sie nicht ohnehin Gaukelei? Reine Gaukelei?

***

Kaltenbusch hatte kein durchgehendes Alibi für die Tage, aber in der Nacht, als der erste, tödliche Schuss abgefeuert wurde, war er bis zum Morgengrauen in einem Dachauer Bordell gewesen. Laut Auskunft der Dachauer Kollegen erinnerten sich die Damen dort gut, aber ausgesprochen ungern an den Herrn mit den ausgefallenen Wünschen.

»Zucchini hätt der habn wolln, hobns gsagt. Wo solln die scho an Zucchini herkriegn mittn in der Nacht«, hatte der Kollege am Telefon berichtet. »Des will man ja a gar ned wissn, wos der damit vorghabt hod.«

»Kochen?«, hatte Schwemmer gefragt, aber der Scherz war bei dem Kollegen ins Leere gefallen.

Sein Eindringen in das Berghofer'sche Haus hatte Kaltenbusch mit Sorge um Susanne Berghofer begründet. »Das war so eine Fickmaschine, die ist nie ausgefallen. Schon gar nicht ohne Entschuldigung.«

Schwemmer hatte Isenwald angesehen, dass sie den Kerl allein für diesen Satz am liebsten eingelocht hätte, aber leider ging das nicht.

Die Sache mit dem Polizeisiegel, das hatte Dr. Fredekötter mit Isenwald klargezogen, würde durch einen Strafbefehl aus der Welt geschafft werden. Außerdem musste Kaltenbusch sich bis zur Klärung des Falles täglich auf einer Polizeiwache melden. Kaltenbusch war blass geworden, hatte aber letztlich auf Rat seines feinen Anwalts, der den Schilderungen seines Mandanten äußerst fasziniert zugehört hatte, den Deal akzeptiert.

Schwemmer saß ziemlich unzufrieden hinter seinem Schreibtisch. Dieser Kaltenbusch mit seinem zur Schau gestellten Reichtum, seinen Sexprotzgeschichten und seiner Feigheit hatte ihm die Laune verhagelt, und dass das so war, ärgerte ihn zusätzlich. Er war lange genug dabei, um zu wissen, dass es einfach zum Job gehörte, sich mit jeder Art von Mensch auseinanderzusetzen. Und dass es verdammt unterschiedliche Arten gab und dass Ärgern nichts half. Und ärgern übers Ärgern war nun wirklich das Allerletzte.

Dann stellte er fest, dass er gerade anfing, sich über das Ärgern übers Ärgern zu ärgern, und beschloss, Frau Fuchs um einen Kaffee zu bitten. Seine Bitte wurde erfüllt, und langsam bekam er seine Laune so weit in den Griff, dass sie auch den Besuch eines unkonzentriert wirkenden Schafmanns aushielt, der sich müde in den Besucherstuhl sinken ließ.

»Alles klar?«, fragte Schwemmer.

»Ja, ja«, erhielt er zur Antwort, aber Schafmann sah ihn nicht an dabei.

»Was gibt's?«

»Ein Zeuge hat sich gemeldet. Der hat in den letzten Monaten immer mal wieder einen roten Kleinwagen vor dem Haus der Berghofer stehen sehen. Nachts.«

»Hat der Kaltenbusch einen roten Kleinwagen?«

»Hab ich noch nicht überprüft. Kann ich mir aber eigentlich nicht vorstellen.«

»Nein«, sagte Schwemmer. »Ist eher nicht der Kleinwagenmann, der Herr Kaltenbusch. Check es trotzdem.«

»Mach ich.«

»Könnte der Stalker gewesen sein, den die Berghofer nicht anzeigen wollte.«

»Gut möglich.«

»Wieso meldet sich der Zeuge erst jetzt?«

»War in Urlaub. Auf Madeira.«

»Madeira«, sagte Schafmann mit einer ungewohnt weichen Stimme und sah dabei aus dem Fenster dem erneut einsetzenden Oktoberniesel zu.

»Was für ein Kleinwagen soll das denn gewesen sein?«

»Wahrscheinlich ein französischer. Genauer hat er es nicht. Ist sich aber sicher, dass es immer derselbe war. Er joggt da manchmal spät abends.«

»In welchem Zeitraum?«

»Das kann er nicht genau sagen. Könnten Monate gewesen sein. Ein-, zweimal die Woche. Unregelmäßig.«

»Kein Kennzeichen?«

»Ist ja finster um die Zeit.«

»Verstehe.«

Schafmann sah aus dem Fenster und machte keine Anstalten, weiterzusprechen.

»Ich fahr morgen nach Aschaffenburg. Heut ist mir ja der Kaltenbusch dazwischengekommen«, sagte Schwemmer, um irgendwas zu sagen.

»Ja«, sagte Schafmann.

»Was machst du?«

Schafmann sah ihn an, als habe er darüber noch nicht nachgedacht. »Ja mei … ich arbeit meine Liste ab.«

»Das Protokoll von der Aussage Carmen Misera fehlt noch«, sagte Schwemmer.

Schafmann sah wieder aus dem Fenster.

»Ja«, sagte er.

***

Sebastian ließ sich auf sein Bett fallen und nestelte an der Krawatte herum, bis er den Knoten offen hatte. Carina war im Bad, und er genoss den seltenen Moment des Alleinseins. Das Schiff schaukelte ein klein wenig, was es nur tat, wenn andere Schiffe vorbeifuhren.

Sebastian schloss die Augen und stellte sich vor, auf dem Meer zu sein. Das war er noch nie gewesen. Er hatte ein paarmal am Mittelmeerstrand gestanden und auf die graublaue Endlosigkeit hinausgestarrt. Es hatte ihm eher Angst gemacht, als dass es irgendeine Sehnsucht in ihm geweckt hätte.

Aber jetzt war es genau diese Leere, dieses Nichts, das Erleichterung versprach. Erleichterung für seine überlasteten Sinne und Nerven. Er dachte an das Handy, das in der Brusttasche seines Hemdes steckte, und wünschte sich, es würde nicht existieren. Aber was nützte das? Vorsichtig streckte er seinen linken Arm und versuchte dann, ihn zu beugen. Es schmerzte, aber er brachte ihn bis an seine Stirn, sodass er über die pochende Beule tasten konnte. Die Beule am Hinterkopf, die ihm der Mörder am Tatort verpasst hatte und die immer noch ein beträchtliches Format aufwies, konnte er nur mit der Rechten erreichen.

Der Mörder. Oder sollte er ihn gleich Selbach nennen?

Er kniff die Augen zusammen und stieß zischend die Luft aus. Was er hatte, waren nur Indizien, keine Beweise.

Aber schließlich war er kein verdammter Staatsanwalt. Er war ein Opfer, das um sein Leben kämpfte. Selbach irrtümlich zu beschuldigen war kein Problem. Das Problem war die Gefahr, der er sich aussetzte, wenn er sich irrte. Die Stimme war hier, in Köln, aber das waren außer Sebastian und Selbach noch ungefähr eine Million anderer Menschen. Und die meisten, die er davon bisher kennengelernt hatte, waren weniger sympathisch als Selbach.

Wahrscheinlich ist es genau das, dachte er. Er konnte sich nicht erinnern, von einem quasi Fremden einmal so freundlich behandelt worden zu sein.

Es sei denn, derjenige wollte etwas von ihm. Meistens war es sein Geld. Aber diesmal wollte jemand sein Leben. Jemand nahm ihm das Leben weg.

Es gehört doch schon ihm, dachte er. Ich kann nicht mal mehr aufs Klo ohne mein Handy. Ich werde beobachtet.

Wenigstens lag die Kabine auf der Flussseite. Sonst hätte er nicht gewagt, die dicken Vorhänge zu öffnen. Als das Handy klingelte, zog er es mit einem ergebenen Seufzer aus der Tasche und nahm das Gespräch an, ohne auf das Display zu schauen.

»Ja, hallo«, sagte eine männliche Stimme, die er nicht kannte. »Ich hab nur grad die Nummer in meiner Jacke gefunden und wollt mich mal erkundigen, warum ich anrufen sollte.«

»Was?«, fragte Sebastian und richtete sich halb auf.

»Bist du der Typ aus Garmisch?«, fragte die Stimme.

»Äh … ja …?«

»Warum hast du mir noch mal deine Nummer gegeben?«

Sebastian hatte keine Ahnung, mit wem er redete. »Ich weiß jetzt gerade nicht … Haben wir auf der Messe gesprochen?«

»Nee. Im ›Durst‹. Gestern Abend. Du hast mir deine Nummer auf'n Deckel geschrieben.«

»›Durst‹? Ach, die Kneipe!« Endlich machte es Klick in seinem Hirn. »Jaja, du bist der Telefonmann.«

»Von mir aus.« Die Bezeichnung schien dem anderen nicht zu gefallen.

»Du hast irgendwas erzählt von wegen … wie hieß das noch? Soundso-*Override*. Und dann sollt ich dir meine Nummer aufschreiben.«

»Ach ja …« Der Telefonmann erinnerte sich wohl langsam. »Ist am Ende was spät geworden. War ja auch der ein oder andere Jamie dabei.«

»Ja«, sagte Sebastian.

»*CLIR-Override*. Wie lange, sagtest du?«

»Kannst du das machen?«

Der Mann seufzte. »Falsche Frage«, sagte er. »Wie lange?«

»Ein paar Tage sollten reichen.«

»Okay«, sagte der andere. »Heut wird das aber nix mehr. Morgen auch nicht.«

»Passt schon«, sagte Sebastian.

»Dann noch viel Spaß in Köln.«

»Danke«, sagte Sebastian, und der Mann legte auf.

Mit einem Stöhnen bettete Sebastian seinen Kopf wieder auf das Kissen und steckte das Handy zurück in die Hemdtasche.

Carina kam aus dem Bad. Sie trug einen der weißen Bademäntel und hatte ein Handtuch um den Kopf geschlungen. Es sah beinah gut aus.

»Bad ist frei«, sagte sie.

»Danke.«

»Wer hat denn da grad angerufen?«, fragte sie.

Was geht dich das denn an?, hätte Sebastian am liebsten geantwortet, aber das ging natürlich nicht. Nicht nach gestern Nacht.

»Ein Bekannter«, sagte er.

»Du hast bestimmt viele Bekannte«, sagte sie.

»Nicht wirklich«, sagte er.

Sie setzte sich auf ihr Bett und rubbelte ein bisschen an ihren nassen Haaren herum. Dann sah sie ihn an und kaute dabei auf ihrer Unterlippe.

»Kannst du mir erklären«, fragte sie endlich, »was da gestern Nacht passiert ist?«

»Nein«, antwortete Sebastian.

Sie sah weg. »Das ist schade«, flüsterte sie.

Er sah Tränen ihre Wangen hinunterlaufen.

»Ich kann es wirklich nicht«, sagte er. »Vielleicht irgendwann mal. Aber nicht jetzt.«

»Wer ist dieser Mann am Telefon?«, fragte sie. »War er das gerade auch?«

»Nein. Nein, das war ... ein Bekannter eben.«

»Aber wer ist er?«

»Ich *kann* es dir nicht sagen. Und ich kann es nicht ändern. Am besten, du fragst nicht weiter.«

»Nicht weiterfragen? Da ruft irgendwer an, befiehlt dir, irgendwo hinzugehen, und wenn du es machst, schlägt er dich nieder? Und ich soll nicht weiterfragen? Ich sollte zur Polizei gehen, weißt du das?«

»Nein, tu das nicht!«

Sein heftiger Ton brachte sie dazu, ihm wieder den Blick zuzuwenden. Die Tränen waren getrocknet.

»Was sollte mich davon abhalten?«, fragte sie ernst.

Er antwortete nicht, versuchte nur, ihrem Blick standzuhalten.

»Was?«, fragte sie.

»Du würdest mir schaden«, sagte Sebastian.

»Was hast du angestellt?«

»Ich? Nichts. Absolut nichts.«

»Und warum würde es dir schaden, wenn ich zur Polizei gehe?«

Er stöhnte. »Ich *kann* es dir nicht sagen!«

»Dann kann ich dir nicht helfen.« Sie sah wieder weg, starrte den Miró-Druck an, der über dem kleinen Tisch an der Kabinenwand hing.

»Es wäre toll ...«, er suchte nach den passenden Worten, von denen er wusste, dass es sie nicht gab, »... wenn du mir ... vertrauen könntest.«

Oh Mist, dachte er, das war's nicht. Er erhielt prompt die Antwort, die er verdiente.

»Wie wär's, wenn *du mir* vertrauen könntest?«

Er schloss die Augen. Vielleicht hat sie ja recht, dachte er. Vielleicht kann sie mir helfen. Aber warum sollte sie das tun? Wenn er ihr erzählte, dass er in Sannes Haus gewesen war, am Tatabend, warum sollte sie ihm glauben, dass er unschuldig war? Sie würde es nicht tun.

Niemand würde das tun. Er selbst konnte ja kaum glauben, was da gerade mit ihm passierte.

Er stand von seinem Bett auf und ging zu ihr hinüber. Sie senkte den Blick. Als er seine Hand auf ihre Schulter legen wollte, zuckte sie zurück. Verlegen setzte er sich wieder auf seine Matratze.

»Ich hab einen Fehler gemacht«, sagte er. »Und jetzt werde ich erpresst.«

»Von wem?«

»Das weiß ich nicht.«

»Und mit was?«

»Du meinst, was der Fehler war?«

»Ja. Was hast du getan?«

Sein Hirn arbeitete nicht so schnell, wie er es brauchte. Er schluckte.

»Ich hab ein Patent verraten«, sagte er heiser und versuchte verzweifelt, eine glaubhafte Geschichte zustande zu bringen.

»Ein Patent? Von uns? Welches? An wen?«

»Was heißt schon: ›von uns‹? Unsere Patente gehören doch am Ende alle dem Lerchl«, sagte er.

»Also eins von uns«, stellte Carina fest. Sie klang sachlich, ihrer Stimme konnte er nicht entnehmen, was sie davon hielt, und die Augen hielt er vorsichtshalber geschlossen. Das Lügen fiel ihm so leichter.

»Ja«, sagte er. »Ein GAP-Data-Patent. Das Modul zum Plandaten-Im- und Export.«

»Das Schnittstellenmanagement?«

Er war überrascht, dass Carina als Verwaltungskraft die Details ihrer Softwaremodule kannte.

»Ja«, sagte er. »Genau. Das Schnittstellenmanagement.«

»Und was bedeutet ›verraten‹?«

»Na ja, ich hab jemandem erklärt, wie er das Programm so verändern kann, dass er um die Lizenzgebühr herumkommt.«

»Aha ...« Ihr Blick war unverändert ernsthaft. »Und was hast du dafür gekriegt?«

»Gekriegt?« Auf die Frage war er nicht vorbereitet.

»Na, hör mal! Damit kann man doch leicht zwanzig-, dreißigtausend Euro sparen.«

»Ja ...« Er überlegte fieberhaft, was eine realistische Summe für so etwas wäre. »Er hat mir fünftausend versprochen«, sagte er zögernd. »Aber ich hab sie nicht gekriegt. Stattdessen hat er angefangen, mich zu erpressen.«

Sie nickte verstehend. »Und wer ist es?«

»Das weiß ich selbst nicht genau. Am Anfang dachte ich, es wär ein Russe, aber ich glaube, das war ein Irrtum.«

»Vielleicht einer von Habermann«, sagte Carina.

»Ja, vielleicht ...« Habermann Construction Consulting war der größte Konkurrent von GAP-Data, zumindest in Europa. »Aber der Mann ist irre«, sagte Sebastian.

»Himmel, dann geh doch zur Polizei«, sagte Carina.

»Dann flieg ich raus«, sagte Sebastian und merkte sofort, wie lahm das klang.

»Was Besseres als GAP-Data findest du doch überall«, sagte Carina.

***

»Drei Wochen«, sagte Burgl. »Der Stationsarzt meinte, sie müssten erst mal schaun, wie sie die Verschraubungen verträgt.«

Schwemmer schüttelte den Kopf und säbelte ein Stück von der Pizza, die Burgl mitgebracht hatte. Schinken mit Sardellen, die aß er am liebsten, aber aus dem Pappkarton und lauwarm war auch die beste Pizza nur mit einem ordentlichen Hellen zu ertragen. Er nahm einen großen Schluck.

»Sie hat tatsächlich versucht, die Tür einzutreten, kannst du dir das vorstellen?« Burgl schien nicht zu wissen, ob sie lachen oder weinen sollte. »Die Frau Putzhammer von der Heimleitung war völlig aufgelöst, als ich sie am Telefon hatte. Sie hat mich ernsthaft gefragt, ob sie die Polizei holen sollte.«

»*Sie* fragt das *dich*?«

»Ja. Weil die Motivlage so unklar sei. Tante Kati hat nämlich nicht das geringste Unrechtsbewusstsein.«

»Irgendwie hatt ich gehofft, so was ließe nach mit dem Alter«, sagte Schwemmer. »Also, dass das Gehirn ausfällt wegen Verliebung.«

»Schön wär's. Aber da höre ich andere Geschichten. Und mit Gehirn hat das ohnehin am wenigsten zu tun. Das wird von Anfang an nicht wirklich gefragt.«

»Immerhin brauchen wir die nächsten drei Wochen nicht damit zu rechnen, dass sie hier einzieht«, sagte Schwemmer mit vollem Mund.

»Also wirklich, Hausl«, sagte Burgl in vorwurfsvollem Ton und spülte einen Bissen ihrer Spinaci mit einem Schluck von dem Chianti hinunter, den sie zur Pizza mitgebracht hatte.

Schwemmer war nicht so richtig froh über die Pizza. Solange das nicht einriss, sollte es ihm recht sein, aber es stand klar zu befürchten, dass Burgl als Köchin mittel- oder gar langfristig ausfiel. Und seine Motivation für die Herdarbeit würde nicht über zwei, drei Einsätze die Woche hinausreichen.

Wenn sie an den restlichen Tagen essen gingen, konnte sich Burgl den Job zumindest rechnerisch auch schenken, dachte er und beschloss, das Argument beizeiten einmal vorzubringen.

»Ferdi sagte, er wolle heut Abend mal die Aschaffenburger Akte lesen«, sagte Burgl und trug auch damit nicht zur Steigerung seiner Laune bei.

»Danke«, sagte er nur.

»Er ruft dich an, soll ich dir sagen.«

»Wie schön.«

»Hausl, bitte ...« Sie sah ihn mit schräg gelegtem Kopf an.

Er zuckte die Schultern. »Wie läuft's denn mit seinem Sohn?«, fragte er.

Burgl legte das Besteck hin. »Wenn ich das Gefühl hätte, dass es dich interessiert, würd ich's dir erzählen.«

Er sah sie verblüfft an. »Warum sollte ich sonst fragen?«

»Ich vermute, weil du an schlechten Nachrichten interessiert bist, die Ferdi betreffen.«

Ich kann ihr eben nichts vormachen, dachte Schwemmer und lächelte sie an.

Sie lächelte zurück, aber das Lächeln saß ein wenig schief in ihrem Gesicht.

»Na schön.« Sie nahm einen weiteren Schluck Chianti und verzog das Gesicht. »Was hab ich mir da wieder andrehen lassen?«, sagte sie.

»Sah der Verkäufer gut aus?«, fragte Schwemmer.

»Nein. Aber der Pizzabäcker. Wenn die den Teig so hochwerfen, das hat ja was.«

»Und der hat dir den Chianti empfohlen?«

»Er hat gesagt, den trinkt er selber zu Hause.«

»Das hat er gesagt?«

»Nein. Er hat gesagt, den würde ich zu trinken kriegen, wenn ich ihn zu Hause besuchte.«

»Oh ... Na, da brauch ich mir ja jetzt keine Sorgen mehr zu machen«, sagte Schwemmer.

»Nein«, sagte Burgl. »Jetzt nicht mehr.«

Schwemmer versuchte, das Thema zu wechseln. »Du wolltest von Ferdis Sohn erzählen. Wie heißt der eigentlich?«

»Gérard.«

»Oh. *Très elegant.*«

»Gefällt ihm auch nicht. Er nennt sich Gerd.«

»Klingt erst mal sympathisch«, sagte Schwemmer. »Ein Name, mit dem man als Bayer was anfangen kann. Und? Wie läuft es mit ihm?«

»Er macht's mir schwer. Fast möchte man glauben, er liest die Fachbücher seines Vaters und sucht sich da raus, was er brauchen kann.«

»Brauchen wozu?«

»Um zu beweisen, dass er für nichts was kann. Alles nicht sein Fehler. Er leidet unter Aufmerksamkeitsdefizit, Legasthenie, seit einer Fünf minus in Mathe auch Dyskalkulie; Einzelkind, Scheidungskind, mütterlicherseits erblich vorbelastet ...«

»Ach. Womit?«

»Manische Depression.«

»Das klingt aber wirklich nicht nach einer schönen Kindheit«, sagte Schwemmer.

»Behauptet ja auch keiner. Aber man schafft es trotzdem nicht, Mitleid zu haben mit diesem kleinen ...« Sie brach den Satz ab und nahm trotzig noch einen Schluck Chianti.

»Magst ein Helles?«, fragte Schwemmer.

»Ja«, sagte sie und knallte das Weinglas ärgerlich auf den Tisch.

»Wie wolltest du ihn nennen?«, fragte Schwemmer, als er mit ihrem Seidel aus der Küche wieder da war. »Kleines Arschloch?«

»Das wär nicht vollständig.« Sie nahm einen tiefen Schluck von dem Tegernseer und wischte sich dann seufzend mit dem Handrücken den Schaum von den Lippen. »Ah, das tut gut jetzt ... den Rest von dem Chianti kannst du zum Kochen nehmen.«

»Ich?«, fragte Schwemmer, aber sie nahm den vorsichtigen Einwand nicht zur Kenntnis und kehrte zum Thema zurück.

»Kleines Arschloch wäre nicht vollständig«, sagte sie. »Kleines intrigantes Arschloch. Oder bösartiges. Der Junge ist einfach fies. Und er ist intelligent. Macht keinen Spaß, mit ihm zu arbeiten.«

»Wenn er dazu auch noch gar nicht wirklich will ...«

»Ich glaube, Ferdi ist richtig verzweifelt. Das ist fachlich ja auch völliger Unfug. Der Junge wird niemals glauben, dass sein Vater nichts davon erfährt, was er mir erzählt.«

»Und? Erfährt er?«

»Natürlich *nicht*!«

Sie tauschten einen Blick, und Burgl nahm mit ärgerlicher Miene den nächsten Schluck Bier.

»Vielleicht sollten wir uns abgewöhnen, über unsere Jobs zu reden«, sagte sie.

»Vielleicht«, sagte Schwemmer.

»Wie war *dein* Tag?«, fragte Burgl.

Schwemmer berichtete von Kaltenbuschs Aussage.

»Eine Soßenpumpe?«, fragte Burgl mit geweiteten Augen, als er fertig war.

»Immerhin aus Edelstahl«, sagte Schwemmer.

»Solche Beziehungen gibt es natürlich«, sagte Burgl. »Das muss auch gar nicht ungesund sein ... psychisch, mein ich.«

Sie grinsten beide.

»Psychisch ist es wahrscheinlich ungesünder, wenn dein Verlobter sich für deine Mutter entscheidet«, sagte Schwemmer. »Mit dem Kerl werd ich mich morgen mal unterhalten.«

»Du fährst nach Lohr?«

»Und nach Aschaffenburg.«

»Wann kommst du wieder?«

»Morgen nicht mehr. Das wird zu spät.«

»Schade«, sagte Burgl. »Ich hatte gehofft, du würdest kochen.«

ACHT

Peter Ströer saß Schwemmer gegenüber und schien sich in seinem Arbeitszimmer so unwohl zu fühlen wie in seiner Haut. Zumindest erweckte seine Körperhaltung den Eindruck. Die Knie hatte er übereinandergeschlagen, darauf lagen seine ineinander verkrampften Hände.

»Margit hat mir natürlich berichtet«, sagte er. »Die ganze Sache ist natürlich ungeheuer belastend für sie. Sie leidet seit einiger Zeit an einer Herzschwäche. Natürlich habe ich versucht, ihr zu helfen, aber sie hat mir zu verstehen gegeben, dass sie als Mutter das natürlich allein bewältigen müsse.«

Peter Ströer war ein schlanker, hochgewachsener Mann, eine überaus gepflegte Erscheinung mit Einstecktuch in der Brusttasche seiner Hausjacke und Fransen *und* Bömmeln auf den braunen Lederslippern. Einen Schlips trug er nicht, aber ein Halstuch, das nach teurer Seide aussah.

»Es ist natürlich schon lange her, dass Susanne und ich ein Paar waren. Aber so etwas geht natürlich an niemandem spurlos vorbei. Ich war tagelang nicht fähig zu arbeiten.«

»Natürlich«, sagte Schwemmer. »Was arbeiten Sie, wenn ich fragen darf?«

»Ich bin Schriftsteller«, sagte Ströer und hob dabei den Blick über Schwemmer hinweg.

»Was schreiben Sie?«

»Novellen und Lyrik. Überwiegend Lyrik.«

»Natürlich«, sagte Schwemmer.

»Wie meinen Sie das?«, fragte Ströer irritiert.

»Ich meine, dass Sie wie ein Lyriker wirken.«

»Ach wirklich?«

Ströer war offenbar nicht sicher, ob das ein Kompliment war. Schwemmer auch nicht. »Was haben Sie denn bisher veröffentlicht?«, fragte er.

»Zwei Lyrikbände.«

»Kann man davon leben?«, fragte Schwemmer.

Ströer lachte auf in einer Mischung aus Spott und Mitleid mit dem Mann, der auf eine solche Idee kommen konnte. »Natürlich nicht«, sagte er.

Schwemmer sah sich im Raum um. Sein Blick glitt über einige großformatige Öl- und Acrylgemälde, ein deckenhohes Bücherregal, einen schlichten, aber extrem teuer wirkenden Schreibtisch aus Stahl und Mahagoni, zumindest sah es für Schwemmer aus wie Mahagoni, ein Ledersofa und einen Deckenstrahler, dessen Preis wahrscheinlich knapp unter einem seiner Monatsgehälter lag. Der Stuhl, auf dem Ströer saß, war mit Sicherheit teurer. Das Haus, ein denkmalgeschütztes Fachwerkgebäude, lag in der Altstadt von Lohr, verfügte über drei Stockwerke und ein zum Atelier umgebautes Dachgeschoss. Schwemmer schätzte es auf zweihundertfünfzig Quadratmeter Wohnfläche, und wenn im Keller außer Wein auch ein Swimmingpool war, würde es ihn nicht überraschen.

»Wovon leben Sie denn?«, fragte er.

Ströers Gesicht verzog sich zu einem gequälten Grinsen. »Ich bin in der Geschäftsführung von Margits Kunsthandelsgesellschaft tätig.«

Schwemmer sah ihm in die Augen, und das Grinsen verzerrte sich noch ein bisschen mehr. Immerhin ist es ihm peinlich, dachte Schwemmer. »Gehe ich recht in der Annahme, dass diese Firma in erster Linie das Geld der Familie Berghofer in Kunst anlegt?«, fragte Schwemmer.

»Ja, damit haben Sie natürlich recht.«

»Frau Professor Berghofer bezahlt Sie also dafür, dass Sie ihr Geld ausgeben.«

»Das könnte man natürlich so sehen, aber Fakt ist, dass etliche der von mir eingekauften Werke erheblich an Wert zugelegt haben.«

»Etliche?«

»Jawohl.«

»Etliche aber auch nicht, nehm ich mal an.«

»Natürlich, aber das gehört dazu.«

»Was war denn Susanne Berghofers Meinung zu diesem Konstrukt?«, fragte Schwemmer.

Ströer schluckte und lachte verlegen, dann flüchtete er sich in ein Husten. Schwemmer wartete geduldig.

»Sie war natürlich nicht begeistert«, sagte Ströer endlich. »Zumindest am Anfang.«

»Gab es Auseinandersetzungen zu diesem Thema?«

»Auseinandersetzungen? Natürlich gab es Auseinandersetzungen, nicht nur zu diesem Thema. Immerhin ist damals eine langjährige Partnerschaft in die Brüche gegangen. Das war natürlich nicht immer angenehm, wie Sie sich vielleicht vorstellen können.«

»Natürlich«, sagte Schwemmer.

»Wieso sagen Sie das schon wieder?« Ströer hatte sich tatsächlich ein wenig in Rage geredet, was immerhin seine Verkrampfung etwas löste.

»Es ist halt recht einleuchtend, was Sie da erzählen. Wie weit gingen denn diese Auseinandersetzungen?«

»Nun, von meiner Seite habe ich sie vermieden, so gut es ging, aber das war natürlich nicht immer möglich. Es kam immer mal wieder zu unvorhersehbaren oder unvermeidbaren Zusammentreffen, privat oder auch gesellschaftlich, und das war anfangs mitunter natürlich sehr unangenehm. Nicht nur für mich, auch für Margit.«

»Wie verhielt sich Frau Professor Berghofer denn in solchen Situationen?«

»Nun ...« Ströer begann sich wieder zu winden. »Margit ist vom Charakter her nicht sehr ... deeskalierend.«

Das glaubte Schwemmer aufs Wort.

»Was hat Sie denn damals veranlasst, Ihre ›langjährige Partnerschaft‹ mit Susanne Berghofer zu beenden?«

Ströer schien sich in sich verknoten zu wollen, und es gelang ihm ziemlich gut.

»Susanne ist ein ... schwieriger Mensch ... äh, gewesen. Manchmal.«

»Können Sie das ein bisschen genauer erläutern?«

»Sie ...« Ströer klappte seinen Oberkörper über den verknoteten Gliedmaßen nach vorn, als wolle er in die Mahagoniplatte beißen. »Sie war sehr fordernd«, quetschte er heraus.

»Fordernd in welcher Beziehung?«

Ströers Gesicht leuchtete in changierenden Rottönen. Es mochte an seiner Körperhaltung liegen, aber er schien überhaupt nicht mehr zu atmen. Schwemmer fragte sich, ob er sich Sorgen machen sollte.

»Sie brauchte sehr viel Zuwendung. Auch ...«, endlich japste

Ströer nach Luft, was seine Gesichtsfarbe aber nicht nennenswert gesünder machte, »... auch ... körperlich.«

Nachdem er das Wort »körperlich« hervorgestoßen hatte, sackte Ströer in sich zusammen. Er wirkte erleichtert.

»Sie waren körperlich überfordert von ihr?«, fragte Schwemmer.

Ströer sprang auf, mit einer Entschlossenheit, die Schwemmer nach seinem bisherigen Auftritt verblüffte. Mit großen Schritten durchquerte er das Zimmer und riss einen schmalen Band aus einem Bücherregal, das wahrscheinlich auch aus Mahagoni bestand. Er blätterte darin herum, wandte sich dann Schwemmer zu und deklamierte mit erhobener Stimme:

»Wer bist du
mir und dem Dunst der Liebe, die
uns umfing und
nun dem Wind
der Lust geopfert
werden wird, wenn
wenn
wenn
nicht dein Name der Blume
gleich
mein Herz zerrühret
wiederum

wenn der Schmerz des
Verlangens uns
uns

uns
nicht mehr vergittert in
der Höhle der
Nacht der
Dunkelheit der
Finsternis der
ABGRUNDTIEF
wogenden NICHTIGKEIT
des du
magst nicht
wagst nicht es auszusprechen
denn
denn
denn
es ist Leere
Leere, die uns
umgibt.«

Sichtlich ergriffen schloss Ströer das Buch und blickte zur Decke.

»Das ist von Ihnen, nehme ich an?«, fragte Schwemmer.

»Ja …« Ströer atmete tief ein. »So war sie. So und nicht anders.« Er kam zurück und legte das Buch vor Schwemmer auf den Schreibtisch. »Das können Sie haben«, sagte er. »Das Gedicht heißt ›Wer bist du‹, aber eigentlich dreht sich das ganze Buch um Susanne.«

»Wie stand sie denn dazu?«

Ströer sah ihn durchdringend an, sein Vortrag schien ihn in einen völlig anderen Zustand gebracht zu haben.

»Sie fand es scheiße«, sagte er.

Schwemmer musste sich zusammenreißen, um nicht »natürlich« zu sagen. »Das mit dem Vergittern hab ich nicht verstanden«, sagte er stattdessen.

»Verstehen!«, fauchte Ströer. »Was hat Lyrik denn mit *Verstehen* zu tun? Sie sind keinen Deut besser als –« Gerade noch rechtzeitig fiel ihm wohl wieder ein, mit wem er da gerade redete. »Möchten Sie einen Kaffee?«, fragte er.

»Natürlich«, antwortete Schwemmer.

***

»Des können S' mir scho glaubn, Herr Kommissar«, sagte Herr Worgall.

»Hauptkommissar«, sagte Schafmann.

»Von mir aus. I steh ned auf Mercedes. I steh auf MAN ...«

»Und privat fahren Sie Audi.«

»Genau. I find, an Audi is an Auto, des man brauchn kann, verstehn S'? Ned oans zum Angebn, moan i. Oans zum Braucha. Aber dass der Sack mir die Tür zerkratzn tat, weil i mal a hoibe Stund da gstandn hab, wo's eam ned passt, des geht fei ned!«

»Nein, das geht natürlich nicht«, sagte Schafmann. »Aber Sie sagten, Sie hätten Informationen zu dem Mordfall.«

»Hab i ja a. Oaner, der so was macht, der daschiaßt auch Weiber. Und i woaß, wer's war.«

Schafmann unterdrückte ein Seufzen. Der kleine Mann, der ihm gegenübersaß, war ihm hier im Büro noch unangenehmer als bei der Befragung an seiner Haustür. »Bitte verzeihen Sie, wenn ich Ihre Schlussfolgerung nicht ganz teile, aber –«

»Ned teiln? Wieso des?«

»Bleiben wir mal dabei, dass Sie zu wissen meinen, wer das getan hat. Wer soll das sein, und woher wissen Sie das?«

»Der Polz war's. Der Oide.«

»Der alte Herr Polz. Aha.«

»Die wohnen glei über mir. Im gleichn Haus. Er und der Filius, des is a so oaner.«

»Und woher wissen Sie das?«, fragte Schafmann.

»Des hob i ghört. Im Wirtshaus! Da Laubinger Sepp hod gsagd, er kennt oan, der gsehn hätt –«

»Nein, nein, Herr ...«, Schafmann musste auf seinem Notizblock nachsehen, »Herr Worgall, so geht das nicht. Sie können niemanden nur wegen Hörensagen beschuldigen. Das ist üble Nachrede.«

Worgall war sichtlich verblüfft.

»Aber mei Audi«, sagte er, doch Schafmann war bereits aufgestanden und forderte ihn mit eindringlicher Gestik auf, sein Büro zu verlassen. Worgall gehorchte, wenn auch unter Protest. Ein Uniformierter kam gerade vorbei, und Schafmann gab ihm den Zeugen an die Hand, sodass er ihn nicht auch noch zur Tür runterbringen musste.

Er setzte sich wieder hinter seinen Schreibtisch, nachdem er das Fenster auf Kipp gestellt hatte, um den gewöhnungsbedürftigen Duft zu vertreiben, den Worgall hinterlassen hatte.

Sein Telefon klingelte, und er zog die Brauen hoch, als er die Nummer erkannte. Es war das Handy von Fabian.

»Hey, Großer«, meldete er sich.

»Hallo, Papa.«

Er klang, als hätte er geweint. »Was gibt's?«

»Ich wollt nur sagen, ich hab ihr gesagt, was du gesagt hast.«

»Moment ... Was hast du wem gesagt?«

»Ich hab der Astrid gesagt, dass sie nur so gemein ist, weil sie nicht in mich verliebt ist.«

»Oh«, sagte Schafmann.

»Und dass sie eine blöde Ziege ist.«

»Das hab *ich* aber nicht gesagt. Und dann?«

»Dann hat sie mir eine reingehauen.«

»Ja ...« Schafmann schlug sich mit der Hand vor die Stirn und verdrehte die Augen. »Das mit der Ziege war vielleicht nicht *ganz* das Richtige.«

»Jetzt hab ich ein blaues Auge und krieg einen Eintrag.«

»Einen Eintrag? Warum?«

»Weil ich nicht gesagt hab, wer's war.«

Schafmann schloss die Augen. Er fühlte eine warme Welle von Liebe und Stolz auf seinen Sohn.

»Das hast du richtig gemacht«, sagte er.

»In echt? Findest du?«

»Ja. Das finde ich.«

»Und sagst du das auch der Mama?«

»Ja. Das sag ich auch der Mama.«

»Aber nicht, dass ich verknallt war.«

»Ich versuch's. Das könnte aber schwierig werden.«

»Ja, das versteh ich ... Papa?«

»Ja?«

»Dass sie mir eine reingehauen hat ...«

»Du hast sie blöde Ziege genannt.«

»Ja, aber das sag ich doch dauernd zu Mädchen.«

»Das solltest du dir besser langsam abgewöhnen.«

»Ich mein nur: Dass sie mir eine reingehauen hat ... kann das nicht heißen, dass sie doch in mich verliebt ist?«

***

Die Stimme hatte nicht angerufen, den ganzen Tag nicht. Sebastian hatte ständig überprüft, ob er Netz hatte, aber natürlich war der Empfang auf dem Messegelände gesichert. Der zweite Messetag war fast eine Erholung gewesen im Vergleich zu gestern. Achtzig Prozent der Kundenfragen wiederholten sich, und bald musste er aufpassen, bei der Beantwortung nicht ins Leiern zu geraten. Als ihm das zum ersten Mal passiert war, hatte er sofort einen strafenden Blick von Selbach aufgefangen.

Er lässt mich nicht aus den Augen, hatte er gedacht.

Selbach war die ganze Zeit in seiner Nähe. Und die Stimme rief nicht an.

Der Zug rumpelte durch die Nacht in Richtung Garmisch. Sebastian saß mit geschlossenen Augen auf seinem Sitz. Die Unterhaltungen ringsum waren eingeschlafen. Im ICE hatte noch aufgekratzte Stimmung geherrscht. Lerchl hatte mehrere Flaschen Champagner spendiert, die Carina besorgt hatte. Der Alkohol war Sebastian sofort ins Hirn gestiegen. Die Anstrengungen der letzten Tage ließen ihm ohnehin kaum die Kraft, sich auf den Beinen zu halten. Natürlich hatte Selbach neben ihm gesessen, aber selbst er war wortkarg geworden im Laufe der Zeit.

»Wir waren gut«, hatte er auf Höhe Frankfurt noch gesagt. »Wir waren wirklich gut.« Dann war er eingeschlafen.

Es war nicht so, dass sich Sebastian freute, heimzukommen. Sein Bett, darauf freute er sich. Auf das Alleinsein. Die ständige Gegenwart von Carina hatte seinen Nerven den Rest gegeben. Sie hatte ihm die Erpressergeschichte nicht abgenommen, das hatte er gemerkt, aber immerhin hatte sie nicht weitergefragt.

Den Tag über war sie ihm ein bisschen distanziert vorgekommen, aber vielleicht war das auch nur Einbildung. Als sie die Plastikbecher mit dem Schampus verteilte, hatte sie ihn wieder angelächelt, als sei nichts gewesen.

Als der Zug in Garmisch hielt, war es fast ein Uhr nachts.

Selbach und Carina teilten sich ein Taxi, und auch Sebastian gönnte sich eins für den knappen Kilometer nach Hause.

»Morgen Nachmittag«, hatte Selbach zum Abschied noch gesagt.

Morgen Nachmittag würde er mit Selbach in dessen Schießstand verbringen. Der Gedanke ließ ihn frösteln.

Als er die Haustür aufschloss, fiel sein Blick auf den Briefkasten. Sein Vater hatte ihn nicht geleert. Natürlich nicht, mit seinem verstauchten Fuß. Sebastian schloss den Kasten auf.

Ein Umschlag ohne Absender fiel ihm entgegen und ein blauer Behördenumschlag.

»Polizeiinspektion Garmisch-Partenkirchen«, las er.

Er sah sich um und vergewisserte sich, allein zu sein, bevor er ihn aufriss.

Eine Vorladung zur Zeugenvernehmung.

Montag, elf Uhr.

Er ließ die Schultern sinken. Sie waren ihm auf der Spur.

Andererseits: Zeugenvernehmung. Wenn sie ihn festnehmen wollten, könnten sie es doch einfach tun. Fahrig riss er den anderen Umschlag auf.

»Detektiv-Online-Outlet dankt für Ihre Bestellung«, stand da.

NEUN

Er hatte seinen Weg zur Wache unterbrochen und den Wagen in der Hindenburgstraße abgestellt. Nun schlenderte Schafmann an der Fensterfront der »Kaffee-Börse« vorbei und sah wie absichtslos hinein. Mit Betonung auf dem »wie«. Er war nicht sicher gewesen, ob sie dort sitzen würde. Sie hatte ihm erzählt, dass sie am Wochenende gern am späten Vormittag dort war und die Zeitung las, wenn ihr Dienst es zuließ. Er hatte Glück. Wenn es denn Glück war.

Sie war in ihre SZ vertieft und bemerkte ihn erst, als er an ihren Tisch trat. Sie sah ihn stumm an, bat ihn nicht, sich zu setzen.

»Darf ich mich zu dir setzen?«, fragte er.

Sie antwortete nicht. Schweigend nagte sie an ihrer Unterlippe, und er wusste nicht, was ihm ihre Miene sagen wollte. Zögernd setzte er sich ihr gegenüber. Sie begann, sorgfältig und umständlich die Zeitung zusammenzulegen.

»Vielleicht muss ich mich entschuldigen«, sagte er so leise, dass es an den Nachbartischen nicht verstanden werden konnte.

»Wofür?«, fragte sie ernst. Es war kein Lächeln auf ihrem Gesicht.

»Für ... du weißt schon ...«

»Wenn dir ein Stein auf den Kopf fällt, entschuldigst du dich doch auch nicht.«

»Nein.«

»Nun waren es zwei Steine. Einer bei dir und einer bei

mir. Und jetzt sollten wir unsere Beulen kühlen, die Brocken wegkehren und uns dazu gratulieren, dass nicht mehr passiert ist.«

»Können wir das?«

»Ich hoffe. Aber ich bin nicht sicher.«

»Ich auch nicht.« Er sah vor sich auf die Tischplatte, weil er nicht wagte, ihr in die Augen zu sehen.

»Ich werde keine Affäre mit einem verheirateten Mann beginnen. Und ich werde keine Familie zerstören.«

»Ich kann doch nichts dafür«, murmelte Schafmann.

»Das weiß ich. Ich auch nicht.«

»Und was machen wir jetzt?«

»Wir werden uns aus dem Weg gehen. So gut wie eben möglich. Wir werden einander nicht nachlaufen. *Bitte.*«

Er nickte stumm.

»Es ist eine kleine Stadt. Wir kämen nicht davon, wenn wir versuchen würden zu lügen. Ich will nicht lügen. Ich hasse lügen. Und du weißt, dass es anders nicht ginge als mit lügen.«

Die Kellnerin kam an ihren Tisch, ihr freundliches Lächeln wirkte auf Schafmann wie eine verzerrte Grimasse.

»Nein danke«, sagte er auf ihre Frage, ob sie ihm etwas bringen könne. »Ich bin gleich wieder weg.«

Langsam erhob er sich von seinem Stuhl. Er fühlte sich plötzlich sehr alt. Carmen blieb sitzen. Sie reichte ihm die Hand. Er ergriff sie zaghaft.

Sie war eiskalt.

***

Die Hoffnung, so sagt man ja, stirbt zuletzt. Doch dazu müsste sie gelebt haben. Die große Leistung der Hoffnung, die sie so unangreifbar macht, ist, dem Menschen ihre Existenz überhaupt einzureden. Denn die Existenz der Hoffnung besteht aus nichts weiter als Hoffnung. Hoffnung ist nicht einmal ein Gedanke. Sie ist weniger. Sie ist das Gegenteil jeden Dings. Hoffnung ist ein Unding.

***

Selbach trug eine Jogginghose und ein offenes kariertes Baumwollhemd über einem grauen T-Shirt. Er reichte Sebastian die Hand.

»Schön, dass Sie da sind. Willkommen in meinem Reich.«

Selbachs »Reich« bestand aus einem heruntergekommenen zweistöckigen Wohngebäude, das irgendwann einmal, vor fünfzig Jahren vielleicht, ganz respektabel gewesen sein durfte.

Von einer Baumreihe vor Blicken geschützt, lag es in der Nähe der B 2 am Rand des Murnauer Moos.

»Mein Großvater wollte hier ein Hotel aufmachen«, sagte Selbach. »Ausgerechnet hier. Ich weiß nicht, welche Gäste er erwartet hat. Die Römerfunde haben sie weggebaggert, und so ein Quarzitwerk ist ja auch nicht gerade eine Attraktion. Jetzt, wo's weg ist, könnte man es glatt noch mal versuchen, aber wahrscheinlich kriegt man das gar nicht genehmigt. Ist ja jetzt Naturschutzgebiet.«

»Dann war das nie ein Hotel?«, fragte Sebastian.

»Nein. Als das Haus stand, hat Großvater einen Herzkasper gekriegt, von dem er sich nie wieder erholt hat. So hatten wir wenigstens immer eine Menge Platz.«

»Nutzen Sie denn das ganze Gebäude?«

»Das meiste davon. Nicht unbedingt zum Wohnen, aber mit Platz kann man doch eigentlich immer was anfangen.«

»Es wirkt ein bisschen unheimlich«, sagte Sebastian.

Selbach lachte. »Ja. Wenn man vom Moos aus guckt, sieht es fast aus wie das Haus von diesem Kannibalen, wissen Sie noch? In Rotenburg war das, nicht wahr?«

Sebastian musste sich überwinden, einzutreten. Im Innern allerdings wirkte das Haus alles andere als heruntergekommen. An ein Hotel erinnerte hier allenfalls noch die breite Treppe in den ersten Stock, die vor einer verschlossenen Tür endete.

»Ich hab hier unten fast alle nicht tragenden Wände rausgenommen«, sagte Selbach und führte ihn in einen großen Wohnbereich mit offener Küche. Die Fenster an der Rückfront waren riesig. Der Blick ging über das Moor, die zahllosen Stadel dort, große, einzeln stehende Bäume, Hochsitze und immer wieder Schilfstreifen, die die Ebene durchzogen. Dahinter lagen die bewaldeten Köchel mit ihren von Steinbrüchen aufgeschlagenen Flanken. Die Ausläufer des Ammergebirges begrenzten den Blick.

»Hier haben Sie wirklich Ihre Ruhe«, sagte Sebastian.

»Ja. Und wenn man mal was verschwinden lassen will: Das Moor ist direkt vor der Tür.« Selbach lachte, und Sebastian lachte mit, so gut es ihm gelang.

Die Einrichtung des Hauses war schlicht, aber alles wirkte ein bisschen über dem Durchschnitt. Sie passte zu Selbach.

»Sie sind Junggeselle?«, fragte Sebastian.

»Zurzeit. Ich war lange mit einer Frau zusammen, aber

nicht verheiratet. Das ist, glaub ich, nichts für mich. Mögen Sie was trinken? Ein Weißbier?«

»Ich bin mit dem Auto.«

Selbach öffnete den großen zweitürigen Kühlschrank. »Ach, *ein* Weißbier wird doch wohl gehen, oder?«

Er holte zwei Flaschen heraus und öffnete sie, ohne auf Sebastians schwachen Protest einzugehen.

»Dann macht das Schießen mehr Spaß«, sagte er, als er Sebastian das Glas reichte.

***

Schafmann saß an seinem Schreibtisch und starrte auf seinen Notizblock. Irgendwann schreckte er hoch, als ihm bewusst wurde, dass er nicht das Geringste wahrnahm von dem, was er da las. Er sah zur Uhr. Es durften fast fünfzehn Minuten gewesen sein, die er so dagesessen hatte. Mit einem ärgerlichen Kopfschütteln zwang er sich zur Konzentration. Eigentlich war heute sein freier Tag, und es gab für ihn nichts zu tun, was nicht auch der Kriminaldauerdienst hätte erledigen können. Er war überhaupt nur hergefahren, um einen Grund zu haben, aus dem Haus zu gehen. Weil er gehofft hatte, Carmen sehen zu können.

Nun, das war ihm gelungen.

Er blätterte in seinem Block hin und her, auf der Suche nach etwas, das ihm eine Idee lieferte, einen Punkt, an dem er einhaken konnte, die eine Kleinigkeit, die sie bisher übersehen hatten.

»Befragung Polz, Sebastian«, las er, und dann, ein paar Seiten weiter: »Befragung Polz, Hartmut«.

»Die wohnen glei über mir. Im gleichn Haus. Er und der Filius, des is a so oaner.«

Der alte Polz zerkratzt Autos, dachte Schafmann. Und der junge ist auch so einer.

Natürlich war dieser Worgall als Zeuge ein Witz, aber dass er den Namen Polz nun schon zum dritten Mal auf seinem Block fand, gab ihm zu denken.

Er schaltete seinen Monitor an und rief den Namen Polz auf.

Polz, Hartmut, fand er, Jahrgang 1940, hatte im Jahr 2004 eine Tikka 512 Jagdflinte abgemeldet, wohnhaft Ludwigstraße 102, vormals Gerold, Haus Nr. 21, 82494 Krün.

Und Polz, Sebastian, Jahrgang 1981, wohnhaft Ludwigstraße 102, vormals Gerold, Haus Nr. 21, 82494 Krün. Eigentümer eines Renault 5, Baujahr 1999, Farbe Rot.

Ein roter Kleinwagen.

Ein roter, französischer Kleinwagen, der immer wieder nachts vor dem Haus der Berghofer stand.

»Der Stalker«, sagte Schafmann halblaut. »Der Polz ist der Stalker.«

***

Bei Ulm war eine Baustelle gewesen, und es war schon früher Nachmittag, als Schwemmer endlich nach Hause kam. Er fand Burgl schlafend auf dem Sofa. Auf ihrer Brust lag ein psychologisches Fachbuch. Leise durchquerte Schwemmer das Wohnzimmer und kniete sich neben sie.

»Federgleich schwebend«, flüsterte er ihr ins Ohr. »Dringt ein dringt aus. Vergebens und nicht. Streben lass sein.«

Burgl öffnete ein Auge. »Hä?«, sagte sie.

»Es heißt ›Liebe‹. Gefällt es dir nicht?«

»Nein.« Ächzend richtete sie sich auf. »Seit wann trägst du Gedichte vor?«

»Ich hab gestern einen Lyrikband geschenkt bekommen.«

»Von wem?«

»Von einem Lyriker.«

»Aha.« Sie gähnte und rieb sich den Schlaf aus den Augen. »Da bin ich doch tatsächlich eingenickt.«

»Eingenickt? Du hast fest geschlafen.«

»Ist das nicht das Gleiche?« Sie gähnte erneut. »Das Buch ist aber auch anstrengend«, sagte sie und deutete mit dem Kinn auf ihre Lektüre.

»Psychologische Diagnostik – Theorie und Praxis psychologischen Diagnostizierens«, las Schwemmer auf dem Buchrücken.

»Und du liest jetzt Lyrik?«, fragte Burgl.

»Nur dienstlich.«

»Na Gott sei Dank. Ich hab schon einen Schrecken gekriegt.« Sie lächelte ihn an. »Federgleich schwebend ... Das passt einfach nicht zu dir.«

Er verzog enttäuscht den Mund. »Vielleicht kennst du mich einfach nicht richtig.«

»Unwahrscheinlich. Wie war's?«

»Wenig ergiebig. Die Kollegen in Aschaffenburg waren sehr kooperativ, aber letztlich gab es nichts von Belang, was nicht auch in den Akten gestanden hätte. Das Haus mit dem Tatort ist abgerissen worden. Der Ströer hat für beide Tatzeiten wasserdichte Alibis. Und er schreibt entsetzliche Gedichte.«

»Hast du denn was über Susanne Berghofer herausgefunden?«

»Ich hab ein ganzes Buch über sie. Aber ich fürchte, es erzählt in erster Linie was über den Dichter.«

***

»Kommen Sie«, sagte Selbach. Das Bierglas in der Hand ging er die Treppe hinauf. Er zog einen Schlüsselbund aus der Hosentasche und schloss die Tür am Ende der Treppe auf.

Sebastian folgte ihm. Dem ersten Stock war noch anzusehen, dass er mal als Teil eines Hotels gedacht gewesen war. Ein langer Flur durchzog die Etage über die komplette Länge. Rechts und links waren in gleichmäßigen Abständen Türen, die, bis auf eine, alle geschlossen waren. Entlang einer Wand des Flures standen schmale Tische zwischen den Türen, sonst war der Gang leer. Eine Stirnwand war hell erleuchtet. An der Decke des Flurs liefen über die ganze Länge etliche dünne Stahlseile.

»Für die Zielscheiben«, sagte Selbach, der Sebastians Blick bemerkte. »Willkommen auf dem Joseph-Selbach-Gedächtnis-Schießstand.«

»Joseph Selbach? War das Ihr Vater?«

»Genau. Er hat hier oben schon als Bub mit dem Luftgewehr geschossen. Die Oma hat es ihm immer verbieten wollen, aber der Großvater meinte, er hätte Talent.«

»Und? Hatte er?«

»Ich denk schon. Aber er hat eigentlich nie woanders geschossen als hier. Vereine mochte er nicht. Er war ein Eigenbrötler.«

»Und jetzt schießen Sie hier?«

»Ja. Auch meistens alleine. Ich möchte auch nicht, dass das an die große Glocke gehängt wird, verstehen Sie. Aus verschiedenen Gründen.«

»Dann ist das eine Ausnahme, dass Sie mich eingeladen haben.«

»Durchaus.« Selbach stieß sein Bierglas an Sebastians. »Kommen Sie, ich zeig Ihnen was.«

Er ging zu der offenen Tür und schaltete das Licht dahinter an. Beinahe wäre Sebastians Kiefer nach unten geklappt angesichts der Unzahl von Waffen, die hier an der Wand hingen.

Gewehre, alte, neue, antike und hochmoderne, standen in Halterungen an der rechten und der hinteren Wand. Und diese Wände waren breit. Es war kein kleiner Raum. Falls er mal ein Fenster gehabt hatte, war es nun zugemauert. An der linken Wand hingen Pistolen, ebenfalls in den verschiedensten Ausfertigungen. Darunter stand eine Reihe niedriger Stahlschränke, auf denen eine Arbeitsplatte lag. Neben der Tür hingen drei Armbrüste.

»Sakra«, murmelte Sebastian. »Wie viele sind das?«

»Zweiunddreißig Gewehre, davon vierzehn Schrotflinten, achtundzwanzig Pistolen und zweiundzwanzig Revolver. Gewehr oder Pistole? Womit fangen wir an?«

»Ich weiß nicht ... Pistole, glaub ich.«

Sebastian ging langsam an den Waffen entlang. Er blieb vor einem bizarr aussehenden Gewehr stehen, das ein riesiges Zielfernrohr trug.

»Das ist ein belgisches Scharfschützengewehr. Das ist nichts für hier«, sagte Selbach. »Der Flur hat ja nicht mal dreißig Meter.«

»Wo schießen Sie denn damit? Im Schützenverein?«

»Ach, die haben auch nur eine Hundert-Meter-Schießbahn.«

»Hundert Meter ist doch eine ganze Menge, oder?«

»Für einen Schützenverein schon. Aber mit so einem Ding wird es erst ab vierhundert richtig interessant.«

»Und wo schießen Sie damit?«

»Es gibt schon einige Schießstände. Aber nicht hier in der Nähe, jedenfalls keine öffentlichen. Und in der freien Natur ist es verboten.«

»Also schießen Sie gar nicht damit?«

»Es ist verboten«, sagte Selbach.

»Haben Sie das auch geerbt?«, fragte Sebastian. »Das sieht so neu aus.«

»Ja. Das ist ein hochmodernes Gerät, das hab ich selbst gekauft.«

»Wofür?«

»Ach, das ist mehr so ein langfristiges Projekt. Mein persönliches Hobby.«

Die linke Wand war bedeckt mit gelochten Platten für die Metallhaken, auf denen Revolver und Pistolen lagen. Selbach wählte einen mittelgroßen Revolver aus.

»Fangen wir mal mit einem normalen 38er Single-Action an«, sagte er, aber Sebastians Blick blieb an einem riesigen verchromten Revolver mit klobigem schwarzem Griff hängen, auf dessen Lauf »Colt Anaconda« eingraviert war.

»Was ist denn mit dem?«, fragte er.

Selbach grinste. »Ist vielleicht erst mal ein bisschen zu schwer. Wenn Sie das nicht gewohnt sind, verstaucht Ihnen der Rückstoß glatt das Handgelenk. Haben Sie so ein Ding schon mal abgefeuert?«

»Manchmal glaub ich es fast«, sagte Sebastian und sah Selbach in die Augen.

Der runzelte die Stirn. »Wie soll ich das denn verstehen?«

»Es kommt mir vor, als hätte ich ihn mal in der Hand gehabt«, sagte Sebastian.

Selbach ging auf den Satz nicht ein. Stattdessen wies er auf eine im Vergleich winzige Pistole mit Perlmuttgriff, die einen Meter weiter in ihren Haken hing.

»Ein großes Kaliber ist schön, aber nutzlos, wenn man danebenschießt. Schauen Sie hier. Meine kleinste. 22er Rigarmi. Halbes Kaliber wie der Colt, aber genauso tödlich. Vorausgesetzt, man trifft. Es geht immer ums Treffen.«

Er nahm eine Schachtel Munition aus einer der Schubladen und stellte sie auf die Arbeitsplatte. Dann klappte er die Trommel des 38ers auf und steckte Patronen in die Kammern. Aus einer anderen Schublade zog er einen dünnen Stapel Zielscheiben, aus einer dritten nahm er zwei Gehörschutze, von denen er einen Sebastian reichte.

»Das Ding müssen Sie anschalten, das funktioniert elektronisch«, sagte er. »Es dämpft die Schüsse, man kann aber trotzdem miteinander reden.«

Sebastian betätigte den kleinen Schalter, wie Selbach es ihm vormachte, und setzte den Ohrschutz auf. Dann folgte er ihm auf den Gang hinaus. Selbach ging zu der beleuchteten Wand und hängte eine der Zielscheiben an einer Vorrichtung auf. Er machte fünf große Schritte und blieb stehen.

»Das ist erst mal weit genug«, sagte er. »Kommen Sie her.«

Sebastian trat zögernd näher. Selbach hielt den Revolver in der Hand. Der Lauf zielte auf den Boden.

»Ich mach es Ihnen erst mal vor«, sagte er.

Er hob den Revolver, spannte den Hahn und feuerte.

»Haben Sie gesehen? Grader Arm, aber locker im Ellbogen. Die linke Hand stützt den Knauf.«

Er reichte ihm die Waffe. Sebastian nahm sie zögernd.

»Und machen Sie keinen Unfug«, sagte Selbach. Das kleine Grinsen, mit dem er das sagte, beseitigte einen weiteren Zweifel bei Sebastian. Da war ein böser Funke in seinen Augen gewesen, einer, den Selbach lieber versteckt hätte, da war er sicher. Aber solche Funken kann man nicht verstecken, nicht auf Dauer.

Machen Sie keinen Unfug.

Sebastian hob die Waffe und zielte auf die Wand. Sein Daumen spannte den Hahn. Er brauchte sich jetzt nur zu Selbach umzudrehen.

Und zu feuern.

Er schoss auf die Zielscheibe.

»Nicht schlecht. Eine Acht«, sagte Selbach.

Vier weitere Schüsse feuerte Sebastian ab, dann war die Trommel leer. Besser als Acht traf er nicht.

»Respektabel für einen Anfänger.« Selbach stieß die leeren Hülsen aus der Trommel und lud erneut. »Stellen Sie sich ein bisschen breiter hin und lockerer in den Knien.«

Er gab Sebastian die Waffe wieder. Sebastian versuchte umzusetzen, was Selbach ihm sagte, und brachte es bei den nächsten sechs Schüssen auf einen Neuner.

»Noch ein Bier?«, fragte Selbach.

Sebastian wollte ablehnen, aber dann sah er, dass Selbach

sein Handy auf den schmalen Tisch an der Wand gelegt hatte.

»Eins darf ich vielleicht noch«, sagte er, und Selbach verschwand in Richtung Erdgeschoss.

Sebastian griff sich das Handy, sobald er durch die Tür war. Hastig rief er den Browser auf und tippte die Adresse der Website ein, die er in dem Brief des Online-Detektiv-Shops erhalten hatte. Für sein Gefühl dauerte es ewig, bis sich die Seite aufgebaut hatte, aber dann ging alles ganz schnell. Er klickte auf Download, und Sekunden später bereits wurde er aufgefordert, die Installation zu bestätigen. Er klickte auf weiter, und das Fenster schloss sich. Als er aufsah, stand Selbach bereits neben ihm.

»Faszinierendes Spielzeug, nicht wahr?«, fragte er und stellte die Gläser auf den Tisch neben den Revolver.

»Ja«, sagte Sebastian. Er fühlte sich ertappt.

»Alles drin, sogar ein Navi. Aber Sie kriegen ja auch eins.«

»Ja. Danke noch mal.« Er legte das Handy wieder auf den Tisch.

»Das ist die Waffe der Zukunft. Die ganze Schießerei ist heute schon von gestern, wenn Sie verstehen, was ich meine.«

Sie tranken, und Selbach wischte sich den Schaum von der Oberlippe.

»Aber Schießen knallt einfach besser«, sagte er.

***

»Für dich«, sagte Burgl und reichte ihm das Telefon. »Werner Schafmann.«

»Servus«, sagte Schwemmer. »Ich komm grad die Tür rein.«

Er hatte sich auf einen gemütlichen Nachmittag gefreut, aber was Schafmann ihm erzählte, elektrisierte ihn.

»Sind die aus Köln zurück?«

»Meines Wissens schon.«

»Hast du schon mit der Isenwald gesprochen?«

»Ja. Aber für einen Haftbefehl reicht's noch nicht.«

»Verstehe. Komm mich abholen. Wir klingeln mal bei ihm an. Vielleicht ist er ja daheim.«

»Soll ich dir deine Waffe mitbringen?«

»Ich bitte darum«, sagte Schwemmer.

***

Selbachs Handy klingelte, als er gerade beim Laden war. Er meldete sich mit »Hallo«, und es entspann sich eine lockere Unterhaltung. Es ging darum, ob man am Mittwoch gemeinsam Champions League gucken würde und wo. »Du, hör mal, ich hab Besuch«, beendete Selbach das Gespräch. »Ja, bis dann. Servus.«

Sie schossen eine weitere Runde, dann legte Selbach den Revolver auf den Tisch.

»Ich muss grad mal das Bier wegbringen«, sagte er. »Tun Sie mir den Gefallen und hantieren Sie mit dem Ding nicht rum, solange ich nicht dabei bin. Da ist schnell was passiert.«

Sebastian nickte, und Selbach ging zur Treppe. »Sie können eine neue Zielscheibe aufhängen, wenn Sie mögen.« Er blieb an der Tür noch einmal stehen und grinste entschuldigend. »Kann einen Moment dauern.«

Sebastian ging zur Zielscheibe, zog sie aus ihrer Halterung und warf sie in den Karton für die verbrauchten Scheiben. In der Pappkiste lagen auch große, achtlos zusammengefaltete Papierbögen. Er nahm einen heraus und faltete ihn auseinander. Es war eine stilisierte, mannshohe menschliche Silhouette darauf gedruckt. So etwas hatte er bisher nur in amerikanischen Polizeifilmen gesehen.

Ursprünglich hatte die Figur kein Gesicht gehabt, aber es war eines mit dickem Filzstift hineingemalt worden, strichmännchenhaft mit einem grinsenden Mund.

In dem Gesicht waren drei Einschüsse. Einer in der Stirn und zwei dicht neben den Augen.

Dort, wo bei einem Menschen die Ohren waren, standen zwei Buchstaben. S und B.

Mit aller Kraft wehrte Sebastian sich gegen das Zittern, das seinen Körper befiel.

Er sah zu dem Revolver, der nur wenige Meter entfernt lag. Hastig lief er hin und klappte die Trommel aus. Es gelang ihm nicht auf Anhieb, die Hülsen herauszustoßen. Er sah zur Tür, sie stand offen. Von unten war nichts zu hören. Fahrig fummelte er am Ausstoßer herum, bis die Hülsen endlich aus den Kammern klimperten. Er zwang sich zu ruhigen Bewegungen, während er sechs neue Patronen in die Kammern steckte. Er hätte die Waffe fast fallen lassen, als sein Handy zu läuten begann.

»Wie fühlt sich das an, Sebastian?«, fragte die Stimme. »Inmitten all dieser Waffen. Das Gefühl von Stärke – genieße es. Es ist ein seltenes Gefühl. Du kannst machen, was du willst. Wer könnte dich hindern? Und wie? Du hast Macht, Sebastian.«

Die Verbindung wurde unterbrochen. Sebastian fluchte in sich hinein. Er konnte sich zu genau vorstellen, wie Selbach mit seinem Handy irgendwo im Erdgeschoss saß und ihn verhöhnte.

Du hast Macht, Sebastian.

Er stieß ein böses Lachen aus. Macht, na schön, dachte er. Er griff sich den Revolver und steckte ihn hinten in den Hosenbund.

Durch die offene Tür hörte er schnelle Schritte auf der Stiege. Selbach hatte zwei Flaschen Bier in der Hand, die er auf einem der Tische abstellte.

»Für Sie ein Alkoholfreies«, sagte er. »Lassen Sie uns mal was anderes probieren.« Er verschwand im Waffenzimmer. Sekunden später kam er wieder heraus, in der Hand eine Pistole.

»Kimber 1911«, sagte er. »Irgendwie mag ich die besonders. Eine schöne Waffe.«

Er zog das Magazin aus dem Griff und begann, es zu laden.

Sebastian trat langsam zu ihm. Es gelang ihm kaum, das Zittern zu unterdrücken.

»Sie haben Susanne erschossen«, sagte Sebastian heiser.

Selbach sah ihn verständnislos an. »Was?« Ohne hinzusehen, steckte er eine weitere Kugel in das Magazin und griff mit der anderen Hand nach der Pistole.

»Drei Schüsse«, sagte Sebastian. »Genau, wie Sie es geübt haben.«

»Wie ich was geübt habe?«

»Ich habe das Ziel gesehen, hinten in der Kiste. Sie haben sogar ihre Initialen daraufgeschrieben. SB. Und sie haben dreimal getroffen.«

»SB?« Selbach lachte auf. »Ich weiß nicht, wovon Sie sprechen, Sebastian.«

»Doch, das tun Sie. Drei Schüsse in den Kopf. Mit einem Colt Anaconda.«

»Wenn ich das richtig verstehe, Sebastian, trauen Sie mir also zu, ein Mörder zu sein«, sagte Selbach kühl. Mit einem metallischen Klicken ließ er das Magazin einrasten. »Finden Sie es nicht ziemlich gewagt, einem bewaffneten Mann so etwas zu sagen?«

»Ich bin auch bewaffnet«, sagte Sebastian. Er zog den Revolver aus dem Bund und spannte den Hahn. Langsam richtete er den Lauf auf Selbach.

»Zielen Sie woandershin!«, sagte Selbach scharf, aber Sebastian reagierte nicht.

»Legen Sie das Ding weg und lassen Sie uns reden«, sagte Selbach, aber Sebastian blieb starr stehen. Der Lauf der Waffe zitterte, aber er war nah genug, er würde nicht danebenschießen.

»Woher wissen Sie das eigentlich alles?«, fragte Selbach. »Das mit den drei Schüssen und dem Colt? Davon hat nichts in der Zeitung gestanden.«

»Machen Sie sich nicht weiter lustig über mich.«

»Ich mache mich nie lustig über Leute, die mit geladenen Waffen auf mich zielen. Ich frage mich nur zunehmend verzweifelt, was zum Teufel in Sie gefahren ist!«

»Das wissen Sie doch genau.«

Selbach schüttelte den Kopf. Sie standen sich gegenüber, die Sekunden verstrichen. Selbach hielt noch immer die Pistole in der Hand, aber sie war nicht durchgeladen.

»Ich will Sie nicht provozieren«, sagte Selbach. »Aber ich

glaube nicht, dass Sie in der Lage sind, auf einen Menschen zu schießen.«

»Verlassen Sie sich nicht drauf.«

»Das hab ich nicht vor.«

»Wo haben Sie die Tatwaffe?«, fragte Sebastian. »Ist es der Colt, der drüben an der Wand hängt? Oder ein anderer?«

»Meines Wissens wurde mit keiner meiner Waffen jemals auf einen Menschen geschossen.«

»So kommen wir nicht weiter«, sagte Sebastian.

»Da geb ich Ihnen recht.«

Sebastians Kopf schwirrte. Wenn Selbach log, tat er das sehr überzeugend. Aber er log ja auch um sein Leben.

»Haben Sie eigentlich eine Ahnung, wie das hier weitergehen soll?«, fragte Selbach.

Das war eine gute Frage. Eine entscheidende.

Nein, Sebastian hatte keine Ahnung. Er wagte nicht, den Blick von Selbach zu wenden.

»Legen Sie die Pistole weg«, sagte er.

Selbach gehorchte. Er legte die Waffe auf die Tischplatte und schob sie Sebastian zu.

Mit dem Kopf wies Sebastian auf die geschlossenen Türen entlang des Flures. »Was ist hinter diesen Türen?«

»Zimmer«, antwortete Selbach.

»Was ist da drin?«

»Kram. Manche sind leer.«

»Kann man die abschließen?«

»Ein paar davon. Wenn die Schlüssel stecken.«

Sebastian wandte kurz den Kopf und entdeckte einen Schlüssel im Schloss der Tür schräg hinter sich.

»Da rein«, sagte er.

Selbach nickte und machte einen Schritt nach vorn. Ehe Sebastian reagieren konnte, schlug er mit der geballten Faust gegen den Revolver. Sebastians Hand knickte zur Seite, aber er hielt die Waffe umklammert. Ein Schuss löste sich, die Kugel schlug in der Wand ein.

Selbachs zweiter Hieb landete auf Sebastians Kinn. Während er nach hinten taumelte, hechtete Selbach nach der Pistole. Er hatte sie bereits wieder in der Hand, als Sebastian die Kontrolle über seine Bewegungen wiedergewann. Er riss den Hahn des Revolvers nach hinten, aber Selbach hatte bereits durchgeladen und schoss. Sebastian fühlte einen Luftzug an seiner linken Wange. Er feuerte hektisch ungezielt einen Schuss in Richtung Selbach. Die Kugel riss Splitter aus dem Türrahmen neben Selbachs Kopf. Selbach machte zwei schnelle Schritte und verschwand durch die offene Tür des Waffenraums.

Sebastian zögerte nicht eine Sekunde. So schnell er konnte, rannte er zum Ende des Flurs und die Stiege hinunter. Er durchquerte das Erdgeschoss, die glatten Fliesen machten es ihm schwer, an der Haustür zum Stehen zu kommen, aber er schaffte es ohne Sturz hinaus. Den gehobenen Revolver in der Hand, spurtete er zu seinem Wagen.

Mit durchdrehenden Reifen hetzte er den Schotterweg zur Ausfahrt des Grundstücks entlang. Sekunden später sah er Selbach im Rückspiegel aus dem Haus kommen und zu seinem BMW rennen. Sebastian hatte den Wagen bereits im Rückspiegel, als er halsbrecherisch auf den geteerten Weg in Richtung Bundesstraße einbog.

Als er wieder in den Rückspiegel schaute, entdeckte er ein

Auto hinter sich auf dem Weg. Er musste fast mit ihm kollidiert sein, denn der Wagen bremste und kam unmittelbar vor der Ausfahrt von Selbachs Grundstück zum Stehen. Dann sah er die Schnauze des BMW auftauchen und dem Wagen in die Seite fahren.

Sebastian ging vom Gas, bevor er auf die Bundesstraße einbog, und bemühte sich um eine zügige, aber nicht zu auffällige Fahrweise. Immer wieder sah er in den Rückspiegel, aber Selbach tauchte nicht auf.

Neben ihm auf dem Beifahrersitz lag der Revolver.

Vier Schuss, dachte Sebastian. Vier Schuss hab ich noch.

ZEHN

»Immerhin«, sagte Schwemmer, als der Türöffner brummte.

Der Mann, der in der Wohnungstür im zweiten Stock auf sie wartete, sah ihnen misstrauisch entgegen.

»Grüß Gott. Herr Polz?«, sagte Schwemmer.

»Der do kennt mi«, antwortete der Mann und deutete mit dem Kinn auf Schafmann.

»Mein Name ist Schwemmer. Kriminalpolizei Garmisch-Partenkirchen.« Schwemmer hielt ihm seinen Dienstausweis hin.

»I hob nix zum Sagn. I war des ned.«

»Wir würden gerne Ihren Sohn sprechen«, sagte Schwemmer.

Polz' Blick wurde noch misstrauischer. Seine Augen verengten sich. »Warum?«, fragte er.

Schwemmer hörte das Klappen einer Wohnungstür im Stockwerk über ihnen.

»Vielleicht können wir das drinnen besprechen.«

Polz verzog das Gesicht, aber auch er hatte das Türschlagen gehört. Er hinkte in die Diele hinein und winkte sie mit einer stummen Kopfbewegung hinter sich her.

Schwemmer meinte, der Wohnung das Fehlen einer weiblichen Hand anzumerken. Nicht dass es unordentlich oder unsauber gewirkt hätte. Aber die Einrichtung strahlte eine freudlose Zweckmäßigkeit aus, die auch durch einige preiswerte und von wenig Geschmack zeugende Dekorationsartikel nicht kaschiert wurde. Es roch nach Kaffee, der zu lange auf der Wärmeplatte gestanden hatte. Durch die Stubentür sah Schwemmer einen Fernseher, der ohne Ton ein Autorennen zeigte.

»Der Bua war des a ned. Mia ham nix zum doa damit.«

»Herr Polz, es geht diesmal nicht um zerkratzte Autos. Ist Ihr Sohn da?«

Polz schüttelte stumm den Kopf.

»Wo steckt er?«

»Woaß i ned.« Polz verschränkte die Arme vor der Brust und streckte das Kinn nach vorn.

»Ist er denn aus Köln zurück?«

»Woaß i a ned.«

Schwemmer sah sich um. Die Stuben- und die Küchentür standen offen. Drei weitere Türen waren geschlossen. Neben der Garderobe stand ein ziemlich neu wirkender Rollkoffer.

»Welches ist das Zimmer Ihres Sohnes?«, fragte er.

»Da brauch i Eane ned neilassn, des woaß i gnau.«

»Irrtum, Herr Polz. Wir ermitteln in einem Kapitalverbrechen. Gefahr im Verzug. Den Durchsuchungsbefehl reich ich Ihnen heut noch nach.«

Polz' eben noch so trotzig vorgerecktes Kinn sank nach unten. »Kapitalverbrechen? Der Basti?«

»Ist das die Tür?«, fragte Schafmann.

Polz zögerte, aber dann nickte er.

Schafmann drückte die Klinke. Die Tür war unverschlossen.

»Wos denn für an Kapitalverbrechen? Wos soll der denn do ham?«

»Es geht um Mord, Herr Polz«, sagte Schwemmer. »Ob

Ihr Sohn etwas damit zu tun hat, versuchen wir grade herauszufinden.«

Polz begann den Kopf zu schütteln und hörte nicht mehr damit auf. »Na«, sagte er, »ned der Basti. Der Basti kann des doch gar ned. An Mord.« Er war leichenblass.

»Vielleicht setzen Sie sich besser hin, Herr Polz«, sagte Schwemmer.

Immer noch schüttelte der alte Mann den gesenkten Kopf. Er rang um Atem. Schwemmer nahm ihn am Arm und führte ihn in die Stube. Polz wehrte sich nicht dagegen. Schwach sank er in den Fernsehsessel.

»Ein Glas Wasser?«, fragte Schwemmer.

»Ja, bittschön«, keuchte Polz. Schwemmer begann sich ernsthaft Sorgen zu machen. Er ging in die kleine Küche und klappte ein paar der Hängeschränke auf, bis er Gläser fand. Er füllte eins und brachte es in die Stube. Polz trank gierig daraus.

»Dankschön«, flüsterte er dann.

Schafmann kam aus dem Zimmer.

»Schau mal«, sagte er und reichte ihm einen Brief. Er stammte von einem Online-Shop für Detektivbedarf. Offensichtlich hatte Sebastian Polz kürzlich einen beachtlichen Betrag für eine Handyüberwachungssoftware ausgegeben.

»Was will er denn *da*mit?«, fragte Schwemmer.

»Wenn er sie einsetzt, finden wir das raus. Hier ist auch unsere Vorladung an ihn. Die Briefe sind beide geöffnet. Er ist also aus Köln zurück. Oder haben Sie die geöffnet, Herr Polz?«

Polz antwortete nicht, er sah starr zu Boden. Sein Atem ging schwer.

Schwemmer und Schafmann tauschten einen Blick, dann zückte Schwemmer sein Handy.

»Ich ruf Ihnen einen Krankenwagen«, sagte er.

***

Er bog von der Schotterstraße in einen noch schmaleren Arbeitsweg ab. Der Renault quälte sich durch den Schlamm. Als der Weg um einen Felsen bog und ihn den Blicken von der Straße entzog, stellte Sebastian den Motor ab. Es war still um ihn herum. Er stieg aus und versuchte, zur Ruhe zu kommen. Der Wald dämpfte das graue Oktoberlicht zu einem dunkelgrünen Halbschatten. Er sah den Weg hoch. Dort oben war ein Stadel, der zu ihrem alten Hof gehörte und den der neue Besitzer nicht mehr nutzte, wie er Sebastian einmal erzählt hatte. Er wusste nicht, in welchem Zustand sich das Gebäude befand, aber er hatte keine bessere Idee. Zuerst hatte er vorgehabt, nach Hause zu fahren, aber dort war er nicht sicher. Dort würde Selbach ihn als Erstes suchen.

Vater, dachte er plötzlich. Was wird er mit Vater machen?

Er zog sein Handy heraus und rief zu Hause an. Es klingelte viermal, dann hörte er seine eigene Stimme bei der Ansage des Anrufbeantworters. Er klappte das Handy zusammen und steckte es ein. Dann machte er sich an den Aufstieg zum Stadel.

Der Hirschschädel prangte noch am Giebel, wo sein Vater ihn vor ewigen Zeiten angenagelt hatte, aber die Tür hing in den Angeln. Offenbar hatten sich hier mehr als einmal ein paar Halbstarke ausgetobt. In einer Ecke war das Dach eingeknickt, darunter hatte sich eine große Pfütze gebildet, in der anderen Ecke lag ein Haufen faulig riechenden Heus.

Mit dem Fuß schob er es zusammen und hockte sich darauf. Hier konnte er auf Dauer nicht bleiben, das war klar. Aber es war ein Ort, um seine Gedanken zu ordnen.

Er knöpfte seine Jacke bis zum Kragen zu. Trotzdem war ihm kalt. Im Kofferraum lag eine alte Decke. Er wollte gerade aufstehen, um sie zu holen, das klingelte sein Handy.

CLIRO, las er auf dem Display. Und eine Nummer. Verwirrt starrte er das Handy an. Es war nicht Selbachs Nummer, so viel war klar. Er kannte die Nummer nicht.

Mit einem Kloß im Hals nahm er das Gespräch an.

***

Schafmann legte den Hörer auf und nickte Schwemmer zu.

»Treffer«, sagte er. »Im Auto und am Tatort.«

Sie hatten Sebastian Polz' Zahnputzbecher aus dem Bad der Wohnung mitgenommen. Darauf hatte das K3 fünf verwertbare Fingerabdrücke isoliert, die Dräger einem rechten Daumen, Zeige- und Mittelfinger sowie einem linken Daumen und Ringfinger zuordnete.

Und drei davon passten.

»Dann mal los«, sagte Schwemmer und wählte die Nummer der Staatsanwaltschaft. Ein Haftbefehl war jetzt nur noch Formsache. Bloß finden mussten sie den Polz noch.

»Ich brauche Handyüberwachung«, sagte Schwemmer, als er Isenwald am Apparat hatte.

»Kein Thema«, sagte die Staatsanwältin. »Wie sind Sie eigentlich auf den Mann gekommen?«

»Hintenrum«, antwortete Schwemmer und legte auf.

Schafmanns Telefon läutete, er nahm ab und meldete sich.

»Frau Misera ... Grüß Gott«, sagte er und schien plötzlich nicht zu wissen, wo er hinschauen sollte.

Schwemmer seufzte leise und betrachtete seine Fingernägel, aber Schafmann setzte sich plötzlich auf.

»*Was* will er gestehen?«, fragte er und schaltete den Lautsprecher des Telefons ein.

»Einen Mord«, sagte Carmen Misera.

»Wer?«, fragte Schwemmer.

»Polz senior«, sagte Schafmann.

»Wie geht es ihm? Ist er überhaupt bei Sinnen?«, fragte Schafmann.

»Er hatte einen Schwächeanfall, aber nichts Bedrohliches. Normalerweise würde ich ihn in ein paar Stunden wieder heimschicken.«

»Wir kommen«, sagte Schafmann und legte auf.

***

»Wo bist du, Sebastian?«, fragte die Stimme. »Hat es dir nicht gefallen? All die schönen Waffen ...«

Seine Gedanken rasten. Dieser seltsame Typ aus Köln hatte ihm tatsächlich dieses *Override* auf seinem Handy eingerichtet. Aber die Nummer war nicht die von Selbach.

»Was ist los, Sebastian? Redest du nicht mehr mit mir?«

Natürlich. Selbach hatte noch ein Handy. Er war viel zu clever, um das Risiko einzugehen, die Anrufe von seiner offiziellen Nummer aus zu machen.

»Nein, Herr Selbach«, sagte Sebastian. »Es hat mir nicht gefallen, dass Sie auf mich geschossen haben.«

Die Stimme lachte. »Oh, du hast einen Namen für mich gefunden. Das soll mir recht sein. Ich habe bisher gar keinen Namen. Ich bin nämlich das Namenlose.«

»Selbach, hören Sie auf mit dem Scheiß und schalten Sie dieses Spielzeug aus«, sagte Sebastian. »Wir müssen reden!«

»Aber wir reden doch, Sebastian. Was willst du mehr?«

»Ich will, dass Sie mich in Ruhe lassen!«, schrie er das Gerät an.

»Aber Sebastian, das geht nicht. Du wirst keine Ruhe mehr finden. Nicht in diesem Leben.«

Sebastian schloss die Augen und ließ die Hand mit dem Telefon sinken.

»Willst du mir nicht sagen, wo du bist, Sebastian?«, hörte er die Stimme leise aus der Hörmuschel. »Ich müsste dich sonst suchen kommen, und ich weiß nicht, ob du das wirklich willst.«

Sebastian drückte auf den roten Knopf und unterbrach das Gespräch.

Er rief die angenommenen Anrufe auf und sah sich die Nummer an, mit der Selbach eben angerufen hatte. Die Sache mit der Überwachung von Selbachs Firmenhandy war ein Schuss in den Ofen gewesen. Dafür hatte er jetzt CLIRO. Immerhin.

Aber was sollte er damit anfangen?

Wenn er die Nummer anrief, wusste Selbach, dass er sie kannte. Es würde ihn allenfalls verwundern, aber Sebastian nichts nutzen. Er könnte der Polizei einen anonymen Hinweis auf die Nummer geben, mit dem Resultat, dass die Spur direkt weiter zu seinem Handy führte. Und Selbach würde gewiss seine Freude daran haben, zügig die Tatwaffe mit Sebastians Fingerabdrücken auftauchen zu lassen.

Er schreckte zusammen, als das Gerät in seiner Hand wieder zu läuten begann.

Es war Carina.

»Ich wollt mich nur mal melden«, sagte sie. »Und fragen, wie es dir geht.«

»Nicht wirklich gut«, sagte Sebastian.

»Was ist denn?« Sie klang ehrlich besorgt. »Kann ich dir irgendwie helfen?«

»Ja ... Nein ... nein, es ist besser, wenn du dich raushältst.«

»Hat der Mann wieder angerufen?«

»Ja ...«

»Und?«

»Jetzt bin ich am Arsch.«

»Aber Basti ...« So hatte sie ihn noch nie genannt. »Dann lass den Job bei GAP-Data doch sausen. Dafür musst du dir nicht das Leben versauen.«

»Es ist nicht nur der Job«, sagte er leise. »Es hängt noch mehr dran.«

»Magst du's mir erzählen?«

»Nein.«

»Wo bist du?«

Er lachte traurig. »In einem Stadel oberhalb von Gerold. Den hat mein Großvater mit den eigenen Händen gebaut. So sieht er auch aus.«

»Was machst du denn da?«

»Ich denke nach.«

»Über was?«

»Wie ich aus dem Schlamassel wieder rauskomme.«

»Und wie lange willst du da bleiben?«

»Keine Ahnung. Bis mir was eingefallen ist.«

»Brauchst du irgendwas?«

Sebastian ließ den Kopf sinken. Es war nicht richtig, Carina da mit reinzuziehen. Aber er wusste nicht weiter. Er sah aus der Tür in das düstere Grün des Waldes. Es wurde immer kälter. Außerdem verspürte er ein Drücken in der Magengegend, das er bei allem Stress als Hunger identifizierte. Resigniert nahm er das Handy wieder ans Ohr.

»Ja«, sagte er. »Ein paar Sachen könnt ich brauchen.«

***

Carmen Misera erwartete sie im Dienstzimmer der Station.

»Wie geht es ihm?«, fragte Schwemmer.

»Ganz gut. Sie können mit ihm sprechen, aber nur wenn Sie ihn nicht zu sehr aufregen.«

»Ich glaube nicht, dass uns das gelingen wird, Frau Misera«, sagte Schafmann. Er sah dabei an ihr vorbei. »Immerhin geht es um ein Mordgeständnis.«

»Dann muss ich dabeibleiben«, sagte sie.

»Na schön«, sagte Schwemmer. »Von mir aus.«

Sie führte sie über den Gang zu dem Zimmer, in dem Hartmut Polz lag.

Er schien zu schlafen. Neben ihm hing an einem Ständer ein Plastikbeutel, aus dem eine klare Flüssigkeit in eine Kanüle auf seinem Handrücken tropfte.

Carmen Misera fasste die andere Hand und schüttelte sie sanft.

»Herr Polz«, sagte sie leise. »Sind Sie wach?«

Er schlug die Augen auf und sah sie mit misstrauischem Blick an.

»Die Polizei ist da«, sagte sie. »Sie haben ein paar Fragen.«

»I hob ois gsagd«, sagte Polz nur und presste dann die Lippen aufeinander.

Schwemmer bemühte sich um einen geduldigen Ton. »Sie haben es aber leider nicht uns gesagt, Herr Polz.«

»Dann fragst halt die Frau Doktor.«

»Also haben *Sie* die Frau Berghofer getötet?«

Schwemmer erhielt keine Antwort. Polz' Lippen bildeten einen harten Strich. Er schloss die Augen.

»Was genau hat er Ihnen gesagt?«, fragte Schwemmer.

Carmen Misera stand mit verschränkten Armen neben dem Bett und ließ ihren Patienten nicht aus den Augen. Skepsis stand in ihrem Blick.

»Er hat gesagt, er hätte ›die Frau‹ erschossen. ›Ich hab die Frau erschossen. Sagen S' das der Polizei.‹ Ich hab natürlich nachgefragt. Aber er hat den Satz nur wiederholt.«

»Wann war das denn, Herr Polz?«, fragte Schwemmer, aber Polz schwieg.

»Ihnen ist klar, dass wir Sie in Untersuchungshaft nehmen müssen, Herr Polz?«

»Und wenn scho«, murmelte Polz mit geschlossenen Augen.

Schafmanns Handy klingelte. Er hörte dem Anrufer zu und runzelte die Stirn. »Mach das«, sagte er und legte auf. »Wart mal einen Moment«, sagte er dann zu Schwemmer, der ihn fragend ansah. »Dräger schickt mir ein Foto.«

Der Moment zog sich, aber nach einer halben Minute piepste Schafmanns Handy wieder, und er drückte ein paar Knöpfe. Das Foto von einer aufgeklappten Illustrierten erschien auf dem Display.

»Die hat Dräger in dem Zeitschriftenstapel neben dem Fernseher in der Polz'schen Wohnung gefunden.« Schafmann reichte Schwemmer das Handy. Das Bild zeigte eine aufgeschlagene Waffenzeitschrift. Die Doppelseite trug die Überschrift »Klassische Schönheit«, daneben war mit breitem rotem Filzstift ein Kreuz gemalt. Abgebildet war ein schwerer Revolver, dessen ohnehin mächtiger Lauf durch die Belüftungsschiene an der Oberseite noch gewaltiger wirkte. »Colt Anaconda« war seitlich auf den Lauf graviert. »Löst auch hartnäckige Fälle«, stand darunter.

»Was können Sie uns dazu sagen?« Schwemmer hielt Polz das Display vors Gesicht.

Aber dessen Augen blieben hartnäckig geschlossen.

»Ist er transportfähig?«, fragte Schwemmer.

***

Carina war mit ihrem Roller gekommen. Sebastian hatte unten am Weg auf sie gewartet, versteckt zwischen ein paar Büschen, und dabei immer wieder ängstlich in alle Richtungen gespäht, um nicht von Wanderern oder dem Förster entdeckt zu werden.

Sie hatte eine große Tasche mitgebracht, vollgestopft mit warmer Kleidung und Lebensmitteln. Darauf lag, zusammengerollt, eine Isomatte.

Gemeinsam schoben sie den Roller in den Wald hinein,

bis er einigermaßen getarnt war, dann stiegen sie den steilen Weg hoch zum Stadel.

Als Carina den Stadel betrat, schüttelte sie entsetzt den Kopf.

»Hier kannst du doch nicht bleiben«, sagte sie.

»Das ist schon in Ordnung. Ich bin nicht anspruchsvoll.«

»Warum gehst du nicht in ein Hotel?«

»Da würde er mich finden.«

Sie sah sich um, ihre Schultern sanken herab. »Ich würd dich ja mit zu mir nehmen ... aber meine Mutter ...«

»Lass mal«, sagte Sebastian. »Das passt schon.«

»Vielleicht krieg ich noch irgendwoher eine Luftmatratze«, sagte sie.

»Die Isomatte reicht. Da ist ja auch Heu.« Sebastian begann, die Tasche auszupacken.

»Aber das stinkt doch!«

»Ist ja nicht für ewig«, sagte Sebastian. Eine kleine Taschenlampe war ebenfalls in der Tasche.

»Sondern?«, fragte sie.

Sebastian zuckte die Schultern. »Ich weiß es nicht.«

Sie wusste, dass er ihr etwas Wesentliches verschwieg, das konnte er ihr ansehen. Aber sie fragte nicht nach.

Sie hatte an alles gedacht. Pullover, eine Decke, Knäckebrot und sättigende Kekse, Konserven, die man auch kalt essen konnte. Sogar Brillenputztücher. Er steckte sie gemeinsam mit der Lampe in die Jackentasche.

»Ich danke dir«, sagte er und trat auf sie zu.

Sie blieb starr stehen, als er seine Hände auf ihre Oberarme legte. Irgendwie hätte er ihr gern einen Kuss gegeben, nur auf die Wange, aber er spürte, dass sie nicht berührt werden wollte – nicht nur von ihm, sondern gar nicht. Also ließ er die Hände wieder sinken.

»Danke«, sagte er noch einmal.

»Ich hab noch was für dich«, sagte sie, als sei nichts gewesen, und vielleicht war ja auch tatsächlich nichts.

Sie zog ein Handy aus der Tasche und reichte es ihm.

»Das ist das Smartphone, das Lerchl dir versprochen hat.«

»Wie kommst du denn *da*ran?«

»Ich verwalte die doch. Die liegen in meinem Schreibtisch. Das hab ich eben aus dem Büro geholt. Damit kannst du bestimmt was anfangen. Da ist ein Navi drin, und ins Internet kannst du auch. Das kann nicht schaden, wenn du hier oben hockst.«

»Das stimmt wohl.«

»Einfach deine SIM-Karte reinstecken. Der Akku ist geladen.«

»Super. Vielen Dank. Schon wieder.«

Er grinste verlegen, und sie lächelte zurück.

***

»Das K3 checkt gerade die Fingerabdrücke«, sagte Schafmann.

»Was ist eigentlich mit der Handyüberwachung von Polz junior?«, fragte Schwemmer.

»Läuft noch nicht. Ich hab schon nachgefragt, die richterliche Genehmigung ist raus, aber da hakt irgendwas beim Provider. Da sitzen manchmal aber auch Typen ...«

»Ach, in *der* Branche möchte ich auch nicht arbeiten«, sagte Schwemmer.

»In welcher Branche möchte man schon arbeiten? In unserer?«

»Nicht wenn man die Wahl hat.«

»Halt durch«, sagte Schafmann. »Sind ja nur noch ein paar Jahre.«

Sein Telefon signalisierte einen Internanruf. Er warf einen Blick auf das Display. »Hessmann«, sagte er.

»Ich bin nicht da«, sagte Schwemmer.

Schafmann nahm ab und meldete sich. »Nein, der ist nicht hier«, sagte er. »... doch, soweit ich weiß, ist er im Haus ... Ja, durchaus. Wir haben einen Geständigen und einen Verdächtigen. Nach dem Verdächtigen suchen wir gerade ... Weil wir dem Geständnis noch nicht so recht trauen. Es handelt sich um den Vater des Verdächtigen ... Nein, die Presse ist noch nicht informiert ... Weil ... Nein ... Jawohl, Herr Hessmann, jawohl.«

Er legte auf. »Der Chef fragt, warum wir einen Verdächtigen suchen, wenn wir schon einen Geständigen haben.«

»Hat er Angst, dass wir unsere Ressourcen verschwenden?«

»Es klang so. Und dass wir wertvolle Zeit vor der Verbreitung der Erfolgsmeldung verstreichen lassen. Und der Herr EKHK möchte sich bei ihm melden. Und zwar *pronto.*«

»Das hätt der wohl gern«, sagte Schwemmer grimmig.

Wieder klingelte Schafmanns Telefon. »Das K3«, sagte er, bevor er abnahm. Er lauschte und sagte nur »Danke«, bevor er auflegte. »Keine Übereinstimmung. Der Alte hat weder im Auto noch am Tatort einen Abdruck hinterlassen.«

»Er lügt für seinen Sohn«, sagte Schwemmer.

»Das heißt, er weiß, dass sein Filius der Täter ist«, sagte

Schafmann. »Würd ich dann auch lügen? Wahrscheinlich. Sakra, hoffentlich muss ich mir die Frage nie stellen.«

»Aber er muss nicht *wissen*, dass es sein Sohn war«, sagte Schwemmer. »Er muss es nur glauben.«

***

Carina war wieder weg. Der Motor des Rollers war in der Stille des Waldes lange zu hören gewesen. Er hatte ein paar Kekse gegessen und Cola getrunken. Nun schaltete er das Smartphone ein. Er ging ins Internet, rief die Seite des Handyüberwachungsprogramms auf und loggte sich ein.

Einen eingehenden Anruf hatte das Programm registriert. Es war der von Selbachs Bekanntem, den er oben am Schießstand angenommen hatte. Das war alles.

Er rief die GPS-Koordinaten auf und bekam eine Karte angezeigt. Selbach war in Murnau. Er klickte auf »Bewegungsprofil«. Selbach war um kurz nach vier von seinem Haus nach Murnau hineingefahren und hatte sich seitdem nicht mehr bewegt. Kurz nach vier – um diese Zeit war Sebastian aus Selbachs Haus geflohen.

Er vergrößerte die Karte. Selbach befand sich etwas südlich der Kohlgruber Straße. Fast am westlichen Stadtrand.

»Um Himmels willen«, entfuhr es Sebastian.

Selbach war bei Carina.

Erschrocken fuhr er zusammen, als das Gerät in seiner Hand zu läuten und zu vibrieren begann.

»Anonymer Anrufer« stand im Display.

Anonym? Verwirrt und voll finsterer Vorahnung nahm er das Gespräch an.

»Hömma, du Spacken«, hörte er den Typen aus Köln sagen.

»Ach, *du* bist das«, sagte er aufatmend.

»Ja. Ich. Ich weiß ja nicht, was du da in Bayern anstellst. Aber dein CLIRO musste ich leider wieder abschalten. Du kannst dir ja wohl denken, warum?«

»Nein ... nein.« Streng genommen verstand Sebastian nicht einmal die Frage.

»Pass mal auf, du Held. Vor mir liegt ein Fax aus München mit der richterlichen Anordnung, dein Handy zu überwachen. Und denen werd ich bestimmt nicht erzählen, dass ich dir CLIRO freigeschaltet hab. Und ich hab auch nie mit dir telefoniert. Jedenfalls nicht wenn es nach den gespeicherten Daten geht, da kannst du dich drauf verlassen. Und außerdem ... Wart mal ...«

»Hallo?«, fragte Sebastian.

»Bleib mal dran«, sagte der Typ.

Sebastian starrte vor sich hin. Er fühlte sich wie betäubt. Die Polizei. Sie waren ihm auf der Spur.

»Mann, auf dich hamses aber wirklich abgesehen«, sagte der Typ. »Da ist eine Überwachungssoftware in deinem Gerät. Die stammt garantiert nicht von den Bullen.«

»In *meinem* Gerät?«

»In welchem denn sonst, du Nuss? Die ist übrigens im *Gerät.* Nicht in der SIM-Karte. *Big Brother is watching you.* Ab sofort. Noch ein Gratistipp zum Abschied: Schalt das Ding ab und nimm den Akku raus. Und jetzt vergiss, dass du jemals mit mir gesprochen hast.«

Der Anrufer unterbrach die Verbindung. Fahrig schaltete Sebastian das Gerät aus und nahm mit zitternden Fingern den Akku heraus.

Er musste nach Murnau.

Vier Schuss, dachte er.

***

»Ich fühle mich nicht gut informiert, Herr Schwemmer«, sagte Hessmann.

»Ich hatte Sie am Wochenende nicht im Dienst erwartet«, sagte Schwemmer und schloss eine kleine Wette mit sich selbst ab.

»Ein Polizist ist immer im Dienst«, antwortete Hessmann, und Schwemmer hatte die Wette gewonnen. Heute Abend musste Burgl das Essen bezahlen. Und er durfte das Restaurant aussuchen. Er wusste, dass sie das lachend akzeptieren würde, wenn er ihr den Grund erzählte.

»Der Vater lügt also?«, fragte Hessmann.

»Sieht so aus. Und der Sohn hat sein Handy ausgeschaltet.«

»Motivlage?«

»Eskaliertes Stalking. Wir vermuten, dass der Sohn die Berghofer über längere Zeit belästigt hat.«

Hessmann bewegte seinen Drehstuhl hin und her und sah nachdenklich zur Decke. »Ich denke«, sagte er dann, »ich denke, es ist besser, wenn ich ab jetzt die Leitung der Kommission ›Teufel‹ übernehme.«

Schwemmer sah Hessmann ungläubig an. Er traute seinen Ohren nicht.

»Das Tagesgeschäft ist umfangreich genug«, sagte Hessmann. »Ich denke, es wird Ihnen gewiss entgegenkommen, wenn ich Ihnen diese Zusatzbelastung abnehme.«

»Hören Sie, Herr Hessmann, übertreiben Sie es nicht«, sagte Schwemmer ruhig. »Wenn Sie Wert drauf legen, mach ich eben Dienst nach Vorschrift. Aber erst nachdem ich diesen Fall geklärt habe. Wenn Sie mich loswerden wollen, sagen Sie es mir einfach. Dann weiß ich, woran ich bin.«

Hessmann schien ernsthaft erschrocken. »Aber Herr Kollege«, sagte er. »Da haben Sie aber etwas in den falschen Hals bekommen.«

»Kein Wunder«, sagte Schwemmer. »So dick, wie der ist.«

***

Sebastians Herz klopfte in seinem Hals. Er wäre schneller gefahren, viel schneller, aber der Verkehr ließ es nicht zu. Er durfte auch nicht riskieren, der Polizei aufzufallen. Dabei war er kaum in der Lage, einen klaren Gedanken zu fassen.

Wieso war auf dem Smartphone eine Überwachungssoftware? Ob Lerchl die bei allen Geräten seiner Leute aufgespielt hatte? Oder hatte Selbach es präpariert?

Natürlich! Er hatte gewusst, dass Carina nur noch ein Gerät auf Lager hatte, und *er* hatte dafür gesorgt, dass Sebastian es bekam.

»Es wäre für mich einfacher.« Das waren seine Worte gewesen, als Sebastian ihn gefragt hatte, warum er eins haben musste.

Aber viel wichtiger war die Frage: Was hatte Selbach bei Carina vor? Oder was hatte er bereits getan?

Sie lebte allein mit ihrer Mutter. Wer weiß, vielleicht saßen die drei jetzt beim Kaffee zusammen, und Selbach wartete auf die passende Gelegenheit, ihnen in die Augen zu schießen.

Mit seinem Colt Anaconda.

Oder mit welcher Waffe auch immer. Er hatte ja genug.

»22er Rigarmi. Halbes Kaliber wie der Colt, aber genauso tödlich. Vorausgesetzt, man trifft. Es geht immer ums Treffen.«

Sebastian knirschte mit den Zähnen. Es ging nicht voran. Zwischen Gerold und Garmisch hatte er Gas geben können, aber schon vor den Kurven zum Ortseingang hinunter war es damit vorbei. Lkws und Trecker, Trecker und Lkws, es schien, als habe sich jedes langsame Fahrzeug aus Garmisch-Partenkirchen aufgemacht, vor ihm herzufahren. Er fluchte aus vollem Hals, schrie die Wagen an, die vor ihm herzockelten, und immer wieder dachte er:

Vier Schuss.

Endlich erreichte er den Kreisverkehr vor dem Tunnel und gab Gas, aber schon ein paar hundert Meter später hing er wieder fest hinter einem Wohnmobil mit Hamburger Kennzeichen, das mit achtzig einen portugiesischen Kleinwagen überholte, der achtundsiebzig fuhr.

Die Uhr an seinem Armaturenbrett zeigte neunzehn Uhr fünfunddreißig. Er hatte keine Ahnung, wie lange er unterwegs war – es kam ihm endlos vor, aber es konnte kaum mehr als eine halbe Stunde gewesen sein. Die Dämmerung war längst in Dunkelheit übergegangen. Endlich erreichte er die Autobahn. Er gab Vollgas bis zur nächsten Ausfahrt. Der kleine Motor tat, was er konnte, aber es war bei Weitem nicht genug für Sebastian. Mit quietschenden Reifen fuhr er in Eschenlohe die Ausfahrt hinunter und wieder auf die Bundesstraße. Er passierte den Abzweig zu Selbachs Haus. Der Gedanke, sich dort mit Munition zu versorgen, keimte in ihm auf, aber er verwarf ihn wieder. Er hatte keine Ahnung, wie er in das Haus reinkommen sollte. Es hätte auf jeden Fall Zeit gekostet. Zeit, die er nicht hatte.

Am Ortseingang zwang ihn der Verkehr wieder vom Gas. Hinter dem Tunnel ging es nach links, wieder quietschten die Reifen, als er den Kreisel umrundete und unter der Bahntrasse entlangfuhr. Er fuhr die Kohlgruber Straße hinauf und bog am Ortsausgang links ab. Die Software hatte Selbachs Handy ein gutes Stück südlich der Straße geortet, aber nach kaum hundert Metern war die Bebauung zu Ende. Ein Schild verbot die Weiterfahrt außer für Land- und Forstwirtschaftsverkehr. Und für Anwohner.

Sebastian fuhr weiter. Der Weg führte steil abwärts und überquerte die Bahnlinie. Die Scheinwerfer seines Wagens erhellten die schlammige Fahrspur. Rechts und links war in der Dunkelheit kaum etwas zu erkennen, aber plötzlich tauchte rechts eine Einfahrt auf. Er brachte den Wagen schlingernd zum Stehen, setzte zurück und bog ab.

Im Licht der Scheinwerfer stand ein Haus, umgeben von hohen Hecken und dichten Baumreihen. Es wirkte ungepflegt. Viel ungepflegter, als er es sich vorgestellt hatte. Ein brauner Wagen, ein Opel anscheinend, stand vor dem Haus. Links stand ein altes Ölfass neben einem unordentlichen Stapel Brennholz.

Als Carina ihm einmal gesagt hatte, dass sie nicht gern Rasen mähe, hatte er das eher für einen Scherz gehalten.

Aber das Gras um das Haus stand kniehoch. Die Fensterläden waren geschlossen.

Sebastian schaltete die Scheinwerfer aus.

Selbachs Auto war nirgendwo zu sehen, und Sebastian fragte sich, ob er überhaupt an der richtigen Adresse war. Er steckte den Revolver in den Hosenbund. Dann stieg er aus und ging mit vorsichtigen Schritten auf das Haus zu. In der Tür waren Butzenscheiben, durch die ein schwacher gelblicher Lichtschein nach draußen drang.

An der Tür hing ein Klingelschild. »Öckler«, las er im Licht der kleinen Taschenlampe. »Carina und Margot«.

Das Schild war handgetöpfert und aufwendig verziert. Irgendwann einmal hatte sich hier jemand Mühe gemacht mit so etwas. Aber das schien lange her.

Sebastian zögerte. Zu klingeln kam nicht in Frage. Er musste versuchen, unbemerkt hineinzugelangen. Einen Plan hatte er nicht. Konnte er nicht haben, weil er nicht wusste, was ihn drinnen erwartete.

Vier Schuss.

Ob er je dazu käme, sie abzufeuern? Die Wolken rissen auf, und der blasse, abnehmende Mond kam zum Vorschein. Sebastian spähte um die Hausecke. Auch hier an der Giebelseite waren die Läden geschlossen. An der hinteren Wand blockierte eine Hecke mit einem mannshohen hölzernen Tor den Weg zur Rückseite des Hauses.

Er lief hin und drückte auf die Klinke. Das Tor war verschlossen. Er stellte sich auf die Zehenspitzen und spähte hinüber. Alte Kübel und Geräte standen herum, er erkannte Carinas Roller in einem offenen windschiefen Geräteschuppen.

Sebastian rüttelte an der Klinke. Die Tür öffnete nach innen und wirkte nicht sehr stabil. Die Planken, aus denen sie gezimmert war, hatten ihre besten Zeiten lange hinter sich. Er machte fünf Schritte rückwärts, nahm Anlauf und trat unterhalb des Schlosses gegen das Tor. Mit einem Ächzen lösten sich die Schrauben, die auf der anderen Seite vergeblich den Schließmechanismus festzuhalten versuchten. Er musste noch ein-, zweimal kräftig drücken, dann war das Tor offen. Es war nicht mal besonders laut gewesen, es gab eine realistische Chance, dass es im Haus niemand gehört hatte.

Auch hinten waren die Fensterläden geschlossen. Aber es gab eine kleine Treppe, die zu einer Kellertür führte. Sie machte nicht den Eindruck, als würde sie wesentlich mehr Widerstand leisten als das Gartentor.

In dem Schuppen neben dem Roller entdeckte er eine Axt. Ohne langes Zögern griff er sie sich und lief die Stufen zu der Tür hinunter. Sie war verschlossen. Er drückte die Schneide der Axt in den Türspalt und zog kräftig am Schaft. Die Tür gab ein knirschendes Geräusch von sich, dann sprang sie auf.

Sebastian trat in den Keller und tastete nach einem Lichtschalter. Ein unangenehmer Geruch kam ihm aus dem Dunkel entgegen. Süßlich, wie von etwas Verdorbenem.

Er fand einen alten Knebelschalter, aber als er ihn drehte, passierte nichts. Der Keller blieb finster. Das Licht seiner kleinen Stablampe reichte nicht besonders weit. Tastend einen Fuß vor den anderen setzend betrat er den Keller. Er schien sich in der Waschküche zu befinden; sein Scheitel streifte quer gespannte Leinen. Er erreichte einen Durchgang, dahinter lag ein weiterer Raum. Ein altes, solides Holzregal an der Wand war gefüllt mit Einweckgläsern. Sie waren verstaubt, und als Sebastian prüfend an einen der Deckel fasste, ließ er sich widerstandslos anheben, genau wie der nächste. Das Eingemachte war verdorben, hier kam der eklige Geruch her. Er ging an dem Regal vorbei. Am anderen Ende des Raumes war die Stiege zum Erdgeschoss. Das Knarren der hölzernen Stufen beunruhigte ihn; er konnte kaum hoffen, ungehört zu bleiben.

Als er die Tür erreicht hatte, blieb er stehen und zog den Revolver aus dem Hosenbund. Er spannte den Hahn, bevor er mit der Linken auf die Türklinke drückte. Die Tür war unverschlossen.

***

»Das hat er wirklich gesagt?« Burgl lachte.

»Zu dem Zeitpunkt fand ich es ja auch noch fast lustig«, sagte Schwemmer. »Und der Ton: ›Ein Polizist ist immer im Dienst.‹ Als ob er den Spruch gerade erfunden hätte.«

»Aber es ist doch schön, dass er uns einen Grund geliefert hat, nett essen zu gehen«, sagte Burgl.

»Ja, ja«, sagte Schwemmer. Er merkte natürlich, dass sie versuchte, seine Laune zu stabilisieren, und er bemühte sich, ihnen nicht den Abend zu verderben, der schließlich immer noch nett werden konnte. Aber heute fiel es ihm schwerer als gewöhnlich, sich die dienstlichen Belange aus dem Kopf zu schlagen.

»Kriegt ihr diesen Burschen denn?«, fragte Burgl.

»Klar. Ist nur eine Frage der Zeit. Wir kennen sein Auto,

und sein Handy kann er nicht benutzen. Und er kann nicht mehr als ein paar hundert Euro in der Tasche haben. Aber die Zeit drängt. Möglicherweise ist er schon dem nächsten Opfer hinterher. Er hat erst vor ein paar Tagen eine Software gekauft, um ein Handy zu überwachen.«

»Welches denn?«

»Wissen wir noch nicht. Die Firma, die ihm das verkauft hat, gibt die überwachte Nummer nur gegen richterlichen Beschluss raus. Und das dauert am Wochenende manchmal ein bisschen.«

»Heißt das, jetzt ist endlich Wochenende?«

»Sicher ist das nur, wenn ich die Leitung der Kommission an Hessmann abgebe.«

»Verstehe.« Sie ging ins Wohnzimmer und nahm das Telefon aus der Ladeschale.

»Wen rufst du an?«, fragte Schwemmer.

»Ich bestell uns eine Pizza.«

»Pizza? Ich dachte, wir gehen essen? Ich hab eine Wette gewonnen!«

»Das lös ich ein, wenn du grade keinen Mörder suchst. Wie immer? Mit Schinken und Sardellen?«

»Von mir aus«, brummte Schwemmer und ging zum Kühlschrank.

***

Die Kellertür knarrte leise, als er sie aufdrückte. In der Diele brannte Licht. Vorsichtig streckte Sebastian den Kopf aus der Tür, den gespannten Revolver in der Rechten, doch es war niemand zu sehen. Kein Geräusch, nirgends. Das Haus war so stumm, dass ihm sein eigener Atem in den Ohren dröhnte. An den Wänden entlang waren Bündel alter Zeitschriften gestapelt, an einigen Stellen mannshoch. Es blieb ihm kaum Platz dazwischen.

Als er den ersten Schritt in den Hausflur hinaus wagte, schien das Knarren der Dielen brüllend laut. Er erstarrte, aber nichts geschah. Zu seiner Linken war die Haustür, gegenüber die zur Küche, wie er vermutete; sie war geschlossen. Er machte ein paar weitere Schritte durch den schmalen Gang, den die Papierstapel ließen. Nach ein paar Metern öffnete sich der Raum. Der Eingangsbereich hatte einen T-förmigen Grundriss. Ein Gang entlang der Straßenfront bildete den Querstrich, die Treppe und der parallel zu ihr laufende Flur zu Kellertür und Küche den Längsstrich.

Er entdeckte zwei weitere Türen rechts im Gang, auch sie geschlossen, eine weitere links neben der Treppe.

Er spähte um die Ecke und die Treppe hinauf. Oben war es dunkel. Nichts war zu sehen oder zu hören.

Er wandte sich nach rechts. Der Weg dort wurde erschwert durch gestapelte blaue Müllsäcke, die mit irgendetwas Leichtem gefüllt waren. Er betastete ein paar von ihnen, es schien sich um Styroporverpackungen zu handeln. Carinas Mutter war offenbar ein Messie. Oder waren das womöglich Carinas Sachen? Immer wieder hielt er in seinen ohnehin langsamen Bewegungen inne und lauschte, aber da war kein Geräusch. Er erreichte die erste Tür und drückte die Klinke.

Sie war unverschlossen, aber als er sie aufdrücken wollte, stieß sie gegen Widerstand. Er sah durch den Spalt. Der Raum war bis zur Decke angefüllt mit Plastiktüten, die meisten mit Bindfaden verschlossen, einige aufgeplatzt. Die aufgetürmten Tütenwälle waren umgestürzt und blockierten die Tür. Er gab auf und ging weiter. Die nächste Tür ließ sich mühelos öffnen. Er drückte sie ganz auf. Was er sah, ließ seinen Atem stocken.

Das Zimmer, das er betrat, war säuberlich aufgeräumt. Ein riesiges Messingbett beherrschte den Raum. Auf den beiden Nachttischen standen Kandelaber mit jeweils sieben brennenden Kerzen. Sonst gab es keine Möbel.

Auf dem Bett lag ein Körper. Er war mit einer dicken dunkelroten Decke komplett zugedeckt.

Sebastian musste sich zwingen, auf das Bett zuzugehen. Immer wieder drehte er den Kopf zur Tür, in der Erwartung, von hinten attackiert zu werden. Aber nach wie vor waren seine Schritte und sein eigener Atem das Einzige, was er hörte.

Seine rechte Hand hielt zitternd den Revolver. Langsam beugte er sich nach vorn und zog die Decke von dem reglosen Körper.

Ein hilfloser, unartikulierter Schrei entrang sich seiner Kehle, als er erkannte, was da vor ihm lag.

***

Die Hoffnung hat einen bösen Bruder. Es ist der Irrtum. Die beiden Geschwister lieben einander. So sehr, dass sie sich gegenseitig Gespielen zuführen. Und die Geschwister laben sich an den Qualen, die sie den Menschen zufügen. Die Hoffnung und der Irrtum sind die bösesten Existenzen, die es gibt. Ich glaube, es sind Engel.

***

Der Revolver glitt ihm aus der Hand.

Die Schwäche, die ihn durchfuhr, war überwältigend. Langsam sank er auf die Knie. Sein Magen verkrampfte, und er erbrach bittere Galle auf den Fußboden.

Es war nicht der Anblick der Leiche, der ihm derart zusetzte. Der tote Körper war fast liebevoll hergerichtet worden. Die Hände lagen gefaltet auf der Brust. Genau zwischen den beiden Einschüssen, von denen der eine das Herz getroffen haben musste.

Es war nicht der Anblick, der ihn zu einem keuchenden Haufen Elend machte.

Es war die Tatsache, dass es Selbach war, der dort lag.

Und es war der Schluss, zu dem diese Tatsache zwang.

Sebastian würgte noch einmal, dann raffte er sich auf.

Carina, dachte er. Wie konnte ich so blind sein? Auf einmal passte alles zusammen. Sie war immer in seiner Nähe gewesen, sie hatte Zugang zu dem Smartphone. Sie kannte Sanne.

Aber da blieb die eine Frage: Warum? Um Himmels willen, warum?

Er schüttelte die Gedanken ab. Wenn sie im Haus war, war er in höchster Gefahr. Er konnte kaum damit rechnen, dass sie ihn nicht bemerkt hatte. Immer noch war das Haus still, totenstill. Wahrscheinlich war sie im Obergeschoss.

Er konnte versuchen zu entkommen. Einfach durch die Haustür hinauslaufen. Aber vielleicht stand sie auf der Treppe und wartete auf ihn. Sie hätte freies Schussfeld zur Eingangstür.

Der Keller! Er konnte versuchen, auf dem gleichen Weg zu entkommen, auf dem er das Haus betreten hatte. Sicher war auch das nicht, aber dort hatte er mehr Deckung als vor der Haustür.

Er warf noch einen Blick auf den toten Selbach, dann ging er, so leise es die knarrenden Dielen zuließen, zur Tür und spähte hinaus. Nichts.

Er zwang sich zu einem tiefen Atemzug, dann trat er, den Revolver gehoben, aus der Tür. Wieder geschah nichts. Schritt für Schritt ging er in Richtung Treppe. Zwischen den gestapelten Säcken und Tüten konnte er nichts entdecken, was auf die Anwesenheit eines Menschen schließen ließ. Er erreichte die Ecke. Ab hier war er im Schussfeld, wenn sie auf der Treppe stand, aber wenn er nach links abbog, waren es nur Sekunden.

Mit fünf hastigen Schritten war er an der Kellertür. Kein Schuss fiel. Aufatmend drückte er die Klinke.

Die Tür war verschlossen.

***

Schwemmer hatte die Pizzen gerade aus dem Karton auf die Holzteller verfrachtet, als das Telefon läutete. Burgl grinste ihn mit triumphierendem Spott an und begann, ihre Salamipizza zu zerlegen, während er mit ärgerlicher Miene ins Wohnzimmer ging.

Es war Schafmann.

»Er hat sein Handy angeschaltet«, sagte er. »Er ist in Murnau, im Haus einer Kollegin.«

***

Sebastian hatte sich in die Ecke neben der Kellertür gepresst. Hier war er halbwegs in Deckung, aber alles andere als in Sicherheit. Die Küchentür war ebenso verschlossen wie die des Kellers. In der Rechten hielt er immer noch den Revolver, mit dem Daumen der Linken bearbeitete er das Handy. Fast ärgerte es ihn, dass er nicht schon vorher auf den Gedanken gekommen war. Er rief die angenommenen Anrufe auf und wählte die Nummer der Stimme an. Nach ein paar Sekunden kam aus dem Obergeschoss Musik. Er brauchte einen Moment, bis er sie als die Titelmelodie von »Titanic« erkannte.

Die Melodie spielte ziemlich lange, bis abgenommen wurde. Es war Carina.

»Woher hast du diese Nummer?«, fragte sie. Ihre Stimme war kalt; sie war nicht mehr elektronisch verzerrt, aber sie klang fremd in seinen Ohren.

»Carina, was tust du?«

Sie gab keine Antwort. »Woher hast du diese Nummer?«, wiederholte sie nur.

»Was spielt das für eine Rolle? Was machst du, Carina? Und warum?«

»Du hast es kaputt gemacht«, sagte sie.

»Ich? Was hab *ich* kaputt gemacht? Du hast zwei Menschen getötet!«

»Das war leicht.«

Sebastian ließ ungläubig das Handy sinken.

»Es waren nicht die Ersten«, hörte er sie sagen. Die Stimme aus dem Handy mischte sich mit ihrer Stimme, die leise aus dem Obergeschoss zu ihm drang.

»Es sollte doch eine Überraschung sein. Du hast es kaputt gemacht. Jetzt muss ich dich auch töten.« Plötzlich veränderte sich ihre Stimme, wurde weicher. Nun war es wieder die, die er kannte. »Dabei liebe ich dich doch«, sagte sie.

»Du *liebst* mich?«

»Das hast du doch gemerkt, oder?«

»Ja«, log er. »Natürlich hab ich das gemerkt.«

Aber ihre Stimme wechselte wieder zurück in den fremden, gefährlichen Klang. »Ich hab es ja bewiesen. Ich habe dich von ihrem bösen Geist befreit. Sie war böse, Sebastian. Du gehörst zu mir, nicht zu dieser kalten Frau. Nun muss ich dich töten.«

»Aber warum, Carina?« Er schrie es fast.

»Es gibt Regeln, Sebastian. Ich muss sie einhalten.«

»Regeln? Welche Regel kann dich denn zwingen, Menschen zu töten?«

»Die Regeln, die mir erlauben zu leben, Sebastian. Ohne diese Regeln kann ich es nicht. Du wirst das verstehen müssen. Wenn ich sie nicht einhalte, muss ich sterben. Und das kannst du nicht wollen.«

»Natürlich will ich nicht, dass du stirbst! Aber ich will auch nicht sterben! Du sagst doch, du liebst mich! Wie kannst du –«

»Sei nicht dumm, Sebastian«, unterbrach sie ihn. »Denn das bist du nicht. Meine Liebe hat damit nichts zu tun. Es geht nie um mich. Auch nicht um dich. Oder deine Sanne. Oder Selbach. Oder meine Mutter. Es geht immer um die Regel. Und du hast sie gebrochen. Du hast das Spiel kaputt gemacht.«

»Spiel? Was für ein Spiel?«, kreischte Sebastian. »Hör auf, Carina! Ich flehe dich an!«

»Du hast eine Waffe, Sebastian. Auch das ist gegen die Regel. Es macht alles nur furchtbar kompliziert. Am einfachsten wäre es, du gibst sie mir.«

»Du bist verrückt«, entfuhr es Sebastian.

Sie unterbrach die Verbindung, aber er hörte sie im Obergeschoss schrill lachen.

Dann wurde das Haus wieder still.

Und es wurde sehr dunkel, als die Lampen erloschen.

***

»Die Frau heißt Carina Öckler«, sagte Schafmanns Stimme in Schwemmers Headset. »Sie ist zweiunddreißig Jahre alt, geboren in Murnau, hat zwischenzeitlich in Aschaffenburg gelebt. Mehr hab ich im Moment nicht.«

Das Magnetblaulicht auf dem Dach seines Wagens kreiste, während Schwemmer die B 2 in Richtung Ortsausgang raste. Auch vor ihm und im Rückspiegel waren Blaulichter zu sehen, die mit ihm in Richtung Norden unterwegs waren.

»Sind die Kollegen schon vor Ort?«

»Die ersten müssten jetzt da sein, ich erwarte jeden Moment Meldung. Das SEK rollt.«

»Darauf können wir nicht warten«, sagte Schwemmer. »Sie sollen reingehen. Sofort.«

Er erreichte den Tunnel und gab Vollgas.

***

Zögern half nicht, so viel war Sebastian klar. Wenn sie die Treppe herunterkam, war es zu spät. Er spurtete auf die Haustür zu, durch deren Butzenscheiben ein Rest Mondlicht in die Diele fiel, und riss an der Klinke, aber wie er erwartet hatte, war sie verschlossen.

»Ich kann dich sehen, Sebastian«, hörte er Carina sagen. Im selben Moment zersplitterte die Butzenscheibe neben seinem Kopf. Der Schuss war ohrenbetäubend. Er riss den Revolver hoch und feuerte ins Dunkel über der Treppe.

»Daneben«, sagte Carina, und er rannte panisch nach rechts, zur einzigen Tür, die er offen wusste. Es war die des Zimmers mit dem aufgebahrten Selbach. Das Licht der Kandelaber wies ihm den Weg. Beim Laufen riss er ein paar der Müllsäcke aus den Stapeln, um den Weg hinter sich zu blockieren. Wieder ein Schuss, er glaubte, den Luftzug der Kugel an der Wange zu spüren, dann war er durch die Tür und schlug sie zu.

Es gab keine Deckung in dem Raum außer unter dem Bett. Aber es schien ihm keine besonders gute Idee, sich dort zu verkriechen. Zuerst musste er die Kerzen löschen. Er hieb mit der flachen Hand auf die Dochte des einen Kandelabers. Als die Kerzen aus waren, kam ihm eine Idee.

Er zog die kleine Taschenlampe aus der Jacke, schaltete sie ein und legte sie so auf den Nachttisch, dass sie die Tür anstrahlte. Er sprang auf das Bett, über den toten Selbach hinweg und löschte die Kerzen in dem anderen Ständer.

»Warum machst du es so kompliziert, Sebastian?« Er hörte sie draußen die Plastiksäcke beiseiteschieben. Ihre Schritte kamen näher. »Es wird enden, wie es enden muss. Die Regeln müssen eingehalten werden.«

Sebastian hockte neben dem Bett und starrte zur Tür.

Drei Schuss, dachte er.

Etwas schob sich in den Türrahmen. Der Lauf eines mächtigen Revolvers.

»Die Regeln gelten für uns beide, Sebastian. Ich habe sie nicht gemacht. Aber wir müssen danach leben.«

Sebastian hob den Revolver und zielte sorgfältig über Kimme und Korn. Seine Hände zitterten, trotzdem wagte er den Schuss.

»Daneben«, sagte Carina.

Für den Bruchteil einer Sekunde erschien sie im Türrahmen. Sie trug eine Art riesige klobige Brille vor den Augen. Sebastian spannte den Hahn und schoss erneut.

»Daneben«, sagte sie wieder. Nun stand sie auf der anderen Seite der Tür. Wieder schob sich der Lauf des Colts in den Raum. Wieder ein schmerzhaft lauter Schuss, und die Taschenlampe erlosch.

»Getroffen«, sagte Carina.

Er hörte ein Knarren, aber er konnte nichts sehen. Es war stockfinster. In seinen Ohren war ein lautes Kreischen, das die Schüsse hinterlassen hatten. Plötzlich explodierte ein unfassbarer Schmerz in seinem linken Arm. Er schrie auf und fiel zur Seite.

»Getroffen«, sagte Carina. »Ich kann dich sehen, Sebastian.«

Es tat einen weiteren Schlag, und Sebastian spürte Holzsplitter, die neben seinem Kopf aus dem Boden gefetzt wurden. Er riss den Revolver hoch und feuerte blindlings in Richtung der Tür.

»Daneben«, sagte Carina.

Plötzlich kam aus dem Gang ein brachiales Krachen.

»Waffe runter! Polizei!«, schrie eine Frauenstimme.

Der Strahl einer Stablampe hastete durch das Dunkel und traf Carinas Kopf.

»Waffe runter!« Eine Männerstimme diesmal. Ein zweiter Lichtstrahl traf Carina. Sebastian sah sie in Richtung Haustür starren. Sie zog das Nachtsichtgerät von den Augen und ließ es zu Boden fallen. Langsam hob sie den riesigen Revolver.

»Waffe runter!«, schrie die Frauenstimme wieder, aber Carina drehte sich zu Sebastian.

»Ich habe die Regeln nicht gemacht«, sagte sie. »Aber wir müssen danach leben. Und sterben.« Dann schob sie sich den Lauf in den Mund und drückte ab.

ELF

»Ich weiß, dass es nicht besonders originell ist, was ich mache«, las Schwemmer vor. »Doch es geht nicht um Originalität. Es geht um die Regeln. Die Regeln sind einfach. Das heißt nicht, dass sie leicht zu ertragen wären. Zumal für diejenigen, die sie nicht einhalten. Ich bringe diese Menschen um. Einfach.«

»Wo habt ihr das her?«, fragte Ferdi.

»Von ihrer Festplatte. Sie hat beinah jeden Tag so etwas geschrieben.«

»Ich werde mal analysieren, was ihr da gefunden habt. Vielleicht kann ich dann mehr sagen.«

Schwemmer reichte ihm die Blätter.

»Gibt es auch was anderes als Texte?«

»Ihre Ausrüstung. Woher Waffe und Munition stammen, wissen wir noch nicht. Aber sie scheint sie schon eine Weile besessen zu haben. Sie hatte einen Stimmenverzerrer, Überwachungssoftware, Abhörmikros, Minikameras, ein Nachtsichtgerät. Alles legal und problemlos erhältlich. Wir haben vier verschlossene Gläser mit abgefeuerten Kugeln gefunden, Magnummunition jeweils zwei in einem Glas. Sie hat immer zweimal geschossen. Bei der Berghofer ist sie einen Tag später noch mal hin. Nur um den zweiten Schuss zu setzen.«

»Warum?«, fragte Ferdi, während er die Ausdrucke durchblätterte.

»Steht da drin«, sagte Schwemmer. »Um die Symmetrie

zu wahren. ›Symmetrie ist nicht alles, aber alle Schönheit wurzelt in ihr.‹ Schönheit. Nicht zu fassen.«

»Schönheit ist relativ«, sagte Ferdi, ohne den Blick von den Texten zu wenden.

»War das jetzt dein Ernst?«, fragte Schwemmer.

Ferdi sah ihn irritiert an und schien erst da zu verstehen, was er gerade gesagt hatte. »Nein …«, sagte er kleinlaut.

»Dräger hofft, an den Kugeln Blut- und Gewebespuren zu finden«, fuhr Schwemmer fort. »Die könnte man analysieren. Ich bin mir sicher, dass sie den Mord in Aschaffenburg auch begangen hat. Das Opfer war befreundet mit einem Mann, der Kunde bei der Firma war, in der die Öckler damals gearbeitet hat. Sie ist seinerzeit sogar befragt worden.«

»Viermal zwei Kugeln. Die Frau in Aschaffenburg, die Berghofer und den Selbach«, zählte Ferdi auf. »Da sind zwei Kugeln übrig. Wen hat sie damit erschossen?«

»Keine Ahnung«, sagte Schwemmer. »Aber das werden wir herausfinden.

»Was ist mit ihrer Mutter?«

»Die ist vor vier Jahren gestorben.«

»Könnte sie das vierte Opfer gewesen sein?«

»Möglich. Sie wird exhumiert. Die Tochter hat niemandem von ihrem Tod erzählt. Ihre Kollegen gingen immer davon aus, dass sie die Mutter pflegt. Solche Verdrängungsmechanismen kommen vor«, sagte Ferdi. »Aber ob sie Auslöser oder Symptom einer Störung sind, hängt immer vom Einzelfall ab. Posthum ist das natürlich erst recht schwierig. Aber es sieht schon nach einer schizophrenen Psychose aus.«

»Hast du mit dem Kollegen in Aschaffenburg gesprochen?«

»Ja. Er sagt, sie sei am Ende medikamentös gut eingestellt gewesen. Aber wenn sie hier nicht weiterbehandelt wurde ...« Er zuckte die Achseln und las in den Blättern mit Carina Öcklers Texten. »Das liest sich schon erstaunlich. Nach allem, was du sagst, war sie ja nicht gerade eine Intellektuelle.«

»Ja. Aber sie hatte eine Menge Zeit, nachzudenken – vier Jahre alleine in dem vermüllten Haus.«

»Die Hoffnung und der Irrtum sind die bösesten Existenzen, die es gibt. Ich glaube, es sind Engel«, las Ferdi. »Klingt fast wie Lyrik.«

»Ich hab schon schlechtere gelesen«, sagte Schwemmer.

»Gibt es sonst was?«, fragte Ferdi.

»Wir wühlen uns noch durch den Müll. Das iPad und das Handy von der Berghofer haben wir. Außerdem einen kleinen Stapel Notizzettel, die offenbar von Sebastian Polz stammen. Er war wohl tatsächlich der Stalker. Der muss völlig verknallt in die Berghofer gewesen sein.«

»Das kommt ja häufiger vor, als man glauben sollte«, sagte Ferdi.

»Wohl war«, brummte Schwemmer und wies auf die Blätter, die Ferdi in der Hand hielt. »Und die Öckler, zumindest die wahnsinnige Hälfte von ihr, war besessen von Sebastian Polz. Sie hatte den wirklich am Wickel. Er war ihre Spielfigur. Die Spurenlage gegen ihn war bis dahin absolut eindeutig.«

»Was sagt der Polz denn?«

»Bisher wenig. Er hat ziemlich wirres Zeug erzählt und ist dann ohnmächtig geworden. Die Ärzte lassen uns noch nicht zu ihm. Die Öckler hatte den Griff des Revolvers mit Frischhaltefolie umwickelt. Da drunter waren tatsächlich seine Fingerabdrücke. Ich bin sehr gespannt, was der uns noch erzählt.«

Es klopfte, und Polizeidirektor Hessmann trat ein.

»Behalten Sie doch Platz, Herr Schurig«, sagte er, als Ferdi sich erhob. Er schüttelte ihm die Hand.

»Gibt es etwas, das ich wissen müsste, bevor ich vor die Presse trete?«, fragte Hessmann.

»*Sie* machen das?«, fragte Schwemmer. »Bisher hat das bei uns immer der Leiter der Mordkommission gemacht.«

»Der scheint in diesem Fall wenig Interesse daran zu haben«, sagte Hessmann mit süffisantem Unterton. »Sonst hätte er doch schon eine Pressekonferenz angesetzt.«

»Der Leiter der Mordkommission hat in der Tat wenig Interesse daran, mit unvollständigen Informationen an die Öffentlichkeit zu gehen. Und solange Sebastian Polz nicht vernehmungsfähig ist, bleiben Lücken im Ablauf, die sich aus den Spuren nicht erklären lassen.«

»Wie dem auch sei«, sagte Hessmann. »Die PK ist für morgen Mittag angekündigt –«

»*Ist* angekündigt?«, fiel Schwemmer ihm ins Wort.

»Ja. Und ich werde sie leiten. Ich brauche also allerspätestens um elf Ihren Bericht auf meinem Schreibtisch.«

Hessmann verabschiedete sich mit einem freundlichen Lächeln von Ferdi Schurig. Dann war er weg.

»Sag jetzt nichts«, sagte Schwemmer, und Ferdi nickte brav.

»Was für Lücken sind das denn?«, fragte er.

»Wir haben keine Ahnung von den Abläufen, weder bei

der Berghofer und der toten Nachbarin noch was genau bei Selbach passiert ist. Die Farbspuren an den Autos vom Selbach und der Ockler legen nahe, dass die beiden Wagen zusammengestoßen sind, direkt an der Ausfahrt von Selbachs Grundstück. Wahrscheinlich hat sie ihn dann gezwungen, mit ihr nach Murnau zu fahren und sich in das Bett zu legen. Aber wie der Polz an den Revolver vom Selbach gekommen ist, wissen wir nicht. Und vor allem will ich wissen, was zum Teufel er an den Tatorten und im Auto der Berghofer zu suchen hatte.«

»Auf die Geschichte bin ich auch gespannt. Empfiehl ihm doch eine Therapie. Kann auf keinen Fall schaden.«

»Das sagst *du*«, knurrte Schwemmer.

***

»Polizeidirektor Eberhard Hessmann blieb einige Erklärungen schuldig«, las Sebastian unter dem Foto, das einen grauhaarigen, schlanken und sichtlich schlecht gelaunten Herrn hinter einem Mikrofon zeigte. Er klappte die Zeitung zu.

Es war also Carinas Wagen gewesen, den Selbach an seiner Ausfahrt gerammt hatte. Er erinnerte sich an das Auto im Rückspiegel, aber er hatte den Wagentyp gar nicht wahrgenommen, konnte sich nicht mal an die Farbe erinnern. Es konnte gut ein brauner Opel gewesen sein.

Es klopfte, und die junge Ärztin kam herein.

»Wie fühlen Sie sich?«, fragte sie.

»Ich weiß nicht ... schwach. Mein Arm tut weh. Die Beulen an meinem Kopf pochen. Ich könnte ununterbrochen schlafen. Aber ich lebe. Also geht's mir großartig.«

Sie lachte.

Er hatte sie wiedererkannt, als er aus seiner Ohnmacht erwacht war und sie das erste Mal an sein Bett getreten war. Es war die Frau aus der Nachbarschaft, die ihn frühmorgens auf der Straße angesprochen hatte.

»Ich glaube, wir sind Nachbarn«, sagte er.

»Ich weiß«, sagte sie. »Da ist jemand, der Sie sprechen möchte.«

»Polizei?«

»Nein. Das werde ich Ihnen für heute noch ersparen. Es ist Ihr Vater. Möchten Sie ihn sehen?«

»Ja, klar!«, sagte Sebastian.

Die Ärztin ging zur Tür und winkte seinen Vater herein. Er hinkte kaum noch. Artig bedankte er sich bei ihr, und sie ließ sie allein.

Sein Vater trug den Hut in den Händen und näherte sich mit einem verlegenen Blick, den Sebastian nicht an ihm kannte.

»Setz dich«, sagte er, und sein Vater zog sich einen Stuhl heran, auf dem er Platz nahm wie ein Schuljunge in Erwartung einer Strafpredigt.

»Hast ghörd, was i do hab?«, fragte er, ohne ihn anzusehen.

»Nein«, sagte Sebastian.

»I hab den Mord gstandn.«

Sebastian sah seinen Vater fassungslos an. »Wieso denn das?«

»Na, weil i glaubt hab, du wärst des gwesn.«

Sebastian brauchte eine Weile, um das zu verstehen.

»Als die kimma san, um di zum holn, hab i denkt, wenn i des zulass, dann ...«

»Was dann?«

»Dann kann i deiner Mutter ned unter d' Augn tretn, wann i s' wiederseh.«

Sebastian zog die Nase hoch. Er konnte sich nicht erinnern, jemals ein solches Geschenk von seinem Vater erhalten zu haben. Er spürte einen Kloß im Hals.

»I wollt mi entschuldign.«

»Entschuldigen?«, krächzte Sebastian gegen den Kloß an. »Wofür denn?«

»Dass i dir des zutraut hab.«

Sebastian lachte auf. »Vater«, sagte er, »ich hab's mir doch fast selber zugetraut!«

Und er lachte, bis auch sein Vater anfing. Aber er wurde schnell wieder ernst.

»Da is noch was«, sagte er. »Des mit de zerkratztn Autos ... des war i ...«

***

»Darf ich stören?«, fragte Oberinspektorin Zettel.

Schwemmer nickte, und sie trug einen voluminösen Pappkarton herein.

»Das sind die benutzten Zielscheiben aus Selbachs Schießstand«, sagte sie und zog einen großen Papierbogen mit einer Silhouette aus dem Karton. Neben dem Kopf der Figur standen die Buchstaben SB.

»Den Ausflug in die Berge zu dem Kürbisschützen kann ich mir wohl sparen. Selbach besaß ein Hecate II mit Schalldämpfer, belgisches Fabrikat. Damit sind Schüsse weit über fünfhundert Meter machbar. Und offenbar hatte er was gegen einen gewissen SB.«

»Und wer ist das? Doch nicht Susanne Berghofer?«

»Nein. Ganz und gar nicht.« Zettel grinste ein wenig, während sie tief unten in dem Karton herumwühlte und schließlich einen Stapel Fotos hervorholte. Sie waren auf das Standardmaß für Zielscheiben zurechtgeschnitten und von Einschüssen durchsiebt. Aber auf einigen war das Gesicht noch zu erkennen.

Die Bilder zeigten einen bekannten Schweizer Fußballfunktionär.

»Auf den Herrn war Selbach offenbar nicht gut zu sprechen«, sagte Zettel.

Schwemmer kratzte sich am Kopf. »Illegal mit einem Scharfschützengewehr durch die Gegend zu ballern geht natürlich überhaupt nicht«, sagte er. »Aber für zu Hause kann ich mir das als schönes Hobby vorstellen.«

Zettel lachte. »Vielleicht hätte Selbach einen Verein gründen sollen.«

»Oder einen Weltverband«, sagte Schwemmer.

***

»Ist das Ihr Ernst?«, fragte Schafmann.

Sebastian Polz sah ihn nicht an, aber er nickte entschlossen.

»Wie kommen Sie dazu?«, fragte Schafmann. »Wir haben nichts gegen Sie in der Hand. Warum wollen Sie gestehen?«

»Es ist mir ein Bedürfnis.« Polz nahm die Brille ab und putzte umständlich daran herum. »Nach all diesen ... Vorfällen will ich keine Unklarheiten mehr in meinem Leben.«

»Na schön.« Schafmann klappte seinen Notizblock wieder auf. »Aussage Sebastian Polz, Fall Vandalismus«, notierte er auf einem neuen Blatt. »Wie viele Autos haben Sie insgesamt zerkratzt?«

»Eines möchte ich aber vorher klarstellen«, sagte Polz. »Das mit dem Hund, das war ich nicht.«

***

»Am Ende saß er heulend vor mir«, sagte Burgl. »Das Selbstmitleid von diesem Burschen kann wirklich abstoßend sein.«

»Sagst du es Ferdi?«, fragte Schwemmer.

»Nein. Aber ich werd den Jungen schon noch dazu bringen, es ihm selber zu sagen. Den Drohbrief hat er geschrieben, um eine falsche Spur zu legen. Er sagt, er habe das Vieh immer gehasst. Aber am schlimmsten sei gewesen, dass sein Vater sich mehr um den Hund als um ihn gekümmert habe.«

»Wie hattest du den Burschen noch bezeichnet?«

»Unsympathisch«, sagte Burgl.

»Scheint mir nicht ausreichend für einen, der einfach so einen Hund vergiftet.«

»Nein. Aber ich kann mir meine Klienten nicht immer aussuchen.«

»Ich nie«, sagte Schwemmer.

Er hörte ihr Lachen im Hörer und lächelte.

»Und?«, fragte sie. »Hast du es schon geschrieben?«

»Nein«, antwortete er.

»Machst du es?«

»Ja.«

»Gut. Ich liebe dich.«

Sie legte auf. Schwemmer drückte auf die Gabel, legte den Hörer auf den Schreibtisch und schaltete dann sein Handy aus.

Es war spät geworden gestern. Burgl und er hatten lange in der Küche gesessen. Sie hatten gegessen, getrunken und geredet. Vor allem geredet.

Wieder, wie schon zahllose Male zuvor, war ihm klar geworden, was für ein Glück er in seinem Leben gehabt hatte. Er war gesund, er liebte seine Frau, und Tante Kati interessierte sich nicht mehr für den Schloch Bartl, sondern nur noch für den Weinbir Flori, sodass auch von dieser Seite keine unmittelbare Gefahr mehr drohte.

Aber trotzdem gab es Dinge, die musste er sich in seinem Alter nicht antun, und Burgl hatte ihm darin sehr den Rücken gestärkt. Er schaltete den Bildschirm an und rückte die Tastatur zurecht.

»An die Leitung der Kriminalpolizeistation Garmisch-Partenkirchen, z. Hd. Polizeidirektor Hessmann«, schrieb er. »Betr.: Versetzungsgesuch.«

***

Wissen hilft, aber es ist weder unersetzlich noch wesentlich. Die Macht strebt zum Wissen, doch sie braucht den Handelnden, um es zu erreichen. Es ist nicht wichtig, zu wissen, solange man das Heft des Handelns in der Hand hält. Wenn ich alles gewusst hätte, hätte ich nicht gehandelt.

Und nichts wäre geschehen.